凉拖 著

当代世界出版社

图书在版编目（CIP）数据

大神凶猛 / 凉拖著.-- 北京：当代世界出版社, 2013.5
ISBN 978-7-5090-0903-1

Ⅰ.①大… Ⅱ.①凉… Ⅲ.①长篇小说—中国—当代 Ⅳ.①I247.5

中国版本图书馆CIP数据核字（2013）第050727号

书　　名	大神凶猛
出版发行	当代世界出版社
地　　址	北京市复兴路4号（100860）
网　　址	http://www.worldpress.org.cn
编务电话	（010）83907332
发行电话	（010）83908409
	（010）83908455
	（010）83908377
	（010）83908423（邮购）
	（010）83908410（传真）
经　　销	新华书店
印　　刷	北京普瑞德印刷厂
开　　本	730mm×960mm　1/32
印　　张	9
字　　数	250千字
版　　次	2013年5月第1版
印　　次	2013年5月第1次
书　　号	ISBN 978-7-5090-0903-1
定　　价	25.00元

如发现印装质量问题，请与承印厂联系调换。
版权所有，翻印必究；未经许可，不得转载！

目录
CONTENTS

Chapter01 六月的晴天霹雳 / 001

Chapter02 刷怪路遇冤家 / 015

Chapter03 携手破解任务 / 029

Chapter04 再出绝世装备 / 044

Chapter05 英雄救美人 / 061

Chapter06 一石激起千层浪 / 076

Chapter07 青天云笑就是我 / 093

Chapter08 真相大白面对现实 / 109

Chapter09 豁然开朗看星星 / 123

目录
CONTENTS

Chapter10 不为人知的往事 / 139

Chapter11 游戏里面红名多 / 154

Chapter12 好牛别吃回头草 / 170

Chapter13 携手闯"龙营" / 188

Chapter14 游戏中的各种婚礼 / 207

Chapter15 戏剧性的复仇 / 227

Chapter16 出其不意的求婚 / 251

番外 / 258

Chapter 01 六月的晴天霹雳

董潇用自己的游戏名风潇潇一登陆网游《飞仙OL》，就出现在君阳城最热闹的北门大街，身后是一家名为"潇潇杂货"的铺子。这间铺子是风潇潇游戏里的最大心血，她每次上线第一件事情就是查看铺子的生意情况，然后进行相应的调整。

可是今天的她上线后第一件事情却是点开"乾隆"的头像，然后发送一条消息过去，语气显得有些着急和不耐烦。

【当前】风潇潇：我打你手机怎么不接，坏了吗？你在不在寝室？

玩家乾隆是风潇潇游戏里的老公，现实里叫钱龙，是董潇交往五年之久的男朋友。正是因为钱龙的威逼利诱，董潇才踏进了游戏的深渊，一入网游深似海，不知不觉竟有一年半的时间了。

那边迟疑了几十秒才回复消息过来。

【当前】乾隆：潇潇，我们离婚吧！

【当前】风潇潇：离婚？难道又有什么新的夫妻活动？

【当前】乾隆：离婚就是离婚，对不起。

风潇潇这才看清楚这条惊人的信息，立刻有一个系统消息跳进了她的视线。

【系统消息】：玩家乾隆已强制与您离婚。

强制？

离婚？

她还处于痴呆状态，就有熟悉的短信铃声飘进了耳朵，她拿起手机点开

一看：潇潇，对不起，我们分手吧。

董潇彻底愣住了，接二连三的信息让她有些眼花缭乱。以前就算是滚滚翻动的世界频道也不会让她头晕目眩。现在她全身的力气似乎被一瞬间突然抽空，四肢软绵绵的没有任何力气。她想敲打键盘问他为什么，想拨通手机问他为什么，想起身跑去他的宿舍当面质问他这到底是为什么！五年的感情不是儿戏，哪儿有人一点预兆不给说分手就分手！

董潇还没让混沌的脑子冷静下来，游戏里风潇潇的旁边就突然出现一队人马。二话不说使用特殊高级道具"乾坤缚"将风潇潇捆住，然后以迅雷不及掩耳的速度骑上高头大马，拖着无法挣脱的风潇潇朝城外疾驰而去。

游戏里的突发事件董潇已经没有心思去理睬，她推开键盘猛地一下站起来，拔腿便朝楼下飞奔去，连寝室的门都忘记了关。

21寸的液晶屏幕上，柔弱的美人风潇潇狼狈凄惨地和地面激烈摩擦，扬起一路灰尘漫天，惨叫绵延。风潇潇犹如风筝一样被线头那边的人自由操纵着，甩左甩右，马儿在飞快奔跑，她的身体穿过城门，撞上郊外的大石、树木、怪物，身上耐久度为60的普通女衫眨眼间变成了30。

突袭行凶者无视路上所有人的同情声，马不停蹄地向前奔驰，世界频道跳出了一些人的愤怒言辞。

【世界】花儿对我笑：大家快来君阳看热闹，有一队垃圾拖着一女人在街上游行，真是惨绝人寰啊！

【世界】卡哇伊：拖着一女人？不会吧，好无耻！

【世界】花儿对我笑：好像就是那个开杂货铺的风潇潇，她老公不是很牛的高手吗？赶紧出来救你老婆吧！完了完了，他们把她拖到护城河了，好可怜。

【世界】葡萄不酸我不吃：我也看到了，六个大男人对付一女号，还是生活玩家，真是掉份！

【世界】狐臭女：她老公叫乾隆对吧？在不在线啊，在线快去救你老婆。

【世界】嗜血猛男：乾隆皇帝再不出来你老婆就被人轮了。

世界上看热闹的众人还在那叽叽呱呱地讨论呼叫，这厢六个行凶者已经将风潇潇拖到君阳城的护城河。无数新人都在这条河流上吃过亏，都被这条河流卡得生不能生，死不得死。

其中一个拿刀的威猛战士将风潇潇拖到河里卡住,身后几人立即默契地拿出各种武器开始疯狂地朝着全身白板装备的风潇潇发起攻击。流星斩月、菩萨蛮、霹雳山河、烽火连城、威震雷霆等等一些炫目的攻击招式如雨点般落在风潇潇没有任何防御的身上。

在外人看来风潇潇就如丝毫不晓得反抗的傻×,站在那里任由这帮无耻之徒虐杀。头顶不断冒出鲜红色-500、-2000等等刺眼的阿拉伯数字,眨眼工夫风潇潇死了活,活了死,不断循环下已经连掉了好几级。

站在河边围观的几个人再也看不下去了,仗义地纵身跳下准备施救,一直没出手的刀客早有防备般立刻将之挡住。当前频道跳出一句让人退避三舍的警告之言。

【当前】无情之人:谁插手谁以后就是【幸福王朝】的敌人!

此话一出,众人疑惑,幸福王朝不是风潇潇老公的帮会吗?!

她本人可是里面的副帮主啊?!

此时,屏幕上方最显眼的位置跳出一条消息。

【系统公告】:恭喜玩家乾隆与玩家紫陌红尘喜结连理,愿二位新人永结同心,白头到老。

董潇去宿舍找钱龙无果,怒气冲冲地回到寝室刚想关闭电脑,没想到却看到这样一条劲爆的消息,一时间,董潇被刺激得双眸赤红,浑身颤抖。

乾隆是谁?

乾隆是和她住一个小区里,两家父母是同事,与她相恋五年,准备毕业以后就结婚,也是刚刚甩掉她的前男友。

紫陌红尘是谁?

紫陌红尘是她游戏里认识的好姐妹,她全身上下从头到脚的所有装备全部出自风潇潇金手打造。

这两个自己在游戏里最信任的人竟然结婚了!

董潇的眼睛瞪得几乎脱窗,不可置信地将脑袋贴近电脑屏幕,恨不得钻进去瞧个清清楚楚。

当室友林蓝抱着书本走进寝室时,看到向来冷静的董潇同学正以自己的脑袋和电脑屏幕进行非常亲密的接触。只见她两手使劲儿地抓着电脑,用自己的脑袋往上面没命地钻,好似那屏幕上有个洞可以让她进去仔细观摩。

这怪异的举动和诡异的视觉效果刺激得林蓝差点甩掉手里的书本,林蓝

大步流星跑过去拉开董潇,惊恐喘气道:"董潇你神经了!你这是干……"

林蓝突然收声,未说完的话生生被董潇滚滚落下的眼泪给堵了回去。

董潇长发凌乱,脸色惨白,双眸布满血丝,仿佛失了灵气的死人一样呆呆对着林蓝,豆大的眼泪无声地往下掉,却听不见一点儿她的哭声。林蓝心里咯噔一跳,眼眶瞬间变红,抱着董潇的肩膀哭哭啼啼地安慰:"你到底怎么了?呜……别吓人好不好……你到底怎么了?你说出来啊……"

林蓝是个乖巧内向的女生,平时很多事情都是依靠董潇帮她出主意,她从没有想过仿佛天塌了都会保持冷静开朗的董潇会有这样一面。震惊之余,更多的是恐惧和心疼。

董潇在室友的陪伴下无声地流泪,游戏中的风潇潇保持淡然的绝美笑容,一次次被砍死,一次次被复活,声声惨叫在护城河里久久回荡,妖娆的身姿每次站起时依旧恬静嫣然。

只是当风潇潇再一次被人复活站起时,她已经从一个150级的满级医师变成了一个20级的裸奔新手。

新手被系统保护无法被砍,行凶者这才满意地骑着马儿扬长而去,临走丢下一句话:"风潇潇你最好删号别玩了,有人盯上你我们也没办法。"

在接二连三回来的室友安慰下,董潇很快就止住了眼泪。目无表情地看了眼电脑屏幕,风潇潇穿着新手肚兜和短裤孤零零地站在冰冷的护城河水中,笑颜如往昔。

对啊,风潇潇是一堆数据组成的假美人,天塌了她也不会变色,哪怕被砍死的时候会肉麻兮兮地娇声惨叫几声,站起来后又是一条倾城倾国的美女。老公和别人结婚了,风潇潇不会伤心不会难过更不会掉眼泪。

可是董潇会伤心会难过会流眼泪,还会迸发从未曾有过的熊熊怒火!

砰——

拳头狠狠砸在风潇潇的脸上,电脑屏幕瞬间宣布报废,董潇青筋暴起的手背,鲜血横流。

炎炎夏日的深夜,多多少少洒下了几丝凉爽的气息,清风吹在董潇的身上,依旧无法让她满身的怒火冷却。静静蹲在男生宿舍下的花坛后,茂盛的植物里散发着无法形容的臭气以及漫天飞舞的蚊虫。嗡嗡的蚊子围着一动不动的董潇欢快唱歌,纵然全副武装却还是被蚊虫盯得满目疮痍。

已是深夜两点，从两天前开始，董潇每晚十一点寝室门关闭前便会悄悄来到这里守株待兔。钱龙手机不接，白天去寝室找人不见半个影子，打电话回家套口风，得知钱龙说暑假不回去，要跟她一起打工。但董潇还是得到少许消息，他近来一个月和一个女孩子来往密切，那女孩也在本城，估计就是紫陌红尘。

不管钱龙现在和谁在一起，以后打算做什么，他必须回寝室收拾东西。今天不回就等明天，明天不回就等后天，暑假不回就等下学期。有胆子跟她提分手，却没有出来见她一面的胆量。五年的感情说散就散，董潇就算死也要他给个说法。

守株待兔很傻很累，效果却很绝很好。在这天清晨的第一缕阳光投射在大地上时，她终于等到了熟悉的身影。而且，最初分手的满腔怒火现在得到冷却，蹲在花坛后她不是没有考虑两人交往以来的问题，首先她是女追男，她什么都比他优秀懂事，几乎把他当弟弟一样照顾平常生活，他除了人高马大，心思却很孩子气，说白点就是她宠出来的。什么都依着他，满足他。因为两家父母的热情支持，她几乎以为自己从此就会跟他走到人生的尽头，却从来没有想过有劈腿分手一说。

她是太自信，太小看人心的变化了。有一点她可以肯定，也许他真正喜欢过她，但那只是曾经……

"你怎么还在这里……"

一个身高一米八五，四肢修长，肌肉结实，面目粗犷，棱角分明的的身影挡住了她的视线……

不管是现实里还是游戏里都一样，活跃的他一直惹人注目，而董潇却很低调很不喜惹人注意，每次约会都是他一个人叽叽喳喳地说话，她就负责聆听以及偶尔吐槽。

在钱龙眼里，她除了最开始追他时热情点儿，之后就总是老生自在平平淡淡的模样。平时干什么都没见她表现得多么在意他，现在一说分手才急得脸红脖子粗地跳出来指责，他觉得很爽。

连续几天守株待兔的董潇无疑是憔悴和狼狈的，短短几天瘦了一圈儿，面色蜡黄，双眸布满了血丝。

董潇深吸了一口气，轻轻咬着嘴唇，伸手递出早已买好的两张火车票，嗓音低哑而艰涩："这是我买的车票，给你两个选择：一、真决定跟我分手

就撕了它;二、接过它然后收拾东西跟我回家,我可以当作这件事情没发生过。"

钱龙不自觉地伸手摸了摸鼻子,瞥了眼董潇憔悴的脸,拿起其中一张票看了看,然后便撕掉了。碎屑轻轻地飘落在地,孤单而落寞。

"到现在你还是这种态度,你知道吗,你一点儿也不可爱。"

董潇的心仿佛被某种东西狠狠地划过,钝钝地疼痛,身体犹如秋天的落叶在风中微微地颤抖。

"谢谢你对我很好,可是我觉得那不是爱。我爸妈那里我会回去解释,你什么都不用说了。"

钱龙说罢,拍了拍她的肩膀,转身向宿舍走去。

"你了解她吗?很爱她吗?她比我好吗?"

两人背对着背,空气里飘散起酸酸的味道。

钱龙止住步,回头看着她的背影:"和她在一起很快乐……我知道你恨她,可是我们已经扯平了,以后就当陌生人互相不见好了。"

她的泪水无声无息地从脸颊上滑落,她再也没有说话,迈着步伐静静离开。

扯平?

失去的东西就是失去了,伤口长在心上,永远无法扯平……

电脑显示器被砸坏了,冷静下来后董潇有点后悔。一个显示器要千把块钱,真是后悔晚矣。也许是逃避的心理,本来打算回家的董潇懒得回去了。留在学校乘暑假找点兼职充实一下也许更好。

夜幕降临时董潇拿着钱包去了学校附近的网吧,想去网上看看兼职招聘信息顺便登陆游戏,有些事情她必须交代一下才可以放心离开,那是她做人的原则。

登陆游戏,风潇潇出现在被轮白的护城河里。她的眼眸微微一闪,便操作风潇潇回到君阳城自己的杂货铺子前。留言板上一溜的留言,有来买东西的,有来慰问她的,还有来骂她的。从那些留言里她读出了惊讶的信息。

原来在风潇潇被轮白的当天晚上,紫陌红尘也被人轮白了。那个人就是雨潇潇,一个非常低调非常沉默的女刺客,风潇潇唯一的师傅。

玩这款游戏已有一年半载,可风潇潇用两个手就能数出和师傅说话的次数。如果不是这次事件,她都快忘记那个师傅了。

风潇潇初入游戏时在师徒NPC那儿发布消息要找级高的师傅来带自己，那时钱龙忙着建帮立派根本没时间管她。看到雨潇潇M自己时，风潇潇不由自主地笑了。

"你叫雨潇潇？我们真有缘分。"

"以后我做你师傅。"

相识便是从那时候开始，从一个新人升到满级雨潇潇功不可没，只是对于其他，风潇潇完全不了解。师傅每次上线说带她去刷怪，她偶尔去偶尔不去。师傅每次打到稀有的材料便默不作声地放进她的杂货铺。她每次邀请师傅入幸福帮会，每一次都被同一个理由拒绝：等我找到幸福再说。

其实不用问风潇潇也知道师傅是个男人，也就是游戏里盛行的人妖。可是她不在意，他们其实没有什么交集。自己满级以后师傅再也没有出现过，她以为师傅已经不玩了。

如今他卷土重来，她心里有种莫名的温化感动。

游戏真是玩人，因为游戏遭遇背叛，因为游戏……她发现还有值得留恋的人。

整理一下情绪，风潇潇点开好友列表寻找雨潇潇的名字，几分钟后她失望了，雨潇潇从上面消失了，也就是删号走人了。

如此一来，她连声谢谢都说不上。

风潇潇站在店铺门前发呆，不知道接下来该何去何从，期间有不少游戏里的好友来问候她，她统统选择无视。

附近频道：

【私聊】小七：潇姐你在吗？

【私聊】小七：潇姐你在吗？

【私聊】小七：潇姐你在吗？

一个还不足80级的小弓箭手站在风潇潇面前跳来跳去惹她注意，头上的两个大辫子一甩一甩煞是可爱。

【私聊】风潇潇：我在。

风潇潇曾经是幸福帮会的副帮主，生活职业几乎全满，因此带动了很多生活玩家加入帮会，小七就是其中一个。帮里一堆小MM都爱喊她潇姐，紫陌红尘便是其中最亲近的一个。

现在听到潇姐二字，心里不禁有点抽搐。

【私聊】小七：潇姐，你和帮主的事情我们已经知道了。没想到小紫是这种人……

【私聊】小七：潇姐以后还玩游戏吗？我和小九还有深蓝他们都是因为你才加入帮会，你被剔除出帮会，我们也都退了。

【私聊】小七：如果你不玩，我们也不玩。本来玩游戏是为了开心，可是我现在觉得好恶心，但是就这么删号又很不甘心。紫陌红尘被轮白后删号重来了，还是紫陌红尘，现在是帮会里的副帮主。

风潇潇静静聆听小七的喋喋不休，一直不知如何插话。

忽然屏幕上跳出一个小窗口，风潇潇不禁一愣。

【系统】：玩家青天云笑邀请你加入【青天】帮会，是否答应？

青天云笑是青天帮会的四大主力之一，风潇潇只远远见过此人，从不认识他。青天帮会更是出名的挑剔帮，入会玩家经过严格筛选，全是一等一的PK高手。风潇潇忙于生活技能，很少PK，更别说什么PK技术的优劣了。这个人竟然邀请现在只是新手的她入帮？

风潇潇困惑不解，犹豫要不要点是。眼前却忽然多出了一道耀眼非常的高大身影。满身惹人口水的装备散发着诡异的红光，压迫的高手气势让人不禁心中打鼓。风潇潇心里大呼变态！全身都冒出红得发黑的光芒那说明这人简直就是一屠夫！杀了多少人才会有如此的"成就"啊。别的游戏里此类人被称为"红名"，在《飞仙OL》里，则被戏称为"红孩儿"。红得发黑的孩儿还敢正大光明地到处乱跑，实在让人佩服。难道就不怕被人拖出去爆装备！

"风潇潇，雨潇潇，风雨潇潇。"

来自青天云笑的密信再次让风潇潇震惊，愣了半秒。风潇潇在入帮选择上点了是。

【系统】：欢迎风潇潇少侠加入帮会，大家以后要团结一致，同舟共济。

【帮会】天灵灵：我家的蠢猫打翻了杯子，差点烫死我！

【帮会】地灵灵：你皮厚，估计没事。

【帮会】天灵灵：耶！有新人？

【帮会】地灵灵：风潇潇？

【帮会】游子虞：不会是那个幸福的风潇潇吧？

【帮会】懒猫：被背叛成那样了还幸福个毛。

【帮会】游子虞：汗，摸摸。欢迎新人，嘎嘎。

【帮会】青天云笑：潇潇出来打个招呼，以后有麻烦事情就直接找帮里任何一个人。

【帮会】风潇潇：大家好，以后麻烦了。

【帮会】天灵灵：你好你好，呵呵。

【帮会】地灵灵：我以前经常在你那儿买东西，看在现在是一家人的分上，以后能给我打折吗？

【帮会】懒猫：我也要打折！九折可以吗？

【帮会】风潇潇：我既然入了帮，打折是应该的。

【帮会】地灵灵：哦耶！真好！小云你总算为帮里找了个有用的人，你怎么勾搭上风潇潇的？从实招来！

【帮会】懒猫：双手献上黄瓜一根。

【帮会】地灵灵：懒猫少侠真不愧是孤的良臣。

【帮会】青天云笑：你们几个死女人是不是又想掉级？要不要把你们洗白白重新投胎？有空聊天还不如去升级，无聊。

【帮会】天灵灵：哎呀，小云还是一点不可爱。

风潇潇看着帮会频道，微微惊讶于青天云笑说话的口气，原来他这么暴躁。亏她还以为他是个不苟言笑的冷漠男。不过这感觉和师傅比起来，反差有一点点大。也许是以前对他根本不了解的原因。

风潇潇等人还是站在店铺前，自己入了帮会决定玩下去，那些跟自己一起出来的姐妹也无法丢下不管。

【私聊】风潇潇：师傅……我有个请求。

【私聊】青天云笑：说。

【私聊】风潇潇：我有几个姐妹因为我而退帮了，可以让他们进帮会吗？他们都是和我一样的生活玩家。

【私聊】青天云笑：能。你信任她们？

【私聊】风潇潇：嗯。

【私聊】青天云笑：不怕旧事重演？

【私聊】风潇潇：哈哈，我已经没有被人觊觎的东西了。

【私聊】青天云笑：说名字，我去邀请，你去解释。

【私聊】风潇潇：谢谢。

风潇潇下线回到寝室的第二天早晨，其他几个姐妹已经收拾好行囊准备回家过暑假。若不是因为她突然的反常自虐吓到几个姐妹，他们早就回家了。

年龄最小的林蓝背着大包包最后跟她道别："董潇，你显示器坏了，我暑假不在你就用我的吧。"

风流性感的大美女陈小雨轻拍她的肩膀，语重心长道："两条腿的男人嘛，遍地都是。"

传统古板的眼镜妹王弥将一张纸条塞给董潇，推推眼镜道："这是我叔的联系方式，你要是想早点实习就打电话给他，我之前已经打过招呼了。"

林蓝不舍地挥手："董潇，要经常给我们打电话啊。"

陈小雨一边照镜子一边往门外退，"等我放假回来一定给你介绍几个好男人，别哭了啊。"

王弥背着大包小包不忘叮嘱："游戏少玩，熬夜伤身。"

既无奈又不舍地和三个室友一一惜别，送走他们，寝室里便只剩下自己一个人。整个学校整个西区B栋，在短短几天里犹如秋风扫过，繁华热闹已然冷却，独留几片黯然神伤的落叶。

她堂堂一个理科生，竟也学会了文人的多愁善感。微微扯动嘴角，董潇打起精神去洗澡洗头，然后换上干净的衣裳，打扮得清新淑女，背上包包便前往离学校三站路远的××书店蹲点。

××书店门前蹲了一排的大学生，他们是挂牌找兼职当家教的学生。这地方人流量很大，旁边很多家长带着孩子在找合适的暑假家教。一般坚持蹲个一天半天就会如愿以偿。董潇运气不错，蹲了六个小时后接了份高一小孩的数学和英语两门的兼职，两门每天各两个小时，上午一起四个小时完成，中午还包一顿饭，学生是个看起来很老实乖巧的女孩，董潇觉得非常满意，60块一小时也不挑剔了。当即达成协议后，董潇去超市买了堆日用品和零食便回寝室做准备工作，还好做这些都有经验，整理起来很快。

不知不觉时间到了下午四点半，董潇借用林蓝的显示器启动电脑登陆游戏。和青天云笑约好下午四点半上线，要带她快速升级。

上线的位置依旧是杂货铺，风潇潇查看买卖情况，快速补给了一下短缺的货物上去，从满级跌到20级无疑是很痛苦的事情，唯一庆幸的是她的生活技能没有受任何影响。

缝纫：满级

烹饪：满级

制药：满级

种植：满级

钓鱼：80%（100%满级）

采集：满级

剥削：满级

挖矿：90%

锻造：满级

精炼：90%

风潇潇首先给青天云笑发个消息过去，乘这时间点击锻造了几样帮里点名需要的首饰放进包裹。

【帮会】风潇潇：那几个在我这里订了首饰的上线M我，东西弄好了。

【帮会】小七：啊！潇姐你上了啊，要练级吗？要不要带你？

【帮会】深蓝：小七你自己也是个小娃娃，还想带别人？

【帮会】小七：切，我已经快90级了哦！不小了！

【帮会】深蓝：是啊，比起20级的潇姐是不小。

【帮会】小七：哼哼，我知道你满级了了不起，不如你去暗杀那个谁谁谁吧？你不是刺客吗？

【帮会】深蓝：咳咳，逮到机会我会出手的。

【帮会】青天云笑：新来的有空闲聊还不如去找人PK练习下技术，风潇潇入队，今天目标80！

【帮会】小七：汗，一天就升到80？不是吧！

【帮会】深蓝：牛人就是牛人，别把潇姐整死了啊，潇姐怎么说也只是一柔弱的奶妈而已……

【帮会】风潇潇：我现在无职业，不是奶妈。

【帮会】懒猫：谁说奶妈柔弱？叫深蓝是吧？来来来，咱们来较量一下，让你见识见识奶妈的力量。

【帮会】深蓝：……不必了……

【帮会】风潇潇：你太狠了……我估计吃不消……

【帮会】青天云笑：没事，我会很温柔的。

【帮会】懒猫：喷了！

大伙喷笑，风潇潇吐血，这是口误啊，可是青天云笑竟然接得那么顺其自然。想归想，等青天云笑惹眼的身形出现在眼前，风潇潇立马跟着她跑了。

20级的风潇潇还不够资格买坐骑玩，想加快步伐只有让青天云笑当队长在前面开路，她点跟随，跟着青天云笑那嚣张的狮鹫屁股后面跌跌撞撞地向野外怪物区域飞奔。

原本风潇潇想要补回原来的级数那前60级的剧情任务一定要做，虽然有点麻烦，但是经验都很不错。她把想法一说，青天云笑却否决了。说什么做任务又无聊又磨蹭，还是刷怪刷副本来得快。听此言风潇潇不禁纳闷非常，她原来的级数不就是身为雨潇潇的青天云笑带她做任务带她刷怪上的吗？怎么现在却说无聊，显得没有耐心？

【队伍】风潇潇：喂，你是不是雨潇潇啊？怎么感觉有点怪？

【队伍】青天云笑：我有必要骗你？不用怀疑什么，今非昔比。

【队伍】风潇潇：今非昔比？

可惜这么问了风潇潇也没得到答案，今非昔比？具体是指什么意思，她想不明白。

心里有那么一点点怀疑青天云笑的身份，然而，当踏进了怪物圈内，青天云笑握着身泛幽幽绿光的冷厉匕首如同鬼魅一般游走于怪物堆里，只看得见他泛着红光的高大身影迅猛如雷电，先是潜行，而后瞬移一发，灵蛇吐芯随即出手，轻松秒杀！如何下手，如何脱身，风潇潇其实看不真切，唯一的信息就是怪物堆上面花花绿绿华丽丽飘散的技能光芒和名字。这就是青天云笑，这就是风潇潇熟悉又陌生的师傅雨潇潇，纵然一个男身一个女身，可是杀起怪物来，感觉却一模一样，那气势那走向，毫无差别。

风潇潇还记得第一次看到师傅雨潇潇带她刷怪时，便被那迅捷无比的妖娆身姿所折服，当时便直接发表对师傅的崇敬佩服，一心想将没有帮会的师傅拉进自己的帮派。

现在想来，难怪他会拒绝。

【私聊】青天云笑：一个经验多少？

【私聊】风潇潇：一千九百多。

语毕，青天云笑停下了忙碌的动作，唤出坐骑要风潇潇跟随，转移阵地。

风潇潇不知道他要带她去哪里，他不说她也不问。跟着高手走，肯定没错了。走到半路上，队伍里加进来几个人，一看级别，全是满级和几乎满级的帮中高手。

【队伍】青天云笑：刷大蛇。

【队伍】杀手一号：OK！

【队伍】杀手二号：我还以为是杀人哦！

【队伍】杀手三号：好久没杀怪了，呵呵！

【队伍】杀手四号：这位MM是嫂子吗？

【队伍】青天云笑：五号不在？

【队伍】杀手一号：五号出门了。

【队伍】青天云笑：风潇潇，以后你上线我如果不在，就找他们带你升级，争取20天满级。现在去杀大蛇。

【队伍】风潇潇：……

青天云笑嘴里的大蛇是Boss赤炼云蟒，在地下宫殿最底的第九层。风潇潇曾经刷过一次，是乾隆带她冲100级的时候去的。那时候99级的她光是爬到Boss面前就吃了几个大红。现在22级再去……岂不是……

风潇潇心里没有把握，青天云笑却已经领着队伍冲到了地宫门口，扑面而来的煞气让风潇潇退后几步，跳出一个提示的窗口：地宫四处弥漫着嗜血之气，少侠是否进入？

风潇潇直接点了是，身形便进去了，进去后诡异低沉的音乐传出，又一个窗口跳了出来：玩家青天云笑邀你共骑，是否接受？

【私聊】青天云笑：上来。

简单两个字无法让风潇潇拒绝，霎时风潇潇便上到了狮鹫的背脊、青天云笑的怀抱里。系统设置的共骑除了夫妻关系没有任何障碍以外，其他人共骑必须要有特殊小道具，性别不限。无论邀请的人是谁，女人上去就坐在前面，姿势暧昧得很。

狮鹫在地宫一层疾驰横扫，挥着大翅膀鸣叫而行，很快两个人便闯过了二层，数字杀手团也都坐着自己的坐骑尾随而来，不时在队伍频道里发出取

笑二人的表情符号，但是两个当事人谁也没有吭声。

【队伍】杀手一号：云笑你啥时候结婚？

【队伍】青天云笑：少废话，开打。

青天云笑语毕收起了坐骑，不等杀手三号给他加好状态，一个凌波微步甩出来，如一阵疾风般朝着赤炼云蟒冲去给了一个玄刺五连击，随后在赤炼云蟒庞大的身躯扫过来时及时回身后跃，杀手一号舞着钢刀大鹏展翅而上，杀手二号提着长剑轻灵飞跃，杀手三号站在最合适的位置，迅速而准确地给每一个人加上辅助，杀手四号马不停蹄地围着赤炼云蟒奔跑，手中的弓箭每一下都射在点上，风潇潇只看到巨大的赤炼云蟒头顶上血红直冒。

风潇潇无法加入战斗，现在只求自保。以前当奶妈的经验倒是让她很精准地站在有效区域内最安全地移动，只要不让Boss摸到自己，而在Boss死后又能分到经验便成功了。

近一点就可能死，远一点则视为无效，最初为了乾隆选择奶妈时简直痛苦不堪，每天不停地跟着队伍跑来跑去救死扶伤，操作的生疏对新手奶妈来说就是折磨，一个不好就要被人指责，虽然没有玩过别的职业，可是风潇潇觉得奶妈是游戏里最可怜的人。

幸好后来练到满级，操作熟练起来，挨骂的情况便没有了。幸福帮会里总有一群小MM爱说潇姐是个高手奶妈，风潇潇从不觉得自己是高手，因为每次上战场她都神经紧张，做不到高手那样的游刃有余。眼下看了杀手三号，更是笃定这句话。什么叫高手奶妈，杀手三号这样的才是，动作流利毫不累赘，每一点气血都利用得当，技能都是连续施放，时间把握得又精又准，风潇潇佩服得五体投地。第一次觉得奶妈也可以这样帅气，而且似乎很轻松……

风潇潇本想这次升到30级去选择职业时一定不要再当医生，因为已经没有需要她辅助的人，何必干那吃力不讨好的职业呢？

现在，如死灰一片的心，却似乎被什么给渲染，变得热血沸腾，斗志昂扬。

【队伍】青天云笑：刷完Boss你就去就职，以后做我的奶妈。

【队伍】杀手一号：惊！你还没断奶？

风潇潇本来激动非常的心，刹那间冷却，嘴里的冷茶，喷了满屏。

Chapter02 刷怪路遇冤家

不是疑问不是请求,而是斩钉截铁的肯定句,是领导的命令,是强硬的要求。

"以后你就是我的专属奶妈,有什么不懂的技巧可以找杀手三号,他的操作值得你学习。"

一句话改变了风潇潇的决心,情不自禁倒戈向这个强制的男人。奶妈就奶妈吧,坚持下去指不定某年某月某天,她会成为第二个杀手三号!

跟着杀手团东奔西跑刷各地图的Boss和副本,从下午四点半到晚上十一点半,级数发生了翻天覆地的变化,可是越到后面升级越难,距离青天云笑嘴里的80级还有很长的距离。

连续不断的刷怪,身体绷在电脑前一动没动,晚饭都没好好吃上,风潇潇已经坚持不下去,困得要死。对于青天云笑的认真态度,风潇潇佩服之余,很有些不理解。但是这些想法藏在心里,没敢说出来。

【队伍】风潇潇:我不行了,我要下线休息,又累又饿。明天八点还要给人上课,下午有事要出去,晚上再来继续行不?

【队伍】杀手一号:哈哈,你能坚持到现在已经很不容易了,云笑是个疯子,你不用理睬。

【队伍】杀手二号:困了就去休息,我也乘机去吃宵夜。

【队伍】青天云笑:你下,账号和密码给我。

青天云笑如此直白地要账号和密码让风潇潇微微一愣,但是随即便依言上报了。她的号就在眼前,几十级,除了一家店铺是最大的诱惑,其他不足以让人觊觎。可是她直觉,青天云笑不是那种人。有人帮忙升级那更好了。

加了青天云笑的QQ，丢下账号风潇潇便速速下线。用热得快烧开水的工夫解决了一包饼干和一个苹果。待水烧开了后泡了一包康师傅方便面充饥，梳洗上床，整个寝室，从来没有这么安静过。她发现铆足了劲玩游戏的唯一好处就是让自己没有空闲去胡思乱想，身体疲惫了沾上床脑子还没转开便呼呼进入梦乡之中。

暑假留校的人不多，学校食堂不开火，早晨买几个包子在车上解决，中午在学生家里倒是有顿比较丰盛的午餐，那学生乖巧听话，虽不是很聪明，但是耐心点还不错，第一天家教收工出来，董潇很是满意。

拿着王弥留下的电话号码，董潇转身上了一辆和学校反向的公交车。在外面吃了晚饭回到寝室已经是晚上7点，暑假里多了的这份兼职是最大的收获。心满意足地洗澡换上清凉T恤便打开电脑登陆游戏。

出现的位置依旧是杂货铺子前，只是人来人往之中，她微微征了会，才看清楚哪个是自己。

此时的风潇潇穿着一身游戏里最昂贵的元宝奶妈服饰，洁白的底子，淡蓝色的滚边，服饰是参照汉服，只是下面的裙摆短了一截，显得更加便捷精神。手里的武器是80级的医用长针，因为镶嵌了宝石的关系，两手都绽放出圣洁的淡黄光晕。

风潇潇惊住，打开人物面板发现自己已经81级，所有属性点也都分好了，全身装备都是新的，可以说是同等级里最好的装扮。而且，坐骑栏里还有她梦寐以求的雪白飞狮。

这些东西风潇潇不是用不起，只是开店铺的她一直穿得很普通，好东西基本都卖给别人，除了打架的必须装备，她一直不追求这些。不追求，不代表心里不喜欢。

青天云笑此时也在线上，很快就给她发来了消息。

【私聊】青天云笑：你现在可以去宠物NPC那儿领宝宝，昨天给你送去孵化，现在应该出来了。

【私聊】风潇潇：哦，谢谢你！

除了说谢谢，她不知道还能说什么。心里有点异样的感觉，这个不大熟悉的师傅真是慷慨得很。

【私聊】青天云笑：你打开任务栏，会有新发现。

风潇潇疑惑地照做，打开任务面板，起先没发现什么特别的，这些任务她以前都经历过，不明白青天云笑指的是什么。

【私聊】青天云笑：点开门派任务。

风潇潇了然，门派的任务每天循环都是那几个，真不知道有什么稀奇的东西。

然而一点开，风潇潇震惊了。

门派任务：女子报仇，十年不晚。

任务详情：我乃"仁心谷"创派始祖月明心，数十年前以医术闻名天下，行走大江南北，悬壶济世，救死扶伤乃我一心所愿。熟料人到三十，却突遭恶人背叛，双手被废，一身医术无以为继，无奈落魄归隐深山。精修三十年复出，今朝，我已非凡人之身，不出多日必会飞天成仙。我一生医术已有人延传，可我尚有一心结在身，昔日那伤我之人，我必以仇怨回报。风潇潇你乃我门下弟子，仁心仁术，意志坚定，我有一事想托付于你。望你能解我心结。

委托：找出当年伤害月明心的恶人"于子归"。

风潇潇看完任务，心情顿时激动荡漾，这是可遇不可求的隐藏任务，没想到死过一回，竟然遇到这种好事，因祸得福吗？虽然这只是一个网游里的运气，风潇潇却很感慨。

【私聊】青天云笑：昨天帮你就职后，就多了这个任务，运气不错。

【私聊】风潇潇：哈哈哈，这是因为你的人品好，谢谢！

【私聊】青天云笑：别谢了，先说这个任务。帮你调查了一下，于子归这个NPC在黑炎山，你快去领好宝宝，我们现在过去。

风潇潇闻言迅速领了宝宝，是只对医生来说很实用的植物系宝宝"雪莲花"，白白胖胖的圆球形身子上顶着一朵盛开的雪莲，既可爱又漂亮，女孩子的最爱，医生的最爱，而且这只还是品级优良型，前途不可限量。

领着宝宝，骑着雪狮，焕然一新的风潇潇屁颠屁颠地跟着青天云笑跑了。

队伍里只有他们俩，都不说话，安静得可怕。

【队伍】风潇潇：我以前在黑炎山待了很久，可是没看到有叫于子归的NPC。

【队伍】青天云笑：我也没有看见过，问了好久结果还是帮主告诉我在黑炎山第三个岔路口往最里面走有个小洞，从那里钻过去，就可以了。

【队伍】风潇潇：哈？在那种旮旯地方，还要钻狗洞？

【队伍】青天云笑：过去看看再说。

二人摸进黑炎山，黑炎山是百级怪区，一路由青天云笑扛着怪物杀进那个旮旯地方，红艳艳的洞里，唯一一颗绿色的植物后面果真坐着一个衣衫破烂的老头子，不注意看还发现不了。

风潇潇点上去，这人真叫于子归，老头子看到风潇潇过来便站了起来，说了一堆很长很长的话，风潇潇一个劲地刷过刷过，最后出现了任务要点。

【任务】将于子归的信笺交给月明心。

风潇潇抚额，无语望天。

【私聊】风潇潇：搞半天还是个跑腿的任务，要回去找月明心。

【私聊】青天云笑：肯定没这么简单，耐心点，走，我送你回去。

风潇潇再次感叹青天云笑对游戏的认真，还是第一次听到有人劝她说对游戏耐心点……

二人又回到门派找到月明心，月明心看了信后说了一堆话，任务又出来了。

【任务】帮助于子归找到9999片蠃鱼的鳞片赠与月明心，以显自己的悔恨之心。

风潇潇抓狂，跑腿完了竟然是找鱼！

【私聊】风潇潇：蠃鱼在哪里？要收集9999片它的鱼鳞。

【私聊】青天云笑：蠃鱼？没听过这玩意。

【私聊】风潇潇：是《山海经》里的怪物，游戏哪个地方有这东西？

【私聊】青天云笑：既然是鱼，估计是有水的地方。

【私聊】风潇潇：也不一定，蠃鱼有翅膀，搞不好是飞的，反正《山海经》都不属实，游戏里一变，要它上天就不会下海。

【私聊】青天云笑：我去问问，你等下。

他说去问问，风潇潇也不知道他去哪里问，问什么人。但凡高手总有自己的交际圈子，特别是游戏老手。

风潇潇跑去百度查了一下资料，又回到帮会群里说起来。

【帮会】风潇潇：你们谁知道蠃鱼在哪里打？

【帮会】深蓝：我好想要那套紫月纱衣！

【帮会】小七：元宝店铺里这套衣服吗？我怎么没看到？

【帮会】深蓝：元宝店没有，但是潇姐的铺子有，估计是自己打的配方然后制作的，潇姐那儿的货总有让我惊喜的，嘎嘎，啊，潇姐你来了啊，牛×啊，一下就80级了。

【帮会】懒猫：赢鱼？从没看到过。

【帮会】天灵灵：是不是任务需要？

【帮会】风潇潇：嗯，是任务需要找这种鱼的鳞片，但是连影子都没看到。

【帮会】小七：《山海经》里的那个怪物？鱼，鱼身而鸟翼，音如鸳鸯，见则其邑大水。就这点资料。

【帮会】风潇潇：这我也查了，但是没线索。

【帮会】青天云笑：我刚问人了，都没线索，你仔细回想一下任务过程和提示。

【帮会】风潇潇：好。

【帮会】懒猫：什么任务要找这玩意？说来听听，大家给你参考下。

【帮会】天灵灵：是啊，帮里都是值得信赖的人，说出来无妨。

【帮会】青天云笑：没什么好说，就是转职任务。

【帮会】懒猫：切！小气巴拉的小云。

【帮会】地灵灵：小云真是护短。

【帮会】青天云笑：少废话，后天就是城战，你们抓紧时间准备，到时候谁拖后腿就批斗谁。

【帮会】懒猫：小云，你说话的样子现在已经出现在我的脑海里，好崩溃！

【帮会】天灵灵：就是！小云啊，别戏里戏外都这么让人吐槽好不好？

【帮会】青天云笑：既然玩了，就认真点。

【帮会】懒猫：啊啦啦，大家还不快去练习！别拖后腿！

任务线索一下断掉，风潇潇便不急了，安安静静看着频道里大家聊天，边看边笑。看来认为青天云笑太严肃的人不止她一个。

【私聊】青天云笑：你那个任务没有时限就不要紧，我会帮你查出来，完成后一定有大收获。

【私聊】风潇潇：我想也是，放心，我也会留意。

【私聊】青天云笑：后天我们帮会要参加城战，你生活技能是帮里最高

的，后勤准备就交给你了，价钱会合理计算，如果你需要什么材料什么帮手就直说，我不在可以找懒猫，她是帮主老婆，她不在就找娆娆，娆娆是仅次于你的生活玩家，之前一直负责城战后勤，你可以跟她学学。

【私聊】风潇潇：没问题，帮手我也有，我带进来的几个小妹都不错，PK他们可能不行，但是后勤绝对没话说，以前在幸福帮会也都是我们负责。

【私聊】青天云笑：那就好，现在带你继续去升级，任务先放下。

风潇潇二话不说跟着去了，队伍里连续不断加进来几个熟悉的面孔，杀手军团三个，还有一个青天微笑，帮里的主力之一，青天云笑现实里的兄弟。

【队伍】青天云笑：去淮南王的墓地。

一行人队列前进，杀手军团都是话比较多的人，只有他们在里面说，青天微笑和风潇潇偶尔插几句，青天云笑始终不吭声。

【队伍】青天微笑：小云，娆娆上了，她要进队，怎么办？

【队伍】杀手一号：队伍满员了。

【队伍】杀手三号：美女来了我就让位，呵呵，我杀人去，你们慢慢玩。

风潇潇还来不及跟他说再见，那个叫娆娆的便入队了。

【队伍】娆娆：云，你们去刷Boss怎么不叫我，都走这么远了，等等我，我马上就来！

【队伍】青天微笑：娆娆你今天不用上课？

【队伍】娆娆：没错，我已经把我学生踢了，以后都不用给她上课了。

【队伍】青天微笑：啊？踢了？你不是教她一年了吗？

【队伍】娆娆：对，所以我才踢她。一年的时间足以证明她在钢琴这方面天赋不足，我继续下去是浪费彼此的时间。

【队伍】青天微笑：你够狠。

【队伍】娆娆：我向来如此。云，队长位置给我啊，我的声望值快满五千了。

【队伍】青天云笑：给你了。

【队伍】娆娆：嘎嘎，云真好！杀手你们也在啊，好久不见！

【队伍】杀手一号：嗯，好久不见！

【队伍】娆娆：咦，这个才81级的新人是谁？加错人了吗？

【队伍】青天微笑：没有，我们去刷Boss就是带她啊，风潇潇你应该知道吧，原本幸福帮会的副帮主，在君阳开店的老板，她做的装备一直是本服最好，现在加进我们帮会，以后有福了。

【队伍】娆娆：哦，原来是乾隆那个贱男的前妻啊，我就说怎么看有点眼熟。

【队伍】青天云笑：别叽叽喳喳没完没了行不行？墓地到了，杀手前面开路，微笑断后保护娆娆，风潇潇走我前面。

【队伍】娆娆：讨厌，云你真扫兴。人家说说话怎么了？要是都像你这么闷，那队里无聊死了。

淮南王墓地有很多机关，但是来过这里一次后基本就没有难处了，机关永远就那几个开关密码。只是游荡在墓地的冤魂非常之多，伤害值也很大。而且这里的怪物神出鬼没，经常冷不丁地冒出来让人不防。

一队人马穿梭其中扫荡各方怪物，在一个炼丹室里有墓地小Boss之一，杀手一号打前兴致勃勃地冲进门内，脚步还没站稳却突遭袭击，四个闪亮的"落步藏刀"技能名称飘进众人的眼睛。

有玩家在里面攻击！大家同时这么想。

随行第二的青天微笑二话不说一个破刀式丢了过去，随即闪进了门内。

入口敞开来，一队人都挤了进去，娆娆站在后面迅速给众人加好辅助，风潇潇也麻利地替杀手一号加血，只是她等级低，杀手和她级数距离大，加半天加不满，最后还是娆娆随意挥挥手，杀手一号就满了。

那偷袭的玩家叫高峰，风潇潇看到名字后微微蹙眉，这人竟然是幸福帮会的一员，以前都是老相识。风潇潇有不好的预感，抬头看向楼梯上的中央祭坛，几个玩家正烽火连天地在对付小Boss鬼道士，其中一道熟悉的身影正是乾隆，而唯一的奶妈，就是紫陌红尘。

杀手军团平时杀的人比怪物还多，玩游戏的最大乐趣就是杀人。这会儿有人主动PK那更是热血沸腾，杀手一号和杀手二号联手没几下便将高峰变成了尸体。

躺在地上的一会儿工夫，高峰在当前频道发了消息。

【近聊】高峰：青天帮的死猪你们等着瞧！

【近聊】娆娆：你嘴巴放干净点，信不信现在让你多掉几级？

【近聊】高峰：某些女人有了新人忘旧人，也难怪被甩，活该！

骂完这一句，高峰便消失了。

祭坛上的鬼道士正好被杀完，乾隆等人立马杀了过来。

杀手兄弟狰狞一笑，乐颠颠地迎了上去，青天微笑发了个欢呼的表情也过去了。

【私聊】青天云笑：风潇潇你就站在这里，不要加入。

【私聊】风潇潇：哦……

别说她身份尴尬，级别太低跑去PK，只有死路一条。

那边一会儿工夫打得如火如荼，同样级别最低的紫陌红尘一下被秒了，但是很快她又吃药复活继续辅助，杀手一号对上的是乾隆，杀手二号对一个，只有青天云笑这个刺客没有单挑谁，身影如鬼魅般穿梭战局之中，逮住谁就给一下突袭。待他几圈凌波微步使下来，紫陌红尘又死了，连续吃药复活好几次紫陌红尘吃不消了，躺在地上嚷嚷起来。

【近聊】紫陌红尘：风潇潇你这个老女人，被甩是你自己没有本事！一而再再而三地找人杀我算什么！我们早就扯平了，你××的现在还追来杀我。你傍上大款了不起啊，诅咒你再次被甩！

【近聊】青天云笑：娆娆，把最啰嗦的人复活！

娆娆发个可爱的表情立刻将紫陌红尘复活了，紫陌红尘刚站起来就被青天云笑一记猛击，秒杀躺地。

【近聊】紫陌红尘：你们青天的不得好死！乾隆你死了啊！还不快来帮我，你想我又被刷白是不是？早知道就不选你，一点用也没有，害我老是被欺负！你故意的是不是？人都被你甩了你现在还念什么旧情舍不得下手，你今天不给我杀死风潇潇我们就分手。

【近聊】和珅：紫陌红尘你嘴巴放干净点！没看到爷们儿在累死累活地PK？你给我闭上臭嘴！别在这里丢幸福帮会的脸。

【近聊】紫陌红尘：贱人你说什么！乾隆都没发话你有什么资格说我？信不信我现在踢你出帮会！

【近聊】和珅：你有胆给我试试看！全服都知道你那副帮主的位置是怎么来的，你丫的还好意思到处炫耀？

【近聊】和珅：靠！你有胆，真把老子踢了！乾隆你是帮主，快加我进去！

【近聊】紫陌红尘：乾隆不准加他！他这么对我你还加他干什么，帮里高手多的是不缺他一个，早看他不爽了，一直在帮里叽叽歪歪排挤我，我看他就是嫉妒我副帮主的位置。

PK还没分出胜负，敌对方已经吵得沸沸扬扬，队伍频道里杀手们一个劲地幸灾乐祸，出招也不狠厉了，纯粹就是不想对方死太快没好戏可看。

【近聊】和珅：乾隆！你真听这个女人的话是不是？行，我也不争了，咱们兄弟俩好聚好散，以后各走各路。但是紫陌红尘你给老子记住了，祈祷以后别碰上我。

当前频道飘出这句话后，那个叫和珅的战士掉转头就出了墓地大门，远去。

【队伍】杀手一号：哈哈哈，内讧啊内讧！

【队伍】杀手二号：这个乾隆帮主当得真是窝囊！

【队伍】青天微笑：怎么会看上满口脏话刁蛮任性的疯女人。

【队伍】娆娆：肯定是这紫陌红尘年轻漂亮会发嗲，游戏里如何都是游戏，我猜他们在现实里估计处得不错。

【队伍】青天微笑：大概，同居了。

【队伍】青天云笑：少废话，还有几个等着解决。

杀手兄弟立马将唯一的狠将乾隆给围了起来，紫陌红尘完全没有威胁，谁都不去管她了。乾隆以一敌众毫无还手之力，没一会儿就被打趴了。

【近聊】乾隆：今天这事不会就这样结束，等着帮战吧！

【近聊】青天云笑：就等你这句话！

【近聊】紫陌红尘：风潇潇你怎么不去死，被人甩了只会在游戏里欺负人算个什么东西！大家还都说你为人热情慷慨，没想到你就是这种睚眦必报的小人。

【近聊】杀手一号：信不信让你永远玩不成游戏？

【近聊】紫陌红尘：我怕你啊！风潇潇你装什么哑巴，杀都杀了还装局外人显你多仁义？

【近聊】风潇潇：杀手们，不觉得疯狗的叫声很吵人吗？赶紧清场子杀Boss去。

风潇潇消息一发出去，拿出武器就将只剩下血皮的紫陌红尘给杀死，紫陌红尘一死就准备用还魂丹复活，但是每次一拿出来就被风潇潇迅速打断，

还魂丹根本无法进食。

紫陌红尘只来得及发了个愤怒的表情,身体便回去了地府。

炼丹室一下宁静了,一队人马笑容满面地从里面走出去,前往另外的Boss出入点。

此时的世界频道很喧腾,是由玩家和珅挑起的热潮。

【世界】和珅:从今天开始我和乾隆的兄弟情谊到此结束!一切原因都是紫陌红尘这个贱女人,幸福帮会从这瘪三趾高气扬在帮里骂前副帮主风潇潇开始就没有幸福可言了。乾隆,你不是个男人,老子看不起你。

【世界】高峰:啥?和珅你真离开呢?

【世界】和珅:我不是离开了,我是被踢了。

【世界】流水潺潺:不会吧,和珅你也被踢?那我们下次城战怎么办?

【世界】和珅:那已经不关我的事。

【世界】青天一笑:和珅?你操作不错,有没有兴趣加入青天?

【世界】妞妞:哇哇,青天的帮主露面了!百年罕事!

【世界】和珅:多谢青天帮主看中,可是我已经不想加入任何帮会。

【世界】青天一笑:了解,打扰了。

【世界】小七:和珅大哥你真被踢了?我早说那个紫陌红尘不是好人了!你不听我的,哼。

【世界】深蓝:就是就是,自己走出来多好看,被踢出来好没面子,而且是被那女人。

【世界】和珅:呵呵,让你们笑话了。小七在青天适应吗?

【世界】小七:嗯嗯,这里很好啊,除了有些严格以外人都很好。

【世界】和珅:那就好,有什么麻烦就M我,我现在孤身一人,很逍遥自在。

【世界】小七:好啊,你现在带我去升级可以吗?我想快点升到100。

【世界】和珅:行。

这边在吵吵嚷嚷,那边淮南王墓地之中,已经打得翻天覆地。

死回去的乾隆等人没多久就带着一帮人马回到墓地报仇,人多势众,青天这边渐渐落了下风。风潇潇早早便躺在地上了。

【队伍】青天微笑:大家撑一会儿,马上有援兵过来。

【队伍】杀手一号:靠啊,死也要拖着昏君乾隆!

【队伍】青天云笑：娆娆我掩护你，你快点把风潇潇复活让她退出去。

青天云笑很担心要是风潇潇死多了万一掉级，任务会不会自动消失，要是那样可就完蛋了。

【队伍】娆娆：为什么啊？那样我和你都好危险，要是掉级怎么办？我们好不容易才练满。

【队伍】青天云笑：我们可以掉级她不行。

【队伍】娆娆：凭什么啊！你这么偏心是不是跟她有什么不轨？

【队伍】青天云笑：你救是不救？

【队伍】娆娆：我就是不救！哼！

【系统】：你被队长踢出了队伍。

风潇潇看到这个消息，顿时无语。从什么时候开始，跟女人相处比男人还困难了。

苦笑一声，风潇潇的尸体被及时赶来的杀手三号给复活并且及时带出了战斗圈。

【私聊】杀手三号：你先退到安全的位置等我们，千万不要掉级。

【私聊】风潇潇：嗯，谢谢！

【私聊】杀手三号：不客气，谁叫我们都是柔弱的奶妈。

【私聊】风潇潇：……咳，你应该是奶爸才对。

风潇潇一边开玩笑一边速速跑远了，绕着怪物向偏僻的安全地带走，跑到一半就收到青天云笑的密信。

【私聊】青天云笑：刚才抱歉，她平时不是这样。

【私聊】风潇潇：没事，这不算什么。

有个紫陌红尘做比较，其他的女孩再任性又算得了什么。砸在心里，翻不起一丝浪花。

风潇潇脱离队伍以后独自在墓地等了一会儿，不见帮会的人出来，倒是时常看到两个帮会跑来增援的人马不断增加。世界频道闹得沸沸扬扬，屏幕滚动如急水般让人眼花缭乱，只看了几分钟风潇潇便没兴趣继续，那上面无疑是骂人斗狠的话，两个帮会谁也不饶人，世界频道如此，帮会频道也是如此。

风潇潇略一思索，便悄悄出了墓地。一个人回去开始跑前面没做的一堆

任务。

级别高了再回去做任务非常容易，连跑了一个多小时完成度接近圆满，风潇潇从世界频道上知道了帮会对殴的结果是两败俱伤，这不是早有准备的PK而是冷不丁引发的战斗，双方都有很多人马根本不在线上。

风潇潇决定跑完最后几个任务就下线睡觉，这时候系统又跳出了有人邀请她入队的信息，队长是青天云笑。

风潇潇入队，里面只有他们两人。

【队伍】青天云笑：你在跑任务？

【队伍】风潇潇：嗯，还有几个就跑到80级。

【队伍】青天云笑：哦，我和你一起。

队伍里再没人说话，两个人沉默地同进同出，跑腿，打怪，做剧情，安静得好像一直只有一个人。

风潇潇很多次想问青天云笑还在不在，可是之后任务线路一变，青天云笑就立刻跟着她动，这说明他在线。风潇潇憋着心里的诡异感觉，时间慢慢流失，时针指向了晚上12点，任务也都完成。

【私聊】风潇潇：我要休息了，明天晚上来。

【私聊】青天云笑：好，今天对不起。

【私聊】风潇潇：汗，那个别在意，而且那和你无关。

【私聊】青天云笑：以后不会发生这种事，你去睡吧，我查查那任务的事。

风潇潇与青天云笑道别，回到杂货铺整理了一下货物就准备下线，这时，那个叫娆娆的女孩申请加她为好友，风潇潇犹豫了一会儿便点了同意。

【私聊】娆娆：你和云是什么关系？实话实说。

【私聊】风潇潇：以前做过师徒，现在是一个帮会里。

【私聊】娆娆：我要听的不是这！别装傻。

【私聊】风潇潇：我和他是你想的那种关系，这个回答如何？

【私聊】娆娆：你！别给我得瑟。

【私聊】风潇潇：你也别太盛气凌人，我要休息了，88。

游戏就如另一个世界，为名为利争风吃醋的事情时常发生，风潇潇见得多了。因为游戏而在现实里相恋的人有，因为游戏而搞外遇的人也有，还有她这类，因为游戏被人抢了男朋友的。

风潇潇躺在床上忍不住想，那个叫娆娆的女孩对她如此，应该是看中了青天云笑，而且他们貌似在现实里也认识。难道是情侣关系？若是如此那娆娆会生气是理所当然。

风潇潇仔细一想，决定明天上线还是说清楚为好，不然要是不小心做了紫陌红尘那样的女人，别人不唾弃她，她自己都想撞死。

翌日早晨风潇潇背着包包走出寝室前往家教地点，走到校门口时，钱龙熟悉的身影悠悠出现在她面前。钱龙两手插在裤袋子里，眼睛斜睨着永远一身宽松T恤加牛仔裤和运动鞋的风潇潇。

"昨天我妈打电话给我了，要我们这个星期六回家去，她的生日你应该记得。和你分手了还找你回家是我不对，但是我妈的脾气你也知道，一时半会儿她不会接受我有别的女朋友。你只要装成和以前一样就可以。星期六早晨在校门口等我。"钱龙不咸不淡地说罢，转身便走了，根本没向风潇潇征求一下意见。

风潇潇看着他离去的背影大声吼道："我不会跟你回去。"可笑她看到钱龙出现的一刹那，心跳如鼓，还以为……钱龙来等她，是为了跟她和好。

这真是一个讽刺侮辱的天真笑话。

风潇潇望天叹气，她果然还是一个没长大的孩子而已。这么多年太过一帆风顺以至于对某些事情太笃定太自信，当失败来临时，犹如晴天霹雳，砸得她措手不及遍体鳞伤。

带着满腹怒气和伤心去做兼职，让工作来麻痹自己的心。上午是家教，下午是才接手的电工兼职。室友王弥的叔叔在本城有家规模不错的灯饰公司，而她是水利水电工程专业，女生少得可怜，同一寝室里只有她和其他人不同专业，在一起三年了室友们还弄不懂这专业到底是干啥事。王弥理解为就是女电工，所以多次推荐风潇潇去她叔叔的公司实习锻炼一下，风潇潇每次都苦笑，她的确擅长电工的活计，可她不是那样的电工，两者有较大的差异。然而每次解释都没什么作用，对于这一次王弥的推荐她没有再推脱，多个兼职多赚点钱，只要下午去上工就可以。跟着公司里的老前辈去给客户安装各种各样的电灯以及牵线路，生意差的时候她还可以不出工坐在公司里偷偷懒，不闲不累，工资可观，很是不错。

晚上回到寝室上上网，充实的生活让她忘记了烦恼。

星期五的晚上风潇潇照常上线，经过这几天的努力她已经到了90级，前

几天城战,她本做好准备去后方支援物资,和几个小妹都商量得妥妥当当,最后面临开战时,她作为后勤主力的事被取消了,最后顶替她的是娆娆。风潇潇对这件事情并无什么想法,青天在她没来之前一直都是娆娆负责后勤,没道理她一来就顶下去,这叫娆娆多么难堪,别的兄弟们也不赞同,毕竟与风潇潇不熟。相信她实力与人品的从头到尾就只有青天云笑一个人。

【私聊】青天云笑:快来火凤城东郊一个叫桃花镇的地方,具体坐标××.×××。

【私聊】风潇潇:什么事情这么急?有Boss?

【私聊】青天云笑:不是,是关于你那任务的事情。我查了好久今天终于找到了地方。

【私聊】风潇潇:等,我马上就来!

风潇潇激动得差点从椅子上掉下去,那任务接了十天都没什么线索发现,她都快放弃了。

风潇潇急急赶去青天云笑的身边,青天云笑站在一片盛开的桃花林里,正遥望着她跑来的方向。他职业刺客,永远都是一身黑色的劲装,简单便捷,武器插在身体各个可以存放的地方,平常头上戴着斗笠,今日他将斗笠取下,散落了一头青丝。

风潇潇骑着雪狮轻盈跳到青天云笑的身前,翻身下地,素雅的医师袍随花落而迎风飘摇。

【私聊】风潇潇:我来了。

Chapter03 携手破解任务

黑衣的灵敏刺客,素衣的优雅大夫,二人一前一后穿梭在美丽芳香的桃花林,花瓣轻轻如雨飞落,直叫二人本来激动的心情渐渐平静。

【私聊】风潇潇:这桃花林子有多大?

【私聊】青天云笑:不是很大,就是路记不大清楚,你跟紧我。

【私聊】风潇潇:你怎么找到这里的?

【私聊】青天云笑:是帮里几个女孩出来玩时,碰巧遇到桃花林里一个多出的NPC。

风潇潇不再说话,跟紧青天云笑的步伐一路穿梭寻觅,如迷阵般的桃花林深处有一座简单的小凉亭,亭子里坐着一位粉红衣裳的女子在轻抚琴弦,五官美丽,表情忧郁,风潇潇猜想这NPC又是一个有故事的人。

风潇潇没有多问,跑过去直接点击女子,弹出了一个窗口,是女子正在吟唱的诗:

君生我未生,我生君已老;君恨我生迟,我恨君生早。

君生我未生,我生君已老;恨不生同时,日日与君好。

我生君未生,君生我已老;我离君天涯,君隔我海角。

我生君未生,君生我已老;化蝶去寻花,夜夜栖芳草。

风潇潇猛点鼠标让那些废话不停跳过,最后一句话才是他们所要的任务线索:

那些怪物长得像鸟又像鱼,成群结队飞去,闹得百姓惶惶不安,李郎如今人在潜阳想方设法驱除它们,奴家却只能在这里祈祷他和潜阳的百姓们万事平安。

【私聊】青天云笑:她形容的那种飞禽怪物应该就是蠃鱼,我们现在去潜阳城找找。

如果真是如此就顺利了,风潇潇和青天云笑骑乘坐骑飞快赶往潜阳,但是潜阳也是游戏中的一大主城,不说面积多大,里面的NPC何其之多,那些怪兽飞去怎么不见有人提起?推算一下那些怪物估计是在潜阳范围内的地方,小镇子,小村子,全部包括其中。

两人在城里城外找了很久不见一只蠃鱼的身影,去论坛发贴子求助也没见人回答。而那弹琴女子所说的郎君和怪物倒是在一个小村子里找到,可惜那些类似蠃鱼的怪物,并不是蠃鱼。

刚刚升起的希望就这样破灭了,两人难免有点失落。

风潇潇和青天云笑傻站了一会儿准备下线休息了事,这时,青天云笑难

得跟她说起了闲话。

【私聊】青天云笑：明后天是双休日，你应该不用兼职才对？

【私聊】风潇潇：没错，我休息两天。

【私聊】青天云笑：你暑假在兼职家教吗？感觉你平时好像挺忙。

【私聊】风潇潇：上午是家教，下午是电工，呵呵，合起来一天也要工作八九个小时。

【私聊】青天云笑：原来是这样，那你双休日打算怎么过？别说就在寝室里。

风潇潇一愣，她的确有这个打算，外面太阳太烤人，没事根本不想出门，顶多买点吃的喝的。钱龙还说星期六早晨来等她一起回家，这更是让她不想出去面对。

【私聊】青天云笑：没事就出去转转，怕热就去大商场里买点吃的喝的坐一天。

风潇潇呵呵一笑，回复道：去商场也是坐着，寝室也是坐着，呵呵。

【私聊】青天云笑：商场里有空调，还有娱乐休闲设施，吃喝都方便。

【私聊】风潇潇：知道知道，我就听你的，一个人去商场书城看书好了，过几天我有个朋友会来学校陪我，到时候估计想闲都闲不下来。

【私聊】青天云笑：你不如抽空回家看看你父母，放暑假不回家他们估计念叨。

【私聊】风潇潇：哈哈，师傅你今天话好像特别多特别关心我，我受宠若惊。

【私聊】青天云笑：……

【私聊】风潇潇：跟你开玩笑了，我准备八月底回家住一个星期，然后九月来上学正合适。不瞒你，这几天耳朵已经被我妈叨聋了。

【私聊】青天云笑：在一起嫌唠叨，分开了又挂念。

【私聊】风潇潇：没错没错，哎，原来师傅你也会说这种话，你今天说的话比以前合起来都多……

【私聊】青天云笑：……无聊而已。

【私聊】风潇潇：话说师傅你现实里是干啥的？感觉不是学生了。

【私聊】青天云笑：毕业一年，前不久和实习的公司签了正式合同。

【私聊】风潇潇：哦哦，原来如此，恭喜你找到饭碗，你是什么专业？

【私聊】青天云笑：建筑，说好听点是工程师，难听点就是建筑工地上的工人。

【私聊】风潇潇：哈哈哈哈，我学的水电工程，朋友都说我是女电工，和你差不多。我们俩专业挺相似。

【私聊】青天云笑：是啊，我们建筑学里也要了解水电。

【私聊】风潇潇：嗯，师傅加油升官发财，等我毕业就去投靠你。

【私聊】青天云笑：只要你愿意，我很欢迎。

明明是开玩笑说着玩而已，青天云笑的回答却让风潇潇心里咯噔一下，莫名地感觉到这是他的真实想法，并非儿戏。

【私聊】青天云笑：你今天晚上可以晚点下，我先带你升级去，争取快点到100。

【私聊】风潇潇：可以啊，你先等我，我回店铺整理一下就来。

【私聊】青天云笑：嗯。

风潇潇骑上雪狮速速往潜阳城内的传送点奔跑，路过街上一家家系统店铺和永远规律转来转去的NPC，风潇潇转身走向人群密集的传送点。传送点的车夫NPC是个老头，老头旁边站着他的孙子，负责传送的只有老头，而他孙子就站在旁边，不时冒出"那个大哥哥的宠物好威武""那个姐姐真像仙女"诸如此类的无用废话。

玩了这么久谁都知道传送不用点击那孙子，很可惜传送点人太拥挤，风潇潇的鼠标不停地猛点，不是说人数太多就是没有响应。周围的音乐轰鸣闹人，当前频道滚动的信息里不时重复那小孙子的几句话：

陆小宝：爷爷你看，那个姐姐好漂亮。

陆小宝：爷爷，隔壁的大叔说潮阳又发大水了，害得大婶不能回娘家，潮阳的百姓好可怜。

陆小宝：爷爷，我今天想买小面人。

点不到传送人的风潇潇呆呆看着滚动条出神，直到那话重复在她视线里快十遍，她不想看见也看见了。陡然一下，风潇潇的鼠标移到小孙子身上激动点击，重复了几次，小家伙说的话都是那几句。风潇潇吞吞口水，立刻给青天云笑发了消息。待青天云笑赶回城里，两人一起传送到潮阳。潮阳不是游戏里的主城，人烟很稀少，附近都是湖泊山林，比起君阳那些城市的百姓，潮阳的百姓穿得很寒酸破烂。

潮阳的传送点在府衙旁边,风潇潇顺便看了眼公告,上面写着潮阳发大水,国家已经尽快派来救济之财务等等。

风潇潇拉着青天云笑在潮阳范围里寻寻觅觅,湖泊过多的潮阳的确被洪水淹没了,只是游戏里并没有那么逼真,仅仅从破败的房屋庄稼就可以判断。

嬴鱼:鱼,鱼身而鸟翼,音如鸳鸯,见则其邑大水。

二人马不停蹄地四处寻找,最后竟然在群山之间发现了嬴鱼的身影,潮阳的山很高,平时根本没有玩家会去攀爬,都以为那不过是摆设,是无法上去的死角。结果两人穷途末路,风潇潇认准了嬴鱼就在潮阳找不到就不回去,这会儿二人站在山巅之上,看着翱翔在山中一湖泊之上的嬴鱼,苦尽甘来,只觉心旷神怡。

现实里人们爬山会累,累的是身体。游戏里爬山会累,累的是心里。当鼠标键盘被戳破了还无法越过障碍、无法跳过高墙时的那种折磨让人抓狂,偏偏这游戏里很多这样的设置,游戏前期经常看到一堆新人在某墙外东倒西歪地对着墙内的一枝红杏拼命地跳来跳去,这样的跳跃需要技巧以及一个人的RP,后者更多。

【私聊】风潇潇:这里还有没见过的矿石,太好了!

风潇潇还未从发现嬴鱼的喜悦里醒来,山顶四周几个显示在附近地图里的红点让她敏感地激荡起来,看到材料就采集已经成了她的习惯。

风潇潇弯身采集,矿石成功到手,一看名称,风潇潇有点失望,竟没有发现哪种配方里需要这种"潮石"。

【私聊】青天云笑:我们快下去,不知道这种怪物好不好打。

二人乘坐骑飞扑而下,青天云笑率先逮住一只嬴鱼发起攻击,满级的他对付外表弱小的嬴鱼竟然不能秒杀,连击四下才能杀死一只,嬴鱼攻击力很高,青天云笑杀死一只自己还要掉一点血,捡起掉落的物品,获得嬴鱼的羽毛和鳞片各一个。照这么计算,9999片鳞片,就要杀死9999只嬴鱼。

青天云笑抬头望天,本来自由翱翔的嬴鱼因为他的攻击而骚动起来,距离近的已经愤怒地朝着青天云笑发起了攻击。

青天云笑刚想提醒风潇潇退后,队伍里风潇潇发了消息:任务出现了时间限制,要一个小时内收集完成。

【私聊】青天云笑:你注意自己千万别死,我喊人来帮忙。

【私聊】风潇潇：嗯。

任务变成这样只有喊人来帮忙收集，不然只有失败。青天云笑喊人去，风潇潇也没闲着，将自己平时关系不错的朋友全部发了消息，报了坐标，就看最后能赶过来几个。

两个人群发完消息便马不停蹄奋勇抗战，十分钟后有第一队人成功到达。

【队伍】懒猫：这什么破地方，害我们找了好久，真是偏僻！

【队伍】天灵灵：你们居然能找到这里，佩服。

【队伍】青天云笑：大家抓紧时间杀怪收集材料，事后重谢各位。懒猫麻烦你把这儿的路仔细告诉其他人，我怕有的人摸来时间都不够了。

【队伍】懒猫：嗯。事后老娘要你裸照一张，给不？

【队伍】青天云笑：行。

【队伍】懒猫：神！天灵灵你看到没！小云竟然答应了！

【队伍】天灵灵：嗯嗯嗯，激动！大家都是证人哦！小云你要是反悔别怪我们不客气，哼哼。

【队伍】青天云笑：我说话从不反悔，别啰嗦了，快点行动。

八个人勇猛地杀怪，不一会儿来了第二队、第三队，零零散散前前后后一共摸来上百人。基本都是青天云笑叫来的帮手，大家七手八脚轻轻松松将9999片鱼鳞收集完成，另外还多余收集了上万片羽毛。

任务品收集完成，风潇潇一刻不敢耽搁，拿着东西飞去月明心那儿上交。月明心长长地感叹一番，任务又变成去找于子归。

【私聊】于子归：风潇潇少侠，你能帮我打造一套赢鱼甲衣赠予月明心赎罪吗？我已经病入膏肓，早没有当年精纯的气力。这是我多年来研制出的心血，是我最骄傲的本事，现在传授于你，我满手罪孽，不配为人师，这些东西就当送于你。

风潇潇立刻点接受任务，回到包裹里看到多了一样"于氏精炼"的锻造配方书，右键点击学习，生活技能中便有了几个从未见过的配方，其中材料复杂，可是成品光看名字就非常诱惑。

【私聊】于子归：现在你已经学会了我的本领，那就麻烦你打造一套完美的赢鱼甲衣替我赠予月明心。

风潇潇激动非常地和青天云笑离开，两人在各个城市转悠了几遍才收集

齐赢鱼甲衣所需要的全部材料,其中那9999片鱼鳞是关键。

风潇潇锻造精品装备时喜欢退去自己身上的所有装备和武器,仅以一身布衣静坐在店铺后的草地花园里,将材料一件件放进去,确认没有任何错误后便点击开始。

游戏里锻造东西仅仅是找找东西、动动鼠标的时间而已,可惜这些仍要看个人的RP,有的人时常失败,有的人一次就成。风潇潇就属于那种RP很好的生活玩家,正因为如此,她店铺里总是能看见别人那里少有的诱人货物。

光芒在周身旋转,"叮"一声响,是成功的提示音。

"赢鱼甲衣"横空出世。

【系统提示】:某玩家经过重重磨炼,终于创造出绝世装备"赢鱼甲衣"。、

公告一出,世界频道又开始喧腾飞扬,无不是在好奇打听那个好运的玩家是谁。青天帮会里参与收集赢鱼鳞片的众人基本都猜测到那人是风潇潇,纷纷给风潇潇发消息确认是否属实。

风潇潇拿着成品赢鱼甲衣和青天云笑匆匆跑去月明心那里交任务,对于众人的问题仅仅在帮会频道由青天云笑简单地作答:大家都别声张这事,谢谢。

此话一出,疑问变成了肯定。

然而饶是风潇潇自己,并不如其他人那么激动兴奋,这装备再好再牛,也只是任务品而已……

还没到手,没啥好兴奋。得到"于氏精炼"的传承,这一收获已经让她满足,也算被轮白后的一大喜事。有所失必有所得,想开一点,没有什么放不下的。

月明心收到赢鱼甲衣,先是久久的沉默,之后发出长长的一番感慨,风潇潇走马观花地扫视一番,那些感慨都与道佛思想相关,她一个红尘中人,对语言的了解也不高,看不懂也没兴趣研究,只知道这月明心是即将飞升脱离尘世之人,昔日恩怨看在于子归的悔过之心上便不再追究。

【私聊】月明心:风潇潇你乃我派中弟子,慧根深厚,心智坚定,今日又助我解除心结,我即将离开尘世,为了感谢你,我便传授你一些技法,望

你日后能将"仁医"发扬光大,为天下苍生造福。

风潇潇大喜,只看到月明心扬手一挥,五彩斑斓的光芒从她头顶环绕至脚底。

【系统提示】:恭喜你习得拳术《美女拳法》。

【系统】月明心:这是我自创武学,为自保所用,你切记不可用此套拳法杀人。

风潇潇连忙点击谨遵教诲。

【系统】月明心:"仁心谷"为我所创,本为救济苍生所意,然我闭关多年,世道变幻,实属无奈。仁心谷竟也出现毒门之术,真是作孽。可我时日不多,无心管辖其他。你可愿继我衣钵,引导仁心谷回归正途?

风潇潇毫不犹豫点击是,哪怕这个任务没有丝毫头绪。

【系统】月明心:有胆量,真不愧是我看重的弟子。既然你愿意代我引导仁心谷,那你就是我月明心的嫡传弟子,昔日那些繁文缛节便罢了,你心里尊我一声师尊即可。我一生走遍天下,从不伤人杀人,你也要将这句话记在心里,不然你的成就定只有短短数十年。

【系统】月明心:这套蠃鱼甲衣我留着无用,便赠予你。还有随我一生的银针也一并给你,你要妥善保存。

【系统提示】:恭喜你获得【蠃鱼甲衣】。

【系统提示】:恭喜你获得【无用针】。

【系统】月明心:你日后要引导仁心谷一定会有重重困难,这是我的亲笔信,希望届时可以帮你一把。我该交代的就这么多,你走吧,日后莫再来此。

【系统提示】:获得任务物品月明心的信笺一封。

风潇潇乐不可支,这次运气太好了,一连学到很多别人学不到的技法,还得到了本服绝顶装备和月明心的银针,大难不死必有后福,要不要感谢一下紫陌红尘?

【私聊】风潇潇:师傅,我对你的感激之情如滔滔流水……

青天云笑莞尔,因为在一个队伍里,所以风潇潇得到的奖励提示他都看得清清楚楚,哪怕在一旁看着,心中都免不了激动非常,着实替风潇潇感到高兴。

【私聊】青天云笑:别谢了,看看那个什么美女拳法啥玩意?

　　风潇潇眼睛一亮,"嗯"一声便认真去查看技能面板。

　　《飞仙OL》里所有职业都是来自门派,每个门派的技能都有不同,而且多样,就职时由玩家自己选择学习,单选。

　　医生属于"仁心谷",仁心谷的技能方向主要有两条,一是医人,二是毒人,前者辅助类,后者攻击类。

　　其他各个门派也大多如此给玩家选择,譬如少林派就有棍法、枪法、掌法、拳法等等一些,可是每个玩家只能学一样,最开始就决定了一条路通到底。

　　此时的风潇潇震惊不已,面前的技能面板显示的是从未见过的《美女拳法》,展开来看,便大略如下:

　　《美女拳法》——貂蝉拜月——西施捧心——麻姑献寿——昭君出塞——文君当垆——天女织锦——贵妃醉酒——红玉击鼓——红拂夜奔——绿珠坠楼——萍姬针神——洛神微步

　　真不愧是美女拳法,十二招竟然全是以美女命名,风潇潇笑抽,不过有点纳闷每一个招式都有一个小方块,可是最后还有一个应该是第十三招的位置却是空白,也就是说她级别或者什么不足够显示出最后第十三招。

　　【私聊】青天云笑:看完了吗?具体如何?

　　【私聊】风潇潇:看完了,就是多了一套武功,现在一共有十二招,不知道功效好不好。

　　【私聊】青天云笑:那还等什么,现在就去试验。

　　风潇潇无奈,感觉青天云笑比她还激动。

　　两人速速跑到怪区,风潇潇用美女拳法对付以前刷过的怪物,使用拳法时手里的银针自动回收进包裹。风潇潇也就变成赤手空拳,第一招貂蝉拜月,右手前探,做出攻击的姿势,手掌擦过敌人肩头却滑了过去,然后突然用掌缘在敌人肩后劈斩一下,哗啦,怪物被秒杀。

　　风潇潇大喜过望,作为医生的她攻击力一直是个鸡肋,手里的武器银针用来救人很快,用来杀怪,哪怕是很低级的怪物也都一样显得微薄无用,很多医生在练满辅助技能后想尽办法用装备用药物用宝宝来提高自己的攻击力,但是那要花费很多的精力和钱财,风潇潇没有尝试过。仁心谷的另一派毒术攻击力很变态,招式很阴损很刁钻,专门喜欢放陷阱一类,但是他们没有救人的辅助技能。

【私聊】风潇潇：比以前的强多了，如果我把这套拳法练满，肯定效果不错。

青天云笑二话不说，直接发了个邀请过来。

玩家青天云笑向你发出挑战，是否接受？

风潇潇稍微犹豫，无奈选择了接受。反正只是挑战，输了也不会损失什么。

青天云笑很照顾风潇潇这个级数才他一半的新人，将身上的装备褪去，将手里的武器换成最普通，做完这些，青天云笑发话道：你先攻击，来吧。

风潇潇忍俊不禁，看着青天云笑那认真又好奇的架势，不知道为什么感觉这人很逗，让她忍不住咧开嘴巴大笑。

笑归笑，笑完了还是要打。

为了满足青天云笑的好奇心，除了美女拳法风潇潇决计不会用别的招式。因此风潇潇两手摆开架势，第一招出手的依旧是貂蝉拜月，成功打在青天云笑肩上，砍了他一个趔趄，随即第二招西施捧心，这一招左手打出，正中青天云笑的心口，致使他的身体连连后退，第三招麻姑献寿，两手合掌向上突击，击中青天云笑的下巴，这一下风潇潇感觉特别疼，游戏里的青天云笑呜呼惨叫一声，脑袋后仰，身体连退。第四招昭君出塞，只见风潇潇身姿卓越，顷刻摆出美人昭君轻弹琵琶的姿势，五指一一弹在青天云笑的身体上。第五招文君当垆，举手作提铛斟酒之状，在青天云笑头上狠狠一凿，青天云笑向下栽倒，叫声惨绝人寰。风潇潇点击第六招，却发现那儿变成了灰色，抬头一看，原来是内力为零，使不出招式了……

【私聊】风潇潇：没内力了……

气血都可以用药物补充，唯有内力没有这种药，只有那种吃了后将内力增加多少多少，维持五分钟、十分钟的药。如果内力没了，需要使用气或者休息才能将它恢复。然而这套《美女拳法》，竟然全是使用内力，以往的风潇潇光救人，用到内力的时候不多。

狼狈的青天云笑没做声，提手一挥三两下将风潇潇弄死，挑战结果宣布青天云笑获胜。

【私聊】青天云笑：拳法不错，耍起来姿势很……

全是效仿历史上那些美女的经典动作，而这款游戏里的女人本就设定得脸蛋漂亮，身材惹火，然后将那些撩人的姿势一摆，潇洒之余别有韵味，直

觉分外撩人……

青天云笑想到风潇潇本人，一时，回了不知情的风潇潇一个忍俊不禁。

【私聊】风潇潇：攻击力还不错对不？可是内力一下用完了，好可惜。

【私聊】青天云笑：没事，等你满级以后内力会增加很多，然后找点专门补充内力的装备填补，你就是顶呱呱的高手一名了。

【私聊】风潇潇：哈哈，说得我还蛮期待的。

【私聊】青天云笑：傻瓜，别人想要都没有，这是你的运气，别浪费。

风潇潇不多说，想起任务奖品里的那套最牛装备"赢鱼甲衣"，顺手点开交易。整个任务都是青天云笑在帮助他寻找线索，最后能完成他功不可没，对他的感激不止这一点点，从被轮白开始她就想好好感谢这位师傅。

青天云笑似乎很惊讶，并没有接受：你给我？你知道它的价值吗？

【私聊】风潇潇：大概知道，但是说给你就给你，这是你应得的，别拒绝。

【私聊】青天云笑：我估价一万人民币，稍微炒作一下可以更高，我们这服想要又愿意花钱的人还是不少的。

【私聊】风潇潇：那你拿去卖吧，跟我无关。

【私聊】青天云笑：你真不要？

【私聊】风潇潇：咳咳，我很富有，不在乎这点钱，好歹我也是当老板的人，要做好生意得先学会做人，知恩图报是美德，你就让我表现一下吧。

青天云笑难得开怀，惹得同寝室的几个家伙全拿白眼丢他。

【私聊】青天云笑：那我恭敬不如从命，在此谢过风潇潇富豪！

风潇潇泪流满面，颤巍巍地回答：客气了！

一万一万一万，就这样送人了……

星期五的晚上因为太兴奋，董潇下线睡觉时都已经是深夜。这一觉睡下去整夜无梦，脑袋很沉，丝毫没有多余的空隙去想其他。

当嘈杂的敲门声响了若干遍后，犹如睡死的董潇才迷迷糊糊醒来，呆坐在床上磨蹭了小会儿，极其不耐烦地爬下床，暗想这时候来找她的估计是暑假以来很少看到的管理员阿姨。

不爽地拉开门，门外站着的身影吓了她一跳，混沌的脑袋陡然清明，今天是星期六，钱龙要她回家。

钱龙的脸色也不好，瞪着董潇催促道："难怪打你手机关机，搞半天你还没起来？拜托你看看现在几点！再晚一点火车就开走了。"

蓬头垢面的董潇抓头，手搭着房门冷声道："是你耳朵有问题，我那天说得很清楚不跟你回去。"

钱龙狠狠皱眉，深呼吸放软声调平和道："好吧，之前是我不对，对不起。"

"我接受你的道歉，自己回去吧，我继续睡觉去。"董潇关门，她实在困死了。

钱龙一把抵住，将门使劲推开，两腿迈进寝室坐下，大有一副你不跟我走我也不走了的架势。

董潇愣住，愤怒地看着钱龙这鬼样子恼火道："你到底想干什么？这是女生寝室，你长点脸好不好！"

钱龙不理睬，从自己拎来的包里掏出一包蛋黄派填肚子，"就你一个人怕什么，快点洗脸换衣服跟我走，我妈说明天生日请我们去××饭店吃饭，还给你买了礼物。"

董潇心里百味杂陈，钱龙的父母从她小就相识，后来她和钱龙谈恋爱了最高兴的就是他的父母，待她像亲女儿一样，她每次回家乡都会被钱龙的妈妈盛情款待，不长个十斤肉别想回学校。表面上看去谁都会以为她是钱家的女儿，而钱龙只是个未过门的女婿，外人一个。钱龙也经常耍赖抗议说老娘不把他当儿子，好吃的好玩的都给了董潇而不管他死活。

可是事到如今，她还有脸面回去参加那名为未来婆婆的生日吗？没有钱龙的联系，他们只有父母是同事，两家是邻里的简单关系，她一个小辈凭啥大老远赶回家给她过生日？

既然敢跟她分手，为什么没有胆量去面对父母，连新女朋友的事情都不敢说？董潇从没像现在这样鄙视过钱龙。为什么会喜欢钱龙呢？那从高中说起似乎就是觉得钱龙很有安全感，比起学校很多看起来瘦弱娘气的男生来说钱龙就是黑马王子，哪怕他有点孩子气，也全被她当成难得的可爱之处，他的粗心马虎也被理解成男孩子都这样。

其实没长大的人何止她，眼前的这个男孩，似乎比她还幼稚，敢做不敢

039

当像一个男人吗?

董潇轻哼一声,径直爬上床补眠,压根不想洗脸出门。

吃得正舒坦的钱龙顿时呛到,跳起脚怒道:"你快点给我下来!"

"滚!再吵我现在就打电话告诉你妈。"

"你!好,你存心报复我是不是?"

"滚!"

钱龙气急,狠狠踢开椅子发闷脾气。但依然没有决心就此一个人回家,他很清楚董潇在两位老人心里的地位,伤害了她,父母绝对会发火,连带他其他交往的女孩子绝对不入父母的眼,何况林晓陌又任性又娇惯,不是父母喜欢的类型。

钱龙沉思了很久,董潇还以为他离开了。

正想下来关门,钱龙的声音又响起:"我跟紫陌红尘其实只是玩玩而已,她跟你不一样,很开放也很会花钱,我也不是傻子,我爸妈都喜欢你,我也一样。喂,你睡着了?"说半天不见董潇有动静,钱龙靠近床边伸手戳她。

董潇腾一下坐起,拿着枕头就狠狠朝着钱龙的脑袋招呼,打得钱龙边后退边叫:"你疯了啊,别打了,你再打我还手!"

董潇犹如没听到,床高够不到,干脆跳下床,赤脚就开始收拾人,枕头没命地砸向钱龙:"给我滚,你再不滚我报警说你来寝室偷东西你信不信!滚!"

钱龙逮住枕头,狠狠抓住董潇的手腕不让她动作,瞪着董潇赤红的眼睛,满腔的怒火不由得咽了下去,深呼吸道:"你到底想怎样?"

"这句话我还给你。"

"我只是要你跟我回家一趟,你有什么条件直接说。"

"条件?我要你跟那个女人分手你肯吗?"

钱龙闻言一笑,呵呵道:"我就知道是这样,没有什么不肯的,我也不是很喜欢她。你其实打扮一下比她漂亮很多啊,可是你从不肯打扮给我看,成天穿得跟男人一样,一点也没有女人味,想亲你一次比登天还难,连我生日都不肯将就我,你知不知道就因为你我被寝室的人笑死了,这么大还是处男都是因为你不肯。"

"所以你就跟我分手去找别人?"

"咳,也不全是因为这个……第一次看到她,觉得她特别漂亮,当时我以为看上她了,现在时间长了,那种感觉就淡了,仔细看,还是你比较合我心意,喂,我连这都跟你坦白了,你是不是该快点去换衣服跟我走?"

董潇垂眸点头,轻声道:"你先出去,我换衣服。"

钱龙撇嘴:"出去就出去,你快点。"

门终于关上,只是钱龙再怎么敲,也没有人为他打开了。

"你骗我!"钱龙在门外怒吼。

"就当我吃了五年屎!"董潇在门内咆哮。

美好的星期六被打扰了,闭上眼睛老觉得四周弥散着恶臭味,怎么都睡不着。确认钱龙离开以后董潇起床梳洗,不多时背着包包离开学校享用早餐。外面的太阳很大,逛街实在不明智,最后真如青天云笑推荐的那样在商场书城里拿本书静坐了下来。

"好巧啊,董潇。"

突兀的声音将沉浸在书中的董潇唤醒,抬头望去,董潇顿时被口水噎住,脸涨得通红,一边咳一边拼命地想快点离开这里。出门不利,竟然会碰上这个这个这个……高中时期的学长——秦云。

几年不见,这学长啊,还是那么……漂亮,漂亮得让她这个女生不忍去看。

哪怕他和街上很多大男孩一样穿着简单的T恤和球鞋,剃去了曾经让无数女生羡慕的长发,晶莹剔透的皮肤总算有点男人味儿了,可往面前一站,为啥还是那么晃眼?

"你见到我这么紧张干什么?坐下来聊聊,坐啊。"

董潇如梦初醒,紧张地坐回位置:"秦云……你怎么在这里?在附近工作吗?"她能不紧张吗?曾经多次说秦云的坏话都很倒霉得被他逮个正着遭遇讽刺。

被唤作秦云的人扬嘴一笑,将一瓶绿茶放在董潇跟前,这才道:"你现在应该喊我卓云,两年前我就改姓了。"

"哦……谢谢你的绿茶。"董潇的视线有了依托,不敢去看对面的人便一直盯着绿茶不放,丝毫没注意到卓云手里为何会有两瓶绿茶,显然是早有准备买在手里的东西。

卓云看着躲躲闪闪的董潇不觉莞尔,尽管很久没见,但是感觉一点没

变。

"你暑假没回家?"卓云开口打破沉默,问出一个自己早就知道答案的问题。

董潇点头:"嗯,在外面兼职。秦……卓云你现在应该工作了对吧?在干什么呢?我记得你大学是学跳舞的。"

卓云嘴角抽搐,早知道董潇对他了解不多,可是误解成这样还是让他汗颜。

"改行了。你今天休息?难得碰到,我请你吃饭去。"

董潇忙摇头拒绝:"不用……"

话未说完,卓云已经起身朝外走去,"就去隔壁街那家火锅店好了,味道很怀念。"根本不给董潇拒绝的机会,腿特别修长的卓云行动如风,只留给董潇一个清瘦有型的背影。董潇无奈跟上,看着前面那背影不知道第多少次惊叹人与人的差别,同样的衣服穿在不同的人身上,那效果也是截然不同的。一件普通得不能再普通的T恤和牛仔裤,穿在这人身上就如模特走秀,举手投足都带着说不出的味道,曾经迷恋卓云的闺蜜说过一句话:"有的人出生就带着优雅的王子气质,根本不需要丁点矫揉造作,比如秦云。"

那时候的董潇是怎么回敬闺蜜的?

董潇说:"那不叫王子气质,我看他就像个娘们,比我们校花还漂亮,不像话。"

结果自然难逃闺蜜的铁拳伺候,至今记忆深刻。

每个人都有自己的审美观,董潇觉得帅气的男孩应该有强壮的身体,要喜欢运动,每天都精神飞扬阳光四射,比如前男友钱龙。

可是外表如卓云这类,而且他比所有这类男生还要更让女人愤怒,正巧是董潇最不喜欢的类型,站在旁边总觉得自己才是一个男人,要多别扭有多别扭。

皮肤比她白,曾经头发也比她长而且乌黑秀美,腿比她细且修长,那擅长跳舞的腰更别说了,还有那臀,没事长那么翘不是存心的么。

高中时期,面对这样一个人,她曾经非常唾弃,每次见到就忍不住小声说坏话,然后每次都被闺蜜海扁不算,死巧不巧的秦云长着顺风耳,次次听到她说坏话就慢吞吞地溜过来,笑眯眯地说:"你嫉妒我?"

和秦云同校的日子像噩梦,时常会在夜里出现一张漂亮的脸蛋笑眯眯地对她说:"你嫉妒我?"

没错,她的确是嫉妒,没有哪个女生不嫉妒!

还好秦云比她高两届,后来高中毕业去大学就没见面了。再一次看到他是董潇读大一的时候,那时初来学校,什么都觉得很新鲜的她积极参与学校各项活动,有什么娱乐文艺活动一定会去观看,中秋节学校举办了一次文艺晚会,没想到会在自己学校的活动上看到高中的学长,还来不及惊讶这位学长的存在,董潇就被他让人喷血的舞姿给震慑住,当时全场女生的尖叫声犹如恐怖电影,感觉浑身发麻的董潇如往常一样不客气,很小声地嘀咕了一句:"简直不像男人。"

那次晚会的第二天,走到哪里都可以听到女生讨论昨天跳舞的那个谁谁谁如何如何,连自己寝室的姐妹们也各个说得口沫横飞。感觉自己被孤立的董潇特不悦地彪了一句:"真不知道长那么娘的男生有什么好值得你们花痴的。"

激动之下说出的话音量颇大,不但引来了女生们的怒视,还引来了噩梦重返。

"你嫉妒我?"

熟悉的声音,熟悉的笑容,噩梦啊噩梦啊!

反应过来时她已经抱着书本开溜,眨个眼奔向钱龙不见了。

董潇觉得自己有时候特别幼稚,分明知道看人不能只看外表,却对秦云一直犯这种傻错,还每次都被抓包鄙视。其实打心里她早就觉得秦云不像外表那样女气,现在仔细看,他的确长得很漂亮,但是一言一行都不是女人所为,明明就是一个很正常的男人。

"董潇同学,你还在嫉妒我?不然一直盯着我看干什么?"

"不……是你嘴上沾着葱花。"

"……"

Chapter 04 再出绝世装备

和自己唾弃而又恐惧的人面对面吃火锅不是常人可以享受的事情,每一分钟都如坐针毡,再美味的东西都变得食不知味。

从坐下来起心里就只有一个念头:快点走,快点走。

"按道理这顿饭应该是你请我吃,毕竟我从来没有招惹过你,可是你却一直诽谤我。"吃着涮羊肉的卓云扬起笑脸,语气淡淡地望着董潇说。

董潇身体一颤,暗道她知道错了,后悔了,如果时光可以倒流她一定闭好自己的嘴巴,绝对不说他半分是非。事实证明背后嚼舌根要遭雷劈啊!

要说她也不是喜欢说人闲话的人,都怪高中闺蜜太迷恋卓云,每天都围着她说卓云的好,她听多了自然免不了去讽刺几句,最好能将闺蜜拉回岸边来。

"对不起,我以前不懂事……可是我今天没带什么钱……下次一定请你!"董潇苦着脸无比真诚地表示自己的歉意,她的确没带多少钱出来,当然这也是一种礼貌的推脱。

哪知卓云听完,那双漂亮勾魂的眼睛一亮,冲她笑着点头道:"那说定了,就下个星期六如何?位置你选,考虑你还是学生,路边摊也没关系。主要是给你表现一下自己诚意的机会。"

"……"

帅哥啊,你可不可以不要这么体谅人?

董潇泪流满面回到寝室已是晚上七点,和卓云吃饭后她急着离开,就扯个理由回到书城继续看书,哪料还没看一会儿,卓云也捧着一本书坐过来,说:"我也是出来混免费空调吹的,咱俩一起。"

虽说看书的时间里两人都保持沉默互不干扰,可心被搅乱了,一个下午都无法静心看下去,熬到太阳下山要回学校,卓云却说:"天都快黑了,一起去吃晚饭再走不迟,还是学校有人等你?"

董潇开始唾弃自己,还从来没有谁能把她抓得死死地无法反抗,这感觉太糟糕了,浑身不自在。特别是想到临别之际卓云强迫交换了两人的手机号码,并且说下个星期六早晨九点在书城等她,不见不散。

话都说到这个分上,那以道歉为名的请客,不去实在不好。

心不在焉爬上游戏,青天云笑也在线。

看到青天云笑就想到昨天完成的任务,风潇潇的郁闷消散一半,升起了去刷怪升级的斗志。

正巧青天云笑M她入队,风潇潇立马跟着跑了。

队伍里除了他们俩还有四个杀手兄弟,杀手兄弟——恭喜风潇潇的好运,个个眼馋地问她能不能再做出赢鱼甲衣。

【队伍】风潇潇:我这里有配方,可是没有材料,你们只要找到足够的材料我就可以做。

【队伍】杀手一号:悲剧啊……

【队伍】杀手二号:没这么玩人的!

【队伍】杀手三号:得了,我认命!

【队伍】杀手四号:为什么我不像云笑那么帅?

风潇潇困惑不已,这几人说啥呢?怎么像鸡同鸭讲?

【队伍】风潇潇:你们怎么了?集齐材料就可以了,我报一下材料名字,你们好好记住。

【队伍】杀手一号:不用了。

【队伍】杀手二号:材料名字云笑告诉我们了。

【队伍】杀手三号:我们就缺一样找不到。

【队伍】杀手四号:9999片鱼鳞!

【队伍】风潇潇:啊……

【队伍】青天云笑:任务完成后,赢鱼消失了。

【队伍】杀手一号:悲剧啊……

【队伍】风潇潇:节哀!

【队伍】杀手一号:早知道那时候乘机多收集一些!

【队伍】青天云笑：时间来不及！

【队伍】杀手二号：的确，云笑啊……呵呵！

【队伍】青天云笑：毛？

【队伍】杀手二号：不毛，就是想借你的宝贝看看，让我摸摸就可以。

【队伍】杀手三号：噗，我都不知道老二你几时对云笑有非分之想了？

【队伍】杀手四号：没错没错，二哥你这话说得太直白，我们这里还有女同志啊。

【队伍】杀手一号：老二你最好打消这个念头！那一片黑暗的路就别选择了。

【队伍】杀手二号：……我真的很纯洁，不是那个意思。

【队伍】风潇潇：哈哈哈！

【系统提示】：杀手一号被队长踢出了队伍。

【系统提示】：杀手二号被队长踢出了队伍。

【系统提示】：杀手三号被队长踢出了队伍。

【系统提示】：杀手四号被队长踢出了队伍。

【近聊】杀手二号：队长我错了！我是想摸你的赢鱼甲衣！

【近聊】杀手一号：穿上来让我们看看也好啊！

【近聊】杀手四号：穿上穿上，看看是不是和圣斗士一样闪亮。

【近聊】青天云笑：要看找帮主去。

【近聊】杀手三号：找他老人家做啥？

【近聊】青天云笑：我卖给他了，一万块。

杀手兄弟们二话不说，齐齐发了个鄙视的表情，眨眼间骑着坐骑朝着帮主奔去。

【队伍】青天云笑：我卖了赢鱼甲衣你介意吗？

【队伍】风潇潇：不介意，送给你时就说好了由你处理。

【队伍】青天云笑：这笔钱我不会用，以后找机会分你一半。

【队伍】风潇潇：不用这样。

【队伍】青天云笑：不说了，我还有一样东西要给你。

交易的窗口跳出来，风潇潇看清楚上面交易的东西是9999片赢鱼的羽毛，当时众人帮忙收集了鳞片，也都顺手捡取了羽毛，只是都分别在各个人手里，没想到青天云笑集齐了。

【队伍】青天云笑：你那些配方里面有没有需要这羽毛的？按道理应该可以做出和赢鱼甲衣比肩的另一种装备。

风潇潇笑着将羽毛接收，直接发了个笑脸过去。那本"于氏精炼"中配方不足十个，可基本全是精品，一种叫"赢羽天衣"的装备便是其中之一。

两人窝在怪来怪往的过道上，将那秘籍里需要的高级材料全部整理一遍，青天云笑都记在脑子里，日后寻找材料他是主力。

【队伍】风潇潇：我们现在回城里做"赢羽天衣"。

青天云笑跳上坐骑，不解道：一定要回城？在这里做也就分分钟的事情。

风潇潇骑着雪狮行动起来，回答道：我的习惯，总觉得不在老位置就很难成功。

【队伍】青天云笑：呵呵，怪癖。

风潇潇不争辩，这个习惯的确有点怪。然而当"赢羽天衣"出世时，她心里仍旧认定，不在老位置做，这玩意绝对不会成功。熟识的人都说她有金手指，一点没假。她制作装备的成功率高达95%，而其他人一般是80%多而已。

这次"赢羽天衣"出世，系统没有通告，风潇潇看了眼属性，发现它与"赢鱼甲衣"的差别仅仅就是没有"于子归的悔恨，增30%暴击"。

而且这套"赢羽天衣"是淡银色，女玩家穿戴上一定很漂亮，和"赢鱼甲衣"正好成一对的模样。

【私聊】青天云笑：你想怎么处理这件装备？

【私聊】风潇潇：材料是你给我的……

【私聊】青天云笑：要我处理？

【私聊】风潇潇：应该这样。

【私聊】青天云笑：呵呵，那就卖给帮主吧，他会送给帮主夫人，正好一对。

【私聊】风潇潇：汗，帮主真有钱……

【私聊】青天云笑：是啊，所以他舍得。

风潇潇没有其他意见，青天云笑安静了一会儿，似乎在联系帮主大人。不多时，帮主大人和夫人懒猫共骑一只惹眼非常的双头大海龟气势汹涌地冲了过来。

风潇潇还是第一次和帮主距离这么近,看看他的坐骑,算不上全服最好,但绝对是全服最贵最华丽的一只。早知道帮主出自少林派,一手少林拳法打遍全服,是个特别喜欢PK惹祸,但是又无比低调的人,出镜率很低,基本看不见他像别的帮主那样在公众频道瞎嚷嚷凑热闹。需要在世界公布处理的事情多数由其他兄弟代理解决。不过眼下这般嚣张地出现,可一点不低调。

【队伍】懒猫:听说有好东西卖给我?拿出来看看。

青天云笑不说话,直接发了个图过去。

懒猫和帮主青天一笑一看那名字就知道不是假话,再细看属性,顿时乐了。

【队伍】懒猫:你们两个运气也太好了,呵呵,连我都嫉妒了。

【队伍】青天云笑:是她的运气好。

【队伍】青天一笑:老价钱,成交。

【队伍】青天云笑:好。

【队伍】青天一笑:我听说风潇潇得到一套美女拳法,具体说说那任务的状况,你还是第一个触发这任务的人,我打听别的服都没人做过这个任务。

【队伍】青天云笑:简单说就是从被轮白开始。

【队伍】青天一笑:就是那次被那个叫什么紫的轮白?然后呢?

【队伍】青天云笑:然后从头来过,升级,入门派,做任务。就是在入门派时接到的任务。不过无法肯定是不是每个玩家从头来过都能得到好处,风险很大。

【队伍】懒猫:的确风险大。

【队伍】青天一笑:美女拳法是金庸的那个拳法吗?

【队伍】风潇潇:算是参考的,只有12招。

【队伍】青天一笑:好好练,长大了跟我PK试试。

【队伍】风潇潇:……

【队伍】青天一笑:你做的东西一直很不错,现在更是无人能比了。以后出什么好东西记得找我,钱不是问题。

【队伍】风潇潇:哦。

这会儿工夫,懒猫已经将刚到手的嬴羽天衣装备上身,淡银色的衣服犹如月夜下的光芒，惹眼又幽静，款式设计英气而优雅，懒猫一穿上，更有一番高手女侠风范。

【队伍】懒猫：我很喜欢，哈哈，难得有属性好的衣服这么漂亮，谢谢潇潇！

【队伍】青天一笑：嗯，的确不错。

语毕，青天一笑也将赢鱼甲衣装备上身，这套是暗色调，黑色主打，红色搭配，要说最适合穿这身衣服的人，必定是一帮之主了，那威武的气势，无人能敌。

【队伍】青天一笑：两套很搭配。

【队伍】懒猫：是啊是啊，激动，老公我们游街去！

【队伍】青天一笑：不去。

【队伍】懒猫：去！这么牛的衣服就我们有，穿出去让人羡慕一下嘛！

【队伍】青天一笑：你自己去，我先回城里。

【队伍】懒猫：扫兴。

青天一笑乘上坐骑，临走发了一句话。

【队伍】青天一笑：你们两个什么时候结婚我一定送上大红包，走了。

穿着新衣的夫妻俩眨眼远去，风潇潇还处于迷蒙之中未醒，不是因为青天一笑最后那句话，而是那两套两万块的衣服，何其闪耀，是青天云笑和自己一路辛苦寻觅才有了它们，可惜却没有机会穿在自己身上。其实哪怕重来一次，她还是赞同将它们卖掉，毕竟那是两万实实在在的钱。

青天云笑也是个喜欢PK的人，风潇潇不信他不眼馋那装备，有了那装备，防御不强的青天云笑可以说再没有弱点。

【私聊】风潇潇：你为什么会想卖掉装备？不想自己穿吗？

【私聊】青天云笑：我穿在身上就是一堆数据，时间久了它就贬值。还不如现在乘机卖掉赚点钱，呵呵，我一个月的工资都没有一万，我穿一万的衣服在身上，那不是逼我自杀吗？

风潇潇莞尔，一段时间的接触，基本上在线就是一起做任务刷怪，如今觉得那个不爱说话的沉闷师傅随和多了。

【队伍】风潇潇：师傅你等我一下，把铺子补满就打怪去。

【队伍】青天云笑：好，我去给宝宝买点口粮。

风潇潇站在铺子前，看起来像一动没动。实际上她正在制作各种药物和

销路比较好的小首饰，鼠标动作间，包裹中的材料便哗啦啦减少，成品慢慢增多，眼看东西就要做完了，消息头像开始跳动。

点开，来信者竟是没什么好感的娆娆。

【私聊】娆娆：你怎么做出帮主和帮主夫人那装备的？

风潇潇皱眉，这话说来有点长，对着她，更是一秒不想多说。要请教人最起码要学会客气，她倒是从来不对她客气，就因为那莫名其妙的酸气。

【私聊】风潇潇：如果我说真话，你一定不会相信我。如果我说假话，你还是不相信我，所以我懒得费口舌了。

【私聊】娆娆：你！

由得娆娆一个人在那里气得跳脚，风潇潇跳上坐骑，在队伍频道给青天云笑发个话，转身朝野外跑去。

早前青天云笑就说了和娆娆没有任何关系，既然如此，她也不需要客气。

风潇潇加入青天云笑的队伍，提前赶到接下来要刷副本的门口打坐等待青天云笑和其他队员过来，队伍频道没人说话，帮会频道倒是热闹非常，大伙全在叽叽喳喳讨论帮主和帮主夫人那两套装备，连世界频道也没有例外，只是更多的人在询问制作装备的人是谁，那任务NPC在哪里。还好青天云笑对帮主说过不要当众公布风潇潇的名字，不然风潇潇想悠闲地练级，那是做梦。

风潇潇一个苹果啃完了还不见队伍里其他人过来，纳闷地指向青天云笑的名字，赫然发现这位主子和杀手们的血条都在起伏变动。

【队伍】风潇潇：你们在干什么？怎么血条直掉。

【队伍】青天云笑：杀人。

风潇潇哭笑不得，这阵子青天云笑因为带她升级又帮着做任务，已经很久没有杀人，初见时全身泛起的红光早就洗得干干净净。风潇潇是个不喜欢惹麻烦的人，玩游戏也不爱没事找人PK，打从心里她希望大家不要顶着红名招摇过市，那样不但自己危险，别人也觉得危险。天知道以前的她看到红名就绕道，生怕被人砍了。

【队伍】风潇潇：我马上过去。

即使不喜欢，然而在游戏里这种事情时常发生，朋友有难，没道理不去撑场子。以前每次乾隆打架她都跟着折腾，相反两人安安静静练级的次数少得可怜。

【队伍】青天云笑：不用，解决了，稍等，马上过去副本。

风潇潇顿步，回到原地打坐，大概等了一两分钟，青天云笑过来，风潇潇看着他又开始泛红的衣服，心中只有叹息。

【队伍】风潇潇：你刚杀了多少人？怎么衣服已经红了……

【队伍】青天云笑：没数。

风潇潇吐血，杀人超过八个衣服就会泛红，那是最低限度。

【队伍】风潇潇：杀手们呢？

【队伍】青天云笑：他们还在杀，组别人就可以。

青天云笑立马将杀得废寝忘食的杀手们踢出，然后在副本入口前的人群里组人。人多的地方最容易出乱子，红名走进去，别人一不小心点到了就开杀。有的是故意的，有的人的确无心。

P人和被P对于青天云笑来说太熟悉不过了，几乎是条件反射，有人朝他攻来，手指立马就给予快速回应，如果在被P的时候半天没反应那人注定要死了，除非对方太菜。

半秒钟都不到，攻击青天云笑的人已经挺尸在地。青天云笑绕过尸体继续组人，可怜的尸体躺在地上哀嚎：哪个好心的奶妈奶爸救我一下，我不想掉经验啊！

风潇潇撇嘴，不想掉经验就别找人PK啊，现在叫有屁用。

尸体叫青莲公子，名字倒是儒雅，风潇潇鼠标点过去，不禁感叹，此人居然只有60级，比她还垃圾竟然找青天云笑PK。

【近聊】青莲公子：伟大的奶妈奶爸快救我吧！我好不容易满60级不想掉回去啊！刚才那位大侠真是对不起，我看你全身冒红光所以好奇地戳了你一下……不是有意要杀你……

【近聊】青莲公子：真的很对不起。

【近聊】青莲公子：对不起。

风潇潇扑哧笑了，游戏里高手如云，小白更多啊……

【近聊】风潇潇：你没必要一直道歉，他不在意的。

风潇潇说罢，扬手施法将小白公子复活。鼠标顺手一点，查看此人的装备属性，看了后风潇潇更是无语，这就是小白搭配法，毫无用处。难怪60级

了血条只有那么点,货真价实的小白。

【近聊】青莲公子:谢谢谢谢谢谢,非常感谢女侠!

【近聊】风潇潇:不客气。

【近聊】青莲公子:女侠你好厉害,都快100级了。

【近聊】风潇潇:你旁边都是满级的……

【近聊】青莲公子:多少级才满?

【近聊】风潇潇:150。

【近聊】青莲公子:倒……那我要玩几年才满……

【近聊】风潇潇:呵呵,加油刷很快的。不说了,我副本去。

【近聊】青莲公子:哦,女侠再见,再次谢谢你!

【系统提示】:青莲公子将你加为好友。

风潇潇莞尔,身影跟随队长进入副本。

队伍满员六人,级别参差不齐,唯独青天云笑一个满级,其他都是百级左右不等。

【队伍】青天云笑:有没有谁一次没刷过?

【队伍】绿精灵:我是第一次,不过我看了官方的资料说明和视频,拜托不要踢我。

【队伍】花和尚:你是MM?

【队伍】绿精灵:当然。

【队伍】花和尚:加个好友哈!

【队伍】青天云笑:跟着我走,别乱跑就不会死,如果不小心死了记得别动,等奶妈救。

青天云笑边说边清怪,通过小段楼梯顷刻就到了一扇巨大的雕花石门前。

青天云笑站在左边点击拉环,风潇潇立刻站到右边点击另一半拉环。

两人做好动作正要拉开门,那个叫绿精灵的女剑客还站在正中间好奇地张望。

【队伍】青天云笑:站边上去,别站中间。

【队伍】绿精灵:哦。

两人一起拉门,出现一个时间长条,人物也做出在吃力的样子使劲拉。待石门一开,一股灰扑扑的气息喷出来,烟雾之中还夹着一声愤怒的嘶吼。

青天云笑纵身一跃，一个突刺狠狠扎进守护兽的身体里，队伍中的其他队员跟着立刻发起攻击，青天云笑作为第一个攻击怪物的人，自己承受的伤害最大，其他人的血条都没掉，青天云笑级别高，装备好，基本没掉一点，风潇潇无需治疗，兴致勃勃摁动美女拳法对着怪物攻击。美女拳法不能用来杀人，但是可以杀怪啊，而且姿势又帅攻击又好，风潇潇乐死。

【队伍】绿精灵：哇，风姐姐你是什么门派，你这个武功好漂亮，而且好帅。

【队伍】风潇潇：我是仁心谷。

【队伍】花和尚：第一次看到这种武功，叫什么？

刚好这时守护兽被杀死，青天云笑率先朝前奔跑。

【队伍】青天云笑：别废话，跟上。

队伍里立刻没人说话了。

此副本中小怪上百，小Boss六个，大Boss一个。整个地图呈六角形，进入中心地带后，洞穴分为两层。

必须先清除所有小怪，然后一一清除小Boss拿到六把机关钥匙，六个队员一人一把分别站在小Boss待的阵眼上，这时中间的阵法才会启动，大Boss轰然而出，将它消灭后回到原位再次启动阵法，中间就会出现宝箱，战利品。

在青天云笑的带领下一路顺畅，感觉像是轻轻松松解决了上百小怪和六个小Boss，队伍里又热闹起来，嬉笑聊天气氛融洽。

【队伍】青天云笑：大家看好自己钥匙的颜色，然后对准位置站好，Boss出来后会定住大家，那时候千万别强行出手，乖乖站好就行，等我出手你们再出手。

众人应声说是，阵法开始启动，光芒四射很是耀眼。

光芒散去后一只火红色的庞然大物倾巢而出，足有角色人物的五倍大。随着它的出现，怒吼声响彻整条山谷，大地都在震动，青天云笑眼睛一瞥，见六个队员的行列里已经有个叫侠客行的玩家翘了。刚才见怪物身上出现一个叫"逍遥"的技能闪光，那是解定。可惜在这里做就是找死。

【队伍】侠客行：……

【队伍】风潇潇：躺着别动，我等下来救你。

五秒定制时间过去，青天云笑立马朝着Boss开打，风潇潇一跳然后翻身到侠客行的尸体不远处施法复活满血，侠客行加入队伍。

可是一分钟后风潇潇纳闷了，她一刻没停地加血，全是给那个侠客行加，因为其他人没掉什么血，自己用药补补就OK。

【队伍】侠客行：怪物怎么老是打我？

语毕，Boss一圈砸下来，砸去侠客行全部的血，他又挂了。

【队伍】侠客行：靠！

【队伍】风潇潇又给他复活满血，侠客行继续开打，可是半分钟后，侠客行又一下被直接殴死。

【队伍】侠客行：靠！

风潇潇继续给他复活满血，她已经知道问题出在哪里了，只是手没空闲打字。

【队伍】侠客行：奶妈你就不能手快一点啊！技术不行就别玩奶妈。

结果这消息刚发出来，侠客行再次被殴死。

风潇潇见Boss血不多了，便不急着救他，抽空打字道：你别用"焚烧"，那样怪物专爱打你，好好看一下那技能的介绍。

【队伍】侠客行：狗屁，别不懂装懂，这招攻击强，我每次都用没错，你别啰嗦了，快救我！

【队伍】风潇潇：你肯定每次都死得最快！

风潇潇当奶妈久了，受过的气多不胜数，倒是锻炼得她超级有耐心，脾气也很好。

风潇潇扬手将侠客行复活满血，收起银针纵身跳向Boss攻击，有青天云笑顶着，她不怕副本会失败。

风潇潇的加入让Boss血掉得更快，Boss最后一次震怒，直接将级别最低的绿精灵弄死了，不过随即青天云笑一击，Boss只剩下血皮，风潇潇将绿精灵复活的瞬间，Boss倒地。

这个时候，青天云笑才在队伍里说话了。

【队伍】青天云笑：等你满级了再用焚烧自我牺牲，不然整场就光为救你。

【队伍】侠客行：你满级了不起啊，瞧不起人！

【队伍】青天云笑：大家回到原地站好，开宝箱！

大伙纷纷喜悦地站回位置，特别是绿精灵尤其高兴。

【队伍】绿精灵：嗷嗷嗷嗷，希望有那个仙女发冠！

风潇潇微笑，女孩子都喜欢漂亮的东西，她也是一样，不过之前打到几次仙女发冠全卖了。

【队伍】花和尚：记住哦，如果不是自己使用的装备不要抢，给有需要的人。

刷Boss有几率掉落宝贝，却不是人人都适用，一般一队人马过来，最后出的宝贝是哪个门派的就哪个门派的玩家拿，如果去抢，找骂。

【队伍】花和尚：那个头发肯定会掉，不过有两个MM，你们谁要？猜拳吧。

【队伍】绿精灵：汗，不用猜拳，给风姐姐吧，她很辛苦的说。

【队伍】风潇潇：呵呵，我有很多，不用了！

【队伍】绿精灵：真羡慕！谢谢了！

宝箱一开，绿精灵如愿以偿拿到仙女发冠，当场就美美地戴上头得意地转起来，花和尚一个劲发暧昧的表情去赞美，逗得绿精灵呵呵直笑。

很可惜，出的最好武器是一把长棍，正是侠客行所需，大家没说话，侠客行直接将东西拿了。

【队伍】青天云笑：等下继续副本，要退的退。

无人退队，青天云笑闷头做事，出副本，接副本任务进副本，一切重复。几个队员明显比刚才熟练多了，风潇潇更加轻松。

六个小Boss搞定，大Boss出世，众人群殴，好不容易将Boss弄死，每个人都熟门熟路地回到原位兴致勃勃等着开宝箱。

孰料变故突生，众人都看到一条消息显示：侠客行退出了队伍。

此副本中只要有人退出队伍，将在十秒后直接由系统传出副本，代表副本结束，无论输赢。

青天云笑一愣，立刻发邀请给侠客行。

【队伍】风潇潇：为什么退队？

侠客行拒绝加入，没一会儿，身影便出了副本，离开大家的视线。

【队伍】花和尚：……

【队伍】绿精灵：不带这样的……

青天云笑忍着怒火，直接搜索名字发信息给侠客行追问：你故意的？

【队伍】侠客行：我已经打到我要的装备，不好意思，我要吃饭了，8。

青天云笑深呼吸,打开帮会频道发布公告:侠客行,坐标××.×××,给我追杀!

帮会公告一出,最兴奋的莫过于杀手军团,二话不说奔向了坐标,帮会公告从此每隔一段时间便会更新侠客行的坐标,只要有人闲着就去坐标蹲点杀人,那个叫侠客行的家伙见到青天帮会的人就逃跑,可惜每次跑着跑着就被K死,当连掉二十多级后侠客行不逃了,看到有人攻击就下线,无奈他怎么也没想到,他故意躲避了两天时间然后选择三更半夜上线,迎接他的仍是当头一棒。预料中已经两天了,而且这么晚,按说不会有人蹲着就为杀他,不料错了,这些人的毅力让他佩服。

气愤不已的侠客行再次选择下线,暗道十天半个月不上来,看你们这些人还有没耐心。

压抑自己想玩游戏的欲望,熬了几天再上游戏,如他所料没有人蹲点,侠客行不屑地笑了,半分钟后,侠客行崩溃。辛辛苦苦打的装备不见了,包裹和仓库里所有东西不翼而飞,取而代之的是满满的肉包子……一个空位里一个包子,包裹和仓库全部占满,一格不剩。

还有一条离线期间青天云笑发的消息:肉包子打狗。

侠客行盯着满屏的肉包子,从此消失了。

而此时凌晨两点多,只有淡淡月光的寝室里,董潇闭着眼睛体会失眠的滋味。电风扇呜呜地摇摆,董潇心里如风卷残云般躁动不安,那叫一个热啊!

这寝室,这张床,这电扇,这些蚊子,已与她相伴三年,三年来从没像现在这样躁动过。她不是娇气的人,再热的天气都可以平复自己的心然后好好睡觉。之所以热,就是无法静心。

因为明天又是一个黑色星期六。

董潇唾弃自己,明明一万分不想和卓云吃饭,偏偏她想尽所有办法拒绝最后都被卓云驳回。真想无耻一点,干脆就不去,让卓云一个人在那儿等。可是这种作风她又实行不来。

风潇潇最终还是顶着熊猫眼出门了,没精打采走下楼,穿过林荫道和操场,来到校门前欲向车站而行。

"你可出来了。"

董潇一抖，僵硬地转过脑袋，对上卓云祸国殃民的笑脸。

卓云似乎很开心，脸上一直挂着笑，三两步靠近董潇，指着马路对面的馆子道："先去那里吃早饭。"

"哦……你怎么在校门口等我，不是说好在书城吗？"

"我怕你不肯兑现逃跑，所以特地来抓人。"

董潇泪目，她的人品原来这么不堪。

和卓云走在大街上，不时有小女孩、美少女、女青年、妇女，包括大妈都忍不住回头看他，胆大的就直接指指点点花痴地笑，董潇于是龟速前进，和卓云保持一段距离。

"你走路好慢，脚疼？"卓云不耐烦回眸等她，董潇摇头快步跟上，"没有，快走吧。"然后用兔子的速度走在前面很远的距离。

跟在后面的卓云叹气，余浅浅说自己这位闺蜜其实是个木头，表面上看很强很可靠，其实很傻很天真。

卓云看着董潇的背影，那般的沉重，那般的犹豫，而让她感受这一切的罪魁祸首就是他，虽和自己想要的目的背道而驰，不过感觉也不错，最起码说明有很强的影响力了。待长时间相处下去，他就不信硫黄不能燃烧木头。

明明只是请卓云吃顿饭道歉，然后就可以撤退从此再无瓜葛，事实却是吃了饭后还要散步，还要娱乐，还要陪他聊天。

等董潇在夜晚回到寝室清醒过来，冷不丁发现，这样的相处，孤男寡女，怎么那么像情侣约会！

董潇没精打采地登陆游戏，青天云笑不在线，杀手们也不在，她现在是101级，还需要努力。

最近与她联络最频繁的好友有两个，一个是小白公子，一个是小白小姐。

这会儿一上线，两小白立马就咋呼呼地M她了，风潇潇与这两人挺合得来，基本上每次青天云笑带她升级如果有空位就会叫上两人一起蹭经验。

和两人来回短信聊了会儿，风潇潇决定还是去升级，加两人入队，在帮会里叫上几个姐妹组成一支很菜鸟的队伍上路了。

副本Boss他们抗不住，风潇潇领着众人去乱葬岗杀乌鸦和怨灵，级别平均一下那里正适合。

【队伍】绿精灵：乱葬岗我从没去过，听说很恐怖。

【队伍】青莲公子：全是尸体当然恐怖了，不过都是假的怕什么？

【队伍】小七：音乐很恐怖，呵呵，你们俩跟上队伍就好，闭着眼睛杀。

【队伍】深蓝：就是就是，有我在不用害怕，我可是满级啊！

【队伍】小七：满级的菜鸟遍地都是。

【队伍】深蓝：喂喂！

【队伍】风潇潇：大家开始都很菜鸟，时间长了就顺手了。

【队伍】小七：这你就错了，深蓝玩游戏几年了，从头到尾还是菜鸟。

【队伍】深蓝：泪——你不准鄙视我，不知道是哪个小白每天迷路不是摔死就是卡死，所以级别永远保持不变，真可怜啊！

【队伍】青莲公子：噗，还有这么笨的人？

【队伍】小七：肯定不是我。

除了青莲公子一男孩，几个女孩子聚到一起永远热闹。风潇潇喜欢这样的气氛，轻松又愉快，玩游戏嘛，自然还是快活点好。

风潇潇级别不如深蓝高，不过技术绝对比深蓝好，作为队伍的队长走在前面开路，后面的若干路痴们点跟随，一路还算顺利地来到乱葬岗，阴沉诡异的音乐如幽灵般弥散在脑神经里，外加一声声听得人头皮发麻的乌鸦叫，队伍里顿时没有人说话了。风潇潇呵呵笑，想当初她第一次来这里听到音乐也是有点发寒，最后干脆将音效关闭才转为轻松。

【队伍】青莲公子：呜呜呜呜……

【队伍】绿精灵：啊，公子你太没用了吧，还吓哭了？

【队伍】深蓝：鄙视。

【队伍】青莲公子：谁说我哭了，我是学鬼叫，呜呜……

【队伍】风潇潇：别闹了，大家跟好喔，从这个山上翻过去，那边怪物比较多，记得空格跳跃，不然很难过去。

风潇潇率先冲上那坑坑洼洼的山峰，其他人跟上来才发现这所谓的山峰竟是由尸体和骨头堆积而成。风潇潇一直轻功加跳跃轻松无比翻上山顶，后面的人跟随也没用，动不动卡进尸体与尸体之间。

风潇潇足足等了十分钟其他人才冲过来，刚准备走，却发现队伍里还少了个人。

【队伍】风潇潇：小七你在哪儿？怎么还不过来？

【队伍】小七：潇姐，我卡住了……

【队伍】风潇潇：跳出来，多跳跳就出来了。

【队伍】小七：没用，前后左右都动不了。

【队伍】风潇潇：你们在这里等着，我去接她。

风潇潇从山顶甩出一个轻功，直直向下飞跃，外加几个跳跃很快就来到小七跟前，环顾四周见小七周边果然全是阻碍，她很好奇小七是怎么卡进去的，那也是水平。

【队伍】风潇潇无奈道：你自杀吧！我把你复活出来。

奶妈职业中有两种复活技能，一个是最常见最适用的"往生"，冷却时间短，救活后可以补血10%，随着等级升高而提升。另一种是很少用的"救赎"，冷却时间半个小时，不补血，不过被救的人是在施法者的脚边复活。

如果没有第二种技能，小七只能回到地府重新跑来。

小七哀叹一声自杀，很快回到风潇潇脚边，风潇潇擦汗道：你可别再卡住了，跟着我慢慢走。

小七答应得好好的，小心翼翼跟着风潇潇慢慢前进，风潇潇还不时回头等她跟过来，可是眼看山顶就要到了，小七又不动了。

【队伍】小七：潇姐……我又卡住了……

风潇潇折回去看周围形势，还好这次有位置可以出来，风潇潇耐心地一遍一遍指导，小七终于在半个小时后卡出来了。

可是后面的路还很长，就不知道这期间还会不会出现状况。小七自己也很郁闷，于是叹气道：要是潇姐是男的就好了，可以抱我直接飞过去。

这一句话倒是点醒了风潇潇，风潇潇顿步，喊唯一的男士青莲公子过来。

这位少根筋的小白公子也不推辞，只是很小白地问了一句：我要怎么抱？

【队伍】风潇潇吐血，道：点头像，邀请相依相偎。

于是小白公子立马将小七抱住往山上飞，风潇潇三两步跟上山顶，那边绿精灵几个人已经和乌鸦打起来，血条起伏很大。

风潇潇忙加血，跳过去帮忙，提醒道：不要用加怨气和怒气的技能。

几个姑娘打得手忙脚乱，时不时被怪物追得漫山遍野地逃跑，风潇潇崩溃，不管说多少次不要跑不要乱可惜对她们来说没用。一会儿这边的死了，

一会儿那边的翘了,风潇潇忙得到处乱转救人。

【队伍】小七:对不起,我真的不是故意乱跑,可是我一转弯就跑反了……

【队伍】绿精灵:这里路好复杂,我分不清楚左右……

【队伍】风潇潇哭笑不得,开玩笑道:你们快些找个高手嫁出去吧,那高手一定要有堪比奶爸的耐心。

青莲公子不高兴了,愤愤不平道:女孩子都嫁高手那我这样的虾米怎么办?光棍啊,太势利太不公平了。

【队伍】深蓝:你也可以找个高手小攻养你啊。

【队伍】青莲公子:小攻是什么?

【队伍】风潇潇:小白的反义词,别废话,开杀,我引怪过来,姐姐们不要乱跑了!多撑一会儿,马上有高手过来,他比我可靠多了。

其实姑娘们很听话的,可惜实际操作起来还是迷路的迷路,卡壳的卡壳,东奔西窜满山地叫,折腾了一个小时,大伙的经验没得多少,各种药物和精力倒是费了不少。

风潇潇觉得手开始发软,再一次将小七复活带着向原地跑,一乌鸦冲向了小七,小七反射性就是跑,风潇潇连忙追,追出不到几米,扑通一下,风潇潇眼前一片黑暗。

风潇潇愣住,眨巴了会儿才看清楚形势,原来是掉进坑里,卡住了……

和小七的情况一样,没有出路。

【队伍】风潇潇:(ToT)

这时候高手青天云笑终于赶过来了,刺客的轻功是所有职业里最牛×的,青天云笑用那速度那高度潇洒如云地登场,众小白全都崇拜地仰望。

青天云笑一个跳跃稳稳落地,站在众人跟前好奇道:你们队长呢?

众人齐齐指向某坑道:队长迷路了,掉坑里了!不信你回头看。

Chapter05 英雄救美人

"来，我抱你。"

【系统】：青天云笑邀请与你相依相偎。

狭小的漆黑坑洞之中，风潇潇仰头看天便对上青天云笑挺拔修长的身影，他站在坑边，朝下微垂着脑袋，黑色的衣摆轻轻摇曳，那般居高临下的角度，风潇潇感觉到些许压迫，导致心跳开始加速，有些慌乱烦躁地点击确定，身体眨眼间便落入青天云笑的怀中，这亲昵的姿势容易让人遐思，可是对着两个虚假的数据人物也能觉得脸红心跳的话，风潇潇恨不得一脑袋撞死自己。

不等风潇潇的小女儿心思复杂地展开，青天云笑横抱着风潇潇却没有放下的意思，反而迅速地操作技能，一个凌波微步飞出老远，再来一招虚空腾云，只见青天云笑左脚在地上轻轻一踩一跳，身体便轻盈直上跃入头顶的蓝天之际。

"哇——"众小白齐齐仰头高呼。

风潇潇反应过来时，屏幕上人物已经在半空之中，四周洁白的云层在流动，上到技能极限的高度，镜头自动拉得很近很近，彼此面上的棱角、扇动的睫毛都看得一清二楚，俊男美女的双眸如柔情似水两两对望。如墨长发随风飞动，像无数电影中狗血的慢镜头。

风潇潇手指抽搐，青天云笑这是在拍视频还是做啥？

【队伍】青莲公子：高手不愧是高手，飞得好高！

【队伍】深蓝：嗷嗷嗷嗷，好浪漫啊！

【队伍】风潇潇：……

在众人咋咋呼呼的声音里，二人成功着陆了，相依相偎也解除了。

风潇潇站到几个女孩子身边，状似随意地问道：你刚才是拍视频？

【队伍】青天云笑：没啊，就是想抱一下而已，看你重不重。

【队伍】小七：嗷嗷嗷嗷……

【队伍】深蓝：我们要把队长大人第一个打发给高手，省得她老人家以后迷路掉坑。

【队伍】绿精灵：高手你有堪比奶爸奶妈的耐心吗？

【队伍】青天云笑：呵呵！

【队伍】小七：笑就是说有了。

【队伍】深蓝：那还等什么，赶紧娶我们白痴队长回去折腾吧！

【队伍】风潇潇：你们这些小白……

【队伍】青天云笑：队长给我，我带你们刷怪，等每个人升一级再去副本。

大家顿时不闹了，风潇潇转移队长，青天云笑又道：大家站我后面，全部点跟随我，等下我打起来你们谁也不要出招，保持一动不动就好，没事坐着吃零食最好。

【队伍】小七：高手你想干吗？

【队伍】深蓝：汗，你不会是要拖着我们打怪吧？

【队伍】风潇潇：那行，我正好啃个苹果。

【队伍】青莲公子：相信高手！

青天云笑莞尔，确定大家都跟随后，顿时开足马力，凌波微步打开第一个荀灿的瞬间冲出去，手中只需一把短短的匕首，脚下便如生风般流动自如，一路快步划过，每个怪物用匕首刺一下，几十秒的时间里青天云笑带领的队伍已经离开原地上百米，后面跟上的怪物越积越多，黑压压的乌鸦一只连着一只被青天云笑故意引到身边，众人只觉得刹那间乌云盖顶，视线里一片漆黑，耳朵里全是嘎嘎嘎的乌鸦叫，青天云笑的血条在滑落，风潇潇几乎快忍不住出手帮忙，可是他的叮嘱言犹在耳，出手了，肯定就错了，与其可能犯错，不如选择完全相信他。

【队伍】青莲公子：哇哇，高手你别引了，你快死了。

青天云笑不听，依旧不停地凌波微步，匕首不停地划过寒光，众人皆为他捏把汗，岂料这时青天云笑陡然顿住，虚空腾云四个字跳跃而出，随即就看到青天云笑的身体翻腾而起升至半空，跟随的其他人也各个被甩到一边，只是跟不上天空。风潇潇仰头看他，青天云笑没有飞得之前那么高，这会儿在半空就止住，乘身体下落的时间里青天云笑在空中翻了一个跟头，身体便急速下落，距离地面还差两米的时候，青天云笑手里的匕首不知道何时变成了风潇潇几乎看不清楚的飞镖类武器，青天云笑两手一摊一洒，如雨滴般的砰砰砰砰声响彻耳际，嘎嘎嘎乱叫的乌鸦们整齐一致地落地而亡，周围恢复安静，唯有诡异的音乐声永不停息。

叮叮叮——清脆悦耳的经验上涨声音美如天籁，众小白从青天云笑带来的震惊里清醒，谁都不忙着看经验，而是齐齐取消跟随奔向满地的乌鸦尸体开始疯抢掉落的包裹，队伍里顿时又是一阵络绎不绝的叮叮叮声，隐隐约约似乎还能听到女人花痴的奸笑声。

唯独青天云笑丝毫不动，静静坐在旁边吃药满血，一身格格不入的全黑色刺客服与他背后暗沉的土地和枯木交相辉映，竟有几分和谐的孤独感。

深蓝的包裹已经放不下东西了，于是停下动作慢慢踱步到青天云笑身边坐下，感叹道：高手都寂寞，哎……

【队伍】小七：呕，你是菜鸟好不好，你是菜鸟！

【队伍】深蓝：你有见过满级的菜鸟吗？

【队伍】小七：你就是代表！

【队伍】深蓝：哎，可是我真的了解高手的寂寞。

青天云笑站起身，两个跟头跳到还在捡包裹的风潇潇身边，这才在队伍里响应深蓝道：其实高手身边必定有个牛×的奶妈或者奶爸，所以寂寞的不会是高手。

【队伍】绿精灵：喷，高手你也煽情起来了？

【队伍】青天云笑：我说话一直都很抒情。

【队伍】深蓝：我玩的不是游戏，是寂寞。

【队伍】小七：踢死你，别恶心我了，嗷嗷嗷，我捡到洛羽裳了！

【队伍】绿精灵：呵呵，我也有！

【队伍】风潇潇：我这儿有四套，谁要？

【队伍】深蓝：你RP真好，我要一套。

几个女孩子立马围成一团，将掉落的洛羽裳装备上身，刹那间六个人的队伍里四个MM清一色地闪着耀眼金红色，"洛羽裳"在以前只有任务才能得，后来那连环任务被某个玩家全部解开后，洛羽裳便随着剧情任务中死去的君阳城花魁洛羽姑娘一道埋葬在乱葬岗，刷乌鸦就有几率掉落洛羽裳，只是可惜从没有人打到洛羽裳的全部配套。传说那花魁从头到脚的洛羽配件足有二十件，如果凑齐拿去卖绝对值钱。眼下青天云笑一口气解决了上百只乌鸦，掉落的包裹中也只有六件衣裳，其他重要的首饰一个没爆到。

即使如此，他们的收获已经相当不错了，最起码几个姑娘穿着美美的衣裳很满足。

【队伍】青莲公子：这衣服不加任何效果，你们要了干吗？

【队伍】小七：好看就行啊！

【队伍】青莲公子：好看吗？颜色太亮好刺眼，而且你们胸部都露出了半边哦。

【队伍】小七：色狼，鄙视你！

【队伍】深蓝：心里装着××的人才会说出××。

【队伍】青莲公子：切，哪个男人心里没装着××。

【队伍】绿精灵：高手肯定不会有如此猥琐的想法，高手应该是正人君子，尊重异性。

【队伍】青天云笑：高手和小白一样，也会吃饭挖鼻屎睡觉打呼噜。

【队伍】小七：……

【队伍】深蓝：……

【队伍】绿精灵：……

【队伍】青莲公子：就是就是，说不定高手现在正一边挖鼻屎一边和我们说话呢。

【队伍】青天云笑：你在说你自己吗？我这个菜鸟正在喝啤酒。

【队伍】风潇潇：我回来了，继续刷吗？

【队伍】小七：潇姐你刚去哪里了？

【队伍】风潇潇：洗手间。

【队伍】青莲公子：看到没有，高手也要上厕所的！

【队伍】风潇潇：啥？我没上厕所，我刚吃完苹果去洗手啊！

【队伍】青天云笑：她是和我一样的菜鸟。

【队伍】绿精灵：我幻灭了，高手难道你不帅吗？

【队伍】青天云笑：我们帮主大人是大叔，不帅但是多金，青天微笑是猥琐男，其他的都很普通。

【队伍】风潇潇：精灵为什么觉得高手就很帅？你还小，这样的想法应该改正下。游戏是游戏，现实是现实。

本只是大伙刷怪中一个小小的插曲，而其中，却包含了每个人不一样的心思和感想。谁会知道让人闲暇时娱乐的游戏，总会在不知不觉中迷惑一颗颗年轻脆弱的心，最后，却是游戏娱乐了人。

风潇潇此时102级，绿精灵89级，当又一个星期六即将到来时，风潇潇106级，绿精灵108级。一天24个小时，只有晚上上线的风潇潇并不知道游戏里每天在悄悄上演什么戏码。就是耳边的抱怨渐渐多了，小七说潇姐啊，精灵升级好快。深蓝说精灵傍上高手了，好走运。青莲公子说精灵一个女孩子怎么没日没夜地在游戏里，一点不怕变丑。青天云笑说那个绿精灵好猛，基本没看到下线。

【私聊】绿精灵说：潇姐，星期天晚上8点一定要上游戏！我要结婚了，哈哈哈，祝福我吧！

【私聊】风潇潇：哦，我一定到，恭喜啊。

风潇潇并没有很多想法，游戏里每隔一段时间都会参加谁谁谁的婚礼，正常得不能再正常。

【私聊】青天云笑：又到双休日了，你明天有什么安排？

【私聊】风潇潇：本来是要和一个高中学长出去玩的，不过我拒绝了他。总觉得很奇怪，而且我星期六上午还要加班，有点庆幸加班，不然我还找不到理由拒绝。

【私聊】青天云笑：哦，为什么要加班？

【私聊】风潇潇：今天下午我一个师傅去给酒店安装灯的时候出事了，人摔得不轻，灯也摔坏了。我们组长要我明天去顶替那师傅把客户安抚好，只要安好那酒店的大灯就收工，估计只要上午就可以。

【私聊】青天云笑：哦，那你小心，晚上早睡。

敲完这句话，青天云笑才松口气，本来绷着的脸蛋浮起丝丝笑容，他认识的风潇潇啊，到底来说还是个诚实的傻姑娘，只是下午电话中被拒绝那一刹那，他心里无法避免地感到失望，以为她说星期六要加班是谎言。

和风潇潇一起玩到晚上10点，风潇潇下线休息后青天云笑也下线休息了，将闹钟调好时间，准备第二天又一个碰巧的相遇。

她总在躲避，他只有加紧步伐去追。

7点钟起床，7点半出门，到了公司楼下正好8点，今天来加班的就风潇潇和三个学徒工。组长电话里叮嘱一番，风潇潇换好工作服便和两个同事将崭新的灯饰抬上一辆货车前往大概20分钟车程的A酒店。

到达A酒店门前，正处于装修中的酒店有点脏乱，早就有负责人等在门口接他们进去，那人直到看见崭新的水晶灯被风潇潇等人小心拆开包装才露出一点微笑，可是语气还是不大好地说："就因为你们昨天一耽搁，我们酒店开张的日子搞不好就推迟了，今天可别出岔子，赶紧给我安好。"

风潇潇在两同事的帮助下托着水晶灯的底座爬上梯子，天花板上昨天已经安装好吊链，此时只需要一点点按照步骤将水晶灯组装上去。

已经习惯这种骇人高度的风潇潇面不改色，稳坐在梯子上，仰着头，双眸认真地盯着手中活计，很多细小的水晶部位安装起来比做苦力还烦人，不过她已经锻炼出应有的耐心。三个人合作，风潇潇主要负责安装，其他一个负责掌握平衡，一个跑上跑下递东西。半个小时过去，这巨大的水晶灯才完成一小部分，每个小灯泡都要经过检查是否完好才能放心安上去。

卓云在这家酒店前徘徊了一会儿，从背面看着高处的风潇潇，好一会儿才确定是他要找的人。风潇潇穿着深蓝色工作服，长发盘在帽子里，不注意看很难认出来。

"你是哪位？"

卓云轻咳一声道："我是来给组长帮忙的。"说罢大步迈向风潇潇所在的长梯边，不顾那酒店负责人的疑惑，也毫不在意自己一身干净的素色衣服，双腿麻利地爬上一个长梯，出现在风潇潇的正对面，只是风潇潇专注在自己手里，根本没去看那边的人是谁。卓云透过水晶灯的缝隙看着对面的风潇潇，不知是不是光线洒在水晶上折射出的色彩太绚烂，此时风潇潇脸上的表情让他心动激荡。

"你谁啊？"

卓云还沉浸在春心荡漾里，那负责递东西的兄弟好奇地瞪着这突然冒出来的人。

卓云转过头，一把接过那人手里的小装饰灯泡，很是轻松熟练地和风潇潇一块安装起来。那人见状没多问，暗想大概是别组新来的一员。

风潇潇工作时一向秉持少说话多做事，专注在工作里，精神更是集中。

卓云也不例外，知晓风潇潇根本没发现自己就在眼前，他不急着提醒她，快点完成眼前这差事，然后就可以找理由拉她去吃饭了。

安装水晶灯不是多么复杂的技术活，学建筑出身工作将近一年的卓云没亲手做过却见了很多次，这时动起手来丝毫不比风潇潇的速度慢，两个人沉默不言，闷头努力安装，将近中午的时候总算快完工了。

风潇潇见所有的小饰物都已经安好，不禁大松一口气，扭扭脖子朝下面递东西的同事道："把最后那个水晶球给我，安好就可以去吃饭了。"

风潇潇伸出手，却不料有人比她更快地将水晶球接了过去，一道略显低沉却温和至极的熟悉声音响在耳际："还是我来吧，这球有点重。"

风潇潇如遭雷击，双眸瞪得老大。一激动差点忘记自己所处的位置，当下站起来结结巴巴道："你怎么……啊！"

"小心……"

"小心！"

激动起身的风潇潇很自然撞到头顶的水晶灯，反射性一弯腰的瞬间脚下就滑了，底下众人连声惊呼，眼看风潇潇就要摔下来，卓云闲着的手一探，正好拽住风潇潇的衣服，风潇潇本能反应双手紧紧抱住了梯子，身体顺着梯子一滑，滴溜一转，形成反挂在梯子内侧的模样。

无论如何，风潇潇安全了。

这一切不过是几秒内发生的事情，大伙全都惊出一身冷汗，风潇潇头上的帽子掉了，挽起的头发散开来，前面的刘海汗淋淋沾成一片，脸色惨白。

"吓死我了，董潇你别挂在上面了，顺着梯子慢慢退下来吧。"同事之一抹着汗水说。

卓云一手抱着水晶球快速退到地面，放好球后跑到风潇潇倒挂的那处下面，距离风潇潇的高度大约两米多点点，面色平静地指示："右脚踏上那截梯子，慢慢转过去，没事，有我看着。"

风潇潇仰着脑袋，腿伸了半天一直在发抖，压根踏不上东西，不禁泄气郁闷道："我腿在抽筋，发软了……"

酒店那负责人见状很不悦地嘀咕几句，掏出手机就准备报警，风潇潇听他大嗓门在那儿说找警察啊什么的，顿时大囧，在女孩子里她不算胆小的人了，就是刚才那会儿真吓到了，差点以为要摔死了，可是弄得要报警，就太丢人了。

卓云伸出两手，鼓励道："放开手直接跳下来，我接着你。位置不高，绝对没事。"

风潇潇没心思多想，但是瞥了眼卓云那修长瘦弱的身形，不禁冒汗叫道："小李，你胳膊粗，你来接我。"

小李闻言赶紧跑过去，擦汗嘘声问："你体重多少？"

卓云不着痕迹地挤到小李前面，双眸盯着风潇潇焦急的眼睛道："我以前跳舞单手托着女伴轻而易举，你有什么不放心？你要是有猪的体重我绝对不充能。"

风潇潇自然没有猪的体重，身高一米六五，体重一百零几斤的样子，不瘦不胖很正常，就是在公司穿着肥大工作服，看起来不免有点胖。这会儿卓云主动站出来，小李立刻开溜撤退，显然很不乐意这个差事。

风潇潇恼怒，抓着梯子的手已经快没了力气，只好微嘟起嘴巴叮嘱："你可要接稳啊，不能因为私人恩怨报复我。说起来要不是你突然出现吓我一跳……"

卓云又气又好笑，暗道好男不跟女斗，此女心眼小，所以看其他人难免都长着小心眼。

风潇潇还在犹豫不决，卓云举着的双手都开始发酸了，酒店负责人不耐烦吼道："到底行不行，不行就叫警察来，现在都快中午一点了，大家肚子都饿了。"

风潇潇刷一下放手，卓云状似很轻松地稳稳接住，风潇潇悬着的心终于平静了。

"见到我像见到鬼一样，我可不是特意来吓你。"放开风潇潇，卓云有点不爽地抱怨，不待风潇潇说话便拿起水晶球再次爬上梯子安好。

风潇潇静静站在底下仰头看他安装，小声问旁边的小李："他什么时候来的？"

"我们来一会儿他就来了啊，他是哪个组的新人？以前都没见过。"

"他根本不是我们公司的员工。"风潇潇吐血。

"啊？原来不是啊，这么说是特意来帮你的，你带男朋友来怎么不早说，早知道我就可以不来了。"小李惋惜摊手。

风潇潇惊悚，男朋友！卓云？

卓云正好收工，拍着两手朝风潇潇走来，见她傻子一样蠹在原地发呆，不禁蹙眉过去拍她肩膀一下:"肚子不饿?该去吃饭了。其他的事叫这两个男同事解决,相信他们也不会推辞。"

"额……你们去吧,我和小李回公司就好。"

卓云微笑道谢,立马拉着风潇潇出门吃饭去。

屋外热情的太阳照射下来,风潇潇被烤得回神,三两步跳到卓云身边说:"我真的不饿,我不想吃饭!我要跟他们一起回公司,我得把工作服还回去。卓云你自己去吃吧,总之今天还是谢谢你。"

卓云见状也不多说,直接掉头朝小李那儿走:"我和你一起回公司,等你换了衣服再一起吃饭。"

风潇潇崩溃,这人怎么就听不出她的弦外之音呢!真不知道是脑子不转弯还是故意装厚脸皮,可是他一而再、再而三如此作为,目的是什么?

想到男朋友三个字,风潇潇情不自禁地哆嗦了一下。

"我真的不想吃饭。"

卓云挑眉:"看到我想吐吗?"

"……我不是那个意思,可是我不饿……"

咕……

"……"

风潇潇微红起脸,耷拉着脑袋,犹如无法摆脱的梦魇一般,这是第多少个黑色星期六?她已经数不清楚了。

招架不住卓云的一言一行,风潇潇无奈跟着去吃饭,吃饭后又是去看电影,虽说是看的动画电影内容无比纯洁,但是孤男寡女坐一起不就是那么回事吗?傻子都知道这有猫腻。可怜整场电影卓云看得笑意欢畅如孩童,风潇潇萎缩压抑如老妪。

从不知道出去玩,会比考试挂科还痛苦。

当晚风潇潇一上游戏,不管三七二十一逮住人就巴拉巴拉诉苦。

【私聊】风潇潇:我真不想跟他一起做任何事情,可是他这样做我该怎么办?我好没用,拒绝个人比登天还难。

【私聊】青天云笑:他追你,请你吃请你喝,你不乐意吗?

【私聊】风潇潇:我才不占那便宜,我就是……觉得我们俩怎么看都差别太大,很奇怪。

【私聊】青天云笑:如果不知道怎么拒绝,那不如顺其自然,你长时间

对他冷淡，他肯定会自觉退缩。

【私聊】凤潇潇：也只好这样了。可是万一他一直不退缩怎么办？

话一出口凤潇潇顿住，摇头耻笑自己想得太多了，一直被拒绝的话，是人都会受打击，然后总有一天会退出视线。

【私聊】青天云笑：如果有人一直对你那么坚持，你何不接受他？

君阳城的月老处人山人海，四周红男绿女不计其数，形形色色的烟火爆竹络绎作响，各种坐骑鸣叫吵闹不堪，热烈喜庆的音乐轰轰环绕，可怜电脑配置稍差的玩家简直寸步难行。

正是星期天晚上八点一刻，凤潇潇七点五十就来到这里等候庆贺绿精灵的婚礼，如今快半个小时过去，她连绿精灵的人影都没看到，自己反而卡在人堆里进退不能。

凤潇潇看着身边一对对新人来来去去，心中不由纳闷这是什么日子，怎么结婚的人如此之多，扎堆的出现平时可不常见。

在凤潇潇身边一起卡来卡去的还有几个小白，他们显然没有凤潇潇那么暴躁，反而乐在其中一直没完没了地说笑聊天。

【近聊】小七：潇姐你知道精灵的老公是谁咩？

【近聊】凤潇潇：不知道。

【近聊】小七：潇姐你知道乾隆和紫陌红尘离婚了咩？

【近聊】凤潇潇：不知道。

离婚？关她屁事！凤潇潇狠狠咬一口苹果。

【近聊】小七：潇姐你知道他们为啥离婚咩？

【近聊】凤潇潇：不知道，死小白你给我一次说清楚不要打嗝不要间断不要故意勾引我！

【近聊】小七：呜呜呜，你欺负小白！

【近聊】凤潇潇：顺毛，乖，快说。

【近聊】小七：看在潇姐如此八卦的分上我就告诉你咩据说是紫陌红尘看上了某某于是坚决地甩了昏君乾隆然后热情地勾搭某某可是那个某某大侠不睬她而是和我们的精灵美人互相看对了眼所以今天就结婚了潇姐你高兴咩？

【近聊】凤潇潇：你不会弄个逗号啊！

【近聊】小七：是你说不要我打嗝的咩。

【近聊】小七：忘说了，那个某某就是咱服财富排行榜第一的某某大侠，有钱人啊，比咱帮主钱还多！

【近聊】风潇潇：哦，原来如此啊。小七咱商量个事，狠狠地宰一把有钱人吧！

【近聊】小七：那是当然，我要压死人的红包，嘎嘎！

【近聊】风潇潇：哎，好美慕精灵啊！

【近聊】小七：噗，潇姐你思春了咩？

【近聊】风潇潇：没，我思财。

【近聊】小七：鄙视你，你可是大老板啊大老板，你也是有钱人。

【近聊】风潇潇：我那是游戏币，人家是金元宝，前者相当于冥币，后者才是人民币。

【近聊】小七：怎咩？你穷得活不下去了？

【近聊】风潇潇：就是啊，我兼职两份工到月底才有钱到手，现在生活费都快没了。

【近聊】小七：你还是学生那就问家里要钱啊，你爸妈又不会不给。

【近聊】风潇潇：给啊，不过我一说没钱我妈肯定催我快点回家，之前我自己信誓旦旦地说不用她钱所以不回家……

【近聊】小七：摸摸，真可怜，要不我支援你几个？

【近聊】风潇潇：我还是去卖血吧！

两姐妹热热闹闹说得正欢乐，队伍里陆陆续续上线几个人，深蓝、青莲公子、青天云笑。

青天云笑翻到上面的聊天记录，莞尔笑笑后私密风潇潇，说是要将之前卖装备赚的钱分一半给风潇潇，风潇潇当然拒绝，只是青天云笑说话向来算数，压根不让她多推辞。

【私聊】青天云笑：你把你的账号和名字发我QQ就OK，我明天给你打钱。

【私聊】风潇潇：哦……谢谢哈！

【私聊】青天云笑：这是你应得的，你只管安心地接受。

话虽是这么说，风潇潇依旧有点难为情。玩那么久游戏，她从未想过靠游戏赚半毛钱，现在居然真有钱，惊奇之外，更多的是怪异之感。与其说钱，不如说青天云笑这人真的很不错，让她心中总是荡起异样的温暖，现实里谈到钱就变味的朋友从来不少，虚拟网络中却有人样样分明，不欺一丝一厘，不占一分一毫。

是他人品太好，还是别有企图？风潇潇很自然地将答案归为前者。企图，她没什么值得别人觊觎的东西。

【近聊】小七：新娘子来了！

【近聊】深蓝：有钱人就是金光闪闪啊，媲美圣斗士了。

【近聊】青莲公子：高手，那新郎身上是什么装备？看起来好厉害。

【近聊】小七：你喊我咩？

【近聊】青天云笑：我替高手告诉你，那貌似是最新推出的新郎时装，翻开商城，最后一页最贵的那套。

【近聊】青莲公子：哦，原来不是装备。

【近聊】深蓝：拜托，那很容易分辨！

【近聊】风潇潇：精灵身上是全套洛羽裳，一件不差。

【近聊】青天云笑：我查了，的确是全套。

【近聊】小七：真的吗？嗷嗷嗷嗷，好嫉妒啊！

【近聊】青天云笑：我比较好奇她怎么集齐的。

全套洛羽裳漂亮华贵不说，属性也非常赞，按照排行来算可以位列前十，而且不用打Boss不用集材料打造。只要在乱葬岗打乌鸦和怨灵就有几率集齐整套。也就是说有能杀死乌鸦的能力，谁都有那个机会。这套衣服是多少女玩家心中的梦想啊，最初在官方爆开这个消息时，乱葬岗可谓人山人海，可比游戏初开之时群起抢怪之盛况。初时不少女玩家甚至在世界发话：谁给我洛羽裳，我就嫁给他！

事实是人人抢夺，结果人人得到一堆零散的配件，却谁也没有集成一套。即便有人出高价购买，还没人卖。

风潇潇有收集癖，喜欢四处收集材料，收集别人那儿没有的东西。曾经有一阵子拉着乾隆陪她刷乌鸦，坚持半天乾隆就不爽地跑了。风潇潇一个人也觉得乏味，之后不了了之。

【近聊】青天云笑：这样一套估计也值人民币五千以上。

【近聊】风潇潇：这么值钱？

【近聊】青天云笑：贵在稀少。这属性不够全面，比起卖给帮主的两套差太远。

【近聊】风潇潇：嗯，帮主那两套好像什么职业都适合穿，完美型。

【近聊】青天云笑：没错，这个不适合打手类，适合医生。

有钱人的婚礼自然是看最奢华的排场，最热闹的气氛，样样都是最贵最好的。作为观众凑凑热闹，拿好红包就退场该干吗干吗去。

绿精灵的老公某某大侠出手的确阔气，除了红包大以外，基本在场的所有人都得到其他的礼物，元宝店铺的漂亮烟火，增加好感的玫瑰，双倍经验卡，洗髓丹，成捆的大红大蓝，甚至坐骑和时装都有赠送，可惜这些东西全是随机送发，RP好的才走运。

【近聊】风潇潇：牛，一百个小时的双倍经验卡！

风潇潇看着包裹里那蓝色的卡，两眼开始抽筋了，可怜她平时一个小时的都舍不得买，尽是跑声望去换取。

【近聊】风潇潇：好牛，我有两颗洗髓丹。

洗髓丹，便是洗去所有人物属性分配点，可以重头来过。有些人开始不懂分配乱弄，和自己的职业有分歧，达不到职业该有的水平，只有买洗髓丹重来，没钱可以无视。

【近聊】风潇潇：太牛了，这套月夜百合我一直很心水，居然有人送我了。

【近聊】风潇潇：坐骑淘淘兔一只。

【近聊】小七：……

【近聊】深蓝：哎，老子不活了！

【近聊】青莲公子：哎，我只有一堆烟花和几朵玫瑰，两个小时双倍经验。

【近聊】小七：我是几十个大蓝和烟花，几朵玫瑰……

【近聊】深蓝：我只有烟花……泪目……

【近聊】风潇潇：你们这些人，平时要多做善事，积德啊！

【近聊】小七：高手你得到什么？

【近聊】青天云笑：烟花，玫瑰。

【近聊】小七：潇姐的RP真好！

风潇潇笑翻了，心里很是得意，这样的好事别人都没就她有，该不该去买彩票呢？

【近聊】青天云笑：走了，升级去。

【近聊】风潇潇：嗯嗯。

【近聊】小七：好。

【近聊】深蓝：潇姐今天好兴奋。

【近聊】风潇潇：没啊，我每天都这样。

【近聊】小七：是咩？

【近聊】风潇潇：当然。

一队人马说说笑笑出了城，高高兴兴刷副本。不过第二天是星期一，上班的要上班，补课的要补课，玩到十一点众人便各自散去。

队伍里只剩下青天云笑和风潇潇两人一前一后从野外往城里跑。前面的男人身姿灵敏潇洒，后面的女子娇俏柔美，前者跑一段歇一段，等后面的跟上来再继续跑，眼看城门就要到了，男人忽然转向，跑向左边的小道上。

【私聊】青天云笑：过来。

风潇潇不多问，立刻跟了过去。左边小道的尽头有一个小池塘，池塘里水波粼粼，荷叶连连，算是一处不错的美景。风潇潇转悠着，等待青天云笑的下言。青天云笑一个跟头跳上了池塘正中的荷叶上，风潇潇见状惊喜道：荷叶也能跳上去？

说罢立即就尝试了，空格一跳，轻轻松松便朝荷叶飞去。

扑通！

落水了。

【私聊】青天云笑：……

【私聊】风潇潇：为什么你能站着？

【私聊】青天云笑：可能因为你比较胖。

风潇潇宽泪两行，幽怨地游上岸，继续空格跳。连续扑通落水三次后，风潇潇总算安稳地在一片荷叶上立足了！

风潇潇对青天云笑表示自己很高兴。

风潇潇对青天云笑唱起了歌。

风潇潇对青天云笑跳起了舞蹈。

风潇潇对青天云笑甩了一巴掌。

【私聊】风潇潇：汗，手误手误，纯粹手误。

青天云笑对风潇潇摇头，说没关系。

青天云笑对风潇潇喝起了酒。

【私聊】青天云笑：看那夕阳多美啊！

青天云笑对风潇潇跪下了。

【系统提示】：青天云笑向你表达最完美的爱意，漫天花雨。

哗——

无数玫瑰花瓣从天而降,整面屏幕一瞬间成为红色的花海,风潇潇心中哇了一声,一时间看傻了眼。以前见过有人对女玩家表达最完美的爱意(又名9999朵玫瑰)还不觉得有什么了不起,这会儿到自己头上才有身临其境的浪漫感,一种温暖、躁动、脸红的感觉油然而生。

【私聊】青天云笑:婚礼上刚得的9999朵玫瑰,送你了。

【私聊】风潇潇:啵……

于是,沉浸在短暂幻想和浪漫里的风潇潇醒了,静静看着那些花儿卖力地洒下,对面的青天云笑一脸酷相直立着,花瓣似乎要将两人淹没,一波接一波,起伏有致,就是不肯停下。

风潇潇恍惚地想,这花,要是永远不停多好。长这么大,还是第一次收到花,而且是9999朵,虽然是虚拟的,她照样喜欢。

青天云笑对风潇潇跳起了舞。

男人的舞蹈不似女人那样的柔情妖媚,举手投足里刚柔并济,配上青天云笑干练爽利的全黑刺客装,倒是有种特别的风味吸引着观者的目光。

风潇潇定定欣赏,脑海里不知不觉出现了大一那年的中秋晚会上,卓云也是这样的全黑装备,长发绑起,独自在舞台上表演了一场儿女情怀和江湖侠义。

那支名为《蛊》的舞蹈,她其实至今印象深刻。

花雨足足持续了15分钟才停下,而青天云笑的舞蹈一直在重复上演,半秒没停歇,甚至在中途时,风潇潇也忍不住点动鼠标,在动作表情里开始不停点击"跳舞"。

风潇潇陪着青天云笑,跳了很长的一场舞,这深夜幽静的荷花塘,满是甜甜玫瑰花的清香。

【私聊】风潇潇:虽然有点不好意思,不过真感谢你,很好玩,呵呵。

【私聊】青天云笑:好梦。

【私聊】风潇潇:你也好梦。

风潇潇关了电脑,起身走向洗手间的时候,发现自己两腿竟是虚软无力,她似乎,还在做梦……

原来,每个女孩都爱玫瑰花。

Chapter06 一石激起千层浪

第二天忙着去上班的董潇压根不知道昨晚临睡前的浪漫时刻被某个八卦的女人录制下来。这会儿正是上午,某八卦女一上游戏,立即乐颠颠地在帮会里添油加醋宣扬一番,激情飞扬的说词燃起众人的八卦之魂,趁着两当事人都不在,帮会里倒是因为他们热闹非凡。

【帮会】小七:潇姐真是过分,原来早就和高手暗度陈仓了,居然还不告诉我们。

【帮会】深蓝:是高手太闷骚。

【帮会】青莲公子:原来高手也懂浪漫。

【帮会】懒猫:屁!游戏里的高手是一说,现实里可不一样了,小云向来浪漫,很有艺术气息。

【帮会】王牌:呵呵,你们现实里认识?

【帮会】懒猫:当然,这帮会里好多都认识,本就是一堆朋友一起玩儿。啊嘎嘎,不过我还是好惊讶好兴奋,小云的确有点闷,平时都很低调的说,对美女的追求也表现平淡。

【帮会】小七:是咩?那高手喜欢潇姐?

【帮会】深蓝:可他们现实里应该不认识啊!

【帮会】懒猫:应该不认识吧……可是就算这是游戏,我也没见他对哪个女玩家热情过,说明一切皆有可能。

【帮会】小七:哎,不管那些了,反正我羡慕了嫉妒了,为什么没人送我9999朵玫瑰!

【帮会】娆娆:青天云笑给凤潇潇送了9999朵玫瑰?

晚上七点时，风潇潇怀着轻松愉悦的心情上线了。今天去公司领到了薪水，下班后去银行查账，青天云笑的汇款也到了，一下子多了好多钱，哪儿能不高兴。

习惯性地首先查看店铺的货物，只是没几秒时间，消息头像就没完没了地跳动。风潇潇随手点开一个，是小七发来的消息。

【私聊】小七：潇姐上线看帮频，那个娆娆真是太过分了。

风潇潇纳闷，娆娆这名字她都快忘记了，谁叫她平时不喜欢在帮频凑热闹。

【帮会】懒猫：娆娆你真是误会了她。

【帮会】天灵灵：对啊，她挺好啊！

【帮会】娆娆：你们有多了解她？好歹我和你们都是建帮开始就一起共患难，现在她一个后进来的凭什么让你们相信？她给你们做出那破装备有什么了不起，谁不知道没有云笑的帮忙她根本就做不成，她不就是会勾搭人吗，先被别的男人甩了装可怜，没一会儿又进我们帮会装好人，现在她还光明正大地和云笑约会，还说不是小三是什么？

【帮会】深蓝：小你个猪头，我倒是问全帮所有人，风潇潇没进来之前青天云笑和谁结婚了没有？你们说，他结婚了没有！

【帮会】娆娆：是没有和谁结婚，但是明明是我和他先在一起，我不想多强调这些，我和他在现实里就是一对，认识我们的人都知道，懒猫、天灵灵、地灵灵你们明明都知道，实话实说就好。

【帮会】懒猫：汗，我吃饭去了。

【帮会】天灵灵：我去如厕。

【帮会】地灵灵：我儿子要换片片了。

【帮会】娆娆：帮主你明明在线，为什么不替我说话？

【帮会】青天微笑：咳，帮主刚出去了。

【帮会】王牌：娆娆你和青天云笑真的是一对吗？

【帮会】娆娆：我有必要骗谁吗？

【帮会】王牌：说的也是，这么说风潇潇真的是小三？

【帮会】青天常笑：云笑下班后出去了，不如等他回来再说。

【帮会】妙手回春：娆娆是大美女，的确不会说假话，那个风潇潇我一直不喜欢，老觉得她不合群，之前问她任务和装备的事情根本不理睬。

【帮会】蝴蝶飞飞：她只理睬几个高手和自己带来的小白。

【帮会】暗香：不会是因为老公被小三抢了，所以现在来当小三报复吧？

【帮会】苹果：说来说去还是男人太贱，三心二意喜新厌旧。

【帮会】橘子：××的，最痛恨小三了，真希望世上所有小三都死翘翘。

【帮会】风潇潇：你们骂谁小三？

【帮会】暗香：骂谁谁心里有数。

【帮会】娆娆：风潇潇你总算露面了，我只想问你一个问题，昨天晚上和青天云笑一起放玫瑰的是不是你本人？免得还说我冤枉了你。

【帮会】风潇潇：当然是我本人。

【帮会】深蓝：不是本人青天云笑不会送。

【帮会】苹果：自己都承认和青天云笑暗度陈仓了。

【帮会】风潇潇：你们什么意思！

【帮会】娆娆：他原本和我是一对，可是你和他成天在一起游山玩水，你说这是什么意思？

【帮会】风潇潇：屁！别往自己脸上抹金，我老早就向他确认过，他根本和你没关系，仅仅就是现实里认识而已。

【帮会】橘子：男人都有骗人的一套才好糊弄你呗！

【帮会】苹果：青天云笑也是个贱男而已，贱男配贱女刚好一对，娆娆你还怕找不到更好的？以后眼睛放亮点。

【帮会】娆娆：说得也是，不过想放开哪儿那么容易。

【帮会】暗香：摸摸可怜的。

风潇潇气爆了，混乱的脑子一时间难以断定到底骗人的是娆娆还是青天云笑？她从一开始就不喜欢盛气凌人的娆娆，但是不能因此判定她说的不是真话。网络里什么人都有，难保青天云笑就是人品极佳的好男人。

看着频道里吵来吵去，风潇潇觉得浑身没劲，越是辩解，好像自己越是说不清楚。可被冠上那样的名，她真的好想杀人。

小七这时候密信风潇潇：

潇姐真是对不起，都是因为我们才让那个娆娆发飙了。今天你不在的时候我们聊天，和她聊得不愉快。后来无意说到玫瑰的事情，那个娆娆知道后就不淡定了，说你和青天云笑瞒着她交往，一个劲在那儿装被抛弃的可怜相，帮里其他潜水的人不明事理，说什么我们进帮会之前娆娆和青天云笑一直一起刷怪，你来了后就不管娆娆了巴拉巴拉，气死我了。

风潇潇着手回复消息，写了几句还没发出去，青天云笑上线了。

【帮会】青天云笑：你们说谁小三？

【帮会】苹果：哎呀，贱男终于上线了。

【帮会】橘子：来得好！

【帮会】暗香：我们说什么你不知道啊？你昨天送玫瑰不是送得很欢吗？我改日向某人讨教一下狐狸精的本事，我也好勾搭一个高手天天给我护航。

【帮会】青天云笑：有人要你们这些女人倒是奇怪了，成天没事凑一起叽叽歪歪无事生非，屁都没搞清楚乱嚼舌根。谁再说风潇潇的不是直接找我单挑，舌战实战随便挑。

【帮会】苹果：哈，贱男看来对小三一往情深啊！

【帮会】青天云笑：娆娆我知道你在，你不说话没关系。听我把话说清楚也好，本来我对你说得足够清楚，可是你既然不要面子那我还顾什么，不能因为你闹得我喜欢的人心里不愉快。

【帮会】青天云笑：你请我吃饭两次，我一次没有答应难道不明白我拒绝了你？我来玩游戏你来也没关系，你要我带你升级也没关系，那是因为你是女孩。不过我玩游戏从头到尾都是因为风潇潇的存在。你要我跟你在游戏里结婚我也没答应，难道还不够明白吗？非要我说这么清楚让你脸上无光那也没办法了。

【帮会】青天云笑：风潇潇跟乾隆分手，所以被我邀请进帮会，从那天起就代表她是我的人，我要护航到底！

【帮会】青天云笑：我就坦白地说，我在追她，很诚心地追求，与娆娆前后没有任何关系。

电脑前的风潇潇几乎忘记了换气，瞪着大眼不可置信地看着滚动的信息条，浑身都开始不受控制地发热，心跳加速，好似要爆炸。

【帮会】苹果：哎哟，说这么好听谁知道是不是真的，搞不好娆娆彻底被你否定了存在，真可怜！

【帮会】青天云笑：不需要你们相信，只要一个人相信就足够，我不希望她有所误会。

【帮会】苹果：不行，你们伤害了娆娆！

【帮会】青天云笑：真是笑话，我还要说她伤害了风潇潇，并且污蔑她。

【帮会】橘子：你真没风度！

【帮会】青天云笑：风度不是对你们使用的，惹毛了谁都翻脸不认人，以后谁再乱说话别怪我不客气！

青天云笑话一出口，随即系统便跳出一句话，娆娆退出了帮会。

一瞬间，帮会又炸开了锅。

青天云笑撇撇嘴，起身拿出一罐啤酒。

同寝的某人笑哈哈道："卓云你艳福不浅啊，这么一个大美女送上门都不要，现在还被你气跑了。我真是好奇那个风潇潇有什么魅力让你念念不忘。"

"她不美，不过我喜欢。"

说罢青天云笑的双手又敲上键盘，解决了娆娆，还有更重要的人需要解释。

【私聊】青天云笑：钱打去你账户了，收到没有？

【私聊】风潇潇：收到了，谢谢！

【私聊】青天云笑：那就好。我刚才说的话你看到没有？

【私聊】风潇潇：看到了。

【私聊】青天云笑：有何感想？

【私聊】风潇潇：……

【私聊】青天云笑：哎，你还真是迟钝。难道你真以为昨天那9999朵玫瑰是随手送你的吗？

【私聊】风潇潇：……不是婚礼上得的礼物吗？

【私聊】青天云笑：不是，就算是，可我送给了你。

【私聊】风潇潇：……

【私聊】青天云笑：你是不是觉得网络太虚拟，我们没见过面所以不敢产生感情？

【私聊】风潇潇：不，我在想你那句话的意思。你说因为风潇潇的存在，所以才来玩这个游戏，你是谁？

【私聊】青天云笑：哈哈，你总算变聪明了点。

【私聊】风潇潇：一开始你用女号雨潇潇做我的师傅，那也是你故意的？

【私聊】青天云笑：嗯，因为那时候你还有男朋友，所以我只好用女号。

【私聊】风潇潇：……你知道得真多。

【私聊】青天云笑：关于你，的确很多。

　　风潇潇呼吸一窒，手比脑子更快，直接掐了电脑，切断接下来本该知道的真相。他是谁，她充满了好奇。他是谁，她不敢去知道。似乎真相大白后，她的生活就会发生一次很大的变化，她不想改变，现在这样很好，一个人非常的好，想吃什么吃什么，想做什么做什么。不用费脑子为另一个人操心，不用为了迁就去吃自己讨厌的东西，不用为了一个月的生活费变着法子让两个人花，不需要给多余的人过生日费尽心思准备礼物，不用每夜为了等另一个人的电话短信迟迟不入眠，不用为了上床不上床的讨厌问题产生分歧，所以更不用为了真心相对等不到回报而伤心欲绝。

　　一连好几天董潇都没有上游戏，以前遇到不开心的事情觉得上游戏里可以得到抚慰，游戏里互相不认识，畅所欲言，无所顾忌，图的就是这份快乐。现在却胆怯了，那一番话让她感觉自己赤裸裸地暴露在游戏里，她不认识他，他却将她看得透彻。

　　这种感觉很不舒服，仔细去想又觉得其实没什么，一切都是自己太死心眼，做什么都放不开，这么一想更加烦躁自己的性子。

　　正当她郁郁寡欢埋头工作无处发泄的时候，多年没见的闺蜜余浅浅，终于就要到来了。

　　董潇打起精神一心准备迎接闺蜜的到来，丝毫不知道游戏里因为她发生的轩然大波。

　　娆娆退帮了，众所皆知。娆娆退帮的第二天，被风潇潇带领一队人马轮白在君阳的护城河，正是当初风潇潇被轮白的地方。

　　《飞仙OL》电信一区天外飞仙属于游戏最早时期的服务器之一，当时网通两个服，电信两个服，发展到如今的琳琅满目，总有人来来去去，变换更替。真正的老玩家为数不多，而风潇潇勉强还能算上一个。她由一个什么也

不懂的菜鸟摸爬滚打，解任务，开店铺，一步一步地成长着。说起风潇潇，随着时间长流，这个名字早就有了名气，即便她自己从未较真过。

她是个玩家，是个杂货铺的小老板。她每天的习惯就是上游戏补货查货，静静地收账，偷偷地贼笑，默默地制作东西，杂货铺明码标价，不还价不打折不闲聊，不是她图钱，她是怕麻烦。

玩那么长时间的游戏，当那么久的老板，即便她从不刻意去认识谁，认识她的人，却远远比自己想象得多。

【世界】苍天在上：哪个再说风潇潇的坏话直接来找老子PK！

【世界】梦幻蝴蝶：游戏而已，爱杀谁就杀谁，爱轮谁就轮谁，轮不了是没用，轮成了是自己的本事，哪需要外人叽叽歪歪，一点破事成天吵吵嚷嚷，还让不让人找老公了！

【世界】梦幻蝴蝶：找贴心老公啊！有意的M我！

【世界】橘子：世态炎凉，我们要为受害的姐妹讨回公道，你们不爱听就闭嘴。

【世界】巧克力：老娘一定要找人黑掉风潇潇的店铺，太贱了！

【世界】王牌：呵呵，各位MM还是算了吧。娆娆美女在线吧，我带你去升级补回来好了。

【世界】娆娆：丢掉的经验可以重新赚回来，新手还可以重新练成高手，只是那道伤疤永远也无法抹除，谢谢各位姐妹的好意，我想这件事情还是就此打住为好，当事人不上线，我们吵闹也没用。我不想别人说我因为一个男人而落得如今地步，太丢人了。我想删号退出游戏，实在太累了。

【世界】梦幻蝴蝶：租个贴心老公啊！500金一天，包吃包喝包聊天！

【世界】木瓜：【铁血银枪】，要的M！

【世界】苹果：娆娆不要删号！为了那种人离开太对不起自己了，要是我一定报仇再走。

【世界】橘子：就是就是，删号是懦弱的选择。

【世界】巧克力：不要走，我舍不得。

【世界】娆娆：可是我……我现在什么都没了，孤零零一个人还留着干什么？

【世界】橘子：你回帮会嘛！我去跟帮主说情，他一定会让你回来，你是我们的后勤主力，你一走害我连城战都不想参加了。

【世界】娆娆：我自己自愿退出帮会，如今回去未免太轻看自己。何况我一点也不想看到某些人。

【世界】橘子：等那个贱人上线，我一定轮死她。

【世界】梦幻蝴蝶：老公，你在哪里——

风潇潇没上线的日子，不知道游戏里起了风波，不知道自己成为害人凶手，不知道自己成了众矢之的，不知道有人因她轰炸青天云笑，不知道有人因她拉帮结派就等着折磨她，不知道有人因她自发聚在一起，将骂她最凶的一伙人穷追猛打，连续三天的追杀，直杀得几个哇哇叫的乌鸦消失了踪影，世界频道终于恢复了一时平静。

【世界】梦幻蝴蝶：老公，今天吃得可好？

【世界】黑暗玫瑰：老婆，我吃得可好了。

【世界】梦幻蝴蝶：摸一个——

【世界】黑暗玫瑰：亲一口——

【世界】极品百晓生：谁告诉我最近发生了什么？谁被轮了，谁被迫删号呢？

【世界】马儿：自己去论坛看贴子。

【世界】极品百晓生：哦，谢谢！

百晓生摸去了论坛，点开却见首页比较火的贴子有好几个，百晓生凭直觉点了回复最多的那个，贴主"明镜"，主题"我眼里的风潇潇"：

"游戏之初，那时候玩家并不多，每天刷副本的我频繁碰到风潇潇也不是稀奇事，虽然我们并不认识，就是碰巧组队刷了几次副本，技术不精的风潇潇生为奶妈总是被队伍中的其他人骂，可是她就能一声不吭，完全不回话，只是操作明显会更加谨慎。后来还有几次在野外刷怪，看到级别不高的风潇潇一个人穿梭怪林寻找各类所需的材料，有时候是挖矿，有时候是采药，甚至偶尔看到她剥取前面别人留下不要的怪物尸体。让我真正记住她的那次，是我死在路上，为了不掉经验正等待朋友来复活，风潇潇正好路过，扬手就顺便将我救了，而且还留下一个大红给我补给，还没等我说谢谢她就匆匆走了。这些都是微不足道的小事，不过我就是记住了风潇潇这个名字。后来很多人都满级了，再次注意风潇潇是乾隆和人PK，风潇潇站在旁边帮忙，有小姑娘很崇拜地说：潇姐你好厉害！——那个小姑娘就是紫陌红尘。

后来知道风潇潇成了大帮会的副帮主，而且她开了杂货铺，我无意间跑

去光临,货物齐全,价格适宜,而且总会冷不丁冒出让人意外的稀罕物,于是理所当然成了那儿的常客。手边缺什么,总会第一个想到去那儿瞧瞧,一定可以买到。

再突然有一天朋友说风潇潇被轮白了,当初那个小姑娘和风潇潇的老公成一对了。我想这些都是游戏里的事情,而且我和风潇潇又不认识,所以呢,关我屁事?不过我在知道她加入青天帮会的时候,心里为她高兴,最起码不用孤零零一个人玩游戏,有朋友在身边才是玩游戏的最佳乐趣。

但是今天,有人说风潇潇因为青天云笑,因为对紫陌红尘的痛恨,转而将自己的不幸复制在无辜的娆娆小姐身上。

我不多说,就指出几个疑问:

1. 青天云笑在帮会里正大光明地表明自己在追求风潇潇,明明是赢家的风潇潇有必要去杀害娆娆吗?

2. 轮白娆娆,却特傻×地开着自己账号去。你们看到过贼人作案时在脑袋上绑自己的名讳吗?招摇过市告诉大伙:快看,我就是凶手!来抓我啊!(我知道有人会说那是风潇潇太嚣张,如果风潇潇真的嚣张,被轮白的就不是娆娆了,而是紫陌红尘和背叛她的乾隆,但是她身边有青天云笑这个大靠山,却一直没有再去找紫陌红尘的麻烦,她嚣张吗?)

3. "乾坤缚"不是万能的,不然被轮白的人会多不胜数。凡是有点脑子的人都知道被捆住后只要反击有很大几率逃脱被轮的命运,就算不晓得反击大可以直接关电脑下线。娆娆小姐为什么不逃呢?(当初风潇潇被轮,我也有这个疑问。)

4. 如果你是潇潇杂货铺的常客,你一定会发现那儿的东西早就卖完了却一直没有补充。这至少说明主人很久没上线。如果是风潇潇,她上线第一件事情不会是别的,一定是补充货物。我犹记得她被轮白的那次之后上线,从护城河回到城里,不一会儿就补充了货物。

这样的人会去轮白一个退出帮会的女玩家?泥人也有三分脾气,风潇潇如果要轮白谁,那个人一定不会是娆娆,因为她还不够被恨的资格!"

百晓生一口气看完,难免被这人说动,暗想那个风潇潇可能真是被冤枉的。百晓生继续看完后面的回贴以及一些事后补充,总算明白了所有。

原来娆娆被轮白后,很多人为她打抱不平,聚集在一起说等到风潇潇上线就砍到她删号,不过风潇潇一直没有上线,所以那些人的怨气就释放在青天云笑身上。可惜青天云笑这些天也就上了两回，偏偏上两次就被娆娆的粉丝堵截两次，青天云笑纵使大开杀戒到底难敌群殴，眼看级别掉落，娆娆就痛心地跳出来阻止众人，这么闹两次，青天云笑也不上线了。本以为两位当事人躲着再也不出现事情就可以了结，却不料成天在世界叫得凶狠的几个娆娆粉眨眼便被追杀，听说那些被追杀的人不管走到哪里都会被找到，不管何时上线都有人候着，上一个杀一个，上一对杀一双，那些人被杀得再也不敢上线，干脆删号消失无影。

于是众人猜测那会不会是青天云笑用小号报仇？答案谁也不知道。

世界没人叫唤了，两当事人不上线，娆娆再也不冒泡了，于是风波算是落幕。

当时的风潇潇在干什么呢？在热火朝天地吃肉！

"啊啊啊，我的肚子又大了一圈！"是夜，车水马龙的步行街上，风潇潇同学扯着T恤的下摆，45度角仰望天空，忧伤而明媚地哀嚎。

旁边某顶着爆炸头，化着烟熏妆，装扮露骨，身材无比妖娆的女人啪一巴掌拍在风潇潇的肚皮上，顺嘴吐掉鸡骨头，含含糊糊大吼："不赖啊，敢背着我偷人，孩子父亲是谁？"

"切，给我一边去。"风潇潇推开余浅浅贴上来的油爪子，满脸嫌恶。

余浅浅哼一声，踩着高跟鞋嗒嗒冲向一家麻辣烫店铺，趾高气昂命令道："傻妞，我要吃这个，还不快来作陪。"

风潇潇眼睛一闪，捂着气胀的胃部，自从余浅浅来到这里的那天开始，她看到食物就想吐，特别是油腻食物，真的很像害喜的女人，她悲哀地想。

这个几年不见的闺蜜和以前一样是个大胃王，性子也丁点没变。喜欢对她大声说话，喜欢骂她打她，还喜欢叫她傻妞。

潇潇想过很多种重逢的画面，结果余浅浅给她的重逢贺礼，意料之外的"痛"，情理之中的怀念。

风潇潇在机场激动地喊余浅浅这三个字，余浅浅却一个爆粒赏给她，大吼大叫道："你个没出息的傻妞，我从五年前起就盼望听到你和昏君分手的消息，五年后老娘如愿听到了。你个没出息的居然是被甩的一个！"

在机场被骂，风潇潇很没面子更没里子，红着脸立马拉着泼妇余浅浅溜回学校，没有外人，爱咋骂咋骂，她还可以操本小说在手里看。看完了小说泼妇也骂累了，于是便开始搜刮大街小巷所有小吃。

风潇潇曾经挺无奈,因为余浅浅是她最好的朋友,钱龙是她的男朋友。偏偏余浅浅讨厌钱龙讨厌得要死,钱龙自然也不喜欢余浅浅,这叫风潇潇何其为难。

高中没毕业的时候余浅浅成天在耳边说:"你什么时候和那个白痴分手?"

高手毕业以后每次通电话余浅浅便说:"你们分了没有?学校有其他人追你吗?赶紧换一个吧!"

为此,风潇潇真的怨过余浅浅,毕竟那些话听多了,就算是闺蜜心里也难免不舒服。不过她脾气好,怨怨就算了,当没听过一样一切照旧。

好不容易拖着已有醉意的余浅浅回到寝室,磨着她洗澡上床休息,风潇潇这才轻松下来。明天是星期六,时间又早,她可不想睡觉,主要是肚子太撑,浑身痛苦想睡太难。

磨蹭了几分钟,风潇潇登陆游戏,暗想青天云笑是谁都没关系,她只想一个人而已。倒是铺子里的货物,的确该上去补补了。

登陆上线的位置不是店铺门口,竟是护城河边。这样的突兀让风潇潇一愣,她明明每次下线都是店铺门口,唯独上次被轮白的时候例外,这次……相同的位置。

她怎么跑到这里来?莫非是青天云笑上她的号玩过,她的账号只有自己和青天云笑知道。

玩就玩呗,没什么大不了。风潇潇晃悠悠回到铺子前,见里面货物全空,不禁有点小小愧疚,没空顾及其他,赶紧制作新的货物填充上去。细看自己的包裹有样材料不多,风潇潇立马选择世界频道:

【世界】风潇潇:收虎炎草,一组20金,有的速度M!

【世界】风潇潇:收虎炎草,一组20金,有的速度M!

【世界】风潇潇:收虎炎草,一组20金,有的速度M!

连发三次,风潇潇停手不再去管,将包裹中的材料一样一样放进配方栏,这时有人邀请交易。

风潇潇一笑,点击同意。

一手交钱一手交货,这个人给她送来三组虎炎草,风潇潇满意得很。随后又有好几个人跟她交易,风潇潇全部收了,再多的材料她都不嫌多。

【世界】龙的传人:风潇潇居然上了。

【世界】裤子掉了：真的是她啊！

【世界】梦幻蝴蝶：老公你赶紧给我去找风潇潇，我要买她家的"血红记忆"。

【世界】黑暗玫瑰：好，我这就去给老婆排队。

【世界】屋顶：风潇潇你家有雪灵丸吗？有多少我买多少。

【世界】苍天在上：你在这里问没用，她很少在世界跟人谈生意。

【世界】摩尔：嗷嗷，潇老板终于上了啊，可怜最近她不在，其他玩家那里的东西全部涨价了！我好肉疼！

风潇潇用四十来分钟将店铺补给填满，一个星期没上来，她应该去收集材料了。骑上雪狮子，带着雪莲宝宝，风潇潇悠哉悠哉向着野外而去，第一个目标就是收集各种蚕丝染料，谁叫女孩子的漂亮装备总是卖得最好。

【密信】乾隆：我把骂你的人全部修理了，你尽管放心地玩游戏。

【密信】青天云笑：我明天去找你。

风潇潇迟疑了几秒，手指快速地敲字回复乾隆：谁骂我了？我没要你管我的事情，你爱修理谁就修理谁！

打出这些字风潇潇用了很大的力气，仿佛有一肚子的火气附在上面。不过恼怒归恼怒，风潇潇还有一肚子的疑问，她最近就和娆娆那些人闹得不愉快，但是乾隆怎么会知道？

愤愤想着，风潇潇密信青天云笑道：我不管你是谁，又有什么企图，反正我是不会见你。

话虽是这么说，风潇潇微微觉得心虚难安，这个人似乎了解她很多，万一真的找来学校怎么办？到底是什么时候认识的人？风潇潇好奇得要死偏偏死不愿意追问。难道有一个男孩一直在暗恋她？哈哈，风潇潇失笑，觉得自己可能想太多了。

【私聊】乾隆：你自己把那个娆娆轮白了，别人哪可能不骂你。不过你也不用担心，那些人都被我赶了。

【私聊】风潇潇：我轮白娆娆？你在梦游吧！我一星期没上线了。

【私聊】乾隆：不是你干的？

【私聊】风潇潇：废话！我要是有那个本事被轮白的人就是你了！

【私聊】乾隆：那……那个青天云笑是怎么回事？

【私聊】风潇潇：你指什么？

【私聊】乾隆：他不是说追你吗？

【私聊】风潇潇：关你屁事。

【私聊】乾隆：我和紫陌红尘分手了你知道吗？

【私聊】风潇潇：关我屁事。

【私聊】乾隆：你不要屁来屁去了，虽然是她提的分手，不过我也松口气。你一个人在寝室害怕吗？要不要我去陪你？

【私聊】风潇潇：不关你的事。

【私聊】乾隆：你还真狠心，你以前不是这样。说实话你是不是喜欢别人呢？

【私聊】乾隆：原来你变心也这么快。

时隔月余的聊天不欢而散，风潇潇真后悔自己上线找气，她狠心？她变心很快？如果真的足够狠心，真的足够花心，那肯定不知道伤心为何物，可惜那种境界她这辈子都达不到，本性如此，想改做梦。

爬上床后风潇潇才想起青天云笑的事情，明天来找她？估计是个玩笑吧。

风潇潇闭上眼睛，一夜噩梦好梦纠缠，翌日早晨醒来，隐隐约约只记得梦里有刺客青天云笑，还有阴魂不散的美男卓云。

风潇潇困顿地爬起身，背后衣襟汗湿，正在梳妆打扮的余浅浅见状轻笑："还没睡醒？"

"两个人睡觉好热……"风潇潇叹息，寝室没空调，就一个电扇摇啊摇，一个人睡觉还好，两个人挤着小床不热才怪。

"我五点就热醒了，刚刚洗澡舒服多了。你去洗澡，好好打扮一下跟我出去见个人。"

风潇潇闻言顿时清醒，惊讶道："见谁？还要我好好打扮？你不会要我去相亲吧……"

"你再这样磨蹭我就真带你相亲去！你说你吧，这么大个人都不知道打扮，头发像稻草，穿的像杂草，白白浪费好苗子。你居然会被乾隆甩掉真是气晕了我，早说女追男没有好果子，和那种人叽叽歪歪五年简直自虐。"

"好了好了，我洗澡去。"风潇潇一咕噜钻进洗手间，再不想听余浅浅的唠叨。

半个小时后风潇潇清爽地出来，穿着睡衣完全不想出门的样子。余浅浅翻个白眼，将她压在镜子前："坐好，我给你化点淡妆。等下出门就穿我送你的那套裙子，今天若是有空就去弄个头发。"

"喂喂喂，你到底想干吗？需要这么严肃吗？"风潇潇没精打采地问。

"去了就知道，你别穿那破T恤臭球鞋给我丢人现眼。"

别看余浅浅有时很疯癫，此时的她和昨晚完全不同，那假发爆炸头被丢在一边，余浅浅自己本身是一头及腰的长卷发，随意披着便美人味十足。

从七点到八点，短短的时间里董潇从一个不怎么起眼的草根女变成优雅的淑女。粗眉毛被修了下，繁琐地洗了次脸擦了些乱七八糟的东西，抹一点腮红涂一点唇彩，整个感觉就变了。完全没型的长发由余浅浅那双巧手随意挽起，别上一只简易的发卡。再换上余浅浅特意从国外带回来的连衣裙和高跟凉鞋，平时穿着随意宽松总给人有点偏胖感的董潇立刻就变得高挑修长，韵味十足。

余浅浅和董潇并肩站在一起，看着镜子微笑道："高中的时候别人说我们像，现在看是不是更像？哈哈哈。"

董潇莞尔，其实他们五官不像，偏偏两人走在一起别人都说像。身高差不多，身形也差不多，高中的时候还故意穿一样的衣服，剪一样的头发同出同进，有着姐妹一样的默契。连董潇的母亲都十分喜欢余浅浅，拿她当半个女儿看待。

因这身装扮微微有点拘谨的董潇随余浅浅出了门，远远地就看到校门口停着一辆车，车边站的那人醒目非常，正是卓云。

距离校门还有两百米，董潇瞪着大眼睛，深呼吸一下，骤然跳起两腿跑向卓云，拉着他飞快朝旁边的树荫处跑，气喘吁吁地问："你怎么在这里？你快点走吧！浅浅在这里看到你肯定会不舒服，你还是快点走吧！我可不想让你们再见面。你这个人怎么不给我打电话提前说一声就这样跑来，有什么急事还是怎么……"

"哈哈哈哈哈"

"你……"说得唾沫横飞的董潇顿时哑然，呆呆看着卓云依树捧腹大笑，笑得眼泪都出来了。董潇闭嘴，呼呼喘气，眼看余浅浅悠哉悠哉朝这里靠近，现在说什么都晚了，可恶，真是阴魂不散。高中的时候余浅浅多迷恋卓云啊，现在这样……多尴尬，董潇郁闷之极。

卓云好半天才收住笑声，抹抹眼泪从头到脚打量董潇，直看得她浑身发毛，身体轻颤。

"这样打扮真不错，很有女人味。没想到你穿这么高的鞋子还能跑得快，我有点吃惊。"卓云目光落在她的玉腿上，刻意修剪的脚丫配着水晶高跟鞋，衬得皮肤白皙，亭亭玉立。只不过这一眼光的功效，就是董潇本来光洁的两腿上顿时竖起一溜的汗毛……迎风摇曳，整齐一致。

董潇一哆嗦，红着脸转身走向车后，躲在那里使劲抹腿。她皮肤虽白，就是腿上有些汗毛无法掩饰，这正是她不乐意穿裙子的原因之一。其实哪个人没有汗毛啊，又不是浓密得夸张，有一点点谁去在意。

余浅浅跳过来呵呵笑她："姑娘你果然长大了，还知道脸红啊。别人夸你有女人味你应该坦然道谢，脸红个什么。"

董潇怒道："谁说我脸红，我是因为刚才跑热了！"

"哈哈哈，话说你跑什么？难道是想试试蹬上高跟鞋后的速度？呵呵，走了，今天好好玩去。"

上了车后董潇才发现事有蹊跷，这个卓云明显是被余浅浅叫来的！而且两人似乎关系很好的样子，貌似这些年一直在联系。但是浅浅以前多喜欢卓云啊，现在结婚了还有联系，这是什么状况？

董潇拉住余浅浅小声嘀咕："你不会旧情难忘，想背着你老公外遇吧？"

"铁树都开了花，潇潇你的脑袋还是木的。"

董潇捂着被打痛的额头，茫然望天。

车行一半，董潇忍不住将游戏中的事情对闺蜜说了，说到激情处不禁义愤填膺："那个娆娆真是很气人，为什么说我轮白她？我根本就没有上线啊，她肯定是见鬼了。还有那个青天云笑尽给我装神秘，我哪里知道他是谁啊，还说今天要来找我，害我晚上做噩梦真是讨厌。我要是知道他在哪里，一定跑去骂死他，哼！"

喀——

车子一个急刹车，诉苦诉得正有劲的董潇哗啦一下前冲，脑袋撞在司机卓云的椅背上，董潇顿时头晕眼花满腹怒气，对着卓云的后脑勺大嚷："你怎么老是乱刹车，吓死我了。"

卓云不咸不淡道："红灯。"

董潇喘息，嘟嘟嘴不说话了。人家特意借车来载她们出去玩，还全程充当司机多辛苦啊，再发脾气显得小气。董潇正暗自忧伤着，旁边一直认真聆听的余浅浅陡然破声大笑，笑得花枝乱颤，手舞足蹈，毫无形象可言。

"你神经了？笑什么？"

"铁树都开了花，你果然还是木头，而且是朽木。"

"你才朽木，今天怎么一路木头木脑。"董潇捂着再次被打痛的脑袋，继续无语望天。

前座的卓云此时不知为何，特别忧伤地长叹一声，那声叹息，刺得董潇炸毛，余浅浅再次捧腹大笑。

说是出去玩儿，这大夏天想畅快淋漓地玩还有点难，怕累怕热还怕晒。去这里有人反对去那里有人反对，卓云一路看着两女人争吵不休，时间白白浪费了哪里也没玩到。最后三人买了吃的喝的，将车子开到郊区避暑。三人拎着吃的去爬一无名小山，这时候两女人就后悔穿高跟鞋出来了。好在那山不高，其实称为丘更合适。不一会儿找块地方坐下分赃，卓云吃饱喝足悠悠晃到山后面，赫然发现那儿还有一水波粼粼的湖泊。当下拉着两人爬过去，也不容两女如何感叹，卓云顷刻脱了衣服鞋袜，翻身跳进水中冲去一身热浪。

两女见他游得实在舒坦，羡慕又嫉妒。可到底是女人，想完全不在意其他脱了衣服跳下去，她们还没那样开放。于是只好幽怨地坐在岸边，将两腿伸进水里降温。

哞——哞——哞——

两女说说笑笑打打闹闹正欢畅，哞哞的叫声从远及近，还有一些沉重的脚步声。

两人回头看去，原来是三头大水牛朝湖边走来，后面还跟着它们的小宝宝若干只。

董潇直视前方，见卓云游得有点远了，时不时在那里翻个浪花。

董潇穿鞋起身，捡起旁边一根树枝，贼笑着跑向几头牛，挥着树枝有模有样驱赶："哞哞哞哞——牛儿乖！快点下水去凉快凉快，水里有美人等着你们呢，哞哞哞哞——"

牛儿在董潇的驱赶下果真喷着粗气下了水，扑通扑通几声，一只不剩全凉快了。这些牛本就是过来解暑的，两头大的仗着身高优势舒坦地朝深水处

游,小牛只好待在浅水嬉闹。

几头牛的加入瞬间让水面浑浊不堪,从水里钻出的卓云赫然见状,立即奋力朝着岸边奔进。经过牛的身边,清晰闻到一股子尿味,显然是某头不讲卫生的牛正在新陈代谢。

"哈哈哈哈哈!"岸边的两女人跳着脚拍掌大笑,所谓乐极生悲,太过得意嚣张的董潇一个不防,一脚踩到干枯的牛粪上,吧唧一声就要滑到,反射性一扭身子,跌倒在牛粪的旁边,当下哀号一声:"嗷嗷……"

余浅浅见她跌倒笑声更盛,不过笑声还没展开,看董潇痛得眼眶都红了,立刻跑过去问:"脚扭了?"

"鞋跟好像断了……"董潇无比心疼地看着新鞋子就这样断了跟,不禁嘀咕:"这什么鞋子,可真不结实。"

余浅浅白她:"是你太疯癫,没事,以后鞋跟可以补回去。你脚肿了,这怎么办?"

"我看看。"浑身湿淋淋的卓云大步走过来,胸口还在喘气,蹲身拿起董潇红肿的脚腕摸了几把,疼得董潇哇哇乱叫。

卓云将她的腿抬起放在自己膝盖上,拿过带来的冰冻矿泉水贴上去稍稍缓解疼痛,抬头看天时间也不早了:"去医院看看最好。"

拿过衬衣长裤随意套上,卓云将董潇扶起示意道:"上来,我背你过去。"

"……不要……"董潇直觉拒绝。

卓云挑眉:"为什么不要?难道你想要余浅浅背你爬山回去?"

董潇蹙眉:"你身上都是牛的尿臭味……"

"……这还不是你干的好事,看,遭报应了吧?"卓云咬牙切齿,暗道她怎么没跌在牛粪里!

事实的残忍让董潇接受了卓云的恩惠,再怎么不愿意还是被他背上了车。余浅浅悠哉悠哉跟在后面不时偷笑。

从医院出来后三人回学校,下了车的董潇还是由卓云背回寝室,刚想出言驱赶卓云快走,余浅浅却扶额道:"卓云你先帮我照看她一下,我得下去一会儿。"

"你丢下我一个人下去干什么?"董潇当即接话。

余浅浅哼道:"姐姐我要下去拉屎。"说罢踩着高跟鞋嗒嗒去也。

余浅浅走得好远了董潇还在不死心地奋力叫嚷："你要拉屎这里就可以啊……不用下去……浅浅姐你别走……"

余浅浅走了,董潇顿时趴在椅背上虚脱装死,那受伤的腿还敲在桌面上,寝室里蔓延出淡淡的药味,隐隐约约……还有牛尿味……

寝室里没人说话,董潇本想卓云自己乖乖离开,不过闻着那味,很不争气的董潇捧腹大笑,完全泄露了小人心性。

静静看着董潇花枝乱颤的小人笑脸,卓云撇撇嘴,摸了摸还未干的长裤,虽然现在非常狼狈,不过也只有等回去再换衣服了。

卓云拉过凳子一屁股坐下,正儿八经道:"别笑了,我有事跟你说。"

Chapter07 青天云笑就是我

"青天云笑就是我。"

短短几个字犹如一个晴天霹雳,炸响在董潇的脑海神经里,几乎绞得脑浆都纠结起来。卓云是青天云笑?一直以来她怎么看怎么别扭的卓云居然是那个怎么看怎么顺眼的青天云笑?卓云曾经在她眼里太另类,完全不符合她的审美和喜好。青天云笑曾经在她眼里也很另类,完全附和她的喜好和脾性。她和卓云合不来,她和青天云笑非常合得来。她觉得卓云长得太过美丽,她觉得青天云笑全服最好。卓云见一次就吓她一次,自恋得可以。青天云笑见一次就帮她一次,高手好人一个。

青天云笑是卓云?是,撞一下。不是,撞两下。

是还是不是?咚、咚咚、咚、咚咚、咚咚、咚咚咚咚咚咚咚……

卓云无语凝咽,咬牙扬声再次抛起炸弹:"我说的是实话,我就是青天云笑,你撞破了脑袋也不能改变事实。猪!"

"风声太大,我没听清。"董潇豁然抬起泛红的额头,笑颜灿烂地回敬,搭在桌上的那玉腿抖啊抖啊抖啊抖成了羊癫疯。

卓云无视此女的犯傻,直接噼里啪啦将所有事情坦白了。

他说他和余浅浅是好朋友,所以关于董潇的一切都了解。他说他知道她在玩《飞仙》,所以他也去玩了。他说他故意用雨潇潇的号接近她,不过那时候只是单纯地想带她升级而已,绝对不是想当第三者。他说他知道她和乾隆分手后立刻就拉她进帮,目的不再是单纯地带她升级。他说他故意诱惑他去书城看书,目的就是为了来个巧遇。他说所有巧合都是他自找的,除了下午被她弄一身牛尿,这个纯属意外。

他又说:"我做这些,都是因为想引起你的注意。"

为什么要特别引起她的注意呢?答案显而易见。

可若是那个明显的答案,不就是说明卓云喜欢自己吗?而且很早就喜欢了,那就是赤裸裸的暗恋。董潇觉得这有点天方夜谭,多少女生迷恋卓云……的外表啊!有那样出色的外表还多才多艺的卓云,暗恋这个词语跟他连在一起的可能何其微小。

卓云见董潇一脸震惊的样子,莞尔道:"你是不是在想我怎么可能暗恋你这种平凡的女人?"

董潇面上一红,怒斥道:"你才平凡你才没特点,你去暗恋吧活该死你,去踩牛粪好了。"

卓云俯身,一把拉过董潇的脑袋,董潇着急叫喊:"臭死了,不要靠近我!"过红的脸蛋泄露了她的紧张和不安。

"……真想熏死你!"卓云嗔目切齿地放开她。寝室又暂时陷入一片寂静,只有两人的呼吸格外突兀。

也不知道过了多久,久到董潇以为寝室里只剩下自己一个人。她抬头,卓云还好好地坐在旁边,已干的头发有点蓬松,配着他的侧脸,让人有种想去抚摸感受一下那柔软度的冲动。

卓云这时忽然动了,在董潇的注视下将她连人带椅拖到旁边,然后自己取而代之,开主机,启动电脑。

"你干什么?"

卓云不吭声,电脑开启后手指飞快地在键盘上敲打,一瞬间桌面跳出一堆窗口,卓云仔细地看了一会儿,半晌后对董潇道:"你电脑里有毒,估计盗你号的就是用的这个。"鼠标指着某个全英文组成的名称，眉头不由深锁，脑海里浮现出不好的预感。他虽然对电脑不是很精通，但到底还是有些懂，犹记得上次去黑"侠客行"的账号，就是用的这个病毒。此毒当然不是他所创作，要他去黑别人的电脑他没那本事。他没那本事，所以他请人帮忙了。

董潇闻言忙道："那赶快杀掉。难道真有人盗我的号去轮白娆娆？可是他为什么要这样做，是故意陷害我？还是挑拨我和娆娆的关系？我号里所有东西都没丢，看来那人就是特意盗号去轮娆娆，真是处心积虑啊，玩游戏玩得这样嫉恨人，真不知道是他太较真还是我太倒霉。"

卓云撑着脑袋没作答，不知道在想什么。

董潇又道："我可没有得罪谁，为什么要陷害我？和我有仇的就紫陌红尘而已，不过我和她的恩怨应该早就淡了。再就是最近和娆娆的不合，还有帮会里几个讨厌我的人，会不会是他们盗号故意让我和娆娆的关系激化？但是那样一来他们也得罪娆娆了。哎，想来想去还是搞不懂谁干的。"唯一庆幸便是事发后她一直没上线，不然看到大家全部骂自己，心里肯定会特别不爽，所谓眼不见为净，的确有理。

卓云点开了游戏，用自己的号码登陆，角色处在绿草如茵、清风徐徐的烈马大草原。

"你怎么掉成140级了？"董潇惊问，这比原本的满级少了10级。

卓云淡淡道："当然是被杀的，不过我逃得快，幸免于难。"

其实当他被人围住群殴的时候脑海里瞬间闪过一个想法，那就是由着他们轮，也许轮白后还可以有和风潇潇差不多的后福。当初风潇潇那个任务纯粹偶然得到，风潇潇是仁心派，任务完成始祖就消失了。而他所在的冥夜宫，创派始祖一直都在，这样一个有分量的NPC没道理是个摆设。然而想法是想法，真要人从头来过谁不犹豫？那一犹豫他就逃了，除了想证实自己的猜测是否属实，他还有别的办法。

董潇闻言松了口气，又追问了一堆游戏里的事情，仔仔细细将所有原委了解后董潇有点尴尬，原来成为臭老鼠的不只自己，还有青天云笑。她可从没想过青天云笑那样的高手会被当成过街老鼠，幸好不是所有人都盲目地相信娆娆。公道自在人心，平时所作所为自有人评断，她踏踏实实做生意，赚的何止是钱财，还有信誉。

原本还郁闷这种破事的董潇顿时升起万丈豪情，暗暗决定一定要将铺子开得更大更红火，算是别人对她信任的一种回报方式。

"等下登陆我的号看娆娆在不在，我去向她解释。"董潇叹气说。

卓云回头看她，轻笑摇头："不用了，我知道凶手是谁了。"

"谁？"

卓云眉头一挑，故意道："不告诉你。"

嗷嗷嗷嗷嗷嗷，董潇抓狂，心痒痒得要崩溃。这个人真是很变态，故意吊起她的好奇心却不爽快点让她满足，好想撕了他啊，董潇横眉怒目。

卓云不理睬坐立难安的董潇，鼠标点击好友栏中的娆娆发送消息：潇潇说她没有请人轮白你，她一个星期没上线。

【私聊】娆娆：潇潇？叫得可真亲热啊。她自己当然不会承认，哼。我那天苦苦支撑一个小时，那几个人的名字已经刻在我的心里，不可能会看错。

【私聊】青天云笑：你为什么要苦苦支撑一个小时？既然人在电脑前干吗不直接下线。

【私聊】娆娆：我为什么要下线，我就是想看看她到底想把我怎样。结果她把我害成这样，一些人反倒说是我的错误，将我几个要好的朋友全逼走了，玩游戏真没意思，和现实一样残酷，要不是为了你，我才不会玩游戏。

【私聊】青天云笑：你最近有空吗？

【私聊】娆娆：干吗？

【私聊】青天云笑：出来坐坐。

董潇眼眸一闪，这是约会吗？

【私聊】娆娆：约在哪里？

【私聊】青天云笑：我的寝室。

董潇眼眸又是一闪，这是非常不纯洁的约会吗？

【私聊】娆娆：好，我明天过去。

卓云关闭娆娆的窗口，重新点击了一个人：青天微笑。

青天微笑是他的同事，而且同宿舍。一宿舍四个男人，全是一年毕业一起进公司实习然后一起成为正式员工的新人。其中卓云和另两个是同行，只有青天微笑一个人是电脑编程人员，平时感情还不错。

【私聊】青天云笑：你能帮我一个忙吗？

【私聊】青天微笑：什么忙说吧，我能帮的当然帮。

【私聊】青天云笑：我女朋友的电脑中毒了，我弄半天不知道怎么杀除，她电脑上又没有厉害的杀毒软件，你帮我弄弄。

女朋友！谁是你女朋友！董潇恨恨地想，脸皮有点发烧，全身都是软乎乎的，好虚幻。

【私聊】青天微笑：你女朋友？谁？

【私聊】青天云笑：你也见过的，呵呵！

那边好半天没人说话，董潇不禁嘀咕："他见过我？"

"哟，你自己承认了。"卓云瞬间得意地接话，堵得董潇哑口无言，面红耳赤。

【私聊】青天微笑：哦，恭喜你，记得回请喜酒。我来远程帮她看看，要是还不行你明天就把她的主机带来宿舍我弄。

【私聊】青天云笑：谢谢，我这就和你远程。

说罢卓云最小化游戏窗口，和青天微笑开始远程协助。当卓云将那个熟悉的病毒挑出来指给青天微笑折腾时，青天微笑什么也没说，心中已经明白了卓云的意思。那是他自己闲暇时特制的病毒，只对三台电脑用过。一个是自己的，一个是侠客行，一个是风潇潇。

还有什么不明白呢？

青天微笑默不作声地替风潇潇将毒杀了，然后默不作声地隐去。

电脑干净后董潇吐气道："你这个朋友好厉害，一看就是电脑高手，你代我谢谢他。"

卓云点头："嗯，我会将话带到。"

语毕卓云将青天云笑的号下了，登陆了风潇潇。

没想到一上线就收到乾隆的来信。卓云随手点开，上面有两条最后的历史记录：

乾隆：你还真狠心，你以前不是这样。说实话你是不是喜欢别人了呢？

乾隆：原来你变心也这么快。

以及最新的几条信件内容：

乾隆：你是不是和青天云笑在一起？

乾隆：如果不是，我明天去找你。

董潇见这内容当下脸色复杂，红白变化，皱起眉头抢过键盘激动回复：

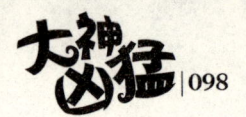

【私聊】风潇潇：说了不关你的事，希望你不要再出现。好马不吃回头草，你何必这样。

乾隆回复得倒是很快：我不是好马，我真的是一时冲动，现在对她没有一点留恋。

【私聊】风潇潇：你不觉得自己三心两意？我已经无法再信任你，你爸妈对你期望很高，你不要辜负他们，好好地读完这一年找个好工作，以后什么样的女孩子找不到？

【私聊】乾隆：还有人会比你对我更好吗？估计找不到了。

【私聊】风潇潇：早知如此何必当初，兄弟，你安心地去吧！

嗷嗷嗷嗷，风潇潇再次抓狂，忍无可忍一巴掌拍在卓云的脑袋上，气势汹汹地吼道："你说你到底想怎么样……你想气死我是不是……你纯粹来捣乱的是不是啊……你说话这么直万一他想不开你负责……"

"他就算想不开那也是他的事情，何况你觉得一个为了陌生美女就随随便便伤害你的男人这个时候会因为你几句话而想不开吗？他根本就没有对你用心过，完全是个自私没有责任心的人。你对他再好他看不到，伤你再深他体会不到，如今你还想在意他的什么？"

风潇潇摇摇欲坠，其实人心多么脆弱，别人不过是揭露事实，简简单单几句话就打击得她如风中残花，所有美好的掩饰都被大风吹得凌乱了，败落丑陋，就待凄凉凋谢，寥寥落幕。

卓云见状于心不忍，后悔将话说得太直。可是他一激动就没忍住，那个钱龙他早几百年前就非常不爽了。

他其实不懂，自己看好的女孩，为什么会看上那种男人，他明明什么都比那家伙好，而且他有一颗多年不变的真心。可惜，她一直没有看到。

感情这东西真的很难定位，爱上谁，为何爱上，谁也无法说明白。

所幸他现在还有追求的机会，而且势在必得。

余浅浅回到寝室的时候卓云已经离开了小会儿，一眼看去董潇是在玩游戏，仔细看才发现她其实是对着电脑发呆中。

余浅浅拎着肯德基和一碗牛肉拉面递给她，淡淡说："女人，只有找个爱自己的男人才能永葆青春，哪怕你一开始并不爱他。"

董潇微微颤动，装作没听到一样捧过拉面闷头进食。

"想当年,我迷恋他的时候,他正迷恋你,而你却迷恋钱龙,我跟他告白失败后鼓励他去追你,你却把钱龙当宝贝一样抓着。现在都过去好几年了,我已经有个不错的老公鞍前马后。你和钱龙分手了,他对你却一直没变,作为旁观者我比你看得透彻。也许你觉得太突然太意外,不过爱情这东西本就是如此,不管你怎么想,但是千万不要因为钱龙而一蹶不振拒绝所有男人。"

"等你觉得可以的时候,一定要去恋爱。"

也许是不想让余浅浅太担心,董潇闻言对她轻松地笑了笑,点头表示自己知道了,解决完食物便操作风潇潇补货。

【世界】风潇潇:收牛仁胫,20金一组,有的密。

【世界】风潇潇:收风野草,30金一组,有的密。

【世界】风潇潇:收金丝线,100金一个,有的密。

发完信息便屏蔽所有频道,风潇潇静静地在每一样商品上标价,好友栏里乾隆的信息一直在跳跃,董潇面无表情地点开,看完便删,一个字不打算再回复。

【私聊】小七:潇姐。

【私聊】风潇潇:嗯?

【私聊】小七:别为那种无中生有的事情郁闷,看你最近一直没上,我和深蓝都好郁闷,没有你在我们好无聊。

董潇失笑,见了这番话心情顿时转好了些,她在意的朋友们都选择相信她,即便那破事很烦,相比起来也没什么大不了的了。何况就是在游戏里被人陷害了而已,不掉肉不掉钱,斤斤计较纯粹自找麻烦,更没必要因此闷闷不乐让朋友担心。

在心中翻起浪花的不是无关紧要的人,是受伤后一直忍不住依靠的那个人。

小七说没有潇姐在玩游戏很无聊,其实潇姐也想说,玩游戏没有青天云笑在很没劲。哪怕不刷怪不任务不副本,简简单单坐在一起刷屏聊天都是很快乐的回忆。她幻想过青天云笑的样子,那时候自己和做梦的少女一样想象心中王子的真面目,一定是像一个可靠的哥哥那样让人温暖留恋。

我们以前见过,这样的陌生和熟悉。

可青天云笑是卓云,算不算是一种幻灭?

做了几笔交易，风潇潇深深呼一口气，静静朝着城外飞去。

一个个熟悉的名字加入队伍，寂静的时刻过去，一切回归于温暖的热闹，独独少了每次上线都很期盼的那个人。

如果那个人以后再也不来，是不是更好？

【队伍】小七：高手还没来，哎，好忧伤啊好忧伤！

【队伍】深蓝：我在。

【队伍】小七：小白边儿去。

【队伍】青莲公子：精灵最近也没见。

【队伍】小七：她每天忙着陪她老公游山玩水，哪还记得我们？

【队伍】深蓝：那我们要不再组两个人去八阵图？

【队伍】风潇潇：成，大家跟随。

风潇潇身为队长，坐下雪狮的速度也是几人中最快，她打前带路朝着八阵图前进，后面几个悠哉悠哉地跟上。八阵图是副本之一，此游戏中副本共分为两类，一种是特定时间特定位置或NPC那儿刷出的副本，一种就是死板不动、随时随地可以去刷的固定副本。不过不管哪种都有各自的好处和难度。副本中怪物的级别随队伍的平均级数而定，随机变化。

风潇潇来到八阵图副本的NPC跟前，在当前频道发布：110级左右的进，有医生。

消息一出便立即有人申请入队，风潇潇随便瞥了眼那人的级别便准了。不一会儿又有人申请入队，是个满级的剑客，风潇潇刚想拒绝，那剑客却给她发话：让我进队好吗，潇老板？风潇潇稍稍犹豫后放他进来，暗想大概是杂货铺的顾客来找人买东西。

【队伍】小七：嘎嘎，人满了，大家接好任务我们进。

【队伍】明镜：要不我领队？

风潇潇二话不说将队长转移给他，谁叫他满级而且装备厉害，风潇潇可不想充能在高手面前耍宝，能保证完全不出错还好，错了一点保准挨骂。

队伍哗哗进入副本第一重，所谓八阵图，正是借用诸葛亮的那个名震天下的用兵阵法。分别以天、地、风、云、龙、虎、鸟、蛇命名，加上中军共是九大阵。天地风云阵皆为人行怪，龙虎鸟蛇则是动物怪，中军是半人半妖。此副本小怪无数，大小Boss若干，纵然是每天固定的副本，不过此阵繁琐又难破，没有一点实力的进来纯粹找死。比起六人阵法还可以悠哉悠哉地闲逛,这个则是忙得每个人喘气都难。

虽然听起来很难,但是一切有前人的经验和破解之法,论坛上提供的破解攻略比比皆是,只要不是笨蛋都可以看懂,照做就成。

【队伍】明镜:都有隐身药吗?

【队伍】风潇潇:我分给他们了,你要吗?

【队伍】明镜:呵呵,有免费的我当然要。

【队伍】小七:话说觉得明镜好熟悉。

【队伍】明镜:呵呵!

【队伍】风潇潇:交易,一人二十个。

【队伍】BB手机:哇,真是慷慨!

风潇潇不置可否,隐身药比补血补篮的药物可贵多了,而且普通NPC那里不贩卖,少数贩卖的NPC那里价格昂贵。市面上出售的隐身药全是玩家自己制作,风潇潇更是如此。隐身药是刷副本专用,可惜只对怪物隐身,对人物PK无效。

在八阵图这种怪物繁多的副本里没有隐身药可以说就是无处可逃,走到哪个角落都有怪,完全不让人歇气,补药会被打断,光靠一个奶妈哪里足够。隐身药时效一分钟,冷却两分钟,正好用来歇气补药。

明镜带着队伍首先踏入右边首位的风扬阵边沿,道:贴着墙壁,别移动位置。

语毕,一柄长剑随着"苍天啸"嗡鸣而出,顿时冷光四射,一柄剑化成十柄剑分别刺入十个小怪的身体中,红色数字齐齐飘出,十个怪物立刻朝着众人奔来。大家你一下我一下轻而易举将十个小怪解决,明镜此时再次引来数十小怪,众人再接再厉,如此循环三次,风扬阵中的其他怪物蜂拥而动,明镜道:全部群攻。

话一说完,风扬阵中的Boss舞着大斧头朝他们奔来,明镜倾身生前,在半路将Boss用"捆龙阵"拖住,与此同时一个隐身,大Boss既走不出阵法,又看不见明镜。明镜当下噼里啪啦帮着众人远攻小怪。小怪的数量虽多,还好皮薄易推到,马不停蹄的攻击下顿时纷纷躺下。明镜一个转身,挥剑砍向被捆的Boss,大伙赶过来加入攻击,持续几秒后阵法消失,大Boss一声大吼,手中斧头刷刷起舞,除了明镜,其他几人的血条直线下降。风潇潇的爱宠雪莲宝宝"啾啾"叫了几声,花瓣脑袋欢快地一转,风潇潇的血条满上,

同时间里风潇潇两手一扬，淡绿色的光芒从天洒下，众人享受"如沐春风"的效果，血条大涨。雪莲花接着又一个技能"雪中送炭"发出，集体获得持续一分钟的将攻击数目转为加血数目，Boss打去某人一千血，某人的血条就上涨一千。可惜此技能冷却时间需要五分钟，用一次后得等好久。于是众人趁此时机疯狂猛攻，眼见Boss的血条就要见底，只听它再次大吼一声，抬起脚笨拙地朝着鸟翔阵奔进，明镜早有准备，又一次发出"捆龙阵"将之困住，大伙连攻之下，此Boss悲愤而去。

风扬阵赞：风无正形，附之于天，变而为蛇，其意渐玄，风能鼓物，万物绕焉，蛇能为绕，三军惧焉。

容不得大家喘气，被惊动的鸟翔阵小怪倾巢而来，这个时候就没什么其他办法，只得拿出所有实力硬扛，扛不住的时候隐身歇气，歇好了继续扛，上百个小怪全部被消灭得干干净净了，那鸟Boss便作势愤怒无比地冲过来，鸟Boss多厚道啊，没有和小怪一起来凑热闹便给队伍多了点缓冲的时间，明镜一人上前暂时扛住，道：补血。

众人匆匆补血后飞身上去，风潇潇一个技能甩给明镜便解了他的难，时间刚刚好，团队配合能算八分默契。

大家齐心协力扛到最后消灭最大Boss，获得大量经验和掉落物品，材料类风潇潇拿，一双女靴给了小七，一块护符归深蓝，一对护腕归手机，一枚戒指给青莲公子，最后剩下一把短兵匕首，不适合任何人用，不过属性挺好，明镜呵呵笑道：我要了没用，可惜了。潇老板你说它值多少金？放你那里帮我卖掉好了，然后你兑换一些药物与我，比如隐身药、各种增效药我都需要。

风潇潇点头应了，两人互加好友，队伍被系统送出副本。

画面刚刚转到副本外面的NPC跟前，一道熟悉的身影顿时映入眼帘。

【近聊】小七：啊，是姐夫哥啊！

【近聊】深蓝：可算来了！

【近聊】青莲公子：高手好久不见！

三个小白一起发出信息，风潇潇绝倒。

【近聊】青天云笑：我在这里等你们出来。

【近聊】明镜：呵呵，既然正主来了那我撤退，潇老板88，下次找你拿药。

青天云笑于是入队，道：明镜就是论坛上为你说话的人。

【队伍】风潇潇一愣，恍然大悟：原来是他，我待会谢谢他！

青天云笑任命队长，众人再次踏入八阵图。

开打前，青天云笑给风潇潇发了条消息：盗你号的人是我同事，用你号轮白娆娆的带队人也是他。

【私聊】风潇潇大惊：我从不认识他。

【私聊】青天云笑：他喜欢娆娆，现实里。之前我们俩不是合力解了嬴鱼的任务吗？帮会的人基本都知道那任务需要轮白然后重练，他们俩也知道。娆娆和他都很想要那装备，娆娆本想找他帮忙轮白自己，结果那次吵架后，她就忽然改了主意，要我朋友帮忙盗你的号顺便轮白她。

青天云笑没说太多，简单地解释一下风潇潇显得不怎么在意，大伙继续刷副本。其实那件事后娆娆还要求将风潇潇的仓库撬空，顶替风潇潇上线和她骂架将矛盾激烈化，好让大家都看到风潇潇是个没素质的恶女人。可惜他帮忙盗号轮白娆娆后就再也不肯做其他恶事，也不肯告诉娆娆风潇潇的账号和密码。为了自己喜欢的女人做坏事，哪怕那是游戏，他身为卓云的室友和朋友，也实在于心难安，即便知道那样拒绝后那个心高气傲的女人可能再也不会多看他一眼。

青天云笑将真相告诉风潇潇，两个当事人并没有揭穿事实的畅快感，风潇潇对整件事情一直都不太明白，像个事外人般从别人嘴里听取来龙去脉，心中的怒火还不如几个朋友来得多。

队伍中大家都是熟人，于是和往日一样叽叽喳喳没完没了很热闹，风潇潇看着几个小白口沫横飞表示对娆娆的唾弃和愤恨，她反而有些不知道如何插话。小白们还不知道事情真相便完全站在风潇潇这边，这是出于对朋友的完全支持。只不过她可没有继续追究的欲望，只要那娆娆不闹腾，她就可以当作没这事，继续轻松地进行游戏。

【私聊】青天云笑：怎么一直不说话？在想什么？

【私聊】风潇潇：没，我在吃苹果，忙着了。

【私聊】青天云笑：呵呵，这么喜欢吃苹果，我明天给你多买点去。

【私聊】风潇潇一惊：你明天来？

【私聊】青天云笑：嗯，明天又不上班。

103

【私聊】风潇潇：不要，不要你来。

【私聊】青天云笑：我要来。

【私聊】风潇潇：千万别来。

【私聊】青天云笑：腿长在我身上。

【队伍】小七：嗷嗷嗷嗷……我怎么死了？

【队伍】深蓝：据我查证是被怪物殴死了。

【队伍】青莲公子：高手和潇姐站着没动，所以你就死了。

【队伍】风潇潇：汗，不好意思，我马上复活你。

  风潇潇再不理睬青天云笑的私聊，专心一致对待副本。斗到Boss时全队静谧无声，只有华丽技能轰轰作响，激昂的背景音乐深入耳际。

  大战一个多小时才从副本出来，虽然都有不错的收获，人也累得够呛。特别是几个小白连刷两环开始憋闷了。

【队伍】小七：我有个同学上来了，她第一次玩，我去带她，大家88。

【队伍】深蓝：我也有事，先下了。

  一个接一个地离开队伍，似乎早前说好的故意将空间留给这两位。风潇潇有点拘谨，深感气氛讶异闷热，转悠半天风潇潇道：我先回铺子补货。

  说罢便骑着雪狮飞快走远，行至半路她忍不住回头张望，身后的羊肠小道上人影匆匆，有男有女，就是没有青天云笑那熟悉的黑色身影，他没有跟上来，风潇潇脑海冒出一点失落的感觉，以前两人只要在线上基本都是形影不离，他如果走开会说明。

  风潇潇神经一跳，忙点开个人频道，里面一大排紫色的信息全部来自青天云笑，她只是屏蔽后忘记打开了。

【私聊】青天云笑：你等等，我上小号加你。

【私聊】青天云笑：喂喂，你等我。

【私聊】青天云笑：你咋还跑，等我。

【私聊】青天云笑：……

【私聊】青天云笑：再跑我晚上去找你。

【私聊】青天云笑：……哎！

  董潇看到最后大囧，不自觉地回头看向紧锁的门。这些消息是几分钟前发出的了，那现在青天云笑去哪里了呢？

  风潇潇仰头看队伍头像，发现青天云笑的头像不知道什么时候已经变成灰色，居然是下线了，都没说一声……风潇潇郁闷地回身，嗒嗒跑回杂货铺闷闷制东西。

连做了两件装备和两种药物，风潇潇放进去一个个标价，这时一人跳到跟前，正是今天认识的明镜。

【私聊】明镜：潇老板你药铺里第二排和第三排的药我各要一组，匕首给你，另外我再加些钱，来交易吧。

【私聊】风潇潇：不用加钱了，论坛的事情谢谢你，组队的时候没认出你，不好意思。

【私聊】明镜：呵呵，那点小事不足挂齿，我只是不想欠人情而已。

【私聊】风潇潇：客气了。

说罢风潇潇点开交易将明镜需要的药物放上去，明镜放上匕首和50两金子，风潇潇觉得好笑，游戏里这样客气的人真少见了。她顺手救济路上挺尸的玩家有好几回，这个明镜却铭记在心。

交易成功，明镜发个哈哈笑脸，道：我最近手头有点紧，所以只好用匕首和你换，不然我都直接买药了，呵呵，别笑话！

风潇潇见此莞尔，发了个一脸正经的表情。

【私聊】明镜：潇老板，你有看到官网招聘游戏记者的宣传吗？

【私聊】风潇潇：看到了。

【私聊】明镜：呵呵，实话告诉你，我就是其中一员，不过是另外一个ID。我平时没事就写写攻略做做图讲些游戏里的小故事博读者一乐。在游戏里搜集众位玩家的故事比玩游戏更有趣。

风潇潇打断他，道：这个记者好像没有工资吧？

【私聊】明镜：哈哈，当然没有，都是一些爱好者免费兼职而已。

【私聊】风潇潇：原来如此，佩服佩服。

【私聊】明镜：做心里想做的事，即便没有回报就纯当一种体验，练练笔练练做图技术未尝不好。

【私聊】风潇潇：呵呵，那是那是。

【私聊】明镜：嗯……潇老板，我们做个朋友可好？

【私聊】风潇潇：当然可以啊！

【私聊】明镜：好。那我以后喊你潇潇？

【私聊】风潇潇：随意……

【私聊】明镜：潇潇，如果哪天你想把自己的故事记录下来，一定要找我，再见。

记录自己的故事？风潇潇无语凝咽。她没有什么可歌可泣的故事让人记录，那些故事，不过是残酷的真实，如果有一天可以坦然自若地揭开，故事中的酸甜苦辣怕是早就不去在意了。

风潇潇悠然自得地再次补齐短缺的药物，期间几个新玩家陆续过来将采集的各种材料卖给她，这些卖她材料的玩家多数是游戏里的小虾米，她从开店铺以来接触了一批又一批，曾经的小虾米有的已经长成威猛大侠，有的已经人去不回，有的成了她可以聊上几句的朋友，譬如弓箭手"不是后羿"。

不是后羿将收集的材料全部交易给风潇潇，得到相应的金币和往常一样站着没走，跳到她的店铺屋顶上：上来。

风潇潇轻功飞上去，不是后羿再次点击交易。

风潇潇纳闷点开，见交易面板上属于对方的十个格子全部占满，随便看去似乎是各种装备首饰，风潇潇将鼠标滑上去一个个仔细查看，越看越心惊，没想到竟是洛羽裳其中的十种配件。风潇潇以为不是后羿要将东西卖给她，便点了确定交易准备马上给他钱。

交易再次开启，风潇潇一点开竟又是十种配件，属于洛羽裳的另外一半。风潇潇如梦惊醒，二十配件！一件不差，全套洛羽裳！从头到脚，从发冠发簪到戒指护符项链护腕脚腕鞋子等等以及配对暗器洛羽袖箭。

【私聊】风潇潇吞吞口水，忙问：你怎么把这个收齐了？太厉害了！

【私聊】不是后羿：想知道？

【私聊】风潇潇：肯定啊……不过你不想说也没关系，有人告诉我这衣服全套能值五千块，你没必要告诉我危害你的利益，呵呵！

【私聊】不是后羿：你难道不想知道收集方法，然后去收集装备拍卖？

【私聊】风潇潇：想知道，嘴巴长你身上，你不说我又不能杀了你。

【私聊】不是后羿：呵呵，这装备现在跌价了，顶多值一千块，入市的估计有好多套了。

【私聊】风潇潇：都是牛人。

【私聊】不是后羿：你把全套穿上，我就告诉你收集方法。

【私聊】风潇潇：你傻啊，我穿上就绑定了，你要是想卖给我，我还买不起……帮你卖倒是可以试试。

【私聊】不是后羿：穿上吧，我努力好几天集齐，就是为了送给你，很适合你的职业。

风潇潇风中凌乱了，这家伙说什么啊，咋听起来这么别扭这么不害臊，他们又不熟，凭什么无事献殷勤？

【私聊】风潇潇一激动一抽风就爆出：我是嫦娥，可你不是后羿，这贵重的礼物就算了。

【私聊】不是后羿：……哈哈哈哈哈哈！

【私聊】风潇潇：……？

【私聊】不是后羿：哈哈哈哈哈哈！

【私聊】风潇潇：……我不介意跟一个新手PK。

【私聊】不是后羿：噢哈哈，真的不介意？咱们来试试看。

语毕，不是后羿向风潇潇发出挑战，风潇潇咬牙迎战，暗道她一个110多级的奶妈就不信打不过你一个70级的弓箭手，瞧那一张乳臭未干的脸蛋，活脱脱一个任人欺侮的小弱受，可惜她不是温柔小攻懂得怜香惜玉，她是出离愤怒的母夜叉。

风潇潇首先就是一招麻姑献寿双手合击，揍上不是后羿的下巴，接着西施捧心预攻其胸口，不是后羿此时及时跳开，避开了一击，风潇潇随即昭君出塞奉上，身体自动粘身以柔指攻击，不是后羿受这一下，在风潇潇下一招即将出来时猛然三个后空翻，连续跳开数米远躬身拉弦，嘭一下射中风潇潇的胸口。风潇潇以基础贴地轻功迅猛冲上不是后羿跟前就要开打，不是后羿似早有所料，千钧一发之际又是几个后空翻而后轻功朝天跃起，半空拉弓上弦，金光闪闪的箭雨钉得风潇潇上蹿下跳，红字飘飘。

不是后羿马不停蹄，技能完毕落地的同时向前迅速奔跑，就是不让风潇潇贴身。风潇潇的拳法是近攻，对手一远她就攻击无效。偏偏这个不是后羿出奇地能蹦能跳，能躲会藏，气得无计可施的风潇潇火冒三丈。嗷嗷嗷嗷嗷嗷，她反应慢，最不擅长的就是这样的拉距战。不是后羿键盘操作绝对灵活，3D网游自由空间非常大，会躲避攻击，善于抓住角度攻击还怕什么级别的差距。不是后羿若不是开始有心相让，认真对付的话根本不会让风潇潇击中一下。

不是后羿跑得老远了便发动攻击，远程射箭，打得风潇潇狗急跳墙，手指抽筋似的将WASD四键铆足了力气哒哒哒哒地按，于是风潇潇相应地做出

动作反应，快速地前后左右活动起来，一路直指不是后羿奔跑，不是后羿跑到左边她立刻追去左边，不是后羿跑到右边她立刻追去右边，不是后羿飞上天她也飞上天，不是后羿转起圈圈她也跟着转圈圈，不是后羿转了一圈，两圈，三圈……转啊转啊转，不是后羿不见了，风潇潇顿时眼冒金星，头昏眼花已经分不清楚东南西北。

晃晃脑袋清醒四顾，不知何时风潇潇已经站在水里，水面波光粼粼，有荷叶有荷花，还有一只青蛙对着她嘎嘎地叫。

在城中自家的杂货铺屋顶上PK，什么时候来到如此遥远的水里她一点没有印象……

不是后羿站在岸边对她哈哈大笑，几乎乐得手舞足蹈，满腔愤怒的风潇潇只有一个念头，埋在水里永远不要出来了！好丢人！

风潇潇潜在深水里很久没冒泡，不是后羿莞尔一笑，纵身跳下水中一沉，在水底他看到风潇潇的长发和淡紫色裙角在缓缓飘动，旁边有几只小鱼规律地游荡，脚下更深处还有破败的城墙，这儿的音乐有点忧伤，像有人在低低哭泣。

不是后羿游到风潇潇的身旁，道：你不会哭了吧？别想不开。

【私聊】风潇潇：你才哭！你才想不开，我是下来洗澡，你跑来干什么？

【私聊】不是后羿：噗哈哈，有人会跑到护城河里洗澡？雅兴不小啊。

【私聊】风潇潇：我来自杀也不关你的事。

【私聊】不是后羿：好好好，是我的错，下次PK我一定站着不动让你打个够。

【私聊】风潇潇：你小看我？

【私聊】不是后羿：没，我尊重女孩子啊。大不了我明天去你那儿教你怎么PK。

董潇嗷叫一声，差点踢翻了桌子。

床上练瑜伽的余浅浅一个枕头砸过来："你找死啊！"

董潇捂着被打痛的脑袋阴沉沉道：明天早点来，我等着你。

Chapter 09 真相大白面对现实

"啊啊啊……啊……"

"呜呜……你轻点啊……啊……"

"嗷嗷……卓云你轻点啊……"董潇哀叫。

"要快点才舒服啊。"卓云喘气抚慰。

董潇身子一歪,痛哼呻吟:"轻点啊……啊啊……"

卓云大汗淋淋,好言相劝:"马上就完了,忍忍。"说罢速度又快了几倍,直折腾得董潇的尖叫冲破云霄。

"啊……"终于,董潇最后一声尖叫,卓云停下了动作,两人皆松了口气,安静的寝室只有两人喘喘的呼吸声。

凉风徐徐的晴朗早晨,偌大的空荡女宿舍楼里,从某寝室传出了与这个早晨很不和谐的声音。差点没吓坏窗外路过的鸟儿。

"舒服点吗?"卓云熄灭酒精,将东西收拾好放在一边,拿起云南白药道:"再来擦药。"

眼泪汪汪的董潇趴在桌子上无力哼气:"脚上很热,好像没昨天疼了。"

"热就是有效果啊。"卓云细致入微地给她喷上药,然后拿起绷带紧紧一绑,完事。

董潇见卓云满额头都是汗水,心里升起异样的别扭感,结巴道:"谢……谢谢,你去洗个手吧。"卓云朝她微微一笑,起身走向水龙头洗手洗脸,手上的酒精味有点重,等他洗去所有怪味时董潇已经登入了游戏里。

卓云见状轻车熟路打开带来的笔记本登陆游戏,这个星期天因为董潇的脚受伤,两个人窝在寝室欢快地打起游戏。

卓云这次登陆的号仍为不是后羿,站在风潇潇的身边,看起来完全是个鲜嫩的小少侠。卓云直接对旁边的董潇说:"你快换上洛羽裳,带我任务去。"

风潇潇这时候没怎么犹豫,穿上了全套洛羽裳,整个人顿时变得光彩照人,金光闪闪。一看血条上线涨了,气也涨了,攻击、防御、命中等等一些属性全部上涨,果真是奶妈的最佳选择之一,风潇潇心情激动不已。

卓云侧头看她在笑,便安心说起任务的事情:"这个小号是我特意砍的,原本是满级弓箭手。我重新加入门派后也在始祖那里接到和你类似的任务,不过这次是寻找一种叫迷榖的树,同样出自《山海经》。"

董潇闻言一惊,扭头追问道:"这么说只要被轮白然后重练原来的门派就可以得到任务?"

卓云摇头:"不是,一个门派只有一个任务,触发完成后就消失,连始祖都找不到了别人自然接不到任务。不然你想想当初被我轮白的紫陌红尘,她也和你一样重新做了奶妈但是没见她拿到什么好任务,不然以她的性格早就在世界闹翻天了。幸好你轮白后升级快,早早把任务了了,呵呵。"

董潇一听更是感触良多,再次感谢道:"多亏了你,要不然我肯定不会再练奶妈。"若不是被青天云笑勾起重玩游戏的激情,被杀手三号的技艺所震撼,她也许早就离开游戏,或者换了别的职业。

卓云只是淡淡一笑,继续说:"我们这个服里除了你完成了一个始祖任务,还有另外三个人也触发了,完成没有不大清楚,大家都挺低调。算上我这个惊鸿门的弓箭手,一共出来了五个始祖任务,如果另外四个门派也有人分别触发,我想九大门派到时候始祖全部消失,所谓飞升上天,那游戏肯定会有大变化。本来就是飞仙游戏,玩到现在还是两腿跑遍江湖,飞仙是时候出来了。"

"原来是这样!我就说玩到现在还没真正飞过,还以为就这个样子了。"

"呵呵,就和小说一样,有个上下集的分别。迷榖这种树不知道长在哪里,你帮我想想,我相信你的RP。"卓云笑呵呵道。

董潇连忙点头,顺便一百度得出:迷榖:爰有奇树,产自招摇。厥华流光,上映垂霄。佩之不惑,潜有灵标。

董潇看完一拍脑袋,大喜道:"这个在招摇山啊,按照赢鱼的理论来看,我们就找去招摇山。"

"可是我查过,没什么招摇山。"

"嗯,我想也没有。但是你看看这句:南山经之首曰鹊山。其首曰招摇之山,临于西海之上。多桂,多金玉。招摇山就是鹊山最西头的山,濒临西海的位置。山上生产桂树和矿石玉石,你这次真是问对人了,呵呵呵,桂树我折过,当时找了好久才找到桂树所在,我就说怎么那么偏远。先带你去看看,满山去找肯定能找到迷榖。"

卓云双眸放光,忍不住伸手拍拍董潇的脑袋赞道:"真聪明。"

董潇脸一红,手忙脚乱操作风潇潇打前带路朝桂树所在跑去。

不是后羿紧随其后,两个小人一路奔跑,卓云悠哉悠哉去洗了两个苹果,董潇一个自己一个。两人并排而坐,咬东西的频率出奇一致,连声音都差不多,游戏中的背景音乐是欢乐的小调,听得两人忍不住一起抖索二郎腿。

一路又是奔跑又是传送又是乘船,越是靠近南方海边怪物级别越高,不可避免发生对斗,这时候就完全由风潇潇保护不是后羿,不是后羿身法灵活,其实光跑路没什么危险,不过这个时候他可没有昨天PK时英勇了,时不时被怪缠住逼得风潇潇出手相救。风潇潇渐渐没空啃苹果了,卓云却越啃越欢乐。眼角看到董潇含着苹果却没空咬,两手在键盘上努力地跃动,忙得面红耳赤逗得他好想发笑。

总算穿过一个林子,暂时没有怪物追随,董潇喘气继续啃苹果,忧心问道:"你要摘多少迷榖?不会像赢鱼那样变态吧,要是数目多可要多叫人来。"

卓云回道:"只要十支迷榖的根系而已,哎,好可惜,不然我宁愿像你那样收集一堆材料然后出个极品装备的奖励,这些树又不能做装备。"

"你怎么不砍掉青天云笑那个刺客号然后重练?"

"那个开始舍不得,后来发现冥夜宫有玩家已触发,我没机会了。"

"汗,可惜。"

两人闲聊的工夫已经来到海边,风潇潇受不住诱惑先是跑到沙滩上捡了些金沙材料,不是后羿在山上四处搜索桂树的身影,风潇潇从海滩跑进山里

看着小地图上的绿点点前进,沿途四顾各种材料,她的生活技能全满,身上工具齐全,周围的任何材料在她眼中都是闪闪发光地显眼,而如果识药以及采药技能不够,估计好草药长在脚边也不认识。明明是不是后羿走过的路,风潇潇却在半途就看到一株黑色树干且光芒耀眼的树木,正是迷毂。

风潇潇欣喜地跑过去,卓云立刻操作不是后羿追来。

"你快点采集。"

可惜不是后羿看到的迷毂和漫山遍野的植物没什么区别,一点光芒也没有,而且完全不能采摘,谁叫他的采集技能才初级。

风潇潇只好自己动手,采集时会显示出一个横条表示采集所需的时间,这会儿那横条一出来,风潇潇晕倒,惊叫:"居然要15分钟才能采完,我记得采桂树的时候才要两分钟而已。"

卓云也郁闷,他站在旁边完全不能帮忙,只能眼巴巴看着风潇潇一个人动。

于是两人分工,风潇潇在那儿慢慢地采集,不是后羿满山遍野寻找迷毂的踪迹,因他看不到树上的闪光,只能凭着那黑皮子和树叶的形状去辨认,找起来比风潇潇困难多了。职业病驱使,卓云找到一棵就不自觉地画下简易地图标记起来。当风潇潇采完第六棵的时候他已经将招摇山转烂了,一颗不多一棵不少,这山上就十棵迷毂。

花了两个多小时集齐迷毂树根,风潇潇又领着不是后羿回城交任务,一连串的剧情之后,不是后羿接到新的任务指示:将迷毂的根种在土里,让它成活长大。

卓云吐血,这比羸鱼还龟毛啊,种树多没意思。风潇潇却乐在其中,当即帮助卓云将十根树根种在自己的庄稼地里,她因技能满点,所以有自己的一片庄稼地,专门种粮食种草药,播下种子到一定的时间后去采摘果实即可。

种下迷毂的树根后,上面显示三个小时后发芽,卓云再叹,等它成熟估计是几天以后的事情了。

卓云当即没了任务的热情,换上青天云笑的号上去拖着风潇潇去升级,比起繁琐龟毛的生活技能他更喜欢刷怪杀人。

"你要早点满级,到时候飞仙时我们可以一起,争取在系统开放后第一时间去飞仙,那样绝对有优势。"

"嗯嗯，我还差30多级，离满级不远了。"

虽然这时是上午，不过由于是暑假期间，而且是星期天，游戏里的人很多，杀手军团也在，卓云立即招呼他们过来刷Boss，杀手军团却反招卓云过去刷人。卓云和董潇商量下便跑到杀手那儿去了，看着风潇潇那才118级的小身板，如果PK一掉会变得更小，于是叹气道："我们俩换，省得你掉级。"

"什么叫我们俩换？"当董潇操作着黑衣刺客心情激动地冲进人堆时就明白了，当即惊呼，"你们刺客攻击好快啊！比奶妈厉害多了。"

卓云呵呵一笑，操作奶妈风潇潇耍起美女拳法游走于敌队之中，身形迅捷，出招准狠快，犹如刺客。

董潇只兴奋于开始的快感里，没坚持几下就慌了，刺客每一招都诡异，对上手的人来说这些招数叫作灵活，对不上手的人来说就是繁琐。

【队伍】杀手一号：云笑你吃撑了还是咋了？怎么跑得跟鸡婆一样慢。

【队伍】青天云笑：你才鸡婆。

董潇回骂完继续笨拙地出招，经常性转弯转半天卡住，别人冲到跟前了还不知道跑，好不容易出击结果被人家躲过，哪里是曾经让她佩服不已的青天云笑，董潇急得跳脚，悲呼："我咋这么笨——"

【队伍】杀手二号：云笑你喝醉了？

【队伍】杀手四号：还没睡醒吧。

【队伍】杀手五号：哟哟哟，这样就死了……

【队伍】杀手三号：你是风潇潇？

【队伍】挺尸的青天云笑：嗯……

【队伍】杀手一号：汗，原来是你啊！

【队伍】杀手二号：呵呵，不错不错，操作不错，你继续。

【队伍】杀手三号：我复活你，你快点退开抓住时机出手，要不然就别出手，省得掉级。

【队伍】杀手五号：那风潇潇是谁？

【队伍】杀手四号：当然是云笑了，我就说风潇潇啥时候PK这么牛×了。

【队伍】复活的青天云笑：……

【队伍】已经变成红名的风潇潇：哪儿这么多废话，快点杀，杀完给我杀Boss去。

被彻底鄙视的董潇抓狂,一边撞墙一边嚷嚷:"我要变强变强我要变强!"

忙着杀人的卓云淡定道:"冰冻三尺非一日之寒,慢慢加油。"

"是咩,你玩游戏几年了?"

"你开始玩时我就开始了。"

"……那为什么你是高手了我还是菜鸟……"

实在不知道怎么回答的卓云摸着下巴道:"大概……男女有别。"

噗,董潇撞墙,血溅满地。

杀人后风潇潇加入杀手军团去刷Boss蹭经验,连刷两个Boss就到了中午吃饭的时间,卓云下线出门买午餐,董潇挂着角色悠哉悠哉补货,不时和刚上线的小白们谈天说地。

【近聊】小七:我中午吃的宫爆鸡丁,真美味啊!

【近聊】深蓝:我是泡面。

【近聊】青莲公子:我吃的火锅,哈哈哈,而且是一位师兄请客,我没花钱。

【近聊】小七:羡慕啊……

【近聊】深蓝:果然,读好书还不如找好攻。

【近聊】小七:是啊,找好攻还不如生好受。

【近聊】青莲公子:你们俩念经呢吧?

【近聊】风潇潇:公子别理睬她们。

【近聊】青莲公子:潇姐你吃了没?吃好了带我们刷副本去,我想快点满级。

【近聊】风潇潇:午餐还没上来,你们先随便玩玩,等我和高手吃完就喊你们。

【近聊】小七:哦哦,高手在潇姐你那儿?

董潇大汗,手一快说漏了嘴啊。正想解释一下,门外传来熟悉的脚步声,卓云拎着午餐带进满室宜人香气,勾得董潇食指大动,口水连连。

"我闻到清蒸鲫鱼了!"

瞧着董潇那馋样子卓云忍俊不禁,一边摆菜一边取笑道:"又不是没吃过,用得着这么激动?"

董潇顿时脸色一黑，幽怨道："你不知道吧，我们学校附近这么多餐馆，只有一家的清蒸鲫鱼好吃，但是我十次去有九次都吃不到，人满为患实在郁闷。现在暑假期间人少，可前些时候手上钱不够，舍不得去吃。"

"哦？那我买的这个是那家的吗？叫什么鱼情未了的店子。"卓云一共买了三个菜，糖烧排骨，清蒸鲫鱼，酸辣土豆丝，每一样的色相都很迷人，想必味道定不会差。

董潇一闻那味儿就知道是自己喜欢的那家店子，顿时喜滋滋拿起筷子吃一块嫩鱼肉赞叹："真是鲜！这鱼总有一斤多重，很贵是不是？"

卓云无所谓地摇头，自己吃起排骨。鲫鱼的确蛮贵，论斤算，88块一斤，这还是小饭馆里的便宜价位。其实两个人吃这么大条鱼有点过，不过余浅浅说董潇最爱吃鱼，不管什么鱼儿只要味道不差，她一餐能吃一大条，何况是没有什么刺且味道极美的鲫鱼。

董潇美滋滋吃了半响才赫然发现卓云完全没动鱼，不禁疑惑道："你怎么不吃鱼？"

"没有啊，我也在吃。"卓云说着夹起一小块塞进嘴里，扒饭吞掉。

董潇这才放心，边吃边道："我爸说爱吃鱼的人脑袋聪明而且会长寿，特别是多吃那种没有污染的湖里养出的鱼。我家人都喜欢吃，每年过年我爸都会买很多晒干做成腊鱼，到了第二年味道就更美了，哎，在家里多好啊，一年四季每天可以吃鱼。"

卓云失笑，很明显这丫头想家了。

"你开学前抽空回去一趟比较好。"

"嗯嗯，打算回去一个星期。还有一年就毕业了，到时候我就回家乡工作，有老爸在我可以省很多事。"董潇随口说起毕业后的打算，并没注意到卓云短暂的发呆。

饭后两人回到游戏继续升级，中午离开那会儿不知道队里发生了什么好事，每个人都很高兴的模样。

【近聊】凤潇潇：你们说什么笑这么开心？

【近聊】小七：嗷嗷嗷嗷，潇姐你可来了！

【近聊】深蓝：真好，高手也到了。

【近聊】青天云笑：有事？

【近聊】青莲公子：我们要拍戏了！

【近聊】小七：没错，我连故事都想好了哈，主角是两个，一个由青莲公子扮演，一个由青天云笑扮演，然后我们几个女的都是配角和路人甲，另外还要请些人帮忙。

【近聊】青莲公子：嘎嘎，我是主角啊！

【近聊】深蓝：是啊是啊，你是主角小受，少年太子殿下。

【近聊】青莲公子：还是太子？真好！

【近聊】风潇潇：青天云笑是什么？

【近聊】小七：咳，当然是小攻啊，刺杀太子的刺客一枚，这是一个刺客与太子的故事，刺客去刺杀太子不幸被俘，太子却对刺客一见钟情所以没有杀他，反而将他保护在自己羽下，不过为了留住刺客就给刺客吃了毒药。刺客被毒后失去武功，但是心里仍然时时想着刺杀太子……

【近聊】青莲公子：等等等等等，你是不是说错了？我扮演的太子为什么要对刺客一见钟情？

【近聊】小七：我说你一见钟情就是一见钟情了，嘎嘎。

【近聊】青莲公子：可我是男的，他也是男人啊！

【近聊】深蓝：对啊，所以你是小受啊。

【近聊】风潇潇：你们确定有人演？

【近聊】小七：只要潇姐开口我就不信他们不演，反正又不是真的。

【近聊】风潇潇：我说你演吗？刺客小攻。

【近聊】青天云笑：我能提个小意见吗？

【近聊】深蓝：说。

【近聊】青天云笑：把太子小受换成公主小受如何？

【近聊】小七：噗——

一时的热情顿时被青天云笑浇得透心凉，青天云笑笑呵呵看着众小白，并不觉得他们多厌恶，要是脾气大的男人被YY早就火了。热火朝天的聊天后青天云笑淡淡道：拍什么戏等你们全部满级了再说，有很多风景好的位置你们现在都无法去。走吧，副本去，都跟上。

此时，风潇潇已经119级，一队人马闯八阵图越来越熟悉，过关的时间越来越短。对付最后的中军Boss出来每个人又升了一级，小七说要回城领双倍经验，其他人便等在原地聊天。小七没离开一会儿，很久没有联系的绿精灵带着一男人偶然出现，即便周围人群熙攘，两人"高手"着装一目了然，非常显眼。绿精灵结婚时穿的洛羽裳叫多少女玩家羡慕，如今风潇潇如愿穿上了，绿精灵已经换成了商城最新款式时装，红色绣牡丹的华丽唐服，头上闪亮的金步摇晃荡，容颜精致，真如杨贵妃般高贵美丽。而她身边的老公某某大侠是配对的明黄色唐服，一举一动如帝君。

【近聊】绿精灵：好久不见，各位。

【近聊】深蓝：是啊是啊，精灵你好漂亮，羡慕——

【近聊】风潇潇：牛，你都满级了啊……

【近聊】绿精灵：呵呵，有高手帮我代练所以满级很快，潇姐你还没满？

【近聊】风潇潇：如你所见，呵呵，正在努力中。

【近聊】某某大侠：风潇潇，加个好友。

风潇潇一愣，她跟某某大侠从未打过交道，犹豫了一下风潇潇还是加了。

【私聊】某某大侠：你生活技能全满对不？

【私聊】风潇潇：嗯。

【私聊】某某大侠：帮我精炼一件武器，材料我给你，如果你炼制成功我另外给你一千人民币酬谢，如果失败就算了。

董潇无语，扭头看卓云："卓云你看这人。"

卓云跑过来看，却听董潇感叹："这人真有钱啊！"

卓云轻拍董潇的脑袋，分析道："这么重要的武器肯定不一般，他是崆峒派人，兴许要你做的武器是任务品。"

"你是说《山海经》？"

"极有可能，他本来就是高手，而且有线人，洛羽裳别人都没有的时候他就有了。"

"这么说是超级高手啊，那我做不做？做成功了我不想要钱……一千块太多了，我就动动鼠标而已。要是失败了……我咋办？"董潇紧张兮兮地瞪着电脑，脑海里飞快运转，上演了一百种失败后的结果，没有一个是某某大侠说的失败就算了。

卓云轻笑："失败就失败，他不介意你介意什么。我支持你，你肯定会成功的。"

董潇微微脸红，心情澎湃，深呼吸敲打键盘：你把东西给我，说好了失

败别怪我。

某某大侠很干脆地将东西给她，一本名为"大荒刀"的配方，以及五种稀有矿石，最后是999片旋龟的龟壳碎片，卓云和董潇眼睛一亮，果然如他们所料。

风潇潇越发带劲，直言：我回店铺去做，你跟过来。

几个人风风火火回城，风潇潇凝神静气滑动鼠标，两秒后，叱——，失败的刺耳声音飘然入耳，少许黑烟冒出，大伙儿都知道失败了，卓云立即道："没事，不可能次次顺利。"

董潇无语凝咽，难以形容心里的感受。若是给自己做失败多少次都无所谓，帮别人做心里难免郁闷。

某某大侠：失败就算了，我过几天再找你。

说罢转身潇洒离去，丝毫不怪罪风潇潇。

跟着某某大侠一块离去的绿精灵还发来消息安慰风潇潇，好似怕她太在意。

【私聊】绿精灵：潇姐你别在意，我老公不在乎这点小钱，不会怪你。

【私聊】风潇潇：呵呵！

【私聊】绿精灵：他人很好啊，不管我多笨他从不发脾气，我要什么他就给什么，一点不心疼钱，有什么新衣服都会第一个给我买，我不喜欢练级他就找人给我代练，不过他是公司总经理，每次只有晚上有空上，难得今天星期天陪我。

【私聊】风潇潇：哦，你和他见面了？

【私聊】绿精灵：还没啊，不过视频了，呵呵，他不是很帅，但是超级有气质，一看就很有学问修养。

【私聊】风潇潇：当总经理，年纪不小了吧？

【私聊】绿精灵：还好啊，才28岁，而且他长得很年轻，声音也很温柔，每天给我发短信关心我，真的就像王子。

噗——

这话一出董潇浑身发麻还没给出感想，背后的卓云一口茶喷了，幸好及时偏头没让董潇的脑袋遭殃。

【私聊】风潇潇：你不会动真情吧？你才多大？

【私聊】绿精灵：我九月上大一啊，呵呵，他说了等我开学去学校他就来找我。虽然他比我大了些,但是成熟的男人更体贴是不是?

【私聊】风潇潇:……我在想,他一个28岁的成功男人没结婚吗?

【私聊】绿精灵:当然没有啊,现在男人都三四十岁才结婚啊,潇姐你out了。

背后的卓云再次喷水,一声长叹道:"我肯定不会那么老结婚。"

【私聊】风潇潇:我是out了……但是精灵你还小,找那种老男人真不好,我说真心话。

卓云回到座位敲敲打打,看着屏幕道:"等发现王子其实是猥琐大叔时就晚了。你别管人家的事,讨不到半点好。"

董潇想想也是,自己说什么绿精灵都听不进去,只好拍拍手道:"升级升级!满级了拍戏,我要演太医,医治被太子小受俘虏的刺客小攻,嘎嘎嘎嘎。"

咚,某小攻戛然而倒,撞得血水飞溅满屏。

星期一到来时董潇请假了,上午仍旧坐在寝室里玩游戏,加上昨天一整天加晚上的努力,风潇潇已经到到了120级。上午和陌生的队伍刷副本效率还不错,抽空跑去菜地查看农作物生长情况,卓云那树已经长出了小枝丫,距离成熟估计还要两天。

中午吃饭后余浅浅拖着董潇去了一家比较远的美发沙龙,软硬兼施逼得董潇美发,下午一点到晚上六点董潇还没有走出那家店,而下班的卓云已经找来,等着两人出去吃饭。

稳坐镜前看杂志的董潇完全不知道卓云来了,卓云远远看她一眼就和余浅浅坐在沙发上聊天,这家美发店生意很好,每个员工都很忙碌的样子,卓云有点意外道:"你怎么说服她弄头发的?这家店的收费不便宜。"他很了解董潇不是为了打扮而愿意多花钱的人。

余浅浅得意地撩起长发,哼哼道:"从我们认识开始她就没有在我手上逃开过,呵呵呵,再说这次她自己心里也有想法啊,马上要毕业实习了,换个好形象总可以加点分。而且,嘿嘿,俗话说恋爱的人总是不一样的。"

这最后一句话说得卓云都微窘,有点不自在道:"我觉得她没那个自觉,不过我也不急。"

"你是不急,可我急。还好她对你也不是没感觉,那点心思我可看得清

楚。加把劲，她就跟定你了。"余浅浅握拳。

卓云呵呵地笑，备受鼓舞。

七点的时候董潇那头发终于弄好了，原本没有型的长发变成清爽利落的短发，正是很受女孩子欢迎的bobo头，时尚又不失可爱，焕然一新的董潇很不习惯，走出店子还在不住摸索自己的后脑勺，一个劲感叹："我留了这么多年的头发就这样没了，不过脑袋轻松了一截，好舒服。"

余浅浅上下打量她，满意地点头笑："这样才像个年轻人啊，漂亮又朝气，自己感觉如何？我就说你适合这种发型，长卷发不适合你。"

董潇嘟囔："还不跟蘑菇头一样……"想她从幼儿园开始到高二，都是一成不变的蘑菇头，因此余浅浅推荐她剪bobo头的时候董潇很反对，觉得蘑菇头幼稚，孰料进了店子，人家发型师一看她就大力推荐bobo头，直言其他发型可能效果没这个好。犹豫不决的董潇最后妥协，实在没胆子去尝试大家都不认可的发型。

余浅浅捶打她，咬牙道："根本就不一样好不好，这个色也染得不错，花点钱还是值得的，走了，我们吃饭去，卓云先去占位置了，旁边有家不错的火锅店。"

董潇由余浅浅挽着，单脚蹦跳着朝火锅店走去，大热天的火锅店生意出奇好，排队排到外面了，他们过去的时候卓云还拿着号码牌在外面等候，看到他们过来扬手叹气："还得等等。"

外面有很多塑料椅子，服务员见董潇脚不方便立刻就递给她一张椅子，和和气气道："大家稍等，里面客人很快的。"说罢又去忙。

董潇从玻璃墙看到里面人满为患，嘀咕道："这家火锅店有什么好吃的？这么多人排队。"

"吃过一次，味道不错，你脚不方便走远，等等无妨。"卓云不知何时坐到董潇旁边，脸上带着不明寓意的笑，董潇对上这笑容顿时一哆嗦，还没等来说法卓云便伸出手去摸她的脑袋，只听他呵呵笑赞："很适合你。"

董潇脸一红，别扭地转开头看店里说笑连天。

"你高中的时候也是这样的短发，很可爱。"卓云坦白说起往事，董潇又是一囧，想也不想就接话："傻死了！"这倒不是她谦虚，她一直这样认为。本来一直短发自己没感觉，不过后来和钱龙在一起后，某次钱龙就随便说她总一个短头发跟西瓜太郎一样，钱龙无心说说却不知伤了青春少女的自尊心，从此就不敢剪头发，学起别人的长发飘飘。可惜最后头发是长了，就是没有飘起来。

卓云见她面红耳赤的模样不禁讶异："谁说很傻？很好很可爱，我很喜欢……"说完，周围的人都看向两人，卓云脸一红，董潇更是将脑袋垂到地缝里。

"22号桌，22号桌。"

"我们我们。"卓云立刻举着号码叫，搀着董潇挤进热火朝天的火锅店。

三个人都是喜欢吃辣火锅的人，这家火锅店的东西还不错，特别是牛肉丸子最得董潇的喜爱，只不过多吃了几个卓云就知道她满意什么，也不说话，就是见董潇碗空了便不时给董潇舀几个盛满，董潇起先不自在，几回下来就自然了。然后又觉得自己老被人照顾很不好，犹豫了下就随便捞起几片海带飞快塞进卓云碗里，卓云呵呵笑了几声，余浅浅立刻不顾形象地瞧着碗说："哎呀，我是多余的，早知道就不来了。"

董潇闻言一窘，没好气道："你不来更好，我可以多吃点。"

余浅浅一口气舀起所有牛肉丸子放进自己碗里，得意洋洋道："行啊，那以后就你们俩过二人世界吧，嘿嘿。"

第二天余浅浅还真的走了，一个男人大早晨来学校接她，余浅浅介绍说是她老公，两人同董潇告别，潇洒旅游去了。

寝室里又只剩下董潇一个人，虽然脚还没全好，不过自己照顾自己没问题。尽管如此，卓云每天下班还是要过来，有时候带她出去吃，有时候直接带食物上来，两人一般吃过晚饭后就打几个小时游戏，到了九点半卓云才搭车回公司宿舍。尽管这样跑来跑去很麻烦，不过显然卓云跑得乐意，瞧那脸上的笑容越积越多了，同寝室的同事每天逼问他，他也不多说，就是呵呵地笑。

这天卓云哼着欢快的曲调刚到宿舍，寝室里有两个同事在，看到他便提醒道："卓云你可回来了，七点多的时候有美人找你哦，你手机打不通。"

卓云一愣："谁找我？我手机没电了。"

"大概三十多岁吧，旁边还有个老男人，手里还有个小宝宝。听说你不在就说去酒店了，明天估计还会来。"

又一个同事仔细看了下卓云，恍然大悟拍掌道："肯定是你亲戚，你和那女的长得太像了。

卓云闻言哦了一声，微笑道谢就去充电，十分钟后便拿着手机出去拨电话。

电话一通卓云就露出很温和的笑意："妈，你来找我怎么不提前打电话？"

那边的女人一喜，顿时道："我之前没想太多，和你叔叔顺便过来的。你过得还好吗？"

"挺好，你们来这里干吗？还抱着弟弟。"两人出来旅游也不可能带着才八个月的小弟弟。

女人叹气道："我们是带他来看病啊，听说这里医院的幼儿耳鼻科很好所以我们就过来了，你弟弟上个月开始耳朵就出脓水，吓死我了。还好医院检查说问题不大，好好治疗就会痊愈。"

卓云闻言松了口气，连声安慰了几句后女人还是关心他这个大儿子独自在外面是否过得安好。

"你们宿舍伙食好不好？要是不好你就在外面吃。夏天太阳毒，你去工地就擦防晒霜，和同事好好相处，有什么难处打电话给我和你叔叔，你叔叔前天还要我劝你回去发展，我知道你不想麻烦他也懒得跟你多说，不过他心还是好的。"

"嗯，我知道。"这时候卓云不知道该说什么。

"你有女朋友了吗？公司有没有合适的女孩？你也不小了，别天天忙着工作不考虑个人问题。"

"呵呵，你儿子我长这么帅，你还怕我找不到媳妇？"卓云笑呵呵打趣道。

女人闻言眼睛一亮："这么说是有了？我明天能见见吗？"

"暂时还是别。"

"哎。你们公司十一会有长假吧，记得回家一趟，看看你弟弟也好。"

"我会考虑。"

结束这个电话卓云回寝室冲个凉又打开电脑，董潇说等他上线就去收割迷縠，等待了三天，迷縠总算成熟了。

凤潇潇在田地里等了好久才见不是后羿上来，两人迫不及待收割迷縠，结果显示无法收割。尝试了无数遍都是这个结果，不是后羿只好郁闷地回去见始祖,始祖问他:要你种的迷穀成熟了没有?

这时候会跳出是/否两个选择,不是后羿点击是,下面又是一长溜的剧情。最后出现任务提示:将九棵迷穀分别移植,让每一个黑暗的角落都恢复光明,解除世间所有困惑。(请将迷穀分别移植在九大门派)

不是后羿有点疑惑,十棵迷穀只需移植九棵,那还有一棵是不是送给他?

没多想,风潇潇又帮着不是后羿移植,来来去去跑遍九大门派,移植还有玄机,一个门派多大啊,不是什么地方都可以种,还需找好特定的位置,好在每个门派的那个指定位置都离始祖不远,而且闪闪发光得很显眼。可是将迷穀移植好后,还要给它浇水、施肥,直到系统提示此棵迷穀已成活才算完成。移好一棵平均用时一刻钟。

等九大门派的迷穀都移植成功后,不是后裔再次回去找始祖,经过长长的剧情,不是后羿最后得到的奖励就是一棵迷穀树以及一把惊鸿门的极品弓箭,但是这些奖励和当初风潇潇的比起来便算不得什么。好在任务完成了,游戏剧情再次推进一步。

Chapter 09 豁然开朗看星星

这天董潇恢复了家教,只不过下午的兼职是不行了,脚伤好不全爬高处很危险,想着还要调养段时间董潇干脆辞职,再做半个月的家教她就回家休息一两个星期。原本留在学校只不过是因为钱龙的事情,如今时光飞逝,心中的难处早就慢慢抚平,回头想想便觉得没什么大不了,不过是失恋而已,又不是得了绝症无法医治。

余浅浅很多话说得对,尽管很直白很打击,但是仔细回味的确是那么回事。没有谁一味付出而不想要一点回报的，爱情也是如此。不说爱得惊天动地，但是两个人因为喜欢才走在一起，而且父母都认可了，说好毕业后工作然后结婚过一辈子。

既然如此，那便是两个人的事情，两个人生活两个人相处，有好有坏都是两个人的责任。没道理明明是恋爱，却总是要她照顾钱龙，每个月拿了生活费，钱龙两天花光，其后的时间里全是靠她把自己的生活费节约成两个人吃饭，每餐必定要鸡或鸭，没鸡鸭吃他就不乐意。听他嚷嚷着说没吃饱没吃好她每次都忍不住心疼，多次劝慰他节约用钱根本没效果。而钱龙每次生活费比她多五百，为什么来学校两天就用完了？一是投资在游戏里，二是看到新版手机那换得比谁都勤，自己的脏衣服臭袜子从来不洗但是走出门总是全身干净的名牌服饰，偶尔他一双鞋子就花去所有生活费，不过交往五年，送给董潇的东西没有一个超过一百块，反倒是他妈妈送了两套名牌。相反，钱龙过生日她一定会提前几个月积攒零钱，然后到了那天必定会送件不错的礼物。

然后是上一次钱龙生日，便是四月的时候。她依旧送了套耐克的运动服给他，然后他遮遮掩掩躲躲藏藏地说要请她晚上出去吃饭，吃就吃呗，饭桌上钱龙便说明了晚上不回学校，要去旅社，她不是傻子，自然明白钱龙的心思。她不肯，钱龙不高兴。明明说好毕业以后再说那些事情，她的反对就是他眼里的不温柔不体贴一点不体谅他不够爱他不够信任他。那种时候再多的解释再多的道理也没用，她不是不体谅，但是个人有个人的原则，如果连原则都抛弃，那还是她吗？

如今想来董潇觉得这样也好，不然哪里会知道自认为比金石还坚固的爱情就那么回事，轻轻一戳就破灭。幸好是现在就破了，若是等他们结婚以后才看出毛病，那才是摔得凄惨。

自己可以坦然面对失败的恋情，回家面对父母她便没有过多忧虑。

中午从学生家里出来，顺路去超市买了堆水果和零食，出来后坐在旁边的冷饮店将冰激凌吃个饱才慢悠悠回到寝室，游戏里几个朋友都在，风潇潇带着他们一轮一轮地刷副本，下午好歹升了一级。她不时地会看看右下角的时间，心中不自觉很期待五点半的到来，那个时候卓云下班，没有例外六点便会过来。这么想着，眼看时钟走向五点半，心中生出愉悦的快感，而几天没见的某某大侠，这时再次和绿精灵出现在她的面前。

【私聊】某某大侠：交易。

风潇潇带着惊讶的心情交易了，这人竟然又找来和上次一样的"大荒刀"材料，他是怎么做到的？带着满腹疑惑风潇潇紧张无比地滑动鼠标，这某某大侠脾气很好，失败了也不骂她不怪她，他不给压力，她自己有压力啊。

还好这次一切顺利，在紧绷的情绪下，"大荒刀"成功出世，属性和不是后羿那把极品弓平等，依旧比不上最初赢鱼甲衣那般神奇，但是在兵器刀谱上，绝对是第一了。

某某大侠接过大荒刀当即便绑定装备，手握着光芒闪烁的大刀虎虎生威耍了起来，一招一式都带着将人秒杀的强悍气势，风潇潇心中哇哇感叹，真是牛×的高手啊。

【私聊】某某大侠：感激不尽，你给我个账号，我明天第一时间打钱给你。

风潇潇闻言脸色爆红，屁都不放一个当即跳上雪狮匆匆跑出城市，什么钱啊，她可没有脸面去要，本来就只是举手之劳，上次还把他的材料全报废了，还说钱，她怕被天降之财砸死。

【私聊】绿精灵：潇姐你跑什么？我老公是真要给你钱答谢啊，你怎么不要？

【私聊】风潇潇：别说这个了，我玩游戏不是为了赚钱。而且他是你老公啊，我不过是动动鼠标就好，上次还毁了他的材料，别说钱了。

【私聊】绿精灵：没事的，他不在乎那点钱的，你就拿着吧，你还是学生啊，一千块可以买件不错的衣服哦，呵呵。

董潇吐血，一千块何止买一件衣服，她从没自己买过三百元以上的衣服，一千块的衣服那是梦，不如割她的肉！

【私聊】风潇潇：你们的心意我领了，既然是朋友就别说钱的事情了，啊，我的晚饭来了，先88！

不等绿精灵回复，董潇匆匆跑去打开寝室门，门外的卓云拎着食物笑意盎然踏入门中，举着手里的食品袋献宝道："×记烤鱼，呵呵。"

董潇眼睛顿时放光，嗷嗷嗷叫着将食物摆好，香气弥漫的烤鱼色相极其诱人，竟然还在热乎乎地冒泡泡。

"真是太好了，×记烤鱼我也好久没吃了，你特意过去买的吗？"董潇含着筷子很不好意思地追问，×记声名在外，不过路程有点远，像她这种懒人还真是不乐意跑去就为吃鱼。

卓云扒口米饭点头道:"我今天一整天都在T路那里的工地上,下班后顺路买了烤鱼,经理把我送到你们学校门口,呵呵,图了个方便。"

董潇闻言心里还是很沸腾,闷头吃了几口饭菜便红着脸道:"这个星期六我请你去吃海鲜。"

卓云挑眉一笑,故意扬声道:"那我岂不是大赚?海鲜比烤鱼可贵了不止一点点啊,不如这样吧,我每天请你吃鱼,你每个月请我上一次馆子,吃什么由我点?"

"那不行不行!我不要天天吃鱼,我也可以天天吃白菜咸菜啊……"董潇没什么底气地辩驳。

"噗,还是吃鱼吧,要是饿瘦了我会愧疚的,哈哈哈。"

别扭和快乐并存,便是每天与卓云一起晚餐的感觉。孤男寡女共处一室多少会别扭,不想要这种不自在,偏偏又舍不得其中的快乐。也许她是真的很怕寂寞,所以当习惯有人陪着吃饭后,一个人独处的日子连晚饭都可以省掉,一袋方便面或者两块面包便草草解决,既填不饱肚子也满足不了胃口,心情也是低落无趣的。两个人多好啊。哪怕吃饭的时候他们基本都没多少废话,稀疏的声音也成了静室里熟悉的温馨和乐趣。曾经她每天中午陪钱龙吃饭,钱龙是典型的粗鲁型,三两下啃完鸡鸭扒完米饭抹抹嘴巴就走,偶尔有事等她还站在旁边不耐烦地催促,一个劲唠叨她吃饭像绣花。如今,她算是知道了,这世上不是所有男人吃饭都喜欢大动作跟小小的碗筷较劲,不弄得碗筷叮叮响、嘴巴不发出呼呼的声音好似就不叫吃饭一样。男人吃饭也可以很"秀气",安安静静、干干净净,不弄脏桌面,不弄响碗筷,嘴巴不吧唧,碗里不留剩饭。点多少吃多少,一点不浪费是卓云的习惯,虽然没说,不过董潇看出来了。因此即便吃饱了,董潇也会尽力把剩饭吃完。其实吃饭也可以很艺术的,也可以用来欣赏的。偶尔董潇先一步吃完就会怔怔看着吃饭的卓云发呆,看他一举一动都很吸引人,是因为长得太赏心悦目,还是其他原因就说不清楚了,总之就是好看,好看得她会忍不住去猜测卓云家里是不是超级有钱的贵族。每次这样想,打心里她希望卓云是个普通人,就和自己一样普通。

"给,你的苹果。"饭后,卓云已经习惯削好一个大苹果,然后切成两半,他一半她一半,两人拿着苹果坐在电脑前一边聊天一边游戏。

风潇潇不接受某某大侠的金钱感谢，某某大侠奇怪之余想用别的方式表示感谢，可惜他问什么风潇潇都说不要，他拿不准她是真不要还是假装不要，所以他便买全了商城里所有女孩子喜爱的玩意，然后追着风潇潇一样样地发起交易。

风潇潇在青天云笑的队伍里，因为在等待吃饭的两小白所以还没进副本，某某大侠拖着绿精灵，一次又一次出现在风潇潇的面前，某某大侠话不多，纯粹行动派的，来了就申请交易。绿精灵是说客，一个劲地夸赞某某大侠是最好最温柔的老公，不在乎那点钱，潇姐一定要接受道谢云云。

一次两次风潇潇只觉得很不好意思，觉得某某大侠太较真太热情。三次四次风潇潇便觉得某某大侠真是执著啊，她都说不要了还非要感谢，有钱没地方花？五次六次风潇潇就郁闷了，她说的话某某大侠听不懂吗？七次八次风潇潇怒了，青天云笑直接打出暗器梅花镖，直直穿进某某大侠的胸口，某某大侠大刀一扬，烽火轮似的一跃而起，长啸声绵延千里，大荒刀劈开青天云笑脚前的土地，扬起一地飞尘漫天，青天云笑凌波微步如魅影般近前，一匕首刺进某某大侠的腹部，某某大侠红字飘飘，大刀一绕，眼看就要贴回青天云笑的脖子，青天云笑轻功使出，笔直飞高两米，梅花镖又一次如雨滴般射下，某某大侠大吼一声拖起灰尘后退，避开梅花镖的同时又一技使出，大荒刀如弯月般一划，火红的剑气砍得青天云笑无处可逃。仅仅这一刀下来，青天云笑的血条便少去好几格，卓云嘴巴紧抿，要赢某某大侠几乎没可能。两人技术差不多，级别一样，某某大侠身上有用钱砸起的装备，还有一把极品大荒刀。而青天云笑身上的装备比不上他，武器更是如此。如果换做满级的不是后羿带上极品弓箭来比试一场，那就不知道谁输谁赢了。

就算要输也不能输得难看，青天云笑攻他难死，那便只有玩躲猫猫，他攻，他便尽可能灵活地闪避。刺客血少灵敏高，刀客血厚攻强，命中和闪避是缺点，某某大侠这个刀客用钱弥补了这两样缺点，不过比起高敏的刺客，差距无法补齐。一时间，副本任务NPC的周围人群自动闪开，中间宽阔的黄土地上只有刺客和刀客的对决，一个身形魁梧出招如劈山之势，一个身形修长行动如风云之影，刀客招招带着开天辟地的咆哮，刺客步步缠着来去无踪的宁静，五分钟眨眼过去，刺客的血还是那么多，一滴未少。刀客满满的血条冷不丁少一点，冷不丁再少一点，要少得直至死去，那不知道要多少分钟以后。

风潇潇没有动，和观众一样站在旁边静静地观战，看得她眼睛眨也不

眨,心中紧绷着一根弦忍住挥手给青天云笑加血的冲动。她直觉这样下去谁也别想赢,就算某某大侠有大荒刀也无济于事。这么想着,心中对青天云笑的崇拜尤盛。如果青天云笑有一件加强攻的极品武器,那最后死去的绝对是某某大侠。

风潇潇思绪飞转,脑子里全是要怎么给青天云笑弄一件这样的武器,匕首、暗器都可以,她想着自己仓库所有能用的材料,想着自己所有匕首和暗器中有哪件是最牛的,接下来只要给那件武器精炼,打上一个又一个增效的石头,能加多少加多少,加到不能再加为止,或者,刺客冥夜宫那个《山海经》的任务一定有人破了,奖励肯定是刺客所用的好东西,可惜这样独一无二的好东西买不到,要是可以买到她都愿意买到手,然后送给青天云笑。这一刻,她没想到可惜自己的人民币,她只看到这样的青天云笑觉得惋惜,他如果有一把好武器,一切都不一样了。哪怕这些游戏里的恩怨,相较现实不过是屁大的事情而已。可是一款游戏能激起玩家的喜怒哀乐,能让男人豪情万丈,能让女人红颜江湖,自然有它独到的魅力所在,糊弄的便是玩家心中激起的冲动,到底是游戏玩人,还是人玩游戏,谁都说不清楚。一个愿打一个愿挨,玩家娱乐了,商家赚大发了,谁也不怪谁。

两人无止尽的PK最终由绿精灵的介入而结束,两人也打累了,停下后便没再继续。周围的人闹哄哄地散去,某某大侠收起大刀跳到青天云笑跟前:你很厉害。

【近聊】青天云笑:客气。

【近聊】某某大侠:我只是想把谢礼给你老婆而已,我不明白她为什么一直拒绝。

【近聊】青天云笑发个笑脸,道:你可以送给我,我代收。

【近聊】某某大侠:……那你要什么?

【近聊】青天云笑:仁兄是个讲信用的人,我也不好让你再为难。这样吧,你送我一颗加攻的五级强化石,这事就到此为止。

一颗五级的强化石售价888人民币,某某大侠见状毫不犹豫地点头答应,分把钟便将强化石交易给青天云笑,道:你们队伍还缺人吗?让我进去。

【近聊】青天云笑:人满了,有机会下次再聊。

某某大侠似乎惋惜地看了两人一眼,最后和绿精灵风风火火离去。

"神经病。"董潇长吐口气很郁闷地咒骂道,没见过这么希望花钱的人，敢情真是一个超级大富翁出来显摆的。

卓云轻笑，看了眼身边的董潇，淡淡道："石头给你，随便你怎么处理。别人缠着送，没道理不要对不？"

董潇叹气："要是要还不如早要，省得被缠半天还打一架。"

"呵呵，能和有大荒刀的人PK一场，赚了。"卓云呵呵笑道，想起了拥有赢鱼甲衣的帮主大人，摸着下巴嘀咕道，"改天找帮主PK试试。"

头顶的天空低沉压抑，雷电闪过，照耀出残破的土地上尸横遍野，刀光剑影雷声咆哮，金戈铁马似要冲入云霄，素衣染红的美丽女子满目悲痛，拖着疲惫不堪的身躯坚持不懈前行，在每一个受伤的生命前停驻，银针闪烁飞跃，救助的生命却永远比不上被残害的速度，一个接一个倒下，一个又一个站起，女子的脚步仍旧朝前，没走几步，身体不支狼狈倒下，几乎无神的双眸看着没有光明的天空，她骤然大喊：天上的诸位神明，要如何才能救下所有人？

嗖，屏幕一黑，眨眼变幻，剧情动画终于结束，一身耀眼洛羽裳的风潇潇出现在晴朗天空下，身前的任务NPC已经显示可以接取任务，风潇潇立即接下，身上光芒闪过。

旁边等候的青天云笑和杀手军团围过来，风潇潇重新加入队伍。

【队伍】杀手三号：什么任务？要杀什么我们现在就去干，12点前一定让你满级。

【队伍】杀手二号：估计是你们仁心谷后山的那个毒Boss。

风潇潇速速看完任务后顿时郁闷了，哀叫一声惊起旁边卓云的注目："怎么呢？"

"不是杀Boss啊，郁闷，居然是要我救人，救九个人！"

"那还不简单，我叫来九个人死在面前让你救。"卓云轻描淡写地说，双眸已经回到自己屏幕上，盯着上午才装上的新武器"风云"的属性面板瞧个不停，正中间冒着红色光焰的精致匕首以3D模式自动转个不停，旁边的属性数据卓云已经可以背下来了，那些都不是重点，重要的是匕首下面那一格里写着：风潇潇作品。

距离上次从某某大侠那里得到一颗强化石到如今已经是整整一星期，这一星期里卓云也就晚上玩几个小时游戏，却完全不知道下午空闲的董潇在游

戏里干什么,她一是努力地升级,二是尽量收集较好的材料然后打造了这把匕首。今天是星期天,卓云早晨一过来董潇就迫不及待打开电脑将匕首交易给他,卓一看到那匕首便眼睛一亮,心道这匕首比自己装备的要好。点开属性一看心情就激动了,属性虽然不是最牛X的,但是匕首的名字、匕首制作人的名字让他心血沸腾,因此在他呆了几秒后开心大笑时,董潇很窘迫地丢给他一个小笼包狠狠堵住了他的声音。

卓云长吁短叹,郁闷不已,明明很开心还不能畅快地表示开心,明明很喜欢还不让说出喜欢,明明很感激还不让他说谢谢,无处发泄的他只好对着屏幕左看右看,心中恨不得将那匕首拿出来仔细地瞧,虽然它只是一堆数据,但不得不承认它就是董潇送给他的第一份礼物!而且是她很用心做出来的礼物,专门为他而做。

见卓云还在看那匕首,董潇又恼又紧张,心中愤愤不爽,这都过去一个上午了他怎么还逮着匕首的事情不放,拿着直接使用就可以啊,做什么要看一个上午不换屏,害她刚才做任务还差点因为青天云笑开小差而翘了。得到一份礼物有这么高兴?怎么她得到他送的装备就没有这种激动?

"卓云!"董潇扯着嗓子对他耳朵大叫。

"在。"卓云捂着耳朵回应。

董潇深呼吸,叹气道:"你在听我说话吗?"

"你再说一遍。"卓云歉意道。

董潇再叹,坐正身体缓缓道:"我的任务是要救九个受伤的NPC,你说这要怎么做?上哪里去找受伤的NPC救治?"

"NPC?"卓云也是一愣,过会儿才道:"我帮你查查先。"

【队伍】杀手四号:既然没有Boss要杀就更简单了。

【队伍】杀手二号:那我们先撤退,你们小两口去耍吧。

【队伍】风潇潇:谢谢你们这一个星期带我,我能满级多亏了你们,辛苦了。

【队伍】杀手三号:哈哈,客气了。

【队伍】杀手一号:没啥没啥,后面20级的任务没队很难过啊,我们打起来也很爽啊!

【队伍】杀手四号:走,我们该回去杀人了,88。

队伍一瞬间散了,剩下风潇潇和青天云笑坐一起研究那个任务。

卓云查了半个小时没查到线索，无聊的风潇潇骑着雪狮回城补货，才补进一枚加毒的戒指，屏幕上方正中跳出两条醒目的红色系统公告：

九大飞仙任务已被玩家触发，《飞仙OL》于××××年×月××日20:00正式开启新的篇章，欢迎各位玩家追随《飞仙OL》踏入神奇仙境。

各位玩家请注意，今天中午12点至明天早晨8点为系统更新时间。

董潇看到第一个公告心中一喜，却不觉得意外，不过估计很多人和她一样期待明天晚上8点的到来。很可惜今天晚上是绝对达不到满级了，就差那么一点点，完成这最后的任务就OK，偏偏来个系统维护。

此时正是上午11点20分，再过半个多小时游戏就进不去了，董潇干脆退出来，看着还在那儿查资料的卓云道："快收工哦，我们出去吃饭。"

两人收拾东西下楼，董潇走在卓云身后一直说着游戏里的趣事，不知不觉来到寝室楼门口，转角的时候董潇弯腰系鞋带，两位中年妇女走向前面的卓云："这位同学能不能告诉我你们学校女生宿舍楼的B区5栋往哪儿走？"

卓云伸手在墙上一拍，微笑道："就是这栋。"

女人眼睛一亮，感激地笑道："哦，就是这楼啊，谢谢同学。"说罢直接一转弯，卓云顺势回头去看董潇，忽闻董潇惊叫一声："妈！"

董潇震惊了，做梦都想不到老妈会跑到学校来找她，她离开家乡读书三年双亲基本从来没有过多担心，每个星期通电话，每个月定时给她生活费，有时候妈妈会背着老爸偷偷多给她几百块零花，叮嘱她买点像样的衣裳，其他所有事情他们俩从不多问，这次却特意找来学校看她，看来老妈是真的担心了。

四个人坐在学校附近的小餐馆里，空调的冷气让两位老远赶来的长辈舒服不少，董潇看着老妈和自己大姨热红的脸更是愧疚不已，一连多点了几样好菜，有点心虚地问："妈，你怎么和大姨来我们学校啊……也不提前告诉我一声，我好去接你们。"

董妈妈一口喝干茶水，眼眸中隐藏着少许怒气，不过出口的话更多的是担心和安慰："你跟小龙的事我和你爸爸都知道了，既然你和他没有缘分就算了，可是你一个暑假不回家，我们有点担心。"说完看了眼卓云，不禁莞尔一笑："妈要是知道你已经想开了，我就懒得来了。呵呵，你想得开就好，这样很好。"可以说她们一家非常幸福，身为独生女的董潇从小到大没有受过什么打击挫折，顺风顺水习惯了。这会儿却被那个从小就一起长大的

小子伤害,别说董潇多难过,他们二老知道实情后都惊讶了半天,有点无法相信那个事实,两个长大了的孩子竟然在即将毕业的时候走上殊途。该说愤怒多点,还是欣喜多点?女儿自己选择钱龙他们作为长辈的从未多说什么,只要她喜欢就好。可是平时接触多了有什么不了解呢?她身为过来人早就觉得钱龙不是最好的人选,别说他不够温柔体贴,脑子还有点混,以后成家自己女儿也许会过得辛苦点。而董潇的父亲更是直接说过钱龙老长不大,想等他出息不知道要什么时候。这些不满他们从未说出口,一是顾及孩子们的感受,二是考虑钱龙的父母。如今倒好,钱龙自己放开了她的女儿,他们还有什么话说?有这一次,她只巴望自己女儿坚强点聪明点,千万不要放不开钱龙,这世界上的男人多得是,比钱龙好的更多。不需要多有钱,只要人本分,工作稳定有上进心,如果会照顾人那就更好了。

"你是工程师?那真不错啊。"

卓云失笑,解释道:"阿姨,我现在还担当不起工程师这个称呼,必须要等多工作几年去考证才行,现在还要努力,呵呵。"

"我知道我知道,好多职位需要考证才行,不过你现在才工作一年而已,以后不就是工程师了吗?你们工作很辛苦吧,年轻人能挺过去就好。"

"还好,习惯后就不觉得辛苦了。阿姨你多吃这个鱼,味道很不错。董潇说你们一家都爱吃鱼,呵呵,今天可要多吃才好。"

董母脸上一直挂着笑,闻言瞥了眼低头扒饭的女儿,心里更加笃定了这两人的关系。

"潇潇,你暑假兼职做得怎样?能不能抽空回家住几天?你爸爸很想你啊,而且你堂姐八月底要结婚了,你最好去参加。"

董潇立即抬头,瞪圆两眼:"堂姐要结婚?好快啊!我兼职还有一个星期就放假,到时候回家去住,呵呵。"

"那就好,你这朋友要是有空也一并带回去玩玩。"

"他肯定没空,他要上班的。"董潇当即接话,把卓云带回去?不可能,最起码现在不可能。

卓云闻言只是淡淡一笑,低头吃菜。

董母眼睛一瞪,没好气道:"这么大人了一点也不懂事,看你以后成家了怎么办。"

董潇无辜地耸肩:"到那时候再说。"

"个人有个人的福气,以后潇潇找个会照顾人的老公就可以了。"大姨笑嘻嘻接话,董潇的脸更红了。

两长辈和董潇好久不见,这会儿边吃饭说得难免多了,卓云偶尔插话偶尔沉默,气氛倒是比较融洽。忙着应付老妈的董潇哪里会知道自己老妈的心思?她自己没有去注意卓云给她夹了几块鱼,剔了多少鱼刺,斟了几次茶水,有心的董妈妈却一直看在眼里,这卓云完全是很自然地对女儿好,出于自己的真心,一切动作做起来都那么让人欢喜,就连那眼睛都好看得不得了,里面全是对女儿的关怀。和那个完全不会照顾人的钱龙反差很大,因此,她更是替女儿高兴且心急。这个笨女儿啊,显然是还没有完全开窍。

那些没有缘分的人,错过就算了。

那些送上门的好男人,为什么不好好把握一辈子?

董妈妈并没有长假,因此看了下董潇当天下午就赶着回去了,临走拉着董潇唠叨叮嘱一番,末了道:"钱龙那孩子你就忘了吧,妈绝对不赞成你跟他再有什么牵扯,做人要有点骨气,要向前看。那个卓云比他好多了,最起码对你有一片真心,而且很体贴。"

老妈的话董潇记在心里,很矛盾很郁闷,她很清楚卓云比钱龙好,但是这样又如何?她做不到坦荡荡地去接受卓云,做不到对卓云像以前对钱龙那样什么都想去探究去关心。甚至,她还做不到没事就主动给他短信给他电话谈情说爱。相反,卓云对她无微不至,有求必应,每天给她短信给她电话,她每个要去家教的早晨卓云都会来电话叮嘱她吃早饭,出门要小心。这些,全是她以前对钱龙做的事。一切反过来后,她受宠若惊且恍然无措。

"OK,你可以交任务了。"卓云深呼一口气,脸上扬起笑意,看着旁边的董潇操作风潇潇回去交任务,然后光芒闪过,风潇潇在这一刻,终于第二次满级了!

董潇哈哈大笑几声,领取了满级后获得的任务奖励,竟然比第一次满级时多了几样东西,其中一件让她激动不已:"卓云你快看,居然奖了我飞剑!"

"嗯,等着八点一到,好戏就上场了。"卓云期待道。此时是七点一刻,他下班后过来带着风潇潇马不停蹄做任务,目的就是在八点前让她满级,然后两人一起接崭新的飞仙任务!

7点40的时候,风潇潇连续接到几个喜讯。

【近聊】小七：潇姐，我满级了，嘎嘎！

【近聊】青莲公子：我终于满级了！

【近聊】深蓝：不枉我这个星期不眠不休地带你们。

【近聊】小七：带我的人是和珅好不好？

【近聊】青莲公子：带我的是我学长啊！

【近聊】深蓝：你们抹杀我的存在和努力！

【近聊】风潇潇：呵呵，恭喜恭喜，这样一来我们都满级了！

【近聊】青天云笑：不错！

【近聊】小七：可以拍戏了！

【近聊】青天云笑：……

【近聊】青莲公子：……

【近聊】风潇潇：先不忙拍戏，等大家飞仙再说。

【近聊】深蓝：大家快看帮频。

深蓝的话一出，大家的视线转移到帮会，此时其实不管哪个帮会都是热闹的，今天这样一个激动的时刻好多人巴巴地等着，青天帮会里的热闹同样是围绕飞仙的事情，不过有点特别的信息。

【帮会】果冻：这么说帮主和帮主夫人都要参与飞仙任务？

【帮会】老鸭汤：估计那九个拥有飞仙道具的玩家全部都要参与，真羡慕！

【帮会】大果粒：到底是哪九个幸运儿？帮主和懒猫能不能透露下啊，嘎嘎，我好想见识见识其他几样道具。

【帮会】清风：每个门派应该都不一样。

【帮会】懒猫：不止九个，是十个。好想我和我老公的装备是特别的，因为适合任何门派职业，我们两个都可以算作仁心谷，其他还有八个门派，八样道具。

【帮会】仙人掌：但是帮主是少林派啊，怎么代表仁心谷？

【帮会】懒猫：没错，所以我说"算"啊。少林派有个人有山海经任务的奖励，是一根神棍，像我和我老公就是不分职业全能了，而且具体怎么做我也不是很清楚，好像就是装备好道具等着系统自己运行，并不是什么飞仙任务。

【帮会】清风：神棍？噗哈哈哈。

看完聊天记录，风潇潇和青天云笑基本就明白了，两人并没有插话的打算，青天云笑直接密了帮主青天一笑问个详细，原来是在等会儿即将到来的八点钟里，那些装备山海经任务奖励的几个玩家会扮演一下角色，至于到底怎么个扮演法，玩家也不知道。反正那些人都得到通知，只要装上那些任务装备，过会儿飞仙开启后就可以得到特别奖励。青天云笑弄清楚后二话不说下了青天云笑的账号登陆不是后羿，果然不是后羿的信箱里有游戏官方发布的通知，并且说如果届时他本人不在线，那么游戏公司会暂时借用一下他的角色，过后奖励还是一样不少归他。卓云松口气，幸好自己及时换号了。

在众人期待下，八点的倒计时开始，十、九、八、七、六……三、二、一！

八点整，所有在线玩家都能看到屏幕上跳出比以前任何时候都醒目的公告，发布在屏幕的正中间，占据了所有玩家的视线，完全不容忽视：《飞仙OL》正式开启仙境之旅，欢迎所有玩家踏入御剑江湖的神幻之旅。

这一句鲜红加大字的通知过后，下面紧接着是一排排滚动的小字，和剧情任务般的文字讲述，只不过多了一个苍劲有力的男声生动朗诵，文字也就是三首诗词那么长的分量，一会就读完了。画面一黑一转，再次跳出一排字：传说中最先成为仙人的凡人有九个，他们凭着一身本领和崇高品行获得了仙人的认可，于是他们拥有了成为仙人的资格。仙界给他们最后的考验便是自己打通通往仙界的道路，这条路就是：青天。

噗，卓云和董潇包括所有青天帮会的成员都喷了。

画外音：求仙数百年，扶摇上青天。你们有飞上青天的决心吗？ 你们有飞上青天的勇气吗？如果有，那就带着你的朋友、你的战友、你的恋人们携手飞上青天！

文字结束，画面音乐陡然变得慷慨激昂，眼前是一条无限高远直通青天的漫漫长路，这条路开遍鲜花同样布满荆棘，这条路时而平展时而险峻，这条路似乎没有尽头，但是只要执著地坚持下去，就可以看到尽头处，是美丽的仙境，仙境上的武神台庄严肃穆，每一个角度都充满历史的沉重，而武神台的中央，站着十个各不相同的人，有男有女，有光头和尚亦有翩翩公子，有毒蝎杀手亦有仁慈医者。

武神台以3D动画模式旋转几周，因此所有屏幕前的玩家都知道那十个人不是NPC而是玩家，那十个玩家各个满级且各个拥有一件极品装备。首先，身为江湖第一大门派的少林上前，只见光头和尚手中的神棍散发着耀眼

金光,他挥洒神棍,炫目的技能随即展现,无数观众惊呼:好酷啊!当然,宣传要的就是这个效果。和尚耍完,拿着神棍站在单独一边,脚下是一个标记。随即是逍遥派的出场,素衣飘飘的逍遥美男子手抱古琴,肃杀的音乐洒出,天地失色。其后代表各个门派的剑客、刀客、刺客等等一一上场,终于轮到了弓箭手,也就是卓云的小号不是后羿。

不是后羿拿着弓箭上前,卓云看着屏幕呵呵道:"真是好啊,我80级没到变成满级了。"甚至于,此时的卓云其实什么也不能做,什么也没有做,他和旁边的董潇一样张着两眼盯着屏幕,游戏中属于自己的角色自己拉弓上弦,射——日!

扑哧,当看到不是后羿特别牛×特别帅气地朝着太阳射去,卓云再次嗤笑道:"我应该改名,将不是去掉。"

董潇含笑瞪他一样,卓云眼神一变,双眸眨也不眨盯着董潇柔声道:"然后你也改,改成嫦娥。"

董潇脸蛋一红,没好气道:"你难道不知道嫦娥奔月的故事吗?美女嫦娥和后羿是个杯具啊嘎嘎嘎。"

卓云恍然大悟一拍脑袋:"我还差点忘记了,那要不,我改名叫吴刚?"

噗——这次喷的是董潇了。

镇定后董潇还不忘记补充:"吴刚是用斧头的啊大哥,弓箭给你糟蹋了。"

"而且,吴刚是和桂树一对啊。"

吴刚和桂树?卓云傻眼。

"上演人和植物的远古缠绵虐恋,而且是虐身。"

卓云,彻底傻眼。

"其实吴刚和兔子这对人兽我也支持。"

卓云一巴掌拍在董潇的脑瓜上,没好气道:"你脑子里装的什么?"

董潇捂着脑袋正色回答:"下一餐吃什么为好。"

两人调侃间武神台外围每一个标记点都分别站好了一个代表人物,最后就剩下一个空缺,仁心谷没有标记点!剩下的位置只有中间,但是没有安排的有两个人,而且是夫妻两,懒猫和青天一笑,这两人,一个是仁心谷奶妈,一个是少林和尚,但是他们都穿着嬴鱼制作的装备。

众人看着这两人走到了中间位置,刚一站上去武神台便开始发光,刺眼的光芒后，从懒猫开始，每一个人都脚踩着飞剑，一飞冲天，无数远古神兽倾巢而出，众人咆哮着朝神兽挥出武器，咔嚓，画面结束。

谢谢各位玩家观赏，所有满级玩家从现在起都可以通过青天大道前往仙境，祝大家玩得愉快！

画面再次转换，卓云发现不是后羿可以自己动作了，而且不是后羿和另外几个人一样站在武神台上，武神台旁边有好多个NPC以及能接的任务。卓云打开包裹看到自己得到的奖励是一柄飞剑以及金钱里多了100个玉石，以前是铜印金，金为最高单位，现在却多了个玉石。

【近聊】青天一笑：你们得到什么奖励？我的是飞剑。

【近聊】懒猫：我也是，还有100个玉石。

【近聊】某某大侠：同。

【近聊】不是后羿：一样。

【近聊】青天一笑：后羿？云笑？

【近聊】不是后羿：嗯。

【近聊】懒猫：你是云笑？！

【近聊】青天一笑：要一起任务吗？这么多任务只有我们能先接，呵呵！

【近聊】懒猫：对的对的，好激动啊，走，一起任务去！

【近聊】不是后羿：我就不去了，我换大号上来，先爬上来再说。

说罢不是后羿立即就下线了，这不过是个小号而已，让他从七十多级一下到满级就非常赚了，对于卓云来说仙境上的一切虽然都很新颖好奇，不过还是玩青天云笑这个号比较爽，而且……

"潇潇，一起去冲青天大道。"

这一个星期董潇铆足劲练级不就是为了和青天云笑一起飞仙吗？他怎么能浪费她的努力。

这时候满级的玩家只要打开地图就可以看到多了一个地图区域：青天大道。

满级的众人只要直接点击便可以传送到青天大道的门口，有个很高很威严的牌坊上刻着古老的"青天"二字。门口边有个白须白发的老头子NPC，任务一接便可以走青天大道。

还是青天云笑带队，拖着几个小白，旁边还有杀手那一队，其实此时青天大道门口人群拥挤，不认识的认识的都挤了过来，如果是以往肯定会非常卡，这次游戏公司更新后似乎加强了服务器，虽然还是卡，好在不是寸步难行。尽管如此，现场仍然是骂声一片，不时有人说上来就卡掉云云。

【队伍】青天云笑：都接了任务赶紧跟着我走，挤在这里更卡。

青天云笑依旧让小白们跟随，然后驱使坐骑，飞一般冲出了人群，跃上了青天大道这条漫漫长路。一路上除了风景当然还有怪物，有些怪物便是门口老头发布的任务中所需，遇到后便要停下来解决，聚集后又忙着上路，有些怪物不是任务需要他们全部无视了，只想着快点赶路，越是走得远，人烟稀少之处便不会出现卡壳的情况。一路上除了杀怪还要收集材料，风潇潇成了习惯，见到材料就忍不住停下采集，其他人都不多说，能帮忙的就帮忙，帮不上的就在旁边耍，杀手军团那一队跟在他们后面很闹腾，没有怪物杀的时候一定是互相PK，边打边往前行进，灵活的操作技术让几个小白咋舌。

这样一路上还是耽搁了不少时间，本是属于走在靠前的行列，不知不觉有不少队伍超越了他们，直到遇到了一个熟悉得不能再熟悉的人。

乾隆带着一支队伍碰巧路过时，正好看到风潇潇和青天云笑PK，青天云笑一边打一边行进，引导着风潇潇对他出招，事实电脑前的卓云一边操作键盘一边在教导董潇要如何如何，董潇正全神贯注尽量照着他的指导去操作风潇潇。两个人为这种学习方式玩得不亦乐乎，对小白和杀手们冲到前面一点点也完全不在意，反正大家都在玩闹。

青天云笑无论怎么殴打风潇潇，那是绝对不会让她死翘翘的，但是外人可不知道，看到风潇潇的血条就要见底，乾隆反射性就朝着青天云笑冲了过去。风潇潇在下一秒自己满血，乾隆却已经没心思去观望了，正挥着大刀和青天云笑斗得你死我活。跟他一起过来的队伍也立即加入了PK青天云笑的行列，青天云笑顿时被堵得无处可退，风潇潇满血后赶忙跑过去帮忙，首先一下就是将青天云笑满血，然后使出美女拳法对着其中一人攻击。

【近聊】乾隆：潇潇你干什么？他要杀你你还帮他？

【近聊】风潇潇：你误会了，他在教我PK而已，并没有杀死我。

【近聊】乾隆：可是……

【近聊】青天云笑：你以为我会像某人那样眼睁睁看着潇潇被K成新手而默默不作声吗？那种勾当我可做不出来。

【近聊】乾隆：潇潇？你叫得还真是亲热。

【近聊】青天云笑：这是应该的，毕竟我们在一起的时间也不短了。

【近聊】乾隆：你们在一起？你们真的在一起？潇潇你脑壳坏掉了是不

是？你怎么能相信一个网络上认识的男人，你要是被他欺骗了找谁哭？

【近聊】青天云笑：你不也和一个网络上认识的女人滚床单了吗？而且谁说我和潇潇仅仅是网恋？

【近聊】乾隆：你们！

【近聊】青天云笑：钱龙，我认识你的，你也认识我的，如果你还记得的话，怎么说我还是你的学长。

【近聊】乾隆：你是谁？

【近聊】青天云笑：是谁都不重要，重要的是你伤害过她，就不要想着破镜重圆的美事了。

【近聊】乾隆：这是我和潇潇的事，轮不到你决定！

【近聊】风潇潇：如果我跟你和好，我出门被雷劈死。

说罢，风潇潇骑着雪狮扬长而去，青天云笑随即追赶上，独独留下乾隆站在原地静默发呆。

Chapter10 不为人知的往事

也许是因为寝室里太闷热，又或许是因为乾隆的插曲闹得董潇有点意兴阑珊，没几分钟后董潇烦躁地吐气，直接关了电脑对卓云道："出去走走好不好？我肚子饿了。"

卓云一愣，微微一笑也关了电脑，拿着钱包和董潇一起走出寝室。

下楼后才看到今晚的天空明月高悬，星光点点，周围宁静一片，还隐隐传来花坛里栀子花的迷人清香，唯一可惜的是没有一点风的动静，的确有点闷热。

董潇见卓云盯着花坛里白色的花朵，不禁莞尔道："我们学校就两个宿

舍楼的花坛是种的栀子花，现在花期快过了，上个月才是精彩，一片白色，香死人。"

卓云深呼吸，轻声说："以前我老家没拆迁的时候，阳台上全是我妈种的栀子花。后来房子拆迁，那些花都送了人。"

"我家也拆迁过一次，以前住的房子又小又脏，后来我们那一片全部规划改建，国家重新给分了小区的房子，我老爸以前也喜欢种些花花草草，现在还是一样。"董潇随口接话，却不料卓云呵呵笑道："我见过你爸几次，不过是几年前。"

"啊？"董潇惊讶，"你怎么会认识我爸？"

卓云长长叹息，无奈道："你别忘记我和你一个高中毕业，笨。"

董潇惊魂未定，脑袋飞速转了几圈一拍掌："你家和我家难道很近？"

卓云点头："没拆迁之前也就三条街的距离，拆迁后……"说到这里，卓云玩味地摸着下巴贼笑几声。

董潇踹他，逼问："拆迁后怎么样？"

卓云指了指A栋和B栋两宿舍楼，"就是这个距离，你家是A，我家是B，正好在你家后面的上一层楼，你打开你家阳台，就可以看到我家厨房和书房的窗户。"

"有没有搞错，你骗我的吧？"董潇一脸震惊，"我从没在小区见过你啊。"

"当然，那房子分下来，我就去过三次，那时候你还在学校。"

董潇被他完全看不出谎言的模样说得不得不信，最后还是忍不住多此一问："那我妈怎么好像不认识你？"

卓云一脸理所当然道："我就去过那几次，没见过我很正常，那房子里面是空的，一直没人住，不过……"说罢，卓云脸上浮现出不明寓意的笑容，月光下那俊美的侧脸别提多迷人，董潇一瞬间心跳加速，结巴道："不、不过什么？"

卓云转头看向她，双眸深邃明亮，董潇霎时体悟到目若朗星就是形容这种眼睛，她还有一个大胆的形容——"回眸一笑百媚生"，不过说出来，估计会被拍死……

"不过我打算今年过年回去收拾一下，然后在那里过年，如何？"不知道何时两人的手居然牵在一起，卓云目不转睛盯着她笑问，手指边在她的手心轻轻打转，不知是天气太热，还是体温太高，两人交握的手，一片潮湿。尽管如此，却没有一点黏腻的厌恶感，反而有些舍不得分开。

董潇不知为何面红耳赤，嘟囔道："那是你家，你爱干吗就干吗。不过你以前过年没回去过吗？"

"是啊，自从上大学后就没有了。"卓云淡淡地说。

"那是在哪里？"

"在外面租着房子，去年是去我妈那里。"

"哦。"董潇敏感地觉得再问下去就很唐突了，转移话题道："我想吃过桥米线。"

"吃什么没问题。"这么说着，卓云的眼睛瞥了眼董潇的腰身，因为下午都是在寝室玩，她穿着最舒服的宽松T恤，要是身材苗条妖娆，穿宽松的衣服就会有点晃荡飘逸，可在董潇身上并没有，虽不至于多么贴身，但是腰间隐约有轮胎的痕迹了，卓云再次叹气："吃多少长多少，这样有点危险啊。"

"啥？"董潇不解，困惑地望着他。

卓云呵呵地笑，驻足，伸手轻轻环住她的腰，然后在董潇面红耳赤的注视下狠狠一捏，董潇惨叫跳开，怒斥道："你刚才干什么！"

卓云正大光明摊手回答："非礼。"

嗷嗷嗷嗷，董潇气爆，非礼还回答得这么理直气壮，不过搞清楚卓云的另一层意思后，董潇的脸蛋更红，不禁哀怨地捏捏自己的腰和小肚子，郁闷之极道："我不吃了！"

卓云似乎没有听到她的反悔，照样拉着人往校外走，到最后几乎是拖着董潇进了一家过桥米线店，米线端到两人面前了，董潇耐不住嘴馋，心不甘情不愿地动了筷子，开动之前狠狠瞪了卓云一眼："我要是长胖了找你算账。"

"你已经很胖了。"

噗——董潇一口汤水喷出，那脸上的愤怒让卓云看得很欢乐。

"不过，我喜欢。"云淡风轻的"表白"让董潇燥热得几乎摔落筷子，她红着脸又狠狠瞪了他一眼，不服气地说道："我这不叫胖子啊，我这叫丰满你知道不知道……"

"哈哈哈哈哈。"卓云破口大笑，周围几桌客人纷纷扭头看过来，整齐

141

一致瞄向董潇的胸,后悔莫及的董潇早就将自己挤进了桌子里,用盛装米线的碗盖住自己的脸,头也不抬龙卷风似的扫荡食物,每咬一口周围的人都能听出咯咯的牙齿打架声。

两人吃得饱饱的走出店子,本来卓云还要回董潇的寝室拿笔记本,然后顺便再拖延时间闲聊干啥都可以,但是董潇就是不肯让他回去了,一路将憋笑的卓云赶上公交车,看着车子开远了才吐气回校。

还没回到寝室,卓云的电话就过来了。

"喂,你就这样把我赶走了,我明天上班要用那电脑咋办?"卓云那边有点闹,正是在车上打的电话。

董潇没好气道:"你不是要去工地吗?去工地带电脑干什么?"

"就是去工地才要带,要是在办公室还有别的电脑借用。要不这样吧,我明天早晨过去拿,呵呵,顺便给你带A记的早点过去。"

"我不上当了,我不吃了!"

"行啊,这可是你说的,如果你明早吃了,就要答应我一件事。"

"我绝对不吃!"

收起手机,卓云满脸堆笑,想起董潇面红耳赤的样子还忍不住蹲在栏杆上隐忍发颤。

回到宿舍,某人忽然道:"卓云,小王今天递了辞职信,过不了多久估计就会走。"

卓云一愣,小王正是游戏里的青天微笑,自从娆娆那件事情以后两人心里都有了点疙瘩,实际上平时相处卓云还是和以前一样,可能是青天微笑自己心里无法释怀吧。卓云觉得小王太在意了,如今工作可不好找。

"估计是真的死心了吧,前几天还看到他和娆美人聚餐,回来后就失魂落魄的样子,如果不辞职,以后见一次就难受一次,辞职其实挺好,以他的技术不愁找不到好工作。"某人又说。

"哎,小王拼命追她都讨不到一点好脸色,你啥也不做她却成天巴着你,这世道真悲剧。"

卓云闻言轻笑,毫不客气道:"如果我长成小王那样,你看她还看不看我一眼。"

某人干笑:"你说话还真毒,不过一针见血。娶个美人花痴还不如煮饭婆啊,最起码不用担心年老色衰后老婆红杏出墙,哎……"

这会儿，换做卓云笑了，心里忽然有点遗憾，貌似他一心想娶的煮饭婆根本就不会下厨……

一夜噩梦的董潇是被吓醒的，梦里的她肚子饿极了，却见穿着叮当猫围裙的卓云端着一盘子美味走近她，用迷死人的声音对她笑道："用最爱吃的鳜鱼煮汤下面，味道很鲜美哦。"

饿极的她立即端过盘子吃了，吃完后抹抹嘴巴准备走，卓云却一把拉住她："你还没付钱。没钱？没钱更好说了。"他话一说完，董潇就发现自己裸奔了……

尖叫一声醒来，董潇大汗淋淋捶打床板："我绝对不是思春了——"

砰砰，敲门声响起，卓云在门外说："你思春了？那你早餐还吃不吃？我买了A记粉丝还有小笼包和豆浆。"

"吃吃吃，我吃！我没思春，你听错了。"董潇跳下床以最快的速度换好衣服然后开门接过早餐放好，转身去刷牙。卓云进去收拾好自己的电脑，望着卖力刷牙的董潇道："潇潇，晚上见。"

这一声道别，让董潇爆起满身鸡皮，浑身那个透心凉。

小七手忙脚乱地围着怪物团团转，血条眼看不多了，立即抽空发消息：潇姐++++++++

风潇潇扬手，温暖的技能洒下，深蓝血满，小七挺尸……

【队伍】小七：……潇姐，这是你今天第几次弄错了？我已经懒得数了。

【队伍】深蓝：虽然被潇姐你这样照顾我很感动，但我真的不是蕾丝。

【队伍】风潇潇：边去，你是蕾丝也别找我，我忙着呢。

【队伍】小七：潇姐你忙什么？

【队伍】风潇潇：冥想。

【队伍】深蓝：冥想什么？

【队伍】风潇潇：肥肉是怎样炼成的？

这天董潇等到晚上七点还没见到卓云，不禁纳闷地给他拨了电话，电话却是一个女人接的，而且是温柔细腻好听至极的女声，饶是董潇也忍不住浑身一酥，立刻正色道："你好，我找卓云。"

那边似乎一愣，就听女人似笑非笑道："你找卓云干什么？"

这语气,不简单啊,铁定是追求卓云的其中之一。

董潇眨眼道:"当然是有事,小姐你是谁?麻烦帮我喊喊卓云。"

"我是谁?我是他最重要的女人,你又是谁?卓云中暑躺着了,你有事下次说。"

"哦,原来是伯母,你好你好。卓云中暑了?在哪家医院啊我这就去看他,难怪这么晚他还没回来,担心死我了。"

啪嗒一声,那边挂掉了电话。

董潇深呼吸放松自己,满脑子都是卓云中暑的事情是真是假。这么晚没过来肯定有事,他就算不过来也会打电话啊。

犹豫徘徊了几分钟,董潇还是换上衣服拿着钱包匆匆出门跑去卓云说过多次的工地,那地方并不远,打个的士一会儿就到了。然而工地晚上没开工,漆黑一片,里面有几排房屋,面积很大。董潇硬着头皮往最里面有光亮的地方走,那一排低矮的工棚里全是休息的民工,董潇走过去一打听才知道卓云果然是中暑了,不止他,今天过来的六个工程师中暑了五个,全去了××医院。

董潇说声谢谢立刻赶往××医院,她从不知道在大晚上医院里也会如此拥挤,放眼望去休息大厅里全部是或仰着或靠着挂点滴的男女老少,忙碌的家属和护士来去穿梭。

这要去哪里找卓云?

董潇迷茫了半晌跑去问了几个护士,天热人忙护士们的脾气并不好,忍着怒气不发最后总算打听到中暑的在三楼,病情不严重的话就是在厅里挂点滴,严重的可能在病房。董潇坚信不会太严重,摸去三楼茫茫人海里瞬间看到靠着椅子输液的卓云,即便他穿着最普通的T恤,没精打采地耷拉着脑袋,董潇还是一眼就看到了他。

董潇大步走去,却见一个大美人递给卓云一杯水,卓云似乎说了谢谢,美人一笑迷倒众生啊,董潇承认自己嫉妒了,这女人不但脸蛋好看,身材也很火爆妖娆,出奇的是她并不给人魅惑之感,反而有点纯美、孤高冷艳,不易亲近。

踌躇了很久很久,董潇终究还是勇敢地踏出步伐靠近了。

"卓云,你中暑了怎么不告诉我?怕我担心不成?"董潇微微喘气道,喘气倒不是装的,她一路赶来又找半天人,的确有点喘,今天的天气特别闷。

　　脑袋昏沉沉的卓云精神似乎一振，抬头看到近在眼前的董潇，立即虚弱地露出笑容："刚从医生手里解脱，还没来得及打电话，几点了现在？天黑了吗？"卓云迷迷糊糊地说，声音很没力气。

　　董潇顿时担忧不已，蹲下身看他的脸色苍白，嘴巴没有血色，双眸半瞌半就，忙说："快八点了，天早黑了。你饿不饿？"

　　"饿，吃了怕吐。"卓云抬头看了看吊瓶，还剩下小半瓶，"医生说过今天输完这些就可以回家，明天继续来输液。"

　　"吃些清淡的一定不要紧，饿着不行。等输完了就去吃点，你其他几个同事呢？"

　　卓云吐气道："有两个被家人接回去了，还有两个需要住院两天，比较严重。"

　　"你们公司怎么安排你们养病？这三两天绝对不能去上班。"

　　"嗯，让我们休假了。"

　　"有安排人照顾吗？"

　　"没……"

　　"那你去我那里吧，我照顾你，打地铺就可以休息，现在是夏天不要紧，你这个样子没人照顾我不放心，你们寝室的同事会照顾你吗？"

　　卓云摇头："寝室算上我三个中暑的，剩下那个是办公室里搞电脑程序的。"

　　"……服了你们。"董潇忍不住笑，摸摸卓云的额头叹气，"我看你平时身体不错，怎么会中暑啊，是不是暴晒太久了？你会偷偷懒吗？反正你们老板又不会去工地视察。"

　　卓云失笑，突然无力般向董潇倒下，最后软软靠在她肩膀上说："今天有点忙，中饭没时间吃，拖着拖着就中暑了……偷懒是不对的，今天偷懒留下的工作明天还是要做，还不如早点搞定。说好了，晚上我去你那儿睡地铺，你要照顾我，不然没有人照顾我，我可能会因为中暑死掉。"

　　"瞎说什么啊，你以后要一日三餐按时吃，最好多吃鱼，增强抵抗力。"鱼到了董潇嘴里，好像已经无所不能了。

　　沉默很久的美人忍无可忍插话了。

　　冷冷地斜睨着董潇对卓云道："云，她是谁？"

145

卓云头都懒得抬:"女朋友,潇潇,这位是我一个客户的女儿,周娆娆。下午刚巧在医院里碰到她。"

周娆娆眼色一凝,震惊地瞪向董潇,董潇起身恍然大悟般说道:"周小姐你好,原来你不是伯母啊。"

"你!"

靠在董潇肩上的卓云似乎浑身一颤,俨然隐忍着什么。

"谢谢周小姐对卓云的照顾,不好意思再继续麻烦你,天色不早了,周小姐这样的大美人最好早点回家哦。"

周娆娆瞪着她,冷声问:"你是风潇潇?"

董潇点头:"正是。"

"……真搞不懂云怎么会喜欢你,你并不漂亮,看起来也不怎么聪明,穿的衣服像地摊货,估计学历也不高,更没什么艺术造诣,双手很粗糙应该出身不富裕,自制力也不强,因为你的腰明显粗了点。"

"周小姐!"董潇打断周娆娆的审视,咬牙道,"周小姐观察力真好,我没你漂亮也不聪明更不懂艺术就喜欢穿便宜的地摊货,家里太穷所以我只好做粗活看到好吃的就控制不了自己。我就是这样糟糕,但是谁叫卓云喜欢我,你不知道吗?他最喜欢我的腰,因为肉多。"

卓云已经颤抖得不能自已,董潇偷偷掐他的手臂,可恶,快被这女人气死了!都怪他招蜂引蝶的功夫太厉害,而且引来的蝴蝶比她看起来优秀很多。

"你真像吱吱叫的知了,粗俗吵闹没教养。"周娆娆鄙夷道。

董潇气得就要血崩,卓云骤然抬头,软软道:"就因为它是知了,而不是蝴蝶所以我才喜欢她。"

周娆娆一愣:"什么意思?蝴蝶难道比不上知了?"

"因为,我也是知了。"

周娆娆瞪大眼睛。

"我从来就不是蝴蝶,更不想为了什么人而去改变成蝴蝶。"

"潇潇去叫护士,药水完了,我们可以回去了。"

不一会儿董潇就搀着卓云离去,而周娆娆去了哪里再也没看见。

乘的士先去卓云的宿舍收拾换洗衣物,过后将卓云在学校寝室安顿好,董潇便下楼买吃的去了。结果她不但买了吃的,还买了一个电饭锅和蔬菜大米酱醋油盐。

回到寝室就淘米入锅煮粥，弄好了才端起自己的晚饭坐在卓云身边美滋滋地吃。

"嘴馋吧？嘴馋也不给你吃。"董潇啃着美味的糖醋排骨诱惑卓云，卓云翻个白眼道："你还煮粥啊，这样电费会很高。"

"不要紧，有我在寝室，三年来每月电费从不超过十块钱。"

卓云惊讶："你偷电？"

"咳咳咳，干吗说偷这么难听，我就是学以致用而已，借点学校的电怕什么。"董潇正色解释。起身给卓云递了半杯清水和一小块西瓜。

卓云咬着西瓜淡淡接话："读大学那会儿，我也偷了四年电。"

董潇顿时呛到，恼火白他："那你还惊讶个鬼，咱们彼此彼此。"

卓云躺在只铺着一层凉席和床单的硬邦邦地板上有点不习惯，想起身又有点头晕。董潇就坐在他的脑袋边啃糖醋排骨，香味扑鼻，逗得他食指大动。中午没吃晚上没吃，他快饿晕了。

"潇潇，给我吃一口。粥还要多久才好。"卓云可怜兮兮望着董潇碗里的排骨。

董潇眨眼，夹了根青豆角塞进卓云嘴里："你只能吃素，乖，别挑。粥马上就好了。"

卓云郁闷地熬了几分钟，见董潇跑去将白菜叶子揪碎，西红柿切片一骨碌扔进锅里，最后洒些盐一搅拌，闷个两分钟后卓云闻到浓浓的香气，不像排骨那样油腻，而是清清淡淡的舒服。

董潇盛满饭盒子浸在装着少许冷水的盆子里加快冷却，摸着温度适宜后才坐到卓云身边将他扶起靠着柜子："我喂你，还是有点烫。"

卓云愣愣地好久才反应过来，恍惚笑道："你会下厨？看起来挺能干的。"说着小心翼翼吃了第一口粥，的确有点烫，但是很美味。

"下厨还不简单，傻子都会。"

"呵呵，那我以后有口福了。"此时的卓云，哪里知道董潇所说的下厨仅限于用电饭锅煮粥、煎蛋、下面条等等一些最简单的玩意，炒青菜还可以尝试下，对付鱼肉是完全不会了。

吃饱喝足后卓云多了几丝力气跑去洗澡，洗完就昏沉入睡了，完全没有其他精力陪董潇上网了。

董潇独自登陆游戏,还是之前下线的位置,青天大道的路上。

风潇潇呼唤小白众,队伍立即满了。

【队伍】小七:潇姐,我终于找到主要演员了!明天就开始拍戏。

【队伍】风潇潇:啥?

【队伍】小七:帮主啊帮主啊!帮主在懒猫的威逼利诱下,答应配合我们拍戏了,嘎嘎嘎嘎,帮主演小攻啊!故事换成了江湖,帮主是魔教头头,然后小受是他身边的护法之一,一直暗恋他……

【队伍】风潇潇:哦,小受是谁演?

【队伍】小七:你能搞定你家那个吗?

【队伍】风潇潇:不能,他生病了。

【队伍】小七:我就知道,小受的扮演者只好推给青莲公子了,不过还有另外一对配角,出场不多,但是必须要。

【队伍】风潇潇:哦,这对配角我来搞定,相信你们会满意的。

此时她脑子里的那对配角,正是青天云笑和不是后羿,自己和自己的马甲,看他还有什么理由去拒绝。

翌日早晨卓云醒来,董潇便告诉他拍戏的事,卓云答应了用自己的两个号拍戏,但是不知道为什么一直憋着笑颤抖个不停。

董潇忍无可忍逼问:"你到底笑什么?"

卓云还是笑,不回答董潇的问题。在很久以后,董潇以卓云女友的身份去参加他们公司的聚会,见到了青天帮会的帮主大人,那一刻,董潇终于知道卓云当初为什么会笑了。

为了照顾卓云,董潇上午的家教也没去,反而在外面超市忙活了半天,买了一堆适宜中暑后吃的食材,中暑听起来不严重,如果不搞好也会有很严重的后遗症,因此董潇还蛮注意。

中午吃饭后卓云继续睡觉,董潇爬进游戏,收到一堆的信件。

【私聊】小七:潇姐出大事了!

【私聊】小七:那个某某大侠的老婆来游戏了!

【私聊】小七:精灵被围攻了。

【私聊】小七:精灵删号了……

【私聊】小七:某某大侠真贱!

【私聊】风潇潇:汗,咋回事?

【私聊】小七：你来了啊，精灵已经删号了啊，郁闷……

【私聊】风潇潇：怎么回事？

【私聊】小七：你知道精灵和某某大侠现实里见面的事情吗？

【私聊】风潇潇：不知道啊！

【私聊】小七：他们俩见面了，而且那个贱男还给精灵租了个房子让她住着方便偷情！

【私聊】风潇潇：……

【私聊】小七：贱男有老婆啊！结婚两年了。精灵被她老婆发现了，她跑去找精灵闹，精灵害怕她就躲回了家，不过和贱男在游戏里还有联系，所以他老婆又找来游戏闹，把精灵人肉的资料全部爆在论坛，一堆人去骂精灵，精灵被逼删号，现在也不知道怎样了……我真担心她想不开……她完全是被骗了。

【私聊】风潇潇：我去论坛看看。

董潇说不出来自己是什么感觉，精灵是她游戏里的朋友，无意里做了和紫陌红尘同样的事，比紫陌红尘的更严重。她讨厌那类人，却无比清楚精灵是无辜的，她太单纯，完全不懂世事。

卓云了解情况后觉得毫不意外，只是淡淡道："这种事情每天都在上演，一个巴掌拍不响，天真的人也有可恨之处。又不是傻子，傻子都知道像某某大侠那样的人不可能身边没有女人。"

照说被大家唾弃的绿精灵已经很自觉地删号躲避了，但是别人并不会因为她的退缩而闭上嘴巴。游戏论坛上目前最火热的贴子就是某某大侠这个区首富和18岁小妹妹搞婚外恋的事了。对于舆论某某大侠一直保持沉默，可是某某大侠的老婆不是省油的灯，因为老公外遇而进入游戏，这一来就没打算走了，反倒是很欢乐地一边闹大事件，一边结交朋友畅游飞仙，进来没三天就华丽丽地满级了。

虽然在游戏里风潇潇等人和绿精灵算是朋友，不过其实相处不长，如今出了这种事情风潇潇等人纵然有点担心绿精灵，但是并不打算多管闲事，就如卓云说的，通常悲剧发生后就没什么余力去挽救了。

但是论坛上绿精灵被爆出的真实资料中有家中的电话号码，风潇潇等人猜想她的家里肯定每天不得安宁。好好的一个孩子，刚相识那会还满心充满

对大学生活的向往,现在,估计再没那个心思了。

"你说我要不要打个电话去安慰安慰她?"凤潇潇不止一次这样问卓云。

卓云没一次赞成,直言打击:"那是别人的事,你这个时候去说什么都没用,而且你不要忘记这是网络,你跟她有多熟?要是换做小七和深蓝我就不会阻止你。"

董潇的热情顿时消散一半,闷闷地坐在电脑前瞪他,卓云停下手里的活,扭头与她对视:"怎么?觉得游戏不好玩了?要是闲着没事干不如帮我减轻一下负担。"

董潇郁闷地望着卓云手指飞快操作软件,快速精准地绘制建筑设计效果图,有平面的,立体的,黑白的,彩色的。这是卓云病假期间积累的工作量,现在病好了没空游戏,晚上都在拼命解决工作。

"来吧,我帮你,不过我可不会作图。"董潇叹气,游戏里这几天感觉乌烟瘴气,走到哪儿都能听到讨厌的声音,虽然根本不关她的事。

卓云莞尔一笑,丢给她一张A4纸,上面密密麻麻都是卓云用黑色圆珠笔写好的建筑材料名称以及价钱,不过排列很乱,显然是随手写的。

"你按照上面这些名字和价钱做个表格发给我就可以。"说着继续忙自己的去了。

董潇用半个小时搞定表格,起身刚想上厕所,挂着的QQ飞快响了起来。

【私聊】小七:潇姐你看新闻!

【私聊】凤潇潇:大晚上看什么新闻,我这儿没电视。

董潇纳闷,她从来没有用电脑看新闻的想法和习惯。

【私聊】小七:人生就像茶几,上面摆满了杯具!希望这世界上的贱男统统死光!你不看也好,省得被气死!

【私聊】凤潇潇:到底怎么了?

【私聊】小七:精灵自杀了,这事上新闻了,记者采访那个贱男,贱男还拼命地说是精灵看上他的钱缠着他不放,我现在看到男人就恶心(我爸除外)。

【私聊】凤潇潇:……真的?

【私聊】小七:我会开这种玩笑吗?真是好笑啊,之前一堆骂精灵的玩家现在都转骂贱男了,之前如果都不骂,都不打电话去骚扰精灵,精灵又怎么会因为舆论而受不了自杀。她爸妈在采访时说她家的电话每天响个不停，全是去骂他们一家的网友，精灵后来听到电话响就尖叫，他爸掐了电话线后短短两三天却收到一堆恶作剧的包裹。然后今天上午她就跳楼自杀了……当场死亡。

【私聊】风潇潇：……

【私聊】小七：她留了遗书，只有一句话：他明明说他没结婚，我不想做坏人，但是我太蠢，已经成了坏人，你们不要缠着我爸妈不放，求你们。

小七是哭着打字的，董潇看完一个字没回小七，只是以飞快的速度跑进洗手间啪嗒一声甩上门。

卓云这才从工作里回神，莫名其妙董潇怎么突然如此，小心翼翼掌控董潇的电脑，上面和小七的对话窗口还没关，上面的聊天记录他看得一清二楚。

似乎用很久的时间看完，他只发出一声叹息。看了眼洗手间的门，决定现在还是不打扰她为好。

董潇起码在里面闷了一个多小时，本想等到卓云回公司才出来，结果左等右等也没听到卓云离开的声音，反而是键盘敲击声一直没停。等无可等，董潇自己出来了，如背后灵般站在卓云的椅子后，阴森森地问："你怎么还不走？都十点了。"

卓云摇头："我不回去，继续睡你的地铺。"

"睡地铺还让你如此难忘啊？不行，你必须回去。"强硬说地着，董潇转身去烧水。

"我工作还有一点收尾，懒得动，你就收留我一晚上吧。反正又不是第一次了。"卓云厚颜无耻地请求，眼睛却一直望着屏幕。

见他完全没有移动的迹象，董潇无可奈何地叹气："你说这世上人物形形色色，差别怎么就那么大？那些害死人还说瞎话的不怕走夜路被鬼缠吗？看到别人出事就喜欢凑热闹去起哄的估计都很闲吧，一不需要学习二不需要工作，成天净跟人起哄了，逼死人还会来一句：跟我又没关系。"

总算主动说到这事，卓云心中松口气，暂时放下手里的工作，一伸手便轻松拉着董潇在自己腿上坐下，握着她的手叹气道："你是不是在想自己要是早些给精灵打电话安慰她鼓励她，她也许就不会自杀？"

"……没有"

"你说没有就没有吧,但是我很想告诉你,死和活着都是她自己的事情,她已经成年,自己决定要如何别人无权干涉,她有脑子会思考,那些鼓励的话我相信真正爱她的父母和朋友已经说了,显然是不奏效,或者她只是想用这种方式来告诉那些找她全家麻烦的人,她以死谢罪不过是想给家人求个安生度日。当然她的想法简单幼稚了些,可是已经没法挽回了,她能写下那遗书说明她是理智的,不是冲动。"

董潇靠在卓云的肩膀上良久不吭声,卓云也不打扰,静静地陪她坐着。

忽然董潇就推开了卓云,重新登陆自己的游戏账号,瞥瞥卓云嘟囔道:"你继续忙,我随便转转。"

卓云点头:"想开点。"

风潇潇上线,今天的世界频道比往日要热闹几倍,翻滚的信息看得人目不暇接,但是风潇潇还是很快捕捉到熟悉的几个名字,比如小七、深蓝、懒猫等等。

基本上大多数是在围攻某某大侠,说他人面兽心丧尽天良。骂他有什么用呢?死去的人又不会复活,杀他又怎么样呢?他还可以无数次复活。

曾经相处过的女孩子自杀死了,他还有闲情玩游戏,这不是纯心找骂就是二百五看不清形势。

风潇潇觉得他是二百五,没有良心的二百五。

她觉得自己因为这件事情变得压抑起来,想找人发泄,理智却又告诉她怎么发泄都是没用的。站在青天道上沉默呆立很久,风潇潇独自开动步伐,静悄悄地朝前迈进。

一路杀了几个怪,其他时间都是看风景,前进了一段,宁静的道上有人迎面而下,而且是红名,152级的刀客一个。自从《飞仙》更新后,级别上限从150升级到300,风潇潇和青天云笑现在还在青天道上晃荡,两人都是151级。

红名刀客叫百里挑一,骑着坐骑白虎和神游的风潇潇擦肩而过,顷刻,百里挑一停了下来,似乎在上下打量风潇潇。背对着他走开的风潇潇似有所觉察地转过身,那刀客在当前发了个:RI。

此拼音的汉字被屏蔽,但是风潇潇还不至于不知道他的意思。郁闷的心情更是加重了,游戏里很多本来没有冤仇的人喜欢无故PK,真要理由也许就是一句:看你不爽。

百里挑一也就一句"RI",然后不再废话,大刀一挥红光朝着风潇潇砍去,风潇潇有所准备及时跳开,百里挑一不是弓箭手那样的远程职业,因此这一刀出去后立刻跑到风潇潇面前进攻,风潇潇内心一喜,她现在对付会躲能跳的远程职业有心无力,近攻倒是可以拼上几番,就算砍不死人也不至于摸都摸不到对方一下。

因此百里挑一才靠近,风潇潇二话不说给了他一下"云云纵身",此招便是美女拳法的最后所剩的那个第十三招,当初得到拳法只有显示的十二招,但是第十三招是空白,当她满级的时候系统才跳出提示可以启动第十三招,并且由她自己命名,兴奋的她当时看着旁边卓云红红的嘴唇,长长的睫毛一颤一颤和自己温声说话,手一抽就取了这个名字。云云,自然就是云美人。

云云纵身比起前面十二招要牛×很多,这是一个连续六下的连环掌,六掌分别打在敌人的面门、头顶心、心脏、小腹、膝盖,最后是下上提的一击,正中下巴。这一招也是风潇潇觉得最美丽的技能,技能光芒流光溢彩,动作潇洒如云,很称她的心意。

可惜这一招冷却太长,而且一下几乎用掉所有的内力,用完了它之后其他招式都无法及时使用,早有打算的风潇潇趁百里挑一被打得头晕脑涨之际飞快几个后空翻跳远,眼看百里挑一纵身追来,风潇潇立刻射出属于洛羽裳的配套暗器袖箭一枚!袖箭一共八枚,杀伤力很大,用完一枚兜里就少一枚。这一枚过去,加上方才的连环掌,百里挑一的血条已经见底,风潇潇第一次用袖箭,被这惊人的杀伤力震慑住,百里挑一也似乎惊住了,风潇潇立刻丢了几个奶妈的鸡肋攻击技能过去,百里挑一顿时倒地,心中那个吐血啊!

难得PK胜利一次,还是个红名杀手,风潇潇郁闷的心情去了大半,不过系统随即给她一个提醒公告:人命一条,侠义值-500。

风潇潇惊讶地张大嘴巴,杀一个人减这么多侠义值?而且她杀的还是红名为什么要减?

正当她百思不得其解,死者百里挑一已经自觉去了地府,这时候完成工作的背后灵悠悠道:"你RP为负值啊,这可不好办。"

董潇怒曰:"下次不准装幽灵!"

背后灵继续道:"我杀一个人才减50,杀红名不减反加。"

153

董潇怒曰:"GM是你亲戚!"

背后灵叹气道:"GM是你仇人还有点靠谱,哟,你已经红了。"

董潇怒曰:"嗷——我不要当红名!"

背后灵不背后灵了,青春明媚地俯身在她耳边嗤笑:"不怕不怕,你难得红一次,一切有我呢。"

董潇抓着头发纠结不堪,浑身放红光的风潇潇严重刺激她的眼眸,她好好一良民居然成魔了。

董潇幽怨地抓着卓云的小手抚摸:"告诉我怎么洗白白?"

卓云一指发出噗噗响的热得快:"用那个,记得兑些冷水。"

Chapter11 游戏里面红名多

风潇潇很不情愿,但是真的红了。顾不上洗澡直接吃了洗白白的药丸若干颗,结果竟然完全没有效果,这下风潇潇绝望了。

卓云疑惑不已,惊奇道:"这可巧了,我每次红名吃洗白药就可以恢复。"

"咋办?"董潇可怜兮兮地继续抚摸卓云的小手,她觉得好绝望,脑补了几百场自己被别人围攻的惨烈场面。

卓云不置可否,淡淡摊手道:"怕什么,红名遍地都是,谁没事追着你杀,再说有我在怕什么,你要是怕爆就换上水货装备。"

董潇摇头:"我还是回城里吧,城里安全。"

"你不能洗白,躲在城里永远不出来怎么升级怎么采集怎么玩?"

"……"

"还有一点路就到达仙境了,仙境也有城池,到时候进去可以休息休息，呵呵。"

董潇无语凝咽，到达仙境哪里是一点点路程，他们已经走了大半，剩下的小半还是好长好长，而且后面的怪物越来越难对付，要到达仙境快不起来。本来平时都和小白们一起组队效率高点，这几天他们都闹精灵的事去了。

"红名没什么大不了，别人杀你就反抗，打不赢就逃，逃不了死了也没关系，好了，我去洗澡。"卓云摸摸董潇的脑袋，吹着口哨去洗澡。

董潇想想也是，红名就是惹人注意而已，她不惹人，惹她的也不会多。

风潇潇脱下洛羽裳，加快速度朝着仙境出发，似乎一刻不敢再耽搁。遇到几个路人风潇潇相安无事后，心想不喜欢PK的人大有存在啊。

风潇潇独自前进了一段路，小七和深蓝申请加入队伍，风潇潇通过，地图上显示两人都在她前面不远处，风潇潇立即追了上去。三个人以前在队伍中无话不说，今天特别安静，谁也没再提绿精灵的事情，反倒是对风潇潇红名的事很感兴趣。

【队伍】小七：不可能不能洗白啊，是不是bug啊？

【队伍】深蓝：要不找GM问问，难道你以后永远顶着红名招摇过市？遭杀不重要，就怕很多任务有限制，副本也是。

【队伍】风潇潇：说得也是，但是要怎么联系GM？

【队伍】深蓝：不知道，从没联系过。

【队伍】小七：同。

【队伍】风潇潇：我去官网查查看……

风潇潇进了官方网站查找，很快找到联系方式，24小时在线服务，风潇潇一个电话过去，对方回应等几分钟在游戏里告诉她是否属于bug。

董潇回到游戏页面，发现站在旁边守护她的小七和深蓝都只剩下血皮，周围另外有两个男玩家，一个是去而复返的百里挑一，还有一个叫海纳百川，海纳百川是153级剑客，深蓝和小七都是152级，不过两人最不在行的就是PK技术了。

一直没动的风潇潇立即动作起来，唤出宝宝的瞬间给两人加血，美女拳法一招接一招朝着敌人攻去，恢复过来的深蓝和小七马不停蹄对着百里挑一攻击，两个专打他一个，直接将他打死才换打海纳百川，这时候风潇潇和海纳百川的血都差不多，小七和深蓝一加入海纳百川的血便哗啦啦地掉，海纳

百川撑了一会儿还是不甘心地翘了,两人回去地府。

小七和深蓝兴奋不已,风潇潇却仰天哀嚎:我的侠义值成负1500了,神啊……

【队伍】小七:哇,潇姐你中大奖了啊!

【队伍】深蓝:GM还没给你答复?

风潇潇刚想回复,GM的答复过来了。

风潇潇看完心一凉,直接复制粘贴发到队伍:您好,您的角色没有出现bug,一切都是正常。您可以回想一下自己完成过的任务。如果您想洗清罪恶,请用仁慈的心去对待世人,救人一命胜造七级浮屠,祝您玩得愉快。

【队伍】小七:这是什么意思啊?

【队伍】深蓝:潇姐自力更生吧,GM也帮不了你。

倒是洗白白出来的卓云擦着头发讶异道:"原来是这样,好麻烦。"

董潇回头瞪他:"说话说完!到底是怎么样!"

"笨,GM说得很清楚啊,要你救人洗清罪恶。你会变成这样大概和你以前做的任务相关。"说着卓云沉思起来,想了会儿道:"我记得你之前得到美女拳法,任务说不要杀人对不对?"

董潇恍然大悟,连连点头:"的确的确,原来如此啊。"

"呵呵,你这可不好办,要救多少个人才能洗清罪恶值,试了才知道。好了,我先睡去,你也早点休息。"

董潇不理他,直接想找人实验一下。在队伍里一说,小七立即要当小白鼠,逮住一怪物硬是让它杀死,风潇潇施法将她复活,结果显示救一个洗清十点罪恶。这和杀一个减少500侠义值相比简直天差地别。

【队伍】风潇潇:太没天理了!

【队伍】小七:哈哈哈,潇姐去哪里找这么多死人救?

风潇潇当然不知道,郁闷地下线洗澡休息。

第二天中午家教回来,董潇立即登陆游戏,小七和深蓝还有青莲公子都在,三个小白都说要一路保护风潇潇去仙境,风潇潇信心增强了不少。

越是将事情想得糟糕,它就越是会糟糕给你看。这天下午的青天大道上可比昨天夜里要热闹了许多,似乎有很多之前没赶上满级的玩家都冲了上来,而早就到达仙境的一批升级狂人因为任务需要而时时往青天下面跑,这样上去的、下来的、全集中了。短短两个小时过去,风潇潇的队伍全红名了,不同的是她不可以轻易洗白,而小七等人可以用药物洗白,不过因为路还长,小七等人倒是没吃药,准备就红着名直接扛上去。

红名是小事,被杀死掉经验才是大事。

【队伍】小七:555,我快掉成149了……这样系统会不会直接把我刷回凡间去啊……那我青天白爬了这么远。

【队伍】深蓝:节哀,不过我也快了,哎,这些人不累吗?我手酸死了。

【队伍】青莲公子:虽然掉经验,但是我发现杀人比练级好玩多了。

【队伍】风潇潇:汗,你还杀上瘾了?

【队伍】小七:潇姐你罪恶值多少了?

【队伍】风潇潇:我已经不敢去看了……

【队伍】深蓝:这样不行啊,永远无法超生了。

【队伍】风潇潇:我现在只想快点去仙境城。

想归想,偏偏不能传送。在路上又耗了半个小时,风潇潇等人基本一直没有间断地PK,除了青莲公子其他人都疲软了。

风潇潇此时正面对两个玩家的对抗,深知自己这回必死,而且这一次死后经验就会从150级掉回去。心里不想死,却又无能为力。小七和深蓝等人也是一样,各人应付各人的对手,无心帮别人解围。

就在风潇潇渐渐无力时,从仙境下来的又一队人马碰巧路过,步伐匆匆似有急事的模样,从风潇潇等人身边擦过两米远,骑在最前头的飞虎忽然一个转身,跳下坐骑就朝着一个叫飞鸟的奶爸攻击,这一出手就看出是经常PK的行家,大刀三两下砍死了奶爸。少了奶爸,其他几个人的战斗力顿时下降,血只有掉落的分。跟着刀客而来的其他几人也纷纷砍死另外几个对手,风潇潇几人保住了命,也保住了150级。

【近聊】乾隆:你怎么红名呢?

【近聊】风潇潇:就那样红了。

【近聊】小七:别以为你救了我们就会感谢你,哼!

【近聊】深蓝:潇姐我们快走吧,要早点去仙境。

【近聊】青莲公子:啊,乾隆是不是潇姐以前的老公?

【近聊】小七:凸凸

【近聊】乾隆:你们速度还真是慢,现在还没到达仙境,我送你们上去

吧,路也不远了。

【近聊】风潇潇:路不远了,我们自己走。

【近聊】深蓝:没错,我们自己走。

不等乾隆再说话,风潇潇已经领着队伍打前走去,不过乾隆并没有就此退缩,而是离开自己的队伍不紧不慢跟在风潇潇身后。他多番和风潇潇发消息没回应,最后打量一下队伍,选择了青莲公子私聊。

乾隆连续帮助风潇潇解决三场PK后,再次给风潇潇发消息。

【私聊】乾隆:你要救人才可以洗白?那你去了仙境后参加守护神副本,人多,死人也多,而且只要上去了就可以随便参加,不分帮会不分职业,每天可以无数次参加,其实和城战差不多,一群人对付一群人。

【私聊】风潇潇:我知道,上去再说。

【私聊】乾隆:你肯理睬我了啊。什么时候回来看你爸妈?

【私聊】风潇潇:不知道。

【私聊】乾隆:估计也快了吧,我等你回来有话跟你说。

风潇潇没再吭声,心跳却在不知不觉里加快了很多,带着几分恍惚茫然前进着,或PK或刷怪,无论速度快慢,风潇潇等人总算来到仙境之城,也就是悬在云端的空中之城。城中全是古代宫廷建筑,气势磅礴壮观,红墙绿瓦,鲜花绿树遍地,NPC男的俊美女的倾城,很是养眼。

一进入城内就是数不清的任务链,跑完一个又是一个,将风潇潇等人送上来后乾隆就走了,风潇潇等人顶着红名在城内倒是不怕追杀。连续跑了十个小任务后风潇潇去论坛查了一下守护神副本,守护神副本不像别的副本每天有次数规定,称其为城战也没错。只要到达仙境,点开一个新多出的图标,便会出现一个全新的地图,上面每一个标记点都有显示正在发生的战事,每边人数有多少,只有当两方人数超过10人时才能开启战争,上限是100人。不管是谁只要点开地图选择一个战场,然后选择要加入的一方就可以参战,也许这场是战友,下场就是敌人。战场中的人数基本是差不多的,进去后敌人全部显示为红名,在中央位置有一个需要保护的神物,或神兽或神仙或神木花草。开战时系统会随机决定哪一方守,哪一方攻。

也就是说进去了只要看到红名字开杀就OK,杀的人数越多,在一场战斗结束时得到的玉石和经验奖励就越多。玉石是只能在仙境使用的金钱,金银也可以使用,不过金银购买的东西有限,玉石所能买到的装备药物等要好很多。

【队伍】小七：哇哇，潇姐你看这个天衣坊的衣服真是好看啊！
【队伍】风潇潇：最便宜的都要一千玉石，好贵……
【队伍】小七：是啊，我上来做这么多任务只得到33个玉石……
【队伍】风潇潇：赚吧，走，参战去！
【队伍】小七：好！

当卓云下班来到董潇的寝室时，看到董潇正双目放光，双手抽筋般地对着电脑厮杀。卓云走过去一看，屏幕中风潇潇这方大部队冲在前面，风潇潇慢慢跟在后面，看到有人死了才会兴奋地跑过去施法，其他时间就是不断地奔跑，不断地躲避攻击，遇上比她还菜的菜鸟就抓紧时间砍死一个。面前这场，风潇潇和小七是对立的场面，两人很不巧在战场中迷路相会，然后风潇潇狞笑几声，毫不客气地舞动拳头，将更加菜鸟的小七殴扁致死，最后在小七抓狂的吼声里大笑着跑开继续找挺尸的队友。

战场里人物死了不掉经验，杀了人也不增加罪恶值，不过装备耐久度会磨损。连续几场下来风潇潇的武器磨损很厉害，同时，负得不知道多少的侠义值正在慢慢回升。

"你欺负小白啊，不害臊。"卓云拿着削好的苹果给董潇，看着董潇贼笑的嘴脸忍俊不禁。

"如果连小白都不欺负，我就不知道欺负谁了，嘎嘎。"董潇大啃苹果乐滋滋地说。

卓云敲她脑瓜，没好气道："走了，出去吃鱼去。"

"卓云你真好——"董潇激动地拖长音调。

卓云眼眸一闪，看着眼前满面笑容的女孩，一天的疲劳顿时烟消云散。

董潇还在喋喋不休，卓云却伸手将她抓住，忽然俯下身，凑过脑袋在她嘴上猝不及防地落下一吻，还没等董潇弄清那片唇的味道，卓云已经撤开。

"那天你吃了我的早餐，说过要答应我一件事，这下，算你还了。"

董潇红着脸看他，卓云笑得"貌美如花"。

喧嚣的战场上兵刃相搏，顷刻间尸横遍野。素衣的医师们小心翼翼穿梭其中救济战友，一不留神就被四处击来的利刃伤得倒地不起。混战总是让

人防不胜防,虽说参战很大的原因是为了救人为己,但是真正参与其中,做什么都开始困难起来,往往想救的人没救成几个,自己却已经莫名其妙地死了。

连续不断大战一下午,风潇潇深深地觉得无力,她已经尽力让自己小心避开,目的只救死人,结果每次都在兴奋冲向死人时被来自四面八方的敌人围死,避之不及。医师只为救人,战士就为杀人得奖励,不管是哪一方首先要杀的基本都是医师,看到敌人医师立刻一拥而上。这种副本混战其实远远不及有帮有派的帮战城战来得有战略性,临时随机组成的队伍,就是没有组织的随意性攻击屠杀。

"哎,我一个下午救人得来的侠义值还比不上杀一个的数值,好累啊!"董潇无奈地冲卓云叹气,幽怨可怜的神情惹来卓云轻声一笑。

吃饱喝足的卓云精神振奋,大义凛然道:"没事,咱们换号玩,我帮你救人,你帮我杀人。"

"好啊好啊!"不擅长PK的风潇潇在以前觉得杀人是最大的难题,成了红名后一下子杀了太多反而没有了那种感觉,上了战场后深深觉得救人远远比杀人难太多,救人的同时要保住自己的小命,谈何容易!而且都是临时组成的战友,旁边很少有战士会自觉地保护医师,都是一腔热血往前冲杀的莽汉,偶尔随机分发和小七等人一方倒还可以互相帮助一下,不过那种情况不多。

卓云操作风潇潇第一次进入守护神战场,说来青天云笑现在还在青天大道上,级别还不如风潇潇高。因此董潇能操作的便是卓云的小号弓箭手不是后羿。从来没有玩过弓箭手的风潇潇一开始何其兴奋,举着弓箭远程攻击敌人就跟偷袭一样方便,命中率很高,逃跑几率也高,但是一边逃跑一边瞄准射箭让董潇叫苦不迭,弓箭手比刺客还难玩,攻击时必须面对敌人,画面一转她就犯晕,往往拉弓上弦的工夫敌人早就跑开了。跌跌撞撞闯荡了几分钟,董潇只好躲在旁边找菜鸟趁机偷袭,或者看到有敌人被队友围攻时站在远处帮忙攻击。

我方【*^&^】:弓箭手们快冲,攻击守护兽!

我方这类的滚动信息一直不断冒出,不是后羿看别人冲他就冲,基本上远程攻击的职业都跑去攻击守护兽,不是后羿翻山越岭躲过敌人跑过去帮忙,乐滋滋地和战友一起向中间那美丽洁白的守护者发动攻击,形似鸾鸟的守护兽浑身闪着银白光晕，非常漂亮。不是后羿将所有攻击技能全往它身上招呼，眼看守护兽要死了，哗啦一声，代表生命的绿光投向守护兽，将死的守护兽血量大增，与此同时敌方重来，和不是后羿的战友发生战斗。

不是后羿转身就想跑，陡然间，一道素白的身影站在身前，而她的名字正是风潇潇，血红血红，告诉他这是他的敌人。

"我不要——"董潇哀嚎。

风潇潇发出一连串嚣张的笑脸，三两下将菜鸟弓箭手用美女拳法殴死。不是后羿悲哀地挺尸，美女风潇潇已经迅捷地帮队友加血满血，同时还不忘猛烈地攻击所剩不多的敌人，场中的守护兽那银白的光芒更加耀眼闪烁，美丽得让人炫目。

系统公告一出，这场战斗的获胜者是守方。

第一次冲到守护兽核心位置，第一次以为自己可以亲手杀死守护兽获得胜利，结果却被"自己"杀死了。

"啊——我恨死你了！"董潇咬牙切齿死掐卓云的脖子，卓云笑得浑身颤抖，毫不怜惜道："你说过遇到小白不杀白不杀，正因为有小白的存在，才有高手表现的价值。"

"厚颜无耻！"董潇死死拧他，再次进入了新的战场，心中却默默祈祷不要再遇到冷血无情的某人。

卓云扭头看向董潇的屏幕，状似可惜地叹息道："哎，这回是战友。"

董潇瞪他一眼，发现屏幕上不是后羿的旁边多了道熟悉的身影，正是风潇潇，两人这回都是绿色名字。

卓云笑道："你跟着我跑，听我指挥保你不死。"

董潇面上不吭声，心里大喜，有卓云在身边照应就好像多了个强悍的保镖。不是后羿屁颠屁颠跟在风潇潇后面，风潇潇停他就停，风潇潇打他就打，两人都不用打字联系，直接口头吩咐方便很多。

"帮我缠一下剑客，我救人。"卓云匆匆说着，风潇潇一点基础轻功冲向躺在地上的队友施法复活，不是后羿就趁机拖住想向医师攻击的剑客，若是操作不是后羿的人是卓云，那剑客一定会死，偏偏操作的人是董潇，倒还落了下风。当风潇潇救人回来时不是后羿都快死了，风潇潇立即给他加血，冲过去顶住剑客，不是后羿忙拉开距离对着和风潇潇缠斗的剑客拼命射箭，剑客见这奶妈下手厉害，转身跳开朝着远处几个跟头逃跑，风潇潇脚下

一点,同样是几个连滚翻追上,不是后羿慌慌忙忙跟在后面追,卓云笑道:"弓箭手的轻功比奶妈的轻功高等一些,你怎么不用?"每个门派的轻功效果都不同,数刺客和弓箭手的为高,奶妈的轻功最为基础。

"哦!"董潇眼睛迅速地搜索哪个是轻功,一找到图标立刻施展,卓云听到董潇似乎兴奋地欢呼一声,暗想弓箭手的轻功比奶妈的轻功华丽多了,也难怪她兴奋。

"飞得好高好远,持续时间也长。"董潇做出结论。

卓云望着屏幕上风潇潇的后面消失的弓箭手,奇怪地问:"你飞哪里去了?"

董潇理所当然:"就在你旁边站着啊。"

卓云脑袋一歪,顿时吐血:"你飞反了!我在这头。"

董潇定眼一眼,果然身边的奶妈不是风潇潇,是另一个陌生的奶妈战友。

"……"

不是后羿连忙转向继续奔跑赶路,好不容易追上风潇潇时那剑客早就死了,风潇潇身边是更多的敌人,只见她一边跳一边和四个敌人周旋前进,目标很明显是要去破坏守护兽。不是后羿跟在后面紧紧地追,不时朝着敌人射击。

"盲刺。"

"向左跑+盲刺。"

"空格起跳惊鸿遍野。"

"轻功向前锁生双弯。"

"快退,空格二级跳惊鸿遍野。"

"OK,去杀守护兽。"

敌人的数目越来越少,身边的队友越来越多,大堆的绿色朝着中央冲去,这次的守护神物是一株巨大的粉红并蒂莲,守护它身边的红名已经不多,队友一部分冲过去与敌人纠缠,剩下的便朝着并蒂莲猛烈攻击。此刻董潇觉得不是后羿操作起来顺手多了,卓云给她详细讲述了每个技能的功效时效以及攻击范围,告诉她什么情况下适合出什么技能,什么情况下适应什么角度,尽管操作的时候还是会比较迟钝,总算是熟能生巧,会慢慢进步。

并蒂莲最终香消玉殒,攻方获得胜利,不是后羿喜滋滋地一翻包裹,顿时醒悟这不是自己的号,钱也不在这里面。

"卓云看看我号里有多少玉石了。"

"525个。"

"嗷嗷嗷嗷！好难赚！"董潇痛苦,转念一想厚颜道:"卓云,你给我把风潇潇玩到洗白吧……这样负值我不能申请开店铺,好些任务不能接,好多怪物见到我就穷追不舍,得到的任务奖励也减少很多……我先去看看仙境开店铺的条件,准备一下材料。"

"玩到洗白？你可以重练一个奶妈了,看看这负值,数一数,几个0？"卓云指着风潇潇的属性面板上那红色刺眼的负值,一长串的0刺激得董潇眩晕:"我不活了！太欺负人了！杀几个人负成那样,救一辈子救不完！嗷嗷嗷嗷嗷,我不管,我不要重练,你给我洗白白,以后我给你做牛做马……"

卓云斜睨着撒泼的董潇,手指颤抖地滑动鼠标,终于无可奈何地点头应了,长声叹气,说教道:"以后别人要杀你记得别还手。"

"嗯嗯嗯嗯！我宁可自己死一万遍也不能让别人死一次。"董潇回答得斩钉截铁。

"你去玩我的大号,争取快点到仙境。"

"好的！"

登陆青天云笑,出现的位置是青天大道,董潇认认真真朝前赶路,一个人太无聊就M了小七等人,不巧,小七等人竟然在凡间拍戏中！

【私聊】小七：你是潇姐？

【私聊】青天云笑：是啊！

【私聊】小七：天助我也！来吧,小攻,君阳皇宫门口见！

【私聊】青天云笑：OK,稍等。

董潇心情澎湃,斜眼见卓云专注在战场没发现她做坏事,立刻点地图直接传送回君阳赶去皇宫,安静的皇宫门口此时聚满熟人,基本都是帮中兄弟姐妹,那些男人在她眼里全是小攻和小受,女人全是路人甲乙丙丁。

【私聊】懒猫：真稀奇,云笑你肯来拍戏？不怕你家潇MM吃醋？

【私聊】青天云笑：\(^o^)/~我是风潇潇。

【私聊】懒猫：……

【私聊】小七：呵呵,潇姐你的戏份不多,现在换一套随便点的衣服充当路人甲就OK。

【私聊】懒猫：我们继续，按照我刚才说的顺序大家各就各位，云笑你和他们一起在下面站着就可以。

虽然不是很明白自己到底扮演什么角色，董潇照旧做了，站在距离台阶上方正中央的魔教教主有很远距离，教主身后还有一排看起来很高手的角色，教主则正和小受含情脉脉说话中，说了很久，小受一拱手，告辞走下阶梯，上马，一声招呼拖着一队人马离开视线。

【私聊】懒猫：不行不行，要重来，小白你刚才转身的时候卡了好几下，一点也不帅！

【私聊】青莲公子：……

于是刚才的镜头重来，重来，重来再重来……重来第N次后，路人甲的青天云笑悄悄溜了，跑到君阳大街上悠哉溜达，顺路去了趟风潇潇的杂货铺子，自从风潇潇登上青天就没有下来补过货，铺子里很空，留言很多。董潇叹息，现在想补货也不能。董潇觉得无事可做，随意翻了翻青天云笑的生活技能，没一个是满的！董潇职业病犯了，立即操作青天云笑开始四处奔波，熟门熟路进行所有生活技能的练习，这些技能在下界不练满，到仙界又有新的技能出来，追都追不上，如果青天云笑也练满生活技能，那以后开铺子可方便多了，有两个满级的号一起运作，到时候那些眼馋要死的玉石商品还不是手到擒来。一拿定主意，董潇就激动起来，比起旁边帮她洗白的卓云，一点也不见轻松。

"你怎么在君阳？"

"帮你跑生活技啊。"

"生活技能？有你就够了，要那么多干吗，还不如帮我快点升级。"

"不要，先练满生活技能再说，到时候我们一起在仙境开个店铺，或者开两个，呵呵。一个专卖药品服装杂货，一个专卖武器。"

卓云摸着下巴一想，觉得倒不错，于是欣然应允。

"哦对了，有个事忘记说。"卓云忽然道。

"啥事？"

"刚才杀了个人。"

"啊——又是500！"董潇惨叫。

"没有，在战场上杀的。"

"吓死我了,战场上随便你杀,杀就杀呗。"

"我杀的是乾隆。"

卓云说得云淡风轻,战场混战上碰巧遇到乾隆这个老冤家,而且是敌方,不过乾隆看到风潇潇明显是不打算动手,反而跑过来和他说话,哪里会知道风潇潇二话不说就朝他挥拳头,一直到死,乾隆也不知道杀他的是假潇潇。

董潇淡淡嘟囔:"杀他怎么了,既然是敌人就要杀。"

卓云松开拿鼠标的手,拉动椅子靠近董潇,凑近她耳边亲昵道:"你这个双休就回家对不?"

"嗯,星期五晚上十点的火车票,第二天下午可以到家。"

"好,星期五晚上我送你去车站。"

"随便你。"

"潇潇。"

"嗯?"

"没啥,喊你而已。"卓云回到自己的位置。

董潇扭头看他沉静的侧脸,良久才道:"我回来的时候给你带些我妈做的咸鱼,味道很好哦。"

卓云展颜而笑:"我还要你堂姐的喜糖。"

"馋鬼。"

眨眼到了星期五,董潇和下班的卓云一起吃了晚饭,二人便直接坐车来到火车站,距离十点还有两个小时,两人静静坐在火车站附近的林荫道上,一边美美地享受夏日冰激凌,一边闲聊。

"真想不到我堂姐这么快就结婚,哎,她只比我大两岁而已。而且她是我们一大家里长得最漂亮的女孩,个子高,身材好,皮肤好,读书也很聪明。"

"脾气不好。"卓云接话,轻轻松开了她的手。

董潇讶异:"你怎么知道?"

卓云呵呵笑道:"笨,因为我和她一届啊,虽然不是同学,但是见面还是认识的。我们高三,你高一。"

"哦哦哦,是的是的!"

"我记得那时候学校有好几个爱打架的女孩,有她一个。"卓云摊手苦笑,"居然嫁得出去。"

董潇掐他的手,狠狠地说:"我也很凶哦,照你这么说我也嫁不出去?"

卓云立刻换上温柔的笑脸,虔诚无比地牵起她的手,用堪比极品声优的声线深情无限道:"潇潇小姐,你愿意嫁给我吗?明天就可以去登记结婚哦。"

扑哧!

董潇涨红脸笑着后退,嫌弃地做驱赶状:"不要不要,别用你的脸蛋迷惑我。我要货真价实的钻石戒指,要鲜花!"

"这是鲜花,请接受。"卓云手里捏着一朵随手摘下的野花,笑嘻嘻插在董潇的耳边发髻上,淡黄色的小黄可爱清逸,卓云摸着下巴欣赏赞叹:"嗯,美,实在是美。"

"闭嘴!"董潇恼羞成怒拧卓云的脸,"切,再美也没你美,我最有自知之明了。"

卓云状似惊讶地张大眼:"你还在嫉妒我?"

"啊!掐死你!"董潇狠狠地掐他,多少年的老黄历了成天说,听到那句"你嫉妒我",就像噩梦开始的征兆,董潇已经起了条件反应。

卓云痛苦地发出声音,颤巍巍伸出手:"掐死了我……谁给你……戒指……"

卓云摊开的手心,赫然是一枚银白的戒指,在月夜下,闪烁光辉。

董潇愣愣松手,不可置信地看着他含笑的双眸。卓云牵过她的右手,温声道:"戴上就是答应了。"

董潇如触电般收回手,转问:"你哪来的戒指?"她不相信专门准备好的东西,毕竟……有点太早了……她完全没有考虑过。

卓云笑哈哈转着小小的戒指,对着她吃惊和躲闪的双眼轻声解释:"笨蛋,骗你的。"

董潇松口气,舒坦地靠着椅背仰望天空。

卓云和她并排靠着,两手把玩小小的银白戒指,扬起脑袋就可以看见深蓝的天幕上闪烁的星光,晴朗而美丽的月夜,不知为何有点惆怅,也许是因为即将到来的离别,如果有一天恢复成一个人,要如何是好?

卓云静静将戒指塞进裤兜，轻轻地笑道："这是最普通的银戒指，高中时随便买的，昨天收拾东西翻了出来，觉得挺怀念。读书的时候喜欢佩戴乱七八糟的东西，现在没心思了。"

"原来如此，其实我以前一直觉得你是学艺术的……很像，特别是长头发的时候，然后又会跳舞。"董潇抓着脑袋小声说。

"哈哈，很多人都以为。小时候学了几年舞蹈，后来和朋友一起断断续续地玩，不过我从没想过学舞蹈专业，那东西只是爱好，不想当饭碗。"卓云淡淡地解释。

"原来如此，看你跳舞觉得很厉害……"

卓云转脸看她，呵呵道："心口不一哦你，明明说我跳舞像女孩子。"

董潇面红耳赤，手足无措地解释："没、没有的事！那是因为肢体很活很柔韧，感觉很不像人……我、我是瞎说的，你不要见怪……我不懂欣赏，我是粗人……"

见她完全像个说错话做错事的小孩一般纠结地垂着脑袋道歉，卓云忍俊不禁哈哈大笑，伸手捏住她的下巴，欣赏她通红的脸："粗人？哈哈哈哈哈，你怎么这样形容自己？皮肤很嫩啊，一点不粗……"

"呃——"董潇脑袋空白，眼睁睁看着卓云俊美的笑脸贼兮兮地靠近，没等她有所反应，腰间忽然一紧，属于卓云的气息扑面而来，炽热的温度在瞬间几乎要沸腾。

她反射性地紧紧闭上眼，嘴唇便已被占据，被堵住的呼吸无处可去，紧致的拥抱叫她窒息难忍，出于本能想要反抗、推拒，想要大口大口地呼吸。对于她来说，这样的吻，这样的拥抱再多一秒她都无法继续，会因为无法呼吸而死掉。对于他来说，亲吻、拥抱都是情不自禁的反应，抗拒也没用，因为不想放开，他想追从短暂的放纵和占有，哪怕这样的短暂远远不够满足自己的贪婪，如果可以永远这样亲吻下去，拥抱下去，也许多年来的梦魇会稍稍平息。

没有谁一味地思念而不想得到回报，一天得不到，一年得不到，就越是想要得到回应，久而久之发酵成疾，哪一天失去了强装的冷静，崩溃的欲念会变成怎样无法预料。

"呜……"嘴上的痛楚让她更加无法忍受，抡起拳头敲打卓云的背脊，卓云却死死咬着不放开，她疼得眼眶都红了，刚想发怒，卓云已经从那饱受

蹂躏的嘴唇上移开，转而挪到她的脖子上继续啃咬，拼命喘气的董潇死死掐着卓云的背脊，挣扎了良久，卓云总算放开她，自由的董潇想也不想就给了卓云一掌，正好砸在他的脸上，啪的一声响，在静谧的夜晚尤其清晰。

卓云吃痛地捂住脸，闷闷地盯着几乎要哭的董潇，董潇不住抚摸自己被咬出血的嘴巴和脖子，恨恨道："你到底想要干什么！"

"……没什么，情不自禁而已。"卓云闷声解释，怎么看都有些欠扁。

董潇气结，重重踩了他一脚背起行李就匆匆走开："我走了。"

说是走，不如说是逃离此地、此人。

卓云不为所动，静静看着她拖着行李跌跌撞撞地跑远，摸摸被打痛的脸蛋，撇撇嘴，烦躁地望着天空发呆，董潇上火车之后好久好久，卓云才从冷清的街道回到宿舍，那时，已是深夜时分。

董潇倒在火车上昏睡几个小时，终于在第二天下午回到家中，舒服地睡了半个下午，在晚饭时间被老妈叫醒，面对一桌子丰盛的晚餐，饥肠辘辘的董潇将所有郁闷散去，一家三口和睦融融地相聚，家中一片温暖。

饭后，门铃响起，潇妈妈去开门，迎进来的是钱老妈和钱龙。

董潇脸色一变，想立刻回房，钱妈妈已经开口喊她："潇潇你可回来了，阿姨我很想你啊，你这孩子真狠心，大半年不回来看看，你爸妈天天叨你。"

"儿大不由娘啊，只要她不做犯法的事，我随便她去，在外面吃了亏总会想起老娘的。"潇妈妈倒是心情很好的样子，端出水果零食招待她们。

"哈哈哈，说的是，没钱用的时候就想起给家里打电话了。"钱妈妈附和，狠狠瞪了一眼自己没心没肺的儿子。别人都说儿子不如女儿贴心，以前她不信，现在全信了，和董潇相比，钱龙出门在外就从没关心过父母，反倒是每次父亲节母亲节，都是董潇打电话送来关怀。

"潇潇半年没回来，现在一回来我都快认不出来了，变漂亮了很多啊。"钱妈妈又望着她赞美道，董潇轻轻回以微笑，瞥到旁边的钱龙正看着她。

董潇起身拿起一个洗好的苹果："妈，我还有事，先回房了，阿姨你陪我妈多坐会儿。"不等老妈回应，她已经拿着苹果匆匆跑去了书房。

逃避也好，心急上游戏也好，反正那客厅她待不下去。

登陆游戏中，卓云并没有上线，董潇有点失望，失望后又恼怒自己为什么要失望。想起临走前卓云的所为，还是免不了一阵烦躁，有想狠狠扁他的冲动。

董潇不由自主摸摸嘴巴和脖子，依旧很痛，而且肿了，晚餐的时候又吃了很多好菜，伤口疼痛加剧。

本以为过一会儿卓云会上线，结果她等到转钟卓云也没上。最后疲惫得进入梦乡。

宁静的早晨被老爸老妈喊醒，目送二老出去买菜后，董潇拿着零钱包下楼，想去对街买久违的鸡蛋饼饱饱肚子。

两个鸡蛋饼，一杯豆浆，董潇边吃边往小区走，不时看看手机来电显示，可惜尽是垃圾信息。现在是早晨八点过几分，星期天的卓云估计根本没起来。

"你起得挺早。"钱龙慢悠悠地出现，董潇看到他不觉得意外，昨夜游戏里乾隆一直跟她说话，她只是懒得去看而已。

董潇停住步伐，没给回应。钱龙困顿地望着她良久，郁闷地请求："能不能单独说说话？就去旁边的篮球场。"

董潇点头，很干脆地朝篮球场走去。钱龙松口气，大步跟在后面，定定看着变成短发的董潇，不由自主想起高中的时候，也是这样一头清爽短发的她站在篮球场边给他卖力加油，比赛结束了会递给他一瓶冰水，做得那么明显，谁都知道她喜欢他，朋友说可能她在等他主动去挑明关系，毕竟女孩子害羞，自尊心也很脆弱。只是他一直不打破沉默，任由她默默地看着他讨好他。

终于有一天他收到她的情书，看着那时候个子还很矮小的她面红耳赤局促不安地站在自己面前结结巴巴说不清楚一句话，鬼使神差地他就成了她的男朋友。

"你游戏里说的那个男朋友，是骗我的吧？"钱龙靠着篮球架轻松地站着，一米八几的个子，干净整洁的运动衫，俊朗的脸，麦色的皮肤，他的外貌在学校那些男生里，算是非常出色的。高中时热爱篮球的他更是耀眼，所以她才会被迷住。

董潇坐在栏杆上，边啃鸡蛋饼边含糊地反问："为什么说我骗你？"

"……就是直觉，你不像会网恋的那种人。"

董潇点头："嗯，没错，我不是你，当然不会相信网恋。"

钱龙语塞，无奈道："你还在生我气？我跟她早就分手了，回来后我想了很久，以前我对你的确不好，也不该逼你做不愿意做的事，但是我们好歹有五年的感情，你要是说已经忘记我和别的男人在一起我绝对不相信，难道以前你都是骗我？那不可能，骗我不会对我那么好，也不会因为我说分手而哭。"

"你就当我欺骗了你五年感情。"

"……"钱龙不可置信地瞪大眼睛，但是董潇的眼眸平静无波，看不出一点谎言的存在。他有些郁闷地道："不管怎样，比起别人我还是更喜欢你。如果以后结婚，我也只想跟你结婚。"

"你的嘴巴怎么肿成那样？上火就不要吃鸡蛋饼，油多。"钱龙忽然皱眉看向她的嘴巴。

董潇一僵，面上微红，低下脑袋轻咳道："吃一点没关系，上火两三天就会好。"说罢暗里又将卓云狠狠抽了一顿，当然是想象而已。还是早点回去为好，卓云白天会上线吧，昨夜为什么一晚上没上，是不是有事？但是短信也没一个，难道是因为打他一下就生气了？可是他下嘴更狠……董潇想得入神，钱龙看她看得出神。

忽然脖子上一凉，董潇一激灵，赫然抬头挥开钱龙的手："干什么？"

钱龙的表情几乎可以用震怒来形容，咬牙切齿地抓住她的手，挥开头发指着脖子上的红色痕迹质问："这也是上火？"

 **Chapter12 好牛别吃回头草**

董潇挣扎，拿脚踹他，钱龙轻松将她制住不能动弹，依旧逼问："这是吻痕，你真和别人网恋？还上床了？你跟我一起五年都没有答应过，结果居

然跟一个认识没几天的男人上床,你以前把我当成了什么!"

"关你屁事!"钱龙的态度彻底挑起她的反抗,本来想好好地、冷静地跟他说,但是为什么挑起她最不喜欢提及的问题。这样的问题让她觉得难堪,为自己几年的感情难堪,就好像她如果答应他当初的要求,他就不会跟她分手,之所以会分手,完全是因为她不识趣,不懂得去奉献自己的身体,是咎由自取,是她的不识趣才让他背叛自己。

五年的感情,她开始细细回想,真的有感情?是她一味的讨好付出可算作感情,还是他偶尔的体贴可算作感情?五年的感情可以轻松忘掉吗?她不知道,钱龙这个人她忘不掉,所以她想起他的时候会非常郁闷,和卓云在一起的时候想起他就更加郁闷。

"你这是承认了?好啊你,本来我还在反省自己对不起你,现在看来你也好不到哪里去。你一直不肯不肯,说来说去就是因为觉得不想给我,既然这样你为什么不早说,弄成现在所有人都觉得我对不起你!那个人有多好,让你这样心甘情愿?"

董潇心跳飞快,有点云里雾里,钱龙居然也会露出这样伤心的表情,她讽刺地笑了。绕来绕去的结果是自己对不起他。她以为分手的时候疼过一次就不会疼了,没想到现在还是会心疼,抽痛得难受。

她站起身直直看着他,清清楚楚道:"我从来没有对不起你,钱龙,不要我的人是你。"

钱龙一顿。

"你不要我的时候说的那番话我记得很清楚,所以我就好奇啊,那种事到底有多大的魅力让你可以随随便便丢掉我去和一个愿意跟你上床的女人交往,所以我就立刻找了个男人去试验。"

钱龙不可置信瞪着她,她就说得云淡风轻。

"也许是因为第一次吧,很疼,没有我想象中那么大的魅力。不过他好像很高兴,很满足,后来次数多了就不疼了……"

啪——

响亮的巴掌打断她的言语,钱龙已经气得浑身颤抖,双眸几乎喷出火花来,歇斯底里地冲她大吼:"你是故意气我的对不对!你怎么能这样——"

她捂着脸,扬起手将豆浆全部砸向他,豆浆飞溅了他一身,"我就是故意的,故意不让你如愿,怎么呢?你不是想跟我和好吗?想跟我重来吗?我

现在不是以前那个潇潇了,你还要和好吗?你肯重来吗?不是说喜欢我吗?只想跟我结婚吗?"

钱龙愣愣看着眼前连连逼问的董潇无言以对,他想和好是真的,因为一直以来她只喜欢他,只有他一个人在身边,不管她怎么保守固执,以后毕业了,结婚了,她还是只会属于自己。但是那样固执保守了五年的她,现在却说出这样的话,随随便便一个尝试就对别的男人付出自己,这样……这样他还不如……

董潇安静下来,呼口气轻轻说:"你别成天乱想了,你心里没有我这是真的,喜欢你是以前的我。没必要因为我对你好就勉强自己跟我和好,我现在和他一起挺开心,他叫卓云,不出意外就是我最后一个男朋友,以后结婚的对象了。"

说完,她转身走开。

钱龙紧握的拳头咯咯颤抖,冲着她的背影道:"我现在恨死你了……"因为心中的美好再不复存在。

她心里知道今天这番话以后钱龙对她再也不会抱有幻想,他就是那样没心没肺的人,即便到今天这种地步,还是让她清楚地看到自己相处五年的人,从来就没有真心喜欢过自己。

她回到家里,满脑子都是卓云的身影,她抚摸脖子上的痕迹,对于自己乱编的谎言面红耳赤,要是卓云听到那番话估计会气死。她汗颜地甩甩手,失望地发现手机还没信息,游戏里也没他,莫非真的生气了?那也太小气了……

忍无可忍,董潇发了个短信给他,结果一直到夜幕降临,手机都没有动静。

吃晚饭的时候父母问她卓云的事,她没有一点自信,只是用同样的说辞,没有意外,就是最后一个男朋友。

人生,如果没有杯具的意外,一切会很美好。

但是人生,充满了杯具和意外。

一天两天不理她,她会失去自信,三天四天不理她,她已经看到这段感情的终结。在家里放假的一个多星期都没理她,她只好无声叹气,男朋友,还是得重找一个。

坐上回校的火车时,手中的行李变得前所未有地沉重。以后,再也没有人天天陪她吃鱼了，心里非常非常的失落，以后再找男朋友，一定要比卓云更好才能满足自己，可是光是想就觉得好难。

新学期开始，学校热闹非常，寝室恢复生机，几个姐妹看到她都赞赏她头发剪得好，带来的土产依旧美味。

"潇潇你小气，居然还藏一袋子！"室友指着董潇藏在电脑后的咸鱼块恶狠狠地说。

董潇干笑："你们再吃长成游泳圈可别怪我，这一袋子要送人……"

"送给谁啊？男人还是女人？要是送女人就在我们三个里挑选一个，其他女人想也别想，要是男人……嘿嘿。"

董潇不做声，三人立刻知晓了。贼兮兮地靠过来追根问底，难以招架的董潇一一招认。末了，感情经验丰富的陈小雨拍拍手直接道："你觉得他不理你是要跟你分手？"

"……嗯。"

"如果你这样认为那就更要去找他，小姐，就算是分手也要讨个说法是不是？这样不明不白你甘心啊？"

"就是就是，去问去问。"

"就算他真的是要分手你还可以主动去缠着他！就冲他足够温柔体贴这一点，你也不要放过他！何况他对你有情，肯定马上就心软和好。现在找一个对自己好的男人太难了。"

经不住怂恿，当天晚上五点半董潇就拎着包包找去卓云的公司等候众人下班，卓云没有等到，打听后才知道卓云今天休息半天，一下午都在寝室睡觉，之前出差一星期多，回来累趴了。

董潇一听，喜上眉梢，激动请求道："能不能带我去卓云的宿舍？"

"可以啊，你是卓云的什么人？需要登记一下才能进去。"

"我……我是他女朋友。"

"原来如此，呵呵呵，卓云真是好福气啊，女朋友特意来送吃的给他。"

"你怎么知道我送吃的？"

"我闻到味道了，呵呵呵，是咸鱼对不？"

大囧的董潇尴尬点头，那人嬉笑道："我还以为卓云不爱吃鱼呢，平时在食堂从不见他吃鱼。"

"……可能是你们食堂的鱼做得不好吃。"

"的确不怎么样,要是有你这样漂亮温柔的女朋友每天送吃送喝的那就不一样了,哈哈哈。"

"哈……哈……"董潇一路干笑,眼前这个说说笑笑的普通男子,就是游戏里的青天常笑。

此公司的员工宿舍很不错,看起来是新的,和大学寝室没多大差别。好不容易来到卓云所在的宿舍,一脚踏进去后董潇才知道内与外的天壤之别……空气里弥漫的臭气,让她恨不得就此掉转马头,打道回府。可惜,她要找的人就在这拥挤的宿舍里睡得鼾声连连。

"呵呵呵,不好意思啊美女,不知道你要来,寝室没收拾……"青天常笑很尴尬地收拾满屋子的臭鞋子臭袜子,还有没洗的方便面碗和衣服。

董潇当作没看见,直接走到卓云面前,卓云床前一个小电扇呜呜摇晃,即便如此,穿着短裤熟睡的卓云仍旧满头大汗。董潇犹豫要不要叫醒他,卓云燥热地翻身,将背对着她,董潇看到卓云整个肩膀都晒脱了皮,红彤彤得很恐怖。

青天常笑抓着脑袋道:"上个星期卓云去B城分公司出差,今天上午才回来,一回来就请假休息了。"

"哦,他有带手机去吗?"

"手机?当然带着。"

"哦……"董潇看到卓云的手机正好在旁边,心里挣扎良久,拿起他的手机,一打开,映入眼帘的画面让她一怔,页面上的图像正是自己,趴在寝室桌子上午睡的她,侧着脑袋,睡得很香且在做美梦的样子。这是偷拍啊!董潇哼哼想着,拿出自己的手机对着卓云狠狠连拍了十几次,青天常笑哈哈道:"你偷拍他干什么?"

"以后勒索他。"

"哈哈哈哈,卓云你赶快醒来,你女朋友来找你,拍你裸照了!"

吵吵嚷嚷的声音下卓云迷迷糊糊转醒,似乎没反应过来这是啥情况,蒙眬间就看到一个女人拿着什么对着自己啪啪拍照,卓云长臂一伸,狠狠抓住女人的手质问:"你干什么?"

被突然抓住的董潇吓得将手机掉在床上,卓云这才看清楚是她,呆了半晌讷讷道:"是你啊……"

"你以为是谁？"

"我以为是无良的偷拍贼。"卓云轻笑。

"去你的！"董潇挣扎，卓云却抓着她的手臂不放，拖着她在床上坐下，他则躺着与她说话："怎么找来这里？"

董潇闷声不吭。

"是不是想我了？"卓云呵呵问。

"做梦。"

"我要的喜糖呢？还有你妈做的咸鱼带来没？"卓云虽是询问，自己却抢过董潇的包包，淘宝般翻出一盒子喜糖和保鲜袋封好的咸鱼块，心满意足感叹："香，我睡饿了，等下陪我吃饭去。"

董潇没多说，催促他去洗澡。卓云欢天喜地进了浴室，董潇把玩他的手机，上面自己发给他的信息全部都在。

20分钟后两人前往附近的餐馆吃饭，看着卓云吃那些咸鱼，她忍不住问："你是不是不喜欢吃鱼？"

"……没有啊，谈不上喜欢不喜欢，弄得好吃就吃。"

"哦。"董潇松口气。

"你妈做的这个不错，刺少。我就怕刺多，一吃就卡住。"

"嗯……你出差很忙吗？"

"是啊，累死了。"卓云耸肩叹气。

"忙得没空回我信息？"

卓云停住，仰头吃惊地看向她，她已经垂下脑袋，闷闷地扒饭中。

"你来找我就是为这？"

"你一直没理我，我以为你是要分手……但是总要问清楚吧……所以我就过来看看……"

卓云轻声笑了，拉住她的手激动地左右摇晃："其实，我以为你回去就不会再来。"

"什么意思？"董潇惊讶地抬头，"我怎么可能不来，我还没毕业。"

"呵呵，不是这个意思，你……钱龙找你和好对不对？你跟他一起五年，我和你只有短短一个月。"

"……我又不是傻子，跟他和好不可能。"

"我就怕你犯傻……"卓云恍惚地轻言，又道："真的不会再想他？"

董潇郁闷，闷闷道："我跟他说清楚了，想不想我不知道，总之从此就是两路人了。"

"那你愿意当我的女朋友吗？"

董潇怒视："你、你还问！"

"呵呵呵，别气别气，我那次问你你没吭声，今天你必须吭声给个答复，不然我就不踏实。"

"你真麻烦……"

"嗯，我以后也会烦死你的。"卓云大言不惭。

"……那我还是不答应吧，省得被烦死……"

卓云拉下脸，咬牙切齿："不管你答应不答应，我都要烦死你。"

董潇瞪他几眼，夹起一块没刺的鱼肉丢给他："别废话了，吃饭，吃完送我回学校。"

"遵命。"卓云答应得掷地有声，一身的疲惫都在她三言两语里烟消云散。送走她的时候他真的拿不定，光有自信是不够的，和钱龙比起来他没有什么让她无法割舍的东西，很怕很怕她和钱龙死灰复燃，出于恶劣的私心作祟，他故意在她身上显眼的位置留下痕迹，他知道她一回去钱龙就会找她，如果他发现那痕迹肯定会误会什么。虽然没看到真切的场面，也不知道他们之间到底发生了什么，总之他的潇潇回来了，回到了他的身边，这一次他有足够的信心，她再也逃不出他的手掌心。

学校恢复了热闹，卓云再不能和暑假时那样大大咧咧跑去女生寝室打游戏了，两人在外面吃饱喝足便晃悠悠地来到学校，董潇想回寝室，卓云不肯，拉着她不放。

"你回来就想着游戏游戏，刚刚吃饱还不如在外面坐会儿消化下。"卓云不满地拉着董潇走向看起来挺幽静的亭子，那附近只有几对情侣在细声密语。

董潇拿白眼瞪他，"也不知道是谁信誓旦旦答应帮我洗白白，结果一个星期了啥也没干。我只好自己去努力了。"

卓云无辜地撇嘴解释："我是工作忙啊，不就是洗白白这点小事吗？你等着，不出一星期帮你们搞定，现在咱们坐下来说会儿话。"不容董潇给出答复，卓云已经强迫她入座。

"这可是你说的，一星期要是没给我搞定，我就把你搞定。"

"哈哈哈，你能把我怎样？"

"拿你的号去调戏壮男……"

"……"

"怎么，怕了吧！哈哈。"

"嗯，怕你了。你明天有课吗？"

"半天课，打算下午和室友一起去逛街买东西，现在秋天到了，夏天的衣服在打折。"董潇随意说着，抢过卓云的手机翻看把玩，不知道为什么，看到手机上面自己的相片心情就特别好。

"哦，你们打算什么时候找实习？大四可不是大三，虽然课程少，要闲可以很闲，但闲着总不是好事。"

说到实习董潇就郁闷，蹙眉道："学校是要我们11月再出去实习，我爸是要我年后直接去他安排的发电厂上班，可是……"

"怎么？"卓云挑眉问，女生学水利水电的少得可怜，找工作难上加难，基本没几个单位愿意招女生，而且这类工作单位基本都处在偏远地带，非常辛苦，他打心里不是很赞成董潇去太远的位置工作，但是她已经选了这个专业，多说也没有意义了。

董潇慢慢道："说实话以前我爸是想要我和钱龙在一个单位，所以早早做了安排。但是现在那些对我来说都是多余，所以工作的事我想好好考虑一下。其实我还蛮想继续读书的，但是读研出来比不上工作经验啊。"她说着，手里的手机上跳出一条一条没有发出的信息，小小的存稿箱里原来还有这么多卓云没有表达的信息，亦或者说是情意？看到她的信息却不回，回在心里，没有说给她听。她的双眸盯着一个个小小的字，嘴角忍不住慢慢上扬，因为这些字，因为这个有点别扭、有点害羞的人。

"那也不一定，你自己想好吧。我们公司每年也会招一些应届生，你要不去试试？反正专业比较相近，进去后总有你发挥的余地。"卓云慢吞吞地建议，两手把玩一串钥匙，看起来漫不经心，很随意的态度。

董潇抬头看他，他正看着别处，董潇微笑，点头道："我会考虑你的建议。"

低头看别处的卓云立即笑着回过脸来，赫然发现董潇盯着自己的手机上没有发出的信息而沾沾自喜的模样，卓云当即抢过手机，夜色下脸色微微发红。

"那是随便写的。"他低声说。

董潇乖乖点头:"嗯,我知道。不好意思啊,我不该随手乱翻。"

"……我又没怪你。"他呐呐道。

她含笑不语,又抢过他的钥匙玩,不再提短信的事。他会害羞会不安,她会害羞会愧疚。身边有这样一个人,虽然二十好几了,其实,他还不会表达自己的心意。或者说面对喜欢的人,该表达的东西总是在心里沉淀沉淀,犹豫再犹豫,最后就和存稿箱里的短信一样,无法传达给对方。

新学期的课程的确少得可怜,大四的他们忙的忙死,闲的闲死,董潇就是后者。每天除了打游戏就是聚餐,不知道是因为大四离别的关系,还是别的原因,反正她觉得聚餐多得人头皮发麻。今天这个同学说和某某公司签了要请酒,明天那个同学说要在学校过最后一次生日请酒。然后在一次又一次推不掉的聚餐里,她微妙地发现,自己好像在大四这个年头,桃花开得特别旺盛。迟钝如她,也发某几个男生对自己殷勤的变化。

"撞鬼了吧,我前三年无人问津,现在要毕业了全围过来,我有点消化不良。"寝室里,董潇看着室友递给她的一盒子巧克力,说是替某某代送,那某某不就是最近围着身边转悠的某某吗?

"废话,你前三年是有主子的花,谁没事去挖墙脚,再说那时候你长着一副绝不出墙的保守妈妈相,谁敢有贼心啊。"

董潇怒指陈小雨的俏脸:"这么说就因为你长得着很勾三搭四,所以天天换男朋友?"

"喂喂,我是纯良少女,啥时候勾三搭四过?倒是你啊,可以趁现在闲着的几个月好好认识几个男生,多多了解一下,比较一下,以后看走眼的几率自然会减少。"

"可是潇姐不是有男朋友了吗?啥时候带回来给我们瞧瞧。"

"他忙,没空让你们瞧。"董潇哼哼说着,悠哉悠哉地登陆了游戏。已有一个星期没有和卓云见面,只有每天短信以及游戏里相会。然后就等着他双休的时候找她出去玩儿。

董潇登陆游戏的账号是青天云笑,风潇潇那个号最近一直由卓云管着,貌似白天是杀手军团帮着洗,晚上是卓云自己洗,为了洗白风潇潇大家轮流救人,可带劲了。当事人的她顶着厚脸皮在后面扬鞭催促,操着不是后羿或者青天云笑到处跑。

现在才晚饭过后，六点半而已，比以往上游戏的时间早，她有点迫不及待地带着青天云笑去菜地收割所有农作物，然后坐在地上制作、烹饪加工为成品食物。转身又飞速跑回城里搜索所有摊位购买了几样高级药草材料，一起炼制成丹药。末了回到自己的杂货铺子后面的小草地，锤炼不知道第多少件清风剑。跑来跑去一口气全部搞定，她激动地翻开青天云笑的属性面板，那些生活技能已经在这个时候全满了！在家里放假的一个星期，加上来到学校后的一个星期，短短两个星期就完成了这项对很多玩家来说繁琐无比的事。

董潇欣赏着所有生活技能，掏出手机给卓云发了条短信，很快卓云就直接回电话过来。

"真的全满了？"卓云不敢相信地问。

"当然啊，你也不看看给你练号的是谁，哼哼。"董潇自信满满。

"牛！以后我跟你混，哈哈。"

"你几时上线啊？现在在干什么？"

"我还得等一会儿，公司在聚餐。"

两人闲聊一会儿挂了电话，董潇重新回到游戏里，将青天云笑传送到青天大道的门口，生活技能全满了，那就要开始过青天大道。

才将过去，竟然碰到了游戏里她最讨厌的一个家伙，某某大侠。

忍着心里的郁闷，青天云笑无视此人朝前奔跑，却不想某某大侠显然还记得他，屁颠屁颠地追上来。

【私聊】某某大侠：青天云笑，我们再来PK一次。

董潇嘲讽冷笑，这家伙上次顶着一身极品也没能砍死青天云笑，心里估计很不舒服吧，现在看到青天云笑自然想再试一试。

【私聊】青天云笑：你160级，我才154，没啥好P的。

【私聊】某某大侠：级别算不了什么，这服里我想PK的人没几个，你就是其中一个，咱们试试。

【私聊】青天云笑：没兴趣。

【私聊】某某大侠：来吧，不管是赢是输，你可以在商城任意挑选一样商品，我买给你。

【私聊】青天云笑：狗屎去死。

董潇一骂完，跳上坐骑拔腿就跑，她可没有卓云那样的PK技巧，这家伙主动说要PK算他客气，但是他完全可以不理睬青天云笑的拒绝，直接开打，毕竟PK不像挑战那样需要发布申请。

果然，她一骂完，某某大侠就怒气冲冲挥刀朝青天云笑砍来，刀，还是那柄风潇潇亲手炼制的大荒刀，耀武扬威地在她眼前嚣张晃悠，刺得她胃疼。

当时若不是因为绿精灵，她才不会答应帮某某大侠打造武器。那时候若是知道精灵会被此人逼得自杀，她……哎，说什么都晚了。

逃是逃不掉的，董潇只好硬着头皮操作青天云笑跟某某大侠死扛，意料之中轻轻松松被砍死，某某大侠看着挺尸的青天云笑似有不满道：你真是本人？怎么技术下降了很多。

【私聊】青天云笑：滚。

【私聊】某某大侠：你真像个女人。

【私聊】青天云笑：你才女人。

【私聊】某某大侠：看吧，果然是女人。

董潇气得浑身颤抖，一句话不想再多说，直接死回地府重新做人。从地府出来有点惆怅地在街上发了会儿呆，心里算着某某大侠应该不在那里了，这才安心传回青天大道，再一次从头爬起，这才叫人郁闷。

但是她死也没有想到，会再次遇到某某大侠。某某大侠闲得慌，似乎就特意在青天大道上等着她来。

一看到她出现，立刻跳过来问：你是女人吧？

青天云笑无视，刷刷刷路过。

【私聊】某某大侠：你应该是那时候和刺客一起的女人，风潇潇对吧？

【私聊】某某大侠：我的刀还是你打造的。

【私聊】某某大侠：我送了你一块石头。

【私聊】某某大侠：你如果喜欢什么可以说，我都可以送你。

【私聊】某某大侠：你配偶栏还没有老公啊？

【私聊】某某大侠：我现在也单身。

【私聊】青天云笑：去死！

【私聊】某某大侠：女孩子别爆粗口。

董潇已经忍无可忍，就算知道打不过，还是忍不住向他动手了。

某某大侠这回可不像方才那样认真应对PK，完全是应付好玩的态度，灵活地躲避她，像是故意逗她玩。

【私聊】某某大侠：你打不过我的。

【私聊】某某大侠：呵呵，女孩子玩游戏都很笨，东南西北都爱弄错，真是服了你们。

【私聊】某某大侠：哎，你这样哪里叫PK，看得我着急。

【私聊】某某大侠：这么想杀我？

【私聊】某某大侠：这样吧，我让你杀死，不过你要换风潇潇那个号上来跟我结婚，要什么礼物随便挑。

忙着砍杀某某大侠的董潇被怒火蒙蔽了眼睛，完全没有注意到有个剑客正朝这里好奇奔来，待看到PK的两人是某某大侠和青天云笑时，那剑客立刻加入战斗，毫不犹豫朝着某某大侠发起攻击。

几招过去就能看出剑客明显是PK能手，再加上青天云笑与他联手，两人合力而为，某某大侠终于被砍死。

【近聊】某某大侠：多事！

【近聊】明镜：见过不要脸的没见过你这么不要脸的，你居然没有被删号，太稀奇了。

【近聊】某某大侠：就是因为你们这些多管闲事的人成天瞎嚷嚷才让精灵自杀，跟我有什么关系？凭良心说，最先不是一堆不相干的人跑去骂她吗？我只不过是跟她说清楚然后分手而已。

【近聊】明镜：对于完全没有责任心的狗屁，说再多你也不懂。

某某大侠还想继续争辩，不过时间一到他就去了地府，剩下青天云笑和明镜二人相对。

【近聊】明镜：真是个人渣。

【近聊】青天云笑：谢谢你帮我，不然我真打不过他。

【近聊】明镜：呵呵，不客气，你是风潇潇的老公吧？

【近聊】青天云笑：咳咳，我是风潇潇。

【近聊】明镜：啊……

【近聊】青天云笑：我们换号玩而已。

【近聊】明镜：原来如此，难怪了，我就说记得青天云笑PK很厉害啊，刚才出手看起来很菜。

【近聊】青天云笑：⊙﹏⊙

【近聊】明镜：不好意思，不是说你菜鸟……

【近聊】青天云笑：没事，我就是菜鸟。

【近聊】明镜：潇老板的杂货铺好久没打理了，你在仙境开了新铺子吗？

【近聊】青天云笑：还没啊，那个号在战场，没时间做东西卖，你要买东西吗？这个号有很多东西，要什么仓库也有。

董潇帮青天云笑练满生活技能，平时练习熟练度获得的所有东西都没卖，全部在包裹和仓库里，为此还花钱买了一个超大仓库。

【近聊】明镜：哈哈，那太好了。我想买药啊，什么药都想要，你有多少卖我多少吧，仙境商铺贩卖的补血补蓝的仙水虽然量大，但是贵得离谱，玉石比金子难赚太多了。

【近聊】青天云笑：我先把身上带的药物全给你，仓库的下次再说。

【近聊】明镜：可以可以，感激不尽。

【近聊】青天云笑：没啥，是我要感谢你。

两人欢快地交易了，价格是以往的价格，不过明镜倒是不爱占便宜的人，还付了青天云笑几十个玉石。实际上就如他说的，大家初入仙境，那儿包括NPC在内，所有东西都很好很美丽，同样的，所有东西贵得要死。大家每天辛苦地在战场上奔波累积赚取玉石多半是为了购买重要的装备武器等东西，而那些仙水药物完全舍不得买，因此大部分人还是使用凡间常用的大红大蓝。战场上需求药量极大，仙境一开战场到现在，医师做的药物早就涨价了，包括材料在内全涨价了。如果风潇潇想抬高价钱，完全可以好好地痛宰客人。

【近聊】明镜：等着潇老板在仙境重开新店，到时候一定去捧场，呵呵！

【近聊】青天云笑：好啊，到时候欢迎光临！

两人聊得很欢乐，明镜闲来无事，便干脆做青天云笑的保镖，和青天云笑一起向上前进，期间某某大侠追来两次，很可惜两次都死了回去。

本以为他不会再来的两人刚松口气，某某大侠再一次追来，并且身上的装备焕然一新，闪亮的铠甲光彩照人。

【近聊】明镜悄声对青天云笑道：那装备是仙境最近爆出的云霞铠甲，

目前还只爆出两套，要价很高。

【近聊】青天云笑：这是打什么怪物爆的？

【近聊】明镜：是每个双休日下午两点到三点的活动"闯龙营"，那个活动很复杂很难过，爆率也不高，没想到他居然有一套。

换了一身装备，某某大侠牛×多了，防御力增强了很多，速度和命中也强了很多，这会儿与两人激烈周旋，首先砍死了技艺不佳的青天云笑，然后剩下明镜一人就好对付了，缠斗了少许时间，明镜也跟随青天云笑含恨而去。

玩风潇潇号的卓云一上线就查看好友列表里青天云笑所在的位置，结果上一秒显示在青天大道，下一秒就变成地府。

卓云蹙眉，发出入队邀请。

卓云加入队伍，看到明镜有点意外。

【队伍】风潇潇：怎么死了？

【队伍】青天云笑：被砍死了。

【队伍】风潇潇：谁？

【队伍】明镜：哎呀，青天大侠你上了啊，赶紧来救场子，我和潇老板被人盯上了，在青天道上寸步难行啊！

【队伍】风潇潇：谁盯上你们？

【队伍】明镜：就是那个某某大侠。

明镜话一发出去，风潇潇就从战场NPC那儿消失了，直奔传送阵，速速传到青天大道入口，跳上坐骑一直往前奔跑，没多久，还真让他遇到了等候在那里的某某大侠。

耐心等候在原地的某某大侠看到素衣飘飘的风潇潇映入眼帘，心中一喜，立刻发话道：你肯上女号了啊，这么说是答应做我老婆了？呵呵，你以后想要什么只管要，我都给你。

【队伍】风潇潇：明明是个怕老婆的孬种，还在游戏里勾搭小MM，你能坐到经理的位置估计也是靠你老婆的娘家，呵，丑人多做怪。

董潇骂他狗屁他不生气，明镜骂他厚脸皮没良心他也没多生气，卓云这一句话，却真真切切让他生气了，气得怒不可遏，如被挑起了某样爆炸神经，失去了理智冷静，暴怒地朝着风潇潇攻击，完全没有了调情的心思。哪

怕他前一秒想要这个女人,现在满心只想杀死她,让她永远闭上嘴巴!

卓云轻笑,灵活地与发疯中的丑陋男人周旋,有句话叫做熟能生巧,不会PK的人,天天去PK总会有所进步,而卓云,PK技巧本就不错,最近为了帮助风潇潇洗白,一上游戏啥也不干,就是冲进战场与一个又一个敌人PK,操作键盘的手指啊,看到敌人就已经成了习惯,像有灵性般流畅地跳来跳去,几个简简单单的按键,就可以将敌人推倒在地。美女拳法在董潇手里就是一套攻击拳法,在卓云手里,它才真正发挥了威力,它是一套杀人的拳法,很温柔的、很美丽的杀人拳法。

追赶而来的明镜和青天云笑静静地站在旁边看着风潇潇如何温柔地将敌人杀死,美丽妖娆的姿势,畅快淋漓的动作,叫他们看得有点发怔。董潇从来不知道,原来PK也可以这么赏心悦目。

【队伍】某某大侠去了地府,青天云笑跳到风潇潇跟前:厉害厉害,比我厉害多了!

【队伍】风潇潇:那是你不会用。

起先他也不是很擅长使用美女拳法,之后在战场上一次次实验、一次次运用后,就知道如何搭配、如何排列技能的先后,才能最好地发挥功效应对敌人,战斗多了便熟练无比。

【队伍】青天云笑:真是奇怪啊,明明都是美女拳法,我用起来平平无奇,你……

【队伍】风潇潇:我怎么?

【队伍】青天云笑:你确定你是在PK不是在跳舞勾引人?

【队伍】风潇潇:是你眼睛抽筋吧!

【队伍】明镜:这个美女拳法以前没见人用过。

【队伍】青天云笑:嗯,是我做任务得来了,这个服估计就我有。

【队伍】明镜:原来如此。

【队伍】风潇潇:给你糟蹋了。

【队伍】青天云笑:切!

【队伍】明镜:刚才就想问了,风潇潇为什么红名?

【队伍】青天云笑:啊!卓云你刚才杀了某某大侠!我的负值啊——又是500!

【队伍】风潇潇:……一激动,就忘了……

【队伍】青天云笑：嗷嗷，我不管我不管！你要给我洗白白！你说好一个星期的，现在时间快到了！

【队伍】风潇潇：稍安勿躁。

【队伍】青天云笑：现在负值是多少？应该没有多少吧！

【队伍】风潇潇：这……

【队伍】青天云笑：多少啊？

【队伍】风潇潇：-21360。

砰，电脑前的董潇很厚道地直接撞墙自杀了。

【队伍】风潇潇：哈……别生气啊，我已经很拼命地救人了，但是请杀手们帮忙白天练号啊，那天杀手一号玩的时候不小心杀了几个人，前天杀手二号玩的时候不小心杀了几个，大前天杀手三号玩的时候不小心杀了几个，昨天杀手四号玩的时候不小心杀了几个……

【队伍】青天云笑：闭嘴！

【队伍】风潇潇：其实红名挺好看……醒目耀眼，独特，求之不得，弃之可惜……

【队伍】青天云笑：我恨你们！

【队伍】风潇潇：你恨我来咬我啊！

【队伍】青天云笑：鄙视你！

【队伍】风潇潇：呵呵，明天星期六哦，记得早点起来，我会准时去学校接你。

【队伍】明镜：打扰两位一下，虽然我不了解具体情况，但是红名无法申请开店铺吧，潇老板你快点洗白吧，我等着你在仙境开店，好了，不打扰两位谈情了，我88了。

明镜退出队伍离去，风潇潇与青天云笑并排上前继续赶路。

【队伍】青天云笑：你看吧，害我不能开店铺！

【队伍】风潇潇：没关系，你要是等不及就用我的号去开，反正你也练成满级了，以后咱俩一起做东西卖。

【队伍】青天云笑：那你快点带我上仙境，这青天大道还很长！你别去洗白了，简直是……哎……

不用去枯燥的战场救人洗白，卓云欣喜不已，能留在董潇身边一起玩才是玩游戏的真谛啊，不然各玩各的还有什么意思！特别是现在他们上学的上学、上班的上班，一忙起来整星期才见一回，他郁闷得慌。

哎，想想以前还没和董潇熟络的时候，几年的时间他都一个人挺了过来，现在在一起，分开一个星期都觉得漫长。还不知道要这样挺多少年，两人才能修成正果领个红本本。

这么一路上惆怅地、忧郁地、烦躁地前进着，董潇奇怪地发现卓云见到怪物就如见到杀父仇人，下手那个狠啊，看得她心惊肉跳。她本来还担心某某大侠会追来，现在却期望那家伙追来，来了，总还是要死回去的。只是她越是期待，某某大侠越是不来。

两人安安静静，一路顺风冲出了青天大道，青天云笑总算在仙境报道了，第一件事就是去找NPC开店铺，交出一定量的金钱之后填写店铺资料，不多时，仙境的第一个杂货铺成功开张了！

店主：青天云笑

店名：潇潇杂货铺

明镜说话算话，才分开没多久，一听说风潇潇开店铺了，立即带着朋友赶来捧场，一人买了一堆烟花爆竹在店铺门口拼命地燃放，末了小白、深蓝等人，以及青天帮会的几个家伙全凑了过来，哪怕一人一个爆竹也足够让这小小的店铺热闹上大半小时，结果兴奋的何止是老板和老板娘，大伙全闲着没事干，拼命地买各种各样的烟花比赛似的燃放。商城有一个专门的烟花爆竹店铺，样品齐全，越贵的越华丽，好多品种董潇都没见过，这回见识了，的确漂亮得让人炫目。

【近聊】青天云笑：谢谢谢谢，非常感谢大家的捧场！小店以后一定让大家满意！

【近聊】风潇潇：各位记得帮忙向亲朋好友宣传一下，感激不尽！

两人客气地周旋着，已经麻利地将货物补了上去，虽然还都是一些下界常用商品，不过眼下也只有这些东西能卖了。

【近聊】青天云笑：你知道双休日的那个什么龙营的活动吗？

【近聊】风潇潇：知道。

【近聊】青天云笑：那你明天带我去，那种地方就算打不到好装备也有几率爆出配方。

【近聊】风潇潇：好。

【近聊】青天云笑：然后你用我的号在世界发个消息，说收购所有配方，带图M价，然后你看我属性版里，缺什么配方就买什么，已经有的就不用买了。下界的配方我估计没有我缺少的，所以现在要买的应该都是仙境上爆出的配方，有了配方才知道找什么材料下手。

【近聊】风潇潇：呵呵，好，全听你指挥。

【近聊】风潇潇：OK，消息已经发出去了。

两人正商讨着，这时候屏幕正中间跳出一条信息，那是比世界频道更显眼更高级的信息栏，上面显示：恭喜青天云笑的潇潇杂货铺在仙境开张，祝生意兴隆，财源滚滚。

发信息的人正是明镜，明镜一带头，其他人也跟着学起来，全部花钱买了大公告，一条接一条地恭喜。

不过可惜每个人每天只能发三条这样的大公告，即便有钱买，限制也是一天三个。像青天云笑和风潇潇这类人，从没买过那玩意发公告。喜欢买的，大多是爱表现爱骂人的家伙。

于是，大伙都知道风潇潇在仙境开了杂货铺，而且显然和青天云笑是夫妻的模样了。

饶是店铺上清清楚楚写着老板叫青天云笑，一些老主顾习惯性M了风潇潇来恭贺或者订货买东西，这让玩游戏以来一直挺安静的卓云急坏了脑袋，都是些什么乱七八糟的家伙，信息一条一条乱蹦，忙死了。

没坚持多久二人纷纷下线休息，翌日早晨约好一起出去看了一场电影，然后在影城附近买了些东西，中午吃饭后就找了家网吧准备下午去闯龙营，其实对此安排卓云很反对，可是董潇似比他的游戏瘾还大，卓云无奈，只好作陪。

在网吧坐下，卓云心里还在抱怨，美好的星期天在电脑前浪费，真不如两人随便找个地方谈情说爱。

活动是两点开始，时间没到，两人便一起去了战场杀敌赚玉石，再不是为了洗白罪恶值那破事了，董潇已经彻底放弃了，打算从此当个万年红名。

【近聊】小七：潇姐，今晚八点你能上吗？

【近聊】青天云笑：能啊，拍戏？

【近聊】小七：呵呵，不是，是我要结婚了，晚上八点，记得来月老那儿。

【近聊】青天云笑：啊——你和谁结婚？

187

【近聊】小七：你也认识的，和珅。

【近聊】青天云笑：和珅……哦，恭喜你！

【近聊】小七：呵呵，别说得这么庄严啊，不过是游戏里结婚而已，我分得很清楚，不会像精灵那样当成现实。

【近聊】青天云笑：嗯，你自己把握就好，晚上我一定到。

【近聊】小七：好，记得带高手来！

【近聊】青天云笑：带高手去砸场子咩？

【近聊】小七：鄙视你！

董潇面带笑容很开心地瞧着键盘，这模样自然引起卓云的关注，因此看到和小七的对话也不禁一笑，这个超级小白要结婚了，看来老公肯定耐心十足。

他斜眼看着很欢乐的董潇，见她很困惑很无辜地回望自己，卓云顿时无力，闷闷缩回脑袋，摆弄那个任他操作的潇潇，此潇潇比某潇潇可乖顺多了，他恨恨地想。

Chapter13 携手闯"龙营"

闯"龙营"，一个限时为一小时的闯关活动，双休日举行，每个玩家在活动期间最多只能参与两次。可以单枪匹马去闯，也可以满队合力去闯。奖励是绝对有的，是多是少是好是坏就看个人RP了。

卓云操作的风潇潇和董潇操作的青天云笑在一组，闯关前卓云特意去查了下闯关攻略，可惜这个活动出来才两个星期，而且难度颇大，根本找不到全面的攻略，只有零零碎碎的小资料。

卓云一边开着游戏窗口，一边开着百度网页，准备随时随地去搜索，因为第一关要面对的就是回答问题。

两人踏进龙营副本，门口迎接他们的就是一个龙背上的白衣美青年，绝对的美男子一枚，气质非凡，叫人忍不住多看几眼。不过此人明显是设定的冰山美男，面无表情，二话不说直接亮出答题板，一分钟内回答十个题目，每个题目有三个选项，单选。

卓云飞快地复制粘贴搜索报答案，董潇飞快地选择。遇到实在搜索不到的答案就随便猜一个，十个题目只要答对五题就可以过下关，对八题可以在这一关获得一个奖励，如果全对那就是更高的奖励。

有一半的几率能过第一关，两人并不紧张。

题目大多是古诗词，以及关于这个游戏的一些相关问题，第一关最容易。

一分钟结束，两人提交答案，结果显示刚好八道正确题目。

奖励是什么并不清楚，只有出局后才会公布。

两人顺着冰美男的指示继续向前，第二关说简单很简单，说难很难。简单是因为它够直接够明白，只要会跳跃就OK。难，是因为不但要会跳，还要跳得够准。

自从闯龙营这个活动开办以来，其中有一半的人是从第二关出局的，别怀疑，那一半人绝对是小白和女人。

【私聊】青天云笑：论坛上还说这个东西很难跳，我看也不是很高啊，用轻功一下就上去了。

董潇看着屏幕上左右移来移去的跳板不以为意，她虽然也是菜鸟，但肯定不是那一半人之内。

卓云见他自信满满轻轻一笑，道："你先不慌，我跳跳看。"

风潇潇走到第一块跳板前，四面都是暗黄色的焰窟，唯一能向前的道路便是一块接一块或高或低的跳板。走不过去就无法到达第三关的要点。

风潇潇仰望第一块跳板，脚下生风，身体轻盈而起，哗——从跳板上头越过，摔在地上。

风潇潇退回重来，这一次，眼看就要落在跳板上，那跳板却始终没有让他落下，而是移到了左边。

风潇潇退回重来，定定看着移来移去的跳板，瞅准了目标，技能放出，身体轻飘飘落在跳板上，站得稳稳当当。

风潇潇盯着第二块动来动去的跳板，瞄准机会，再一次起跳，稳稳落下。

这时候风潇潇才转过身看着下方的青天云笑。

"好了，你去跳，没有想象中的难。"卓云吐口气说。

青天云笑立即站到第一块跳板下，发动技能高高跳起，跳板划过。

青天云笑退回去重来，跳板继续划过。

青天云笑再次重来，跳板悠哉划过。

青天云笑重来重来重来……

"我等得快长蘑菇了。"卓云瞪着眼道，"我帮你跳。"

董潇躲开他伸过来的手，继续倔强地跳跃跳跃再跳跃。

风潇潇只好蹲在第二块跳板上傻傻地等待，看眼前那个干净利落的刺客以完全不符合其形象的动作摔下一次又一次。

"你别急着傻跳，要看清楚跳板移动的频率，盯准位置及时起跳。"

"我一直盯着它啊，它不让我上去。"董潇愤愤地咬牙，这破板子逼得她快崩溃了。

卓云无奈一笑，不顾董潇的倔强抢过她的键盘，轻轻松松就将青天云笑送上了第二块跳板。

董潇表情复杂地瞪着屏幕和卓云，人比人就是气人！

卓云呵呵轻笑几声，讨好地递给董潇一个苹果："洗好了的，吃吧，我帮你过这关。"

说完就以最快的速递将风潇潇和青天云笑全部通过十块跳板，安全来到第三关入口前。

这时候啃着苹果的董潇已经不生气了，兴致勃勃地看着第三关前那道厚实的大门。

大门中间有个正方形的石块，石块上有九个格子，组合成一个大大的篆体龙字，帅气威严，气势逼人。

卓云看过攻略，此关就是要将打乱的龙字，在一分钟里，移动三个格子，组合成完整且正确的篆体龙字。

卓云蹙眉："这关你来。"

董潇点头，玩拼图啊她还算有自信，深深看了一眼那个篆体龙字，便点击了确定，游戏开始。

屏幕被大格子取代,她脑海里回忆那个龙字的模样,鼠标在滴滴飞逝的秒针里小心翼翼移动了一步,卓云紧张地看着屏幕,只有三步啊,错了一下他们就会被遣送出去,没有前两关那么容易了。论坛上的攻略全部都不同,因为这里的拼图字每次都会随机更换,有的人遇到的是正字,有的是义字,有的是侠字,有的是仙字,全部是现代人不熟悉的篆体。随机变化,想照着攻略来都不行。

但毕竟这个拼图只有九块,而且可以移动三步,既然这么设定了,正确走法绝对是有的,反应不快的得多想想,超过时间就输了。

卓云看着时间一点点过去,董潇聚精会神盯着屏幕,终于在秒针走了56下时,第三步咔嚓一声滑动,紧闭的厚实大门,在两人眼前打开了。

卓云激动地一把揽住董潇的脖子,揉揉她的脑袋赞叹:"真聪明!"这可不是虚夸,拿眼前这关来说,换做是他就无法保证在一分钟里拼成龙字,光是看到那个麻烦的篆体就让人没欲望,如果是拼凑一张美女图,他肯定比董潇拼得快。

董潇顿时斗志昂扬,走进门内东看西看。门内是一个宽阔昏暗的圆形大厅堂,没有任何NPC,中间有一个大箱子在勾引来者靠近,无论是谁看到那个大箱子都会联想到好东西,董潇幻想里面是一箱子配方或者玉石,卓云幻想里面是极品装备武器。

风潇潇打前,妖娆身姿向前进,踏出一步两步,三步四步,在第五步时眼前一花,风潇潇被系统送回到方才进门的位置。

卓云叹气:"真麻烦。"论坛上这一关比较繁琐,主要是看地面上以宝箱为圆心散开的六边形,每一圆形的砖上有一个篆体汉字,乍一眼看去就像字符一样将宝箱围住了。

只有找到正确的前进方式,才可以靠近宝箱过下一关,不然就会无数次被系统送回。

两人沉默,认真琢磨那些字上的窍门。论坛说那些字可以组成诗词或者谚语,总之一定是名词名句。

这个没有时间限制,你可以认真地去琢磨考虑正确的道路。

董潇看了半分钟,转身去了洗手间。回来的时候卓云还在研究,董潇叹气问:"看出什么没?"

卓云点头又摇头:"我不确定,但是可以试试。你跟着我后面走。"

191

"好。"

青天云笑跟随,卓云踏出了第一步,那是一个风字。接着他跳得比较远,那是一个萧字。第三步是向左边跳了半米,又是一个萧字,接着下面一个是兮字,而且这一跳特别远,还用上了基础轻功,幸好是直线向前,比较容易跳准。继续下一步是易字、水字、寒字,董潇拍掌大笑:"我好傻啊!这每一块砖头都是汉字,其实不止一条路啊,只要正确地将汉字连成名词名句就可以过。"

"嗯,我也这么想,不过不排除系统漏掉哪个名词名句,呵呵。"

"现代的名词名句肯定不计算在内。你怎么会想到'风萧萧兮易水寒,壮士一去兮不复还'?这样跳距离非常远。"

"没多想,看到一个萧字就想到了这个句子,远当然远,刻意让他们联系起来也没错,能过就好。"这么说着,两人已经跳到了不字。

卓云的视线急速搜索那个复字,毕竟是篆体,与现在的简体汉字相比差别很远,一不小心就有可能认错。

"那里那里。"董潇指给他看。

卓云摸着下巴嘀咕:"那应该是优字吧。"

"优?复!"

"你一百分确定?"

"……你可以百度一下。"董潇不确定。

卓云立刻百度去,结论,那的确是个复字。

"蠢。"董潇哼哼轻笑。

"没事,我们俩可以折中一下,基因还是不错的。不管男孩女孩一定不会比你笨。"

"你才笨!"

哗——

还字踏上去,两人到达目的地,大箱子就在面前。

卓云抢先点开箱子,引入眼帘的不是珠宝也不是装备,而是一本书,他刚准备去点开那本书,眼前一闪,再看时,竟然在龙营副本外面的NPC旁边,周围全是来闯副本的玩家,吵吵嚷嚷。

卓云看时间,捂脸叹息。

"为什么这就出来了?我们不是过关了吗?"董潇还没闹明白怎么回

事。

卓云戳她的脑袋，指指电脑右下角的时间，正是下午三点整！

董潇抱头哀嚎，卓云随意翻着贴子沉思，他们才过了四关，而且最后那个箱子里的东西没拿到手，第四关不算过，闯龙营要闯十关才算过，他们才过了四关就花掉一个小时。下次进去就要抓紧时间了，不然永远过不了。

董潇一考虑到这个难度就失了几分兴趣，心想与其这样浪费时间还不如去干别的任务赚钱找配方。

"明天下午我们继续闯，现在先出去转转，晚上送你回学校。"卓云很认真地提议道，一脸不通关不罢休的模样。

两人离开网吧，三点钟的时候外面太阳正大，能烤死小鸟，董潇眩晕，身体晃了一把，瞪着干巴巴的地面无力道："去哪儿？"

卓云扫了眼被高温炙烤得扭曲的大街，指指过往的出租车："先上车。"

当出租车停下时，卓云拉着董潇进了一家特别诱人特别火爆的店，哈根达斯冰激凌专卖店之一。

情侣冰激凌火锅上桌，卓云笑着说："虽然你说吃哈根达斯不值，不过偶尔吃一次也不错，对吧？"

董潇还能说什么，买都买了，她剩下该做的就是吃。

"董潇，好巧啊。"

吃得正带劲的董潇抬头，连嘴巴上的冰激凌都没顾上擦，因为这个声音真真让她惊悚了。

董潇尴尬地看看来人，又看看一脸怀疑的卓云，不得已放下冰激凌，挤出一个笑容干咳道："是挺巧的，你来买冰激凌？啊，这是卓云，卓云，这是我同学尹河。"做完最简单的介绍，董潇又趴下头吃冰激凌，暗里纠结郁闷自己撒谎被拆穿不说，还给逮个正着，而且连卓云也在场。

自从这学期开学以来，也不知道是因为换了更适合自己的形象，还是因为大家知道她和钱龙分手了，围在身边对她献殷勤的男生突然一个一个冒出，有几个知趣的在感受到她态度冷漠后消失无影，唯独尹河是个例外，无论怎么躲避，怎么拒绝，每天都能碰到他，亦或是收到此人的礼物。

上课的时候此人一定想尽办法坐到她前后左右任意位置，回到寝室里总会冷不丁有女生笑嘻嘻地带来尹河给她的礼物，诸多礼物全部是食物，巧克力、蛋糕，甚至有很多女孩子喜欢泡的花茶。

当面拒绝过，此人却仿若未闻，依旧我行我素，态度坚持。

星期五晚上尹河一个电话打来寝室，约她星期六出去玩。董潇头疼不已地撒个小谎，说自己头疼不舒服不想出门，其实谁都知道这是谎言，她该说的都说了，已经不知道要怎么办才好。

虽然室友说多接触几个男孩才知道谁对自己好，但是她就是一根筋，做不来那样的事，也没有精力同时去应付一个以上的男人。何况，和尹河同学三年多，平时已经相当熟悉了，三年都没触电过，没道理第四年人家送她一点吃的就触电了。

尹河盯着卓云上下打量，面上不动声色，不过敏感的卓云已经察觉到来自他身上的酸味。

"我听说这里的冰激凌蛋糕很好吃，所以过来看看。没想到会碰到你，你头还疼吗？头疼可不要吃冷冻食物，对身体不好。"尹河微微笑着关心董潇，放下手里包装好的冰激凌蛋糕盒子，大咧咧地坐在第三方。

董潇欲哭无泪，戳着冰激凌叹气道："已经好多了，谢谢。原来你还喜欢吃冰激凌蛋糕啊，不过这里的太贵了点。"说罢偷瞄了眼对面的卓云，卓云正低着头认真消灭冰激凌，看不出脸上的表情。

尹河呵呵轻笑，将蛋糕盒子往董潇跟前一推："我哪吃这玩意儿，特意给你买的，里面有干冰，你可以带回去吃。"

"啊……这……我估计吃不了了，这还有很多没解决。"苦恼地指着和卓云一起分享的冰激凌火锅，董潇委婉拒绝。

尹河不以为意："没事，带回去晚上吃，要不然请你的室友们吃也没关系。"

"你不如拿回去自己吃？"

"我不爱吃，说了是给你的就给你，别推脱。"

这么强硬的语气，董潇已经搞不懂尹河要干吗了，一般人在知道对方有伴后不是会自动退缩吗？这人怎么一点不在乎，还有点越挫越勇的势头。

卓云这会儿抬起头，饶有兴趣地瞥了尹河几眼，不明寓意地对董潇笑笑，董潇顿时头皮发麻，美味的冰激凌一瞬间没了味儿。

"卓云是哪所高校毕业？现在做什么工作？"尹河直截了当地问起卓云

行情,卓云放下勺子,笑得别有深意。

"A大,做建筑方面。"卓云回答得简洁明了。

"我就特羡慕你们已经工作的人,有房有车又自由,我下个月开始工作,不知道明年这个时候能不能买车。"

董潇汗颜,一直对尹河感觉平淡,现在忽然有点讨嫌了。

卓云淡淡一笑:"工作一年就能买房买车那是有本事的人,像我最起码还要两到三年。"

"嗯,那你还得努力。"

"是啊,等潇潇一毕业,咱俩一起努力买房买车。"

"哈哈,哪有要女人出钱的。"

"钱不出,人总要出一个。不然我买房买车签谁的名?男人赚钱买这买那不都是给老婆用的,没老婆买了也是空房空车,没意思。"卓云如见了多年的好友般来个自来熟,满脸笑容,慷慨激昂地与尹河神神叨叨,尹河脸色时好时坏,董潇拼命在桌子下踹卓云的脚,这人太不要脸了,一口一个老婆说给谁听!

尹河沉着脸短暂静默,卓云抚了下胃,舀起冰激凌上最后一颗草莓递到董潇嘴边,温声道:"张嘴。"

董潇脸刷地一下染红,狠狠瞪他一眼以示拒绝。

卓云讨好道:"吃吧,我是真的吃不下了,这玩意儿甜得腻人,胃很不舒服。你加把劲赶紧吃完。"

"这么好吃的东西你还嫌弃。"董潇嘀咕着,一口将草莓咬了,连卓云手上的勺子都一并咬了过来。

"呵呵,只要是吃的我都不嫌弃,不过还是更喜欢吃大米饭和蔬菜,今天晚餐想吃什么鱼?红烧的怎样?我知道有一家做的红烧鱼还不错,正好带你过去尝尝。"

说到吃鱼,董潇立刻来了精神,连连点头嚷着要去,多远也要去。

比起很多女生,她属于贪吃的类型,且吃得多,长得多,自从暑假和卓云相处以来,她已经胖了不止一点点,偏偏想减肥又没决心,而且卓云看起来并不在意胖瘦。

"蛋糕送给你了,我有事先回学校。"完全多余的尹河忽然站起身要走。

"啊,谢谢你,下次我请你吃饭……"董潇完全出于礼貌地答话,说完就后悔了!

尹河烦躁地瞥眼,冷淡道:"算了吧,就当我倒霉,明明有男朋友了却不说,这样很容易让别人误会你是单身!"

最后一句话完全是吼出来的,吼完就甩手走出了店铺,剩下董潇傻傻地看着他背影,不知道该笑还是该哭。

卓云板正她的脸,凑过脑袋亲昵道:"有人追你,为什么不告诉我?"

"我觉得没什么好说,说了你肯定会在意,而且我对他也没感觉。"

卓云叹气,无奈地看着她说:"别人不知道你有男朋友吗?这样的确容易让人误会。"

董潇一听来了气,闷声道:"我难道到处宣扬说我有男朋友了你们不要再追我这样啊。"

"我不是这个意思。"

"这个尹河,我不止一次跟他坦白说过有男朋友,他现在这样说好像是我故意的。"董潇非常气闷,她长这么大做过唯一一件很挑战的事情就是主动跟钱龙表白。天知道为什么她长得不丑,却从没男孩子追过她。卓云之外,最近冒出来的每一个追求者都让她激动又无措,可是做人最基本的原则她没忘,不会吃着碗里瞅着锅里。

难道是她以前语言表达有问题,尹河一直没听明白?

"好了,我明白了。他只是被你这样拒绝感到有点难堪,所以说话难听一点气你。"

"你还帮他说话啊?我说你怎么一点不在意?"董潇挑眉瞪他,这人也太云淡风轻了,一点看不出吃醋的样子,太郁闷了。

卓云失笑:"我在意,我很在意,有醋偷偷地吃就可以,表现得太明显容易起火,行了,你快吃冰激凌。"说吃醋的确算不上,因为打从第一眼就知道董潇对尹河没有半点心思,不过不可能不在意,恍然大悟地明白,少了一个钱龙,还会出现很多个苍蝇,幸好距离毕业时间不长了,等她一毕业,他就可以快刀斩乱麻。

两人离开冰激凌店时当然拎着尹河留下的蛋糕,董潇像拿着一个烫手山芋,不知道该怎么解决,她的胃已经容不下半口冰激凌,更别指望卓云。

卓云一手拎过来,另一手拉着董潇走向车站:"没地方玩就去我们宿舍，天黑了再去吃饭，正好可以借辆车，这玩意儿给他们吃。"

包装得特别漂亮的冰激凌蛋糕最后慰劳给卓云的几位室友，几个臭男人你一下我一下轻松搞定，这放假的日子里，宿舍里游戏全开，玩得热火朝天，董潇和他们有游戏这个共同话题，一会儿就玩得熟络起来。

"你们下午闯龙营没有？"卓云看到游戏满脑子都是这个活动，他这人就是这样，即便是游戏不玩穿也不甘心，最开始玩游戏的时候没和风潇潇一起，成天就是刷怪刷副本刷Boss，帮里的人都说他是升级狂，其实只是找事来弥补心里的空虚而已。

"闯了，得到一双极品战靴，收获还不错。"青天常笑颇满意地说。

卓云闻言看向董潇："明天我一个人去闯。"

董潇悲愤道："你不管我了？"

"不管你了，拖后腿。"卓云直截了当。

董潇气得牙痒痒："那好啊，我看你一个人怎么过！别忘记拼图是谁帮你过的！你以为你会蹦会跳了不起啊！哼哼，等着，明天我一定会过。"

第二天下午两人再次来到网吧，卓云还当真不理睬董潇了，自己直接操着风潇潇去接任务，眨眼就进入活动副本。剩下操着青天云笑的董潇在外面干着急，恨不得踹死身边的某人，没良心的家伙。

被丢下的刺客孤苦伶仃，只好拼了命地发消息组队，功夫不负有心人，眼看时间来到，终于有人将她加进了队伍。

抬头一看队长，赫然是明镜，其他几个队友不认识。

【队伍】明镜：潇老板？

【队伍】青天云笑：嗯！

【队伍】明镜：怎么没和正主在一起？

【队伍】青天云笑：他嫌我拖后腿，不要我了……

【队伍】明镜：哈哈，进去后听我指示就可以，行不？

【队伍】青天云笑：OK！

看起来似乎很有闯龙营经验的高手来带自己，董潇几乎已经看到奖品在对自己招手。很快随着队伍进入副本，第一关轻松闯过，第二关跳跃仍旧是她心里的痛，连试了几次仍旧跳不准，队伍里催死，她急得吐血。

【队伍】明镜：怎么回事？你别急，站稳了看准了再跳。

【队伍】乐乐：快点啊，时间时间！

董潇手一抽，身影飘起，竟然跳了上去。这一下如同在无尽的黑暗里找到一点光明，茅塞顿开，接下来的几块跳板轻而易举就踏了过去。

顺利通过第二关，卓云这时候扭过头喷喷道："你居然跳了过来，真不容易，本想提醒你减肥的，这样看来不需要了。"

董潇懒得跟他计较，屁颠屁颠跟着队伍跑，斜睨了卓云的屏幕一眼，这人竟然已经跑到第四关！比昨天两个人的力量比起来迅速了N倍，董潇牙痒痒啊牙痒痒，凭啥她就是一个拖后腿的……太不公平了。

董潇所在的队伍很快也通过了四关，第五关是猜谜游戏，偌大的墓地林立着无数墓碑，玩家必须选择和队伍等同数目的墓碑泼狗血将僵尸惹出来，每一个墓碑下躺着的人都不同，力量有强弱之分，运气好的碰到垃圾僵尸一下秒杀，运气不好的碰到Boss级别拼命对抗。

明镜泼开墓碑后跳出的五个僵尸明显是两个将军几个小兵，一队人群起攻之，解决了两个小兵后明镜道：快去找灵珠！记得看清楚属性！

什么灵珠？董潇完全不了解，队伍中的乐乐立刻撤开战斗速速跑向五个僵尸破出的墓地，不一会儿就在队伍里发话道：到手了，我去开！

说着就朝墓地正后方走去，董潇完全不明白这是干什么，灵珠到手了，开下一关的机关吗？

【队伍】明镜：大家看好自己的血，一起把怪物往乐乐那里引，别引太近，看到机关开了后立刻甩开怪物跳下洞，记得抓准时机。

董潇紧张兮兮地跟着明镜行动，瞥到旁边的卓云也在过这一关，不过他显然运气很好，一个人对一个僵尸，那个僵尸没几下就翘了。顺利地拿到灵珠，走向机关兽面前，将珠子塞进它嘴里，咕噜噜滚动的声音传出，机关兽自动移开，露出一个黑漆漆的洞口，一个醒目的箭头标记告诉他点此可通过。

【队伍】明镜：快跳。

青天云笑二话不说，立刻朝着黑洞跳下，明镜断后，那个僵尸Boss朝着洞口拼命地嘶吼已经无用。

眼前一花，再出现的地方是第六关，竟然是一个非常宽敞的隧道，且有潺潺流水直通无边的蜿蜒尽头。

明镜打前以最快的速度奔跑，这里面不能骑坐骑，要赶时间只有奔跑。明镜在前面领路，后面的跟随。董潇神经一动，取消跟随，点了刺客的某个技能，嗖一下就窜出老远，速度比明镜快多了。

明镜等人啥也不说，直接改跟随青天云笑。

长长的隧道里，就看到刺客青天云笑在前面潇洒地移动身影，后面拖着几个男人，踩着脚下的水哗哗作响。

这么跑让她觉得有点无聊，旁边的卓云已经跑完了隧道，正在进行通关考验。

隧道的尽头是若干个分岔口，每个分岔口前都有一个传送阵，发光的传送阵像漩涡一样流转着，角色一穿进去就会传送到下一个岔路口，然后继续传送，这么一直传送，如果是错误的就会一直传到时间到，如果正确就可以到达下一关。

董潇看着卓云认真想了一会儿，然后无比干脆地进入传送，接着一路传一路送，轻轻松松进入下一关。

眼下，轮到自己传送了，董潇却没明白那是怎么个传法。

【队伍】明镜：认真看这些传送阵，每一个流动的方式都不一样，你只要后面的选择和第一个一致就可以过，很简单。

明镜说完就消失了，接着几个队员都消失了，剩下青天云笑傻兮兮地看着那些传送阵，完全分不清楚哪儿和哪儿。

"进这个，看好，这漩涡是向左散开的。"卓云扬手指点。

董潇立刻传进去，面对第二次岔路，依旧是好几个漩涡传送阵，卓云又一指："这个，向左散开的，这一关我觉得最容易，你仔细看就知道。"

第三个岔路口，不等卓云指点，她已经自己找到门路，接着第四个、第五个，传了十次，青天云笑再次看到自己的队友。

【队伍】风清扬：女人就是麻烦，慢死了。

【队伍】明镜：不要这样说，反正我们时间来得及。

青天云笑不说话，谈不上生气，毕竟的确是慢。连卓云都嫌她慢，更何况是别人……

藏着隐隐低落的心情跟着队伍一路熬下去，当冒充神龙的恶徒化身为蛇时，距离三点还差五分钟，而他们已经被系统送出副本。

得到的所有奖励摇骰子决定，最后青天云笑比较幸运地得到一柄水吟剑和一双护腕，可惜没有她想要的配方。

【队伍】明镜：潇老板那剑卖给我吧，反正你也用不着。

199

【队伍】青天云笑：好，卖给你。

与此同时，卓云操作的风潇潇也正好站在NPC旁边，当场升了一级，董潇喜道："你得到什么奖励？"

卓云亮出包裹，鼠标一个个指："一双鞋，一个头饰，一个护符，还有一个配方一个药草。"

"嗷嗷嗷，你RP真好！快点把配方学了，其他东西能用的用，不能用的丢进铺子里。"

"嗯，下个星期继续，我带你，就我们俩。"

"切，你不嫌我拖后腿了？"

"呵呵，不一样了，我闯过一次以后带你也不怕拖累。"

"咬死你！"董潇作势要扑到卓云跟前。

卓云顺势前倾，一把揽住欲躲不及的她，不顾网吧里其他成员，朝着她的嘴狠狠吻了上去。

法式热吻结束，卓云摊手："欢迎下次再咬。"

风潇潇静静站在仙境城中的潇潇杂货铺已经很久，旁边的玩家来了又去，去了又来，一批一批换过，渐渐流失的时间里，本来空荡的店铺慢慢被货物填满，慢慢地，又变得空荡，直到风潇潇用完所有材料，这样的循环才正式结束。

电脑前的董潇看着空空的仓库，松了一口气，不过想到接下来又要大肆收购各种材料，刚放下的担子又提了起来。

风潇潇转过身看着和人间城市完全不同格局的仙境大街，连阳光都那般美丽圣洁，耀眼得让人炫目。风潇潇身上的长袍随风轻轻盈动，燥热的夏季已经远去，近在眼前的秋天带来凉爽的风，不知不觉里，又一年十一来到，这意味着长假，还有中秋节。游戏公司早早预告出中秋活动，所有玩家都期待着那一天到来。

微微失神的董潇面对近在眼前的假期却完全提不起热情，和往年一样她不准备回家，但是，卓云已经买好机票，放假当天就会飞回家看老妈……

这意味着，董潇要一个人在学校过节。

【近聊】小七：潇姐！你听到我说话了吗？

【近聊】小七：潇姐！

董潇回神，立即恢复神志。

【近聊】风潇潇：嗯，啥？

【近聊】小七：啥你个头，我们戏已拍完了，懒猫说争取在十一当天做好后期字幕放到网站上，到时候咱们可要多顶顶，嘿嘿。

【近聊】风潇潇：哦，发出来我会去的。

董潇懒洋洋地撑着脑袋，脸上浮出淡淡的笑意，拍戏时虽然大家都有些痛苦，如今看到成果，痛苦早就被期待和兴奋取代，无论自己的戏份多不多，玩游戏，一群人玩得很开心，这才是正理。

【近聊】和珅：你店里的药卖得好快，下次记得给我私留一份。

【近聊】风潇潇：OK！

【近聊】小七：真是的，现在吃药跟吃饭似的，哗哗哗地就没了，钱总是赚不够，好讨厌！我讨厌上战场！我一个人没杀死过，但是药全用光了！

【近聊】和珅：那是你太笨！

【近聊】风潇潇：哈哈，不思进取啊，再笨的人如果天天刷战场，就算是碰运气也有几率杀死一个敌人，像你这样一个没杀死过的，绝对是小白极品。

【近聊】小七：俺是小七，不是小白！我又不是不想杀，但是那些敌人不让我杀，连和珅都不让我砍！气死我了——不如潇姐你去让我砍砍……

【近聊】风潇潇：做梦！

【近聊】和珅：说过要喊我老公，老婆。

【近聊】小七：和公公。

【近聊】和珅：……

【近聊】风潇潇：(⊙o⊙)

【近聊】和珅：你喊我老公，我就让你砍。

【近聊】小七：和公公砍我吧，砍吧砍吧砍吧，我好想死！

【近聊】风潇潇：噗哈哈，你们俩都结婚了，干吗这么害羞，小七你可不对哦，既然嫁了人就要喊爱爱爱爱称！

【近聊】小七：喊不出口，你怎么不喊你家那位！

【近聊】风潇潇：我们可没结婚哦！

【近聊】和珅：没结婚不值得炫耀！

【近聊】风潇潇：我没炫耀！

【近聊】和珅：你有！

【近聊】小七：你有！

【近聊】风潇潇：两位很闲啊，找个好山好水的地方去谈情说爱去，别打扰本小姐做生意了。

说完这话，风潇潇就屁颠屁颠朝野外跑，好多任务没完成，更多的材料需要采集。

刚刚找到一位任务NPC，和珅给她发来私聊信息。

看到那信息，惬意的董潇微微一愣，坐直身体，两手速速敲字。

【私聊】和珅：董潇，小七在现实里有男朋友吗？

【私聊】风潇潇：不清楚……好像没有！

【私聊】和珅：哦……

【私聊】风潇潇：你该不会是……

【私聊】和珅：没啥，你开始动笔毕业论文没？有找实习单位吗？

【私聊】风潇潇：差不多了，论文一个星期可以搞定，实习的事情想11月再动作。

【私聊】和珅：你牛，一个星期就搞定啊，我完全不想写那玩意，实习单位倒是选定了。

【私聊】风潇潇：恭喜！

【私聊】和珅：嗯……

【私聊】风潇潇：你是不是有话要说？

【私聊】和珅：嗯，你暑假的时候是不是和钱龙吵架了？他开学来了后状态很不好，连游戏都没玩了，每天绷着脸很可怕哦……

【私聊】风潇潇：……你应该知道，我和他分手了。

【私聊】和珅：这我知道，好聚好散别放在心上。不过钱龙那段时间很暴躁，还跟导师吵了一架，现在快毕业了和老师对着干很不理智，最起码要把毕业证拿到手不是吗，我也没别的意思，就是希望你劝劝他，不过别说是我找你的，那家伙现在完全不听男人的话。

【私聊】风潇潇：哦，我有空就去找他，谢谢你。

【私聊】和珅：不客气，虽然我也不爽他，不过毕竟一起住了四年……

【私聊】风潇潇：呵呵，了解！

结束与和珅的对话，董潇第一个想法就是直接打电话给钱龙的父母告状，但是那样也只会让他爸妈更担心而已，都大四的人了，却可以这么幼稚无理，董潇心里一股火气积着，特想踹钱龙几脚，没责任心的幼稚家伙。

手机悦耳的铃声响起，董潇一看来电显示便不由自主地露出笑容，接着一边说一边关了电脑拿着包包下楼。宿舍楼下，明显换好衣服过来的卓云靠在墙上等她，过往的女学生无不好奇地注视他，热切的眼神让董潇好笑又好气。这家伙除了外表出色以外，其他的其实很普通，普通的他与她特别合适。

"今天温度有点低，你穿这不冷吗？"董潇指着卓云单薄的长袖衬衣皱眉说，最喜欢卓云穿衬衣长裤的样子，但是今天这样的天气加上一件马甲比较好。

卓云摇头，握拳道："俺是铁打的。"

"去——我还是钢筋做的了。"

"哪有你这么软的钢筋，偷工减料的劣质钢筋？"卓云笑嘻嘻掐她的脸，本来还算瓜子型的脸蛋已经圆溜得很"完美"，这都是天天吃鱼的直接结果。

董潇额头青筋直冒，这家伙一边嫌弃她肉多，一边诱惑她吃鱼，最可恨的是明明他的饭量更大，但是体重却没有丝毫的增加！

"我今天死也不吃鱼了！肉也不要！我要吃素，就在食堂吃，走！"董潇斩钉截铁地拉着卓云朝食堂前进，以最快的速度买了两份晚餐，两盘子素菜和一盘子凉拌食物。

卓云瞪着寒酸的三盘菜，啧啧摇头："就算你不吃荤我也想吃啊，而且你们食堂的菜看起来和我们公司的有得一拼。"

"吃了再说！味道其实不错，特别是凉拌海带超好吃。"

卓云夹起董潇塞给他的海带，上面红红的辣椒非常刺目，卓云摸摸有点上火的喉咙，默默叹口气，乖乖地用餐。

味道的确不错，辣也辣得正好，如果不是他有点上火的话。

"味道不错。"卓云笑着赞扬。

董潇得意地点头："嗯，我一直都觉得不错。比起外面的餐馆便宜了不知多少倍。"

"后天放长假，我回家大概待几天，会赶早回来陪你。你放假早晨别偷懒睡觉不吃早饭，晚上玩游戏不能超过12点，记得回我短信，别看到了当作

没看到。还有,给你爸妈打电话。"

"少吃一顿早饭又不会怎样,好不容易放假12点睡觉太早了,你要是不说废话我就回你短信,至于我爸妈,呵呵,我已经打算邮寄月饼给他们,当然电话也要打。"

"寄月饼啊,挺好。"卓云喃喃低语,似乎在想什么其他的事,看起来心不在焉。

董潇站起身:"我去买水,有点辣,你要什么口味?"

"矿泉水就好。"

看着董潇走向商店,卓云低头吃了几口饭,却总是感觉有人望着自己,这种感觉一直都有,只不过现在更加强烈,而且是很不善的视线。卓云奇怪地抬头,扫视一眼满座的学生食堂,对上了一双既熟悉又陌生的眼睛,卓云一愣,那家伙……是钱龙吧?虽然有好几年没见,当年的高中生现在即将步入社会,那眉目,那仇视的眼神,应该没错。

高中的时候,当卓云知道钱龙和自己喜欢的女孩在一起,年轻气盛的他差点忍不住冲动找人揍他一顿,后来上了大学,本想放开一切找个女孩好好谈恋爱,这愿望却一直没能实现,关于钱龙和董潇的消息却总是从各种地方传到他的耳朵里,越是不想在意越在意,嫉妒的心被他冷藏着,从未与真正的敌人相见,他怕真相见的时候,所有的忍耐都会崩塌。

而这一刻,那些情绪已经成为过往,心里只有淡淡的平静,平静地展露笑容,不是炫耀不是得意不是挑衅,他是真的想笑,发自内心的笑容,身边陪伴的她,已经让他再也不会去嫉妒那个人,丑陋的心得以埋藏,他只需要用笑容去面对今后的人生,携手与共的她,如此而已。

"你的矿泉水。"

笑着回来的女孩递给他水,他指着她手里的碳酸饮料啧啧摇头:"不是要减肥吗?减肥就要喝白水。"

"要长胖的人喝白水也会胖,我才不管了,麻烦死了。反正你也不嫌弃我胖。"她美美地品味碳酸饮料,回答得理直气壮。

"如果有一天我嫌弃你怎么办?"

"那你现在就抢走我的甜食我的饮料我的鱼肉我的零食吧。"

卓云一愣,随即哈哈大笑起来,笑得她杏眼圆瞪,一脸鄙夷。

"吃饭的时候笑你个鬼笑,快点吃完给我升级去!"

"潇潇,是我重要还是游戏重要?"

"游戏。"

"既然你跟我在一起,趁早跟游戏分手。"

"不要,我选择游戏,跟你分手。"

"游戏虽然美好,但是不能跟你拿证更不能跟你生孩子更不可能给你买漂亮的衣服鞋子好吃的蒸鱼烤鱼大鱼小鱼胖鱼瘦鱼!"

"啊……为了我的鱼,那只好选你了。"

"呵呵呵呵呵呵,走,约会去。"

"八点以后,是游戏时间,记得把我送回来。"

第三天,学校放假,卓云的公司也是如此,卓云独自踏上了下午四点的飞机,董潇下午没课正好去送了他一程,面对短暂的分离,她第一次感到舍不得,卓云刚走,心里就开始盼望他的归期。

恋恋不舍地离开机场,手里提着卓云临走给她的两盒子高级月饼,一盒子是公司赠送,一盒子是卓云买的,说是一份给她和寝室的朋友吃,一份寄回家给未来的岳父岳母。

董潇好笑地骂他不要脸,面对月饼却完全没有拒绝的意思,心里反而很甜蜜。

【近聊】小七:潇姐啊——嗷嗷嗷嗷,我们放假了!好happy!

【近聊】风潇潇:嗯,每年总有那么几天大家都要放假的。

【近聊】小七:干吗说得这么猥琐!

【近聊】风潇潇:有吗?

【近聊】小七:有,又不是大姨妈……你不高兴咩?是不是高手不在?

【近聊】风潇潇:他回家过节了。

【近聊】小七:嗷嗷,你要是舍不得可以跟去啊,就当是见未来公婆……

【近聊】风潇潇:……他又没说……

【近聊】小七:汗,也是,要你主动说有点怪,哈哈,也许是觉得时间还没到。

【近聊】风潇潇:呵呵,这事不急!

【近聊】小七:对的对的。

【近聊】深蓝:我来了!

【近聊】小七：摸摸深蓝，好久不见！

【近聊】风潇潇：你谁啊？

【近聊】深蓝：连我都不认识，你可以去史了！

【近聊】风潇潇：我想载入历史，历史不一定需要我！

【近聊】深蓝：不跟你们废话，姐姐我十一当晚结婚，一句话，你们来不来？

【近聊】风潇潇：啊？

【近聊】小七：你打算抢谁家的新郎咩？

【近聊】风潇潇：这勾当我不参与。

【近聊】深蓝：不是我抢啊是自己送上门的男人，我深蓝开始转运了，总算有人要我了，十一晚上八点哦，到时候送你们红包！

【近聊】青莲公子：深蓝要结婚？

【近聊】深蓝：对的对啊，小白公子记得来。

【近聊】青莲公子：好巧！

【近聊】深蓝：巧什么？

【近聊】青莲公子：我也那天结婚哦，呵呵呵，新娘叫天使宝贝！

【近聊】风潇潇：……

【近聊】小七：……

【近聊】深蓝：……哦，恭喜！

【近聊】青莲公子：同喜！

【近聊】小七：潇姐你不如也那天和高手结婚？一起办多热闹啊！

【近聊】风潇潇：不跟小白凑热闹，高手要有高手风范，结婚也一样，哼哼。

【近聊】深蓝：你就吹吧！

Chapter14 游戏中的各种婚礼

休假第二天就是十一,董潇一个人出去随便买了些打折的衣服,比原来所有衣服的码子都要大了一些,这比一个人过节更打击人。现实逼迫她不得不去换新衣,特别是牛仔裤,她没脸穿拉不上拉链的长裤出门见人。

心情低落的董潇抱着电话和老妈唠叨了很久很久,老妈劝她练瑜伽,说是可以美体又可以美容,长气质又长身段,多诱惑的建议啊!

接受?不接受?想来想去还是算了,从小骨骼就不灵活,练什么瑜伽自虐,长得再胖总有人可以做出她能穿的码子。如此安慰自己的董潇抱着月饼和碳酸饮料窝在电脑前愤愤咀嚼,卓云飞回家过节就算了,可是为什么不上网!之前还说要她记得回短信,但事实是卓云回家后发来的短信很少,根本不够让她发泄怨念。

【队伍】小七:真可怜啊,高手今天又没上来。

【队伍】深蓝:姐姐我结婚为什么高手不来?

【队伍】青莲公子:现在才七点而已,不慌不慌!

朋友们抱怨着,董潇恨得牙痒痒,中午说好晚上要来游戏现在还没动静。董潇一通电话拨过去,就在她以为没人接听的时候卓云接了,传过来的第一个声音就是叹气。

"你还在吃饭?快点上游戏啊,婚礼马上开始了。"本来想吼人的,结果变得温声细语。

"嗯,正在吃饭,待会儿就上游戏,不好意思,家里有点忙。"

"哦,你上就好。"

董潇没多问家里忙什么,但是卓云那语气好像是忙得连饭都来不及吃的

样子。

【队伍】风潇潇：他马上就会上来！

【队伍】深蓝：这还差不多！

【队伍】小七：话说深蓝你老公是谁？过来没有啊？先介绍我们看看。

【队伍】深蓝：还没上来。

【队伍】青莲公子：我老婆上来了，我邀她入队。

队伍里瞬时多了个女孩，人如其名，穿得很天使宝贝的样子，粉红色的时装，还有中秋活动推出来的兔子耳朵帽和小尾巴，现实里年纪估计也很小，风潇潇等人热情地跟她打招呼，小丫头一下就和大家混熟了。

你一句我一句眨眼到了七点半，卓云依言上线。以最快的速度跑到月老面前跟两位即将举行婚礼的新人道贺，自掏腰包买了一堆烟花爆竹随时准备热闹气氛。

【队伍】深蓝：高手没有礼物送我们吗？

【队伍】青莲公子：嗯，要送礼啊！

【队伍】青天云笑：呵呵，礼物没有，人倒是有一个。

【队伍】风潇潇：喂喂，你们别太无耻哦，结婚这事应该是新人给客人送礼，客人只要等着拿红包就行。

【队伍】小七：就是就是，我结婚的时候你们都没送！哼哼！不准偏心！

【队伍】青天云笑：呵呵，我一视同仁，谁也不送，你们别忘记送我红包！

【队伍】小七：小气！

【队伍】和珅：老婆我来了！

【队伍】小七：谁是你老婆！和公公！

【队伍】和珅：你能换个称呼吗？叫我和尚都成。

【队伍】深蓝：和尚。

【队伍】风潇潇：和尚。

【队伍】青天云笑：和尚。

【队伍】青莲公子：和尚你好！

【队伍】天使宝贝：原来你叫和尚，初次见面，你好！

【队伍】和珅：……我随便说说，不用真叫，还叫得这么整齐！

【队伍】青天云笑：呃，我有事走开一下，马上回来！

【队伍】风潇潇：……？

【队伍】深蓝：这就走了？

【队伍】小七：潇姐你家高手在忙什么？

董潇哪里知道卓云在忙什么，要是知道她就不会这么郁闷了。

【队伍】青莲公子：婚礼要开始了哦，呵呵！

青莲公子说完就和天使宝贝一起退出队伍面对月老，几十秒后两人身上闪烁出耀眼的光芒和玫瑰花。

不多时，所有拿着请帖的各位都由系统直接送进婚礼现场，首先是大堂内夫妻三拜。

亲朋好友们站在大厅两边面带笑容看着两位新人，私下却都在发各种各样的消息。

比如小七与和珅就在发仅有的三个大公告祝贺两人新婚快乐。深蓝在噼里啪啦追问自己未来老公的朋友，为什么那个家伙还没上线！青莲公子这对拜完天地后就是她深蓝的婚礼了，可是新郎居然还没上来。

风潇潇发现在紧要关头卓云本尊上来了，立即追问青天云笑刚才干吗去了。

青天云笑发出一个大哭的表情，委屈道：带孩子！

风潇潇如遭雷击，带孩子？什么意思？

【队伍】青天云笑：烦死我了，死小鬼一直哭一直哭，非要抱着他才会安静！

【队伍】风潇潇：啊？

【队伍】青天云笑：我弟弟，刚一岁。

【队伍】风潇潇：……

【队伍】青天云笑："……"是什么意思？我好像跟你说过我有个弟弟。

【队伍】风潇潇：嗯，说过。但是我不知道你弟弟只有一岁，是亲弟弟？

【队伍】青天云笑：对啊，同母异父，所以其实还有个异父异母的姐姐，不过已经结婚了。

【队伍】风潇潇：……真够复杂。为什么你要带孩子？你妈呢？

【队伍】青天云笑：她去美容院了。

【队伍】风潇潇：你加油！

【队伍】青天云笑：呵呵，除了爱哭以外还是挺可爱的，就是抱着他上网不方便,老爱抓我的键盘。

【队伍】风潇潇:带一岁小孩子上网是不对的!你这个做哥哥的要好好调教弟弟不能让他从小沉迷网络,被辐射浸透弱小的身体会影响健康和美貌!

【队伍】青天云笑:这个你放心,我弟弟和我一样帅,区区辐射算什么!

【队伍】风潇潇:你这是不负责任的说法。

【队伍】青天云笑:嘿嘿,知道知道,我参加完婚礼就下线。

【队伍】风潇潇:这还差不多。

【队伍】青天云笑:呵呵,我放烟花去!

新人和客人被送出婚礼大厅,出现在热闹的大街上,早就准备好的各方好友们纷纷燃起烟花和爆竹,将喜悦推向顶峰,醒目的公告翻滚个不停,随之而来的是新郎新娘回赠给亲朋好友们的礼物,红包、喜糖,最常见的礼物便是这些。他们可不像当年绿精灵的老公那样阔气,送出的礼物不可能有时装、玫瑰花这些昂贵东西。

风潇潇和青天云笑最后得到一包喜糖和红包,青莲公子的婚礼结束后已经是八点半,中途卓云离开了几次,一次是抱弟弟去尿尿,一次是给他喂牛奶,·忙得不可开交。

婚礼结束了大伙却不能离开月老身边,因为大家还在等待深蓝的婚礼。

可是和新娘深蓝的担心一样,那个所谓的新郎还会出现吗?已经迟到半个小时了啊!不是半分钟半刻钟,是半个小时。这个时间告诉大家一个危险的猜测。

【队伍】小七:深蓝你老公叫什么名字?

【队伍】深蓝:深深的蓝。

【队伍】小七:……

【队伍】风潇潇:呵呵,这个名字好像女孩子哦!

【队伍】深蓝:他是男的。

【队伍】青天云笑:还没上来?我弟弟要睡觉了……

【队伍】小七:你弟弟又不是奶娃娃,要睡自己去睡,高手你不想等待也不能找这个借口啊!

【队伍】风潇潇:咳咳,你还是先抱你弟弟去睡吧,等他睡了你好安心上网。

【队伍】青天云笑：嗯，那我先走开。

【队伍】小七：你弟弟睡觉还要你抱？

【队伍】青天云笑：是啊，他才一岁，不抱没办法。

【队伍】小七：哈？

【队伍】和珅：咳咳，这兄弟俩差距可真大啊，结婚早一点的话儿子也这么大了。

【队伍】风潇潇：深蓝你有你老公的联系方式吗？要不去催催看，他也许有事耽搁了。

【队伍】深蓝：没有联系方式！

【队伍】风潇潇：哦，不要紧，慢慢等他吧！

周围的气氛有点尴尬，连刚完成婚礼的一对新人都不敢多说话，几个和深蓝关系好的都在耐心等待，其他关系不是很铁的早就不耐烦地离开了，对此深蓝一直没表示什么。八点半到九点的时间里月老处又举办了三场婚礼，这儿的热闹一直没有淡去，一对接一对络绎不绝，无疑今天是个好日子，无论现实还是网络都是如此。

风潇潇和小七几个静静站在旁边的大树下悄悄说话，说的是与深蓝与婚礼无关的家常闲话，对于他们来说只要深蓝愿意等待他们就愿意等待，直到新郎出现或者深蓝放弃为止。

九点半很快就到了，旁边各种各样的婚礼仍然在继续，小七和自家老公私聊，青莲公子和新婚老婆浓情蜜意打情骂俏，风潇潇忙不迭地与一个个玩家谈生意及收购各种材料。

【私聊】青天云笑：我来了，怎么回事，新郎还没出现？

【私聊】风潇潇：是啊，你怎么现在才来！

【私聊】青天云笑：呵呵，我把弟弟弄睡后去吃了饭，之前有他闹我没吃饱。

【私聊】风潇潇：哦，哎，你说她老公会不会出现？

【私聊】青天云笑：不会。

【私聊】风潇潇：你回答太干脆了，不爽！

【私聊】青天云笑：我凭直觉说话。

董潇讨厌青天云笑的直觉，因为太准确，太不爽了。

等到十点半，那个深深的蓝依旧没有出现。

深蓝淡淡地发话：大家都散了吧，不好意思让你们等这么久，我仔细一想他也许是骗子，因为他借走我一百个玉石。花钱买教训，值得。

【队伍】小七：这什么人啊太贱了！

【队伍】和珅：下次看到他帮你追杀他！

【队伍】青天云笑：要PK可以喊我！

【队伍】风潇潇：深蓝你好好休息！

大伙陆续散开，风潇潇和青天云笑回到仙境城一起打理店铺，小七出去玩一圈又跟了过来报喜道：两位去论坛看看最新的视频，就是我们拍的那个哦，已经出来了。呵呵，后期效果做得好专业哦，真喜欢！懒猫太厉害了。

闻言，风潇潇二人立即去了论坛，翻出那个二十分钟的视频，片头一个名字效果就可以看出其中的技术性，耀眼夺目，震撼人心的"刺红"二字深深砸进观众的心里，成功吸引了人们的目光。

随即，如水墨画一般慢慢散开的景象——翠绿的山川田园、清澈的美丽湖泊、宁静的湛蓝天空、随风摇曳的花草、悠扬的古典配乐，一切都美丽得夺人心魂。

第一个角色由镜头慢慢拉近，出现在视线里，战袍华丽庄严，如墨的长发飘扬，冷峻的脸孔天下一绝，一切一切都很美好，如果此人没有开口说话，也就是没有出现配音的话。

一句：红叶，你看这片疆土多美！

深深刺激了卓云的灵魂，轰得卓云支离破碎，趴在桌子上笑得浑身颤抖。

而在另一边的董潇被美景迷惑，听到主角出声时微微蹙眉，暗道这人声音虽然够成熟够攻够男人，但是不怎么好听啊，有点雷。不过想想毕竟是业余的，又不可能跟演员一样懂得演技地配音，勉强还可以听。

二十分钟的短片，台词不超过十句，完全技术性的镜头感，加上得当的效果，既朦胧又鲜明的爱情故事，雷，却不失唯美。

董潇觉得很遗憾，里面青天云笑和风潇潇出现的镜头不足几秒，太可惜了。而且居然是个悲剧结尾，太可恨了。

卓云觉得这就是雷片，故事雷，演员雷，声音雷，更雷的是真有自己出演，虽然只有几秒。

不过小七有交代在先，他也不敢说实话，于是和董潇一样乖乖地写出洋洋洒洒上千字的夸赞之词。不过就算没有他们顶贴，这视频还是挺受欢迎的。

【私聊】风潇潇：觉得怎样？我觉得画面很好看，故事有点弱，声音不够萌。

【私聊】青天云笑：呵呵，开头的字效果不错，音乐不错，那个教主的声音最刺激人，噗哈哈哈！

【私聊】风潇潇：有那么刺激？

【私聊】青天云笑：嗯，我们经理的声音，噗哈哈，笑死人了！

【私聊】风潇潇：总比小受的好，小受的声音像个娘娘腔。

【私聊】青天云笑：呵呵，不说这个，我后天中午一点下飞机，你会来接我吗？

【私聊】风潇潇：这么早回来？你想我去接你吗？

【私聊】青天云笑：我想的事情可多了，只要你愿意。

【私聊】风潇潇：比如？

【私聊】青天云笑：比如你深情地拥抱我，亲吻我……

【私聊】风潇潇：啊啊啊啊啊啊我去我去！

【私聊】青天云笑：……我可没逼你！

卓云回归当天，董潇理所当然地去迎接他，只不过稍稍换了一个方式。当董潇看着卓云四处张望她的身影，那郁闷期盼的模样让董潇乐得呵呵笑。

卓云下飞机已经等了十分钟还没见董潇出现，电话里她明明说早半个小时提前到来，人现在去了哪儿？难道是迷路了？卓云掏出电话准备呼叫。

站在卓云不远处很久的董潇及时跳出，狠狠一拍卓云的肩膀，在他震惊的目光下哈哈大笑："哈哈哈哈……"董潇笑得花枝乱颤，卓云的表情由震惊变成气恼和无奈，居然被耍了。

董潇缓和情绪，拉着自己的长卷发得意炫耀："怎么，我变个样子你就不认识了？哈哈，这假发如何？我花了一百块钱买的。"

卓云瞪着她的假发，就算现在知道是假发也看不出是假发，做工很逼真，长长的波浪卷让她显得时尚又成熟，而且董潇今天特意穿了裙子和高跟鞋，还修了眉毛，擦了点唇膏，好看是好看，但他更喜欢她短发的样子，笑起来青春可人。

"看起来好阴。"卓云不咸不淡地打击。

董潇脸色一沉，狠狠捶他几拳。卓云忙笑着补充："不过这裙子和鞋子配得挺好，漂亮，实在漂亮，我还以为是明星来到我面前，我好荣幸啊。"

"去你的!"董潇恼怒。

卓云禁住她的双臂,捏过她的脸蛋抚摸软软的红唇:"这里最漂亮。"语毕,俯身浅浅尝了一口。

两人先回卓云的公司,其后前往董潇的学校,摸到学校餐厅点了几个小菜慢慢品尝,几日离别重逢,倒也甜蜜温馨。这个餐厅有两层,他们在一层慢慢吃饭,一边闲聊说笑,快吃完的时候二层有人下来付账,转角的楼梯首先走下来一个娇小的女生,女生打扮得也很可爱乖巧,笑起来甜甜的样子,董潇的视线正好对着那里,随意看了几眼后刚要收回视线,女孩后面又走出一道高大的身影,董潇一愣,仔细去看,果真是好久不见的钱龙。钱龙抬头的瞬间也看到她,眉头一蹙,直接走向收银台付账,不一会儿拉着身边的女生走出餐厅。

董潇一时半会说不出话,卓云夹起一块番茄塞进她嘴里,懒洋洋道:"干吗那么震惊,那是迟早的事,现在,只想着我可以吗?"

董潇和卓云再次登陆游戏,正好撞上公告处滚滚不断的红色信息,所有信息都在向一个人道歉,深蓝。

【公告】深深的蓝:对不起,我不是有意骗你。

【公告】天空:不好意思,我老婆她是开玩笑而已,没想到你当真了。

【公告】深深的蓝:对不起,我没有刻意装成男孩子让你误会。

……

董潇讶异,深深的蓝不是深蓝那个逃婚的老公吗?这是什么意思?

之后两人在公告里无法发消息了,于是世界频道立即遭殃,全是两人以及他们朋友的道歉。

而深蓝一直没有露面说话,风潇潇看半天没明白什么意思,直接M了在线的小七。

【私聊】小七:这些人小题大做,深蓝早就说不介意他们还道歉个不停,哎。

【私聊】风潇潇:什么情况?

【私聊】小七:那个深深的蓝是人妖,玩男号的女人,那个天空是她老公,随口说和深蓝结婚,没想到深蓝当真了,所以那天深深的蓝故意不上线,就是这样。

【私聊】风潇潇：哈哈哈，还有这种事啊！

【私聊】小七：不过也没啥大不了，深蓝正在玩摩尔庄园，玩得很happy了！

【私聊】风潇潇：摩尔庄园？那好像是个儿童游戏……

【私聊】小七：嗯，6—12岁孩子玩的游戏，不过蛮有意思的。

【私聊】风潇潇：……

【私聊】小七：虽然你不说话，但是我看到你鄙视我的视线。

【私聊】风潇潇：No，我在鄙视我身边的陌生男人。

【私聊】小七：陌生男人？别人干啥要你鄙视啊！

【私聊】风潇潇：他在玩摩尔庄园……

【私聊】小七：噗！

【私聊】风潇潇：看年纪估计有35了。

【私聊】小七：大叔童心未泯而已，你没权鄙视！

　　风潇潇一边和小白乱扯，一边急急忙忙将QQ农场里的菜收好种好，QQ里还有老爸老妈的留言：潇潇啊，你抽空把你的菜地打理一下，让我好偷点卖。

　　董潇无奈吐气，她上QQ不多，上了也不会特意去农场，要不是电话里老妈叮嘱她可不会记得这事。多亏老妈的次次提醒她才慢慢将农场发展起来，不过级别远远比不上老爸老妈。

　　上线做了几笔生意的卓云准备拉着风潇潇去战场，一回神看到她正在玩农场，眼睛顿时一亮，凑过脑袋道："你也玩这个？加我妈的号吧，她特喜欢这个，硬逼我把农场也开通了。"

　　董潇浑身一颤，由着卓云操纵她的鼠标速速加了几个QQ号码。

　　"这两个号是我妈，这个是我叔叔。"卓云淡淡介绍，又嘀咕了一句，"我妈半夜三点起来偷菜，很厉害哦。"

　　董潇又是一颤，无意识点开自己农场里的系统留言，发现自己老爸老妈偷菜的时间一天24小时皆有……半夜三点到六点那个时间尤为刺目。

　　"哇，你爸妈更厉害啊。"卓云惊笑。

　　董潇已经无语凝咽，一口气憋在喉咙里无处发泄。

　　"走吧，做任务去。"

　　"我没有任务做。"董潇闷闷道，因为是红名，她能接的任务非常有限,该做的早就做了。

卓云指指屏幕:"帮我做。"

青天云笑和风潇潇朝着野外飞去,目的地是不周山,需要御剑飞行而上,如今160级的他们都学会了御剑飞行,坐骑反而用得不多了。

"不周山的任务是干什么?"

"去搜集十个不周山的灵石,攻略上写就是打不周山的十种怪物得到。"

御剑飞行的时间没多久就来到了音乐阴沉庄严、气氛同样奇妙的不周山入口。看不见完整的不周山模样,仅仅是盘旋而上的龙道就让人望而却步。

"这里的怪物多少级?"董潇有点怀疑地质问,感觉这里的怪物级别比他俩高很多。

"170—180"卓云淡淡回答,一边看攻略一边打前带路。

青天云笑首先碰到一种叫鲛女的怪物,远程攻击将一个怪物勾到身边来,两人齐力殴打还得半天,鲛女死去显示所得经验倒是很诱人。

"一个一个慢慢打,就当练级好了,经验不错。"卓云笑着说,董潇表示赞成。

这里的怪物很稀少,分布范围特大,打完几个稀稀拉拉的鲛女后要走好久才能见到下一种怪物狐女。这时候两个人才发现还有其他玩家也在,一个叫蜀山的男玩家。

青天云笑没说话,直接引怪到旁边和风潇潇一起攻打,蜀山自己打完一个怪物后朝他们跑来,申请入队,青天云笑没犹豫,直接加了人。也许是因为这儿太森冷太恐怖,多点人感觉比较有人气。

蜀山是个话很多的玩家,一直说个不停,青天云笑和风潇潇倒也配合,三个人聊得不错,刷怪也更加有效率,一路扶摇直上,不多时就闯上龙道的中央位置。

【队伍】蜀山:中间那个旋转的云盘上有几率出现Boss龙影,运气好希望碰上。

【队伍】青天云笑:嗯,先刷旁边的怪,有Boss出来就打,没有就算了。

【队伍】风潇潇:这个Boss掉什么?

【队伍】蜀山:好像是材料吧,不过也有可能是武器装备。

【队伍】风潇潇:希望有配方。

风潇潇遐想翩翩,消息头像闪烁起来,是小七来信。

【私聊】小七：潇姐你帮我个忙。

【私聊】风潇潇：说。

【私聊】小七：我在集天女散花，就缺一个脑袋了，你那里有吗？要是没有能不能帮我收下，你认识的人多。

【私聊】风潇潇：有啊！

【私聊】小七：嗷嗷嗷嗷我就知道你有！你在哪里啊我去找你拿！

【私聊】风潇潇：我在×市，你来我砍给你！

【私聊】小七：……

看到小七无言以对的省略号让董潇心情大好，旁边的卓云也是扑哧一笑，呵呵道："你脑袋是我的，谁也不准给。"

"我这么聪明的脑袋只属于我自己。"董潇自恋地摸摸头。

憋闷半天的小七再次来信，发个大哭脸道：脑袋什么的最讨厌了！我去砍和公公的脑袋去，潇姐你要自残别找我。

【私聊】风潇潇：7878，话说那套衣服我存货只有一个胸部和下半身，谁缺告诉我一声，价钱好商量！

【私聊】小七：猥琐！无耻！钻石做的俺也不要！

【私聊】风潇潇：是货真价实的人肉做的！

【私聊】小七：我不稀罕，你卖给高手吧，他一定肯出高价！

卓云插话："天女散花？那是女装，送我也不要。"

董潇踹人："你想要我也不给。"

【队伍】蜀山：你们怎么不说话呢？

【队伍】蜀山：悄悄话去了？

【队伍】蜀山：你们俩是情侣吗？

【队伍】蜀山：感觉是的。

【队伍】青天云笑：不好意思，刚走开了。

【队伍】风潇潇：回来了。

【队伍】蜀山：你们俩是情侣吗？

【队伍】青天云笑：嗯！呵呵！

【队伍】蜀山：呵呵，羡慕啊，不过你们俩为什么没有结婚？

【队伍】风潇潇：书还没读完结什么婚？

【队伍】蜀山：汗，我是说游戏里为什么没有结婚？

【队伍】风潇潇：……浪费钱。

【队伍】青天云笑：哈哈，也不贵啊！

【队伍】风潇潇：浪费就是浪费。

【队伍】青天云笑：老婆不愿意，我也没办法，悲哀啊！

【队伍】蜀山：哈哈哈，兄弟怪可怜的！

这些话让董潇微微脸红，觉得挺搞笑的，现实里交往这么久，卓云却从来没说过在游戏里结婚的事，是认为没必要还是其他？反正她觉得有点奇怪，一般来说情侣俩玩游戏，没别的状况都会结婚吧。

然现在董潇有点明白了，卓云一直没说是怕她不愿意，多半是这个原因了。董潇想到这点更是郁闷，自己有表现得很不情愿？这种小事情只要他开口提出她绝对不会不答应。

鸡毛蒜皮的小事却让董潇整整纠结了一夜，而另一个当事人卓云完全不知道她小小的烦恼，假期完毕又开始忙碌的上班生涯，晚上抽空玩点游戏就是不停地刷怪升级，不停地做生意，偏偏这些忙碌没能冲散董潇的烦恼，特别是每次看到小七与和珅穿着特定夫妻时装亮相时就尤为郁闷。

【私聊】蜀山：我想找个MM结婚，大嫂有没有认识的朋友介绍下，只要RP没问题就可以。

这日晚上风潇潇又和蜀山一起刷怪，自从那天认识后他们上线就基本一起任务刷怪，原来那些小白班子都逍遥去了，谁也不打扰她这个曾经的潇姐了，风潇潇何其郁闷，在卓云没空上线的时候尤为郁闷。

【私聊】风潇潇：什么样的才叫RP没问题？

【私聊】蜀山：嗯，就是不要太过分向男人要东西的MM……

【私聊】风潇潇：哈哈，可是你们男孩子都喜欢搞视频，更过分的都有。

【私聊】蜀山：的确很多败类喜欢，不过我没兴趣，就是单纯找个MM结婚，无聊的时候说说话就可以，要东西不过分都可以接受。

【私聊】风潇潇：可惜啊，我认识的MM都结婚了，有一个没结成的转战儿童游戏了。

【私聊】蜀山：哈哈哈，这么说就你没结婚？

【私聊】风潇潇：算是吧。

【私聊】蜀山：那我还是自己动手勾搭吧，靠你也不行了。

【私聊】风潇潇：同意，加油！

【私聊】蜀山：你也加油，早点和你老公结婚。

【私聊】风潇潇：哈，我无所谓。

无所谓，不就是一个游戏婚姻吗？哼，她每天都可以和本尊见面，游戏里结婚不结婚算什么！

董潇愤愤地迎来了大学里一个重要时刻，才10月20号，原本打算11月动身找实习单位的计划因为教授的推荐而提前来到。由于专业上男女有明显的偏差，董潇班上50个学生里仅有的五个女生老师们倒还蛮照顾，特意给她们打听了一家公司愿意招收女生，面试就在10月25号，近在眼前。

稍稍准备一番董潇就和同学去参加了面试，早上十点去，下午四点结束，中午连饭都忙得没吃，还好结果很值得，应上了！

五个女生全部合格，就是每个人的工作内容差别很大，完全不在一个部门，没有一个得到的职位和所学专业完全相关，这让董潇哭笑不得，却又无可奈何。可能连那个介绍实习的教授都认为他们女生暂时找个工作就可以了，至于和专业相关不相关并不重要。

"那你在那家公司以后做什么？"卓云屏住呼吸问道。

董潇叹气："简单说，就是翻译……他们说想要一个英语好，又懂得我们这行业理论知识的女翻译，实习到明年三月，一个月工资一千二百，本来我还挺郁闷，不过那家公司规模不错，先做做看。"

"……你自己觉得不错就好，翻译也可以，最起码比去旮旯地方跑工程要好。那你得要租房子了，离你们学校起码有两个小时路程。"卓云平静地接话，心中却依然很郁闷，他本以为董潇最后不管怎样还是会去他所在的公司试试，那样两人就可以更近地在一起了。

"嗯，我改天去那一带看看房子，公司要我们11月中去上班。"

"那还有时间，我帮你找吧。这个城市我比你熟悉更多。"

"真的？嘎嘎嘎，真好，我完全不知道从哪里找起。"

"交给我了。"

"嗯嗯，记得一定要可以上网的房子！小一点没关系，不能贵。"

"知道知道。"

有卓云在，董潇完全没有其他需要操心的事，抓紧最后的时间使劲玩，使劲逛街买衣服。卓云不负所望，才一周时间就搞定了董潇的住所。

"哇……是不是走错了？"董潇来到租屋，吃惊地看着宽敞明亮装修齐

全的屋子,要租也不用租这么大这么好的屋子啊,租金肯定贵死了!"

卓云白她一眼,直接拉着她观看房间:"两室一厅,你随便睡哪间都可以,主卧里有个洗手间,厨房隔壁还有个洗手间,厨房设备齐全,你要是有闲情可以自己做饭。怎么样,很不错吧?"

董潇环顾四周,铺好的地板、灯、墙纸、沙发摆设等等一切看起来都不错,就像一个完整的家庭,而且整体给人很温暖的格调。比她自己家也不过小了那么一点点而已。

董潇完全没有兴奋可言,眼泪汪汪地瞪着卓云:"多少钱一个月?"怎么看都不是她一个月工资可以负担的租金。

卓云狠敲她的脑袋,咬牙道:"我给你租好了还担心什么,合约都签了,到明年三月截止,那时候要是没别的变故你可以继续租这里,一个月一千块,不贵。"

"一千?真的只要一千?"董潇完全不相信。

"嗯,就一千,这是合约,你看。"卓云亮出合约,上面写着真的只有一千。

董潇大喜,眨眼继续抹泪:"可是卓云大哥啊,我一个月才一千二工资,交了租金剩下两百我吃什么?而且这里离公司还有半个小时车程,我一去一来车费就不止两百。"如果她工资更高,那半个小时的距离她完全不介意,因为这房子她挺喜欢。

卓云被她逗笑:"没事,租金我已经交齐了。"

"啊?"

"啊什么啊,这点钱我还是有的,你安心住着吧,你们公司附近一带要不就是贵得离谱的公寓,要不就是流氓小偷扎堆的不安全地带,你要是贪便宜住那里我不放心。实话说,这屋子是我经理以前的家,现在他们一家搬去了新屋,这里空着就便宜租给我了,不然怎么可能是这个价。"

"原来如此!我以后赚钱了还给你。"卓云如此用心帮她找房子,再拒绝都不好意思,转念一想,董潇惊喜提议:"对了!我另外四个女同学也在找房子,我不如叫他们和我一起住,这样可以平摊租金,住在这里她们估计不会反对才是,我这就打电话!"

卓云脸色一绿,想也不想就阻止了董潇的动作,无力摸汗道:"别,一个人住不好吗?多安静啊。"

董潇怪异地看着他，喃喃道："你喜欢一个人住？我不喜欢，一个人住有时候很害怕，而且有她们在平时说话聊天方便。"

"没关系，我每天来陪你。"

"……"

董潇瞪着眼前笑得一脸无害的某人，默默比了一计中指。

租房子的事情在卓云坚持下董潇最终妥协了，简单地将行李搬过去，寝室里仍旧留着床位，以后有需要回学校的时候要用。董潇一走，寝室的几个姐妹纷纷"抹泪"，嚷嚷一番哭嚎一番，搬家之日变成董潇大出血，被逼去超市采购一番回家准备下厨招待三位恶婆婆。

日子选在星期六，卓云理所当然也在，陪着董潇忙碌一天，买好东西回家在厨房里继续忙。

"你不是会下厨吗？为什么连鱼都不会剖？"

"你切这么厚的肉炒得熟？"

"土豆丝不是方形的……"

"洗白菜要撇开叶子仔细洗里面，你连这都不知道？"

"……行了，你出去吧。"

"那谁做饭？"

"不指望你。"

"卓云大厨好棒卓云大厨好妙，加油！这里交给你了！"

虽然完全被鄙视了，董潇却丝毫不郁闷，潇洒地走出厨房跑到客厅玩游戏，搬进大房子住就是爽快，坐在沙发上玩游戏再也不会屁股疼了。

室友们说好晚上五点半过来，现在是下午四点，时间很充足，屋子里已经全部收拾妥当，就等卓云大厨端出晚餐。

【私聊】蜀山：Boss出了！快过来！

没想到刚一上线就碰上这种好事，风潇潇立即飞往蜀山身边，匆匆过去后才发现队伍里就他们两个人，天啊，两个人能解决这个Boss？

风潇潇还是第一次看到Boss影龙，站在那庞大黑暗的身躯下，两人还没它的脚趾头大，怎么看怎么楚楚可怜。

【队伍】蜀山：坚持！我继续叫人。

风潇潇哪有空说话，此时完全抛开奶妈的本职，抡起拳头对着Boss猛砍，蜀山站在旁边没动，正忙着喊人。实力悬殊太大，风潇潇没撑几秒就被影龙一声叹息给喷死倒地。蜀山见状连忙顶上去，这时候支援的人已经飞快赶来，风潇潇趁机使用最新奶妈技能，复活自己。只是用这个技能复活后角色只有一点血皮，如果不小心被怪物摸一下还是得死，连死两次的话就不能复活，技能冷却时间半个小时。

　　风潇潇自救复活速速跑到旁边吃药，血满一半接着施技给全队加血，放出宝宝助攻，各种辅助技能哗哗丢出，洛羽裳自带的袖箭她一直没舍得用，还剩下六枚。Boss一技群攻下来满队几乎都只剩下血皮，这时候风潇潇袖箭连续射出三枚，Boss大掉血的空隙宝宝群加。客厅里的董潇屏住呼吸冷汗涔涔，这是她至今以来觉得最难对付的Boss了，队伍里没有特别有领导力的高手，大家全都是硬撑，每一次差点全灭又因星星小火而再次燎原燃烧，一次次从地狱到天堂的反差闹得人心脏狂跳。当Boss被他们努力砍掉三杠血后仍然显示橘色时，全队人都在心里骂娘。在这之前刷过的Boss全是三杠血！而现在照影龙的情况看起码有五杠血。

　　时间在慢慢的折磨里流失，不知不觉过去了半个小时，天，扛这么长时间要是全灭死去非自杀不可。

　　卓云在厨房里喊了董潇几次没见人回应，穿着围裙出来一看，呵！双眸绿光盈盈吓人一跳。卓云靠过去一看竟然是在打Boss。

　　"这Boss好厉害，爆东西肯定很极品，加油。"卓云淡淡鼓励完，回到厨房继续忙活。

　　【队伍】蜀山：++++++++

　　风潇潇冷汗直冒，Boss的血条只剩下一半了，但是这最后关头暴怒，全队血条哗啦啦地掉，她和宝宝加起来都顾不上，蓝用得飞快，偏偏还有那么点冷却时间让人抓狂。

　　【队伍】村长：++++++++++++++++++++

　　风潇潇抓狂，她现在使出全部解数也加不过来，而且直觉自己马上就会死！Boss攻击不断让她完全抽不出空隙。

　　就在她急得吐血时自己眼见就要变灰的血条唰一下上冲，三分之一、一半、唰唰、满血！

　　风潇潇来不及去确认这是什么状况，飞快给宝宝补充能量施群技，键盘摁得啪啪啪响，蓝药随着动作急速地减少。

风潇潇的复活将全队人马都带动起来，Boss仅剩的那点血皮在连续猛攻下终于见底，咆哮着不甘心地死去。

影龙庞大的身躯倒下，随之而来的便是满地的收获品，闪闪发光，正极力地诱惑着她们。

风潇潇激动地抹一把汗，第一次这么努力干掉Boss，能得到收获品理所当然会更加兴奋且珍惜。

【队伍】蜀山：有套影龙铠甲！我们太走运了！

【队伍】村长：不枉浪费这么多药和时间。

【队伍】魍魉妖孽：怎么分？

【队伍】胖大海：丢骰子。

【队伍】蜀山：好吧，如果有自己不想要的东西就不要参与。

屏幕跳出小窗口：

是否参与【影龙护腕】的分配？是/否

两个选择，风潇潇点是，系统显示：

风潇潇掷出22点。

蜀山掷出20点。

村长掷出2点。

魍魉妖孽掷出23点。

胖大海掷出14点。

狐狸掷出8点。

【影龙护腕】归魍魉妖孽所有。

之后参与分配【影龙头盔】【影龙胸甲】【影龙护肩】【影龙绑腿】【影龙履】【影龙手套】【影龙腰带】【影龙钢爪】【影龙鳞片】【影龙护符】【影龙之须】【影龙钢爪打造图】【影龙腰带打造图】………

全部收获品前所未有地多，分配完全公平，没有一次有人放弃参与分配，完全凭运气，即使不满意也没理由去怪谁。

风潇潇最想要的是打造图，分配完毕后她得到的打造图只有三个，剩下N个全在其他人手里，她思考着用手里的地方跟他们交换。

而一直站在身边没出声的帮手终于走了过来。

【队伍】明镜：厉害，这Boss我守过一次，没爆这么好的装备。

【队伍】风潇潇：啊！刚才是你救我？感激不尽！

223

【队伍】双簧：呵呵，美女，救你的是我哦，他一个剑客拿毛救？

风潇潇看到明镜随行的妖艳奶妈，直觉对方是个人妖。

【队伍】风潇潇：非常感谢，要不是你们救我最后肯定全灭。

【队伍】双簧：呵呵，小意思，不客气！

【队伍】明镜：潇老板你忙，我们任务去。

【队伍】风潇潇：好的，下次见。

明镜拖着队伍远去，风潇潇队伍里的人相继退出，过来支援的大家速速走出不周山，剩下风潇潇和蜀山。

【队伍】蜀山：走吧，不周山这里没必要待着了，回城交任务去。

【队伍】风潇潇：好。

蜀山打前，风潇潇随后走出不周山，不周山的出口外面是光秃秃的石头，因此那里站着的几个玩家看起来特别显眼。

风潇潇前一刻还在思考怎么跟那几个人说交换打造图的事情，要是出钱购买也可以的，没想到这会儿一出来，就看到那几个人并没离开。

风潇潇大喜，打开对话栏飞快地敲字。

然而她敲字的速度再快，最终还是没有来得及发出去。

敌人的武器已经疯狂地朝她招呼而来。

风潇潇愣愣地没弄明白怎么回事，刚刚还是队友，为什么现在合起来要杀她和蜀山？蜀山和他们不是朋友吗？

震惊的工夫里蜀山已经死回去了，接着风潇潇自己也死了。因为她是红名，死了会爆装备的，掉钱也多。

不巧因为出来刷怪，她穿的就是自己目前最合适的奶妈装备，曾经卓云送她的洛羽裳。她着急地滑动鼠标想将洛羽裳脱下，却因为是战斗中而无法如愿。

此刻就这么死一下，洛羽裳的护腕和鞋子被爆掉了，另外掉了多少钱她都没心思去注意。

死翘翘的风潇潇一秒不敢耽搁，当即选择回到地府。从地府出来是热闹的仙境城，风潇潇站在人群中，一时有点不知道该干什么。

【队伍】蜀山：你怎么样？

【队伍】风潇潇：还能怎么样，损失算小了。

【队伍】风潇潇：就死了一次，没什么。

【队伍】蜀山：幸好他们没有妈妈，不然可能会轮人。

【队伍】风潇潇：他们不是你朋友吗？为什么突然袭击人？

【队伍】蜀山：都是游戏里认识的朋友而已，算得上什么？他们估计是想爆你的影龙配件，你短时间别离开城里。

【队伍】风潇潇：哦，了解。

董潇长叹一声，原本还想和他们交换打造图，简直是痴人说梦。

这么一闹心情低落下来，正巧室友们电话过来说马上到了，董潇干脆下线出去接朋友。

室友们嘴巴上说是为了恭喜董潇找到工作以及搬家，实际的目的无疑是为了见一见董潇的男朋友，那个他们只听过却一直没机会看见的男人。

当三人抱着无比好奇的心情来到家里，就看卓云从厨房走出来笑脸盈盈地热情接待她们。修长的身材算不上结实，却足够精神，身上套着的格子围裙有点小，看起来很可笑。白净的脸，无可挑剔的五官，充满温和笑意的双眼最叫人心动。

明明是那么礼貌那么客气的笑容，却让三人的心脏怦怦一跳。

"欢迎你们过来玩，大家坐坐，潇潇你给倒茶，我还有几个菜没弄好。你们聊，我去忙了，大家别客气。"卓云笑呵呵地说着，拿着锅铲速速回厨房忙活。

三人张口结舌，拽过乖乖倒茶的董潇逼问："你哪儿找的好男人？"

董潇翻个白眼，茶也懒得倒了，平时大家住一起随随便便的忽然这么客气怪别扭的。三人这么一问，董潇哼哼道："我人品好，人家自己找来的，赶都赶不走，有什么办法。"说得一脸无可奈何的欠揍模样。

"去死吧你！"三人一齐出拳。

董潇原本觉得卓云的厨艺顶多比她好那么一点点，没想到出乎意料，一直说自己不擅长下厨的卓云根本就是深藏不露，一桌子八道菜，不说样样经典，但是那味道啊，真叫人惊喜，口水涟涟。

"啊——比我妈做得好吃！"董潇感动地抹泪，心中发誓以后不管做什么都要牢牢抓住卓云这个煮饭公。后半生有人喂，太幸福了！

"呜呜，这个青椒肉丝！行家啊行家！"

"鱼鱼鱼鱼鱼！卓云我爱你……呜！"吃到美味的烧鱼太过兴奋，以至于激动表白却被鱼肉活活塞住嘴巴时，董潇有那么一刻怀疑这是凑巧还是故

意。当亲眼看到卓云居然害羞得脸色泛红,她确定他是故意的了!可恶,差点戳痛她的牙龈。不过一句表白,有那么激动?

可是,看到卓云脸红似乎比吃到美味的烧鱼更有意思。

"咳咳咳。"

"咳咳……"

"咳……"

室友三人组齐齐咳嗽。卓云恢复冷静低头扒饭,董潇贼贼地低笑,一顿饭吃得尽兴又诡异。

晚饭后大伙聚在一起玩了会儿扑克,室友们离去后卓云和董潇一起洗碗收拾厨房。

水龙头哗哗地响,冰冷的水无法浇灭今夜的热情。

"你一直贼笑什么?"卓云忍无可忍地瞪着董潇问。

董潇放下手里擦干净的碗哈哈一笑,盯着卓云轻轻启动双唇:"卓云。"

"嗯?"头皮发麻的卓云挑眉应声。

"我想对你说三个字。"

"……"卓云一抖,呼吸发生了变化,眼神复杂,却晶亮。

"想听吗?"

卓云深呼吸,努力保持冷静,面不改色无所谓地接话:"说什么快说,别吞吞吐吐。"

"我——"

"爱——"

"你——"

"煮的烧鱼,真好吃!"董潇作感动状,手里的泡泡沾上衣服都没在意。

发觉自己被深深耍弄,气得脸色发紫的卓云从天堂跌到人间,恼火地丢下抹布,一声不吭出了厨房,闷闷坐在沙发上赌气。

而罪魁祸首越发高兴了,喜滋滋地哼着歌乐悠悠地洗碗擦锅,听得客厅中的某人恨不得撕了她的嘴。

最好用嘴去撕!卓云咬牙切齿地在心中发誓,那一天总会到来的。

Chapter15 戏剧性的复仇

风潇潇怎么也没想到自己在城里憋屈了两天后才出门时会再一次被砍死。

而且是她前脚出来，刚刚离开安全范围，还没来得及跳上飞剑就被一击殴了下来，落地的风潇潇被四个人围住，那四个人正是前天围攻她的家伙们。

没想到为了那点装备会特意守在这里，真是太敬业了。风潇潇恨得牙痒痒，可恶！洛羽裳的头饰和护腕被爆掉了！从重生点走出来风潇潇怒气冲冲跑向城外，一心只想找他们报仇，反正她已经是红名再多杀几个人算什么。城门就在眼前，只要再跑一步她就出去了，风潇潇陡然冷静下来，出去了又如何，她一个人斗不过四个，出去了会再死一次，然后继续被爆装备和钱。

"啊啊啊啊啊——气死我了——"董潇咆哮怒吼，鼠标摔在桌面上乱蹦。好友栏里见鬼地没有熟悉的人在，憋屈憋屈，实在憋屈！

她从没像现在这样渴望卓云快点回来过，尽管她如今住在这个大房子里，不过对于同居一事心里总有点介意，卓云每天过来煮饭给她吃，玩到九点就会自觉回公司，并没有提出让她为难的要求。可是今天下班回来接到卓云的电话，说是公司有聚餐，今天估计来不了了，她听后哀叹晚上没有好吃的晚饭了。现在游戏里遇到这事，看着不再配套的洛羽裳，风潇潇一个头两个大。

【私聊】蜀山：一个人？出来陪我做任务吧，在紫竹林。

风潇潇发呆的时间里蜀山上线，看到这消息风潇潇一愣。

【私聊】风潇潇：你现在一个人在外面？

【私聊】蜀山：对啊，正在紫竹林接任务，你来吗？

【私聊】风潇潇：我来不了，那天杀我的人一直守着我。

【私聊】蜀山：不会吧？

风潇潇纳闷，为什么只守着她杀？欺人太甚！

愤愤地瞪着电脑屏幕，蜀山在那边叽叽呱呱说个不停，什么内容已经完全不进她的眼中了。

思来想去，风潇潇想到一个好法子。她得到影龙的几样装备都很值钱，昨天说给卓云用，卓云还不要，建议她卖给需要的玩家。

风潇潇从仓库取出三个公告道具，立刻就在所有人都能看到的公告栏里发了消息。

【公告】风潇潇：【影龙XX】【影龙VV】【影龙CC】【影龙ZZ】……贱价出卖，要的M！

带图开卖，每样装备的属性点开一看就知道，风潇潇不知道这个服里有几套影龙装备，但现如今它绝对是好东西。

一秒的时间都没有，来自各处的消息疯狂M来，风潇潇一一点开细看，自然是想选择一个价高的卖。

这些消息里还有几个熟人，风潇潇选择回复帮主夫人懒猫，这可是个大主顾啊，有钱人。

【私聊】懒猫：这么好的东西你怎么不找我和我老公？不管，你一定要卖给我们。

【私聊】风潇潇：呵呵，你们要那就卖给你们，价钱自己给吧，我也不知道开什么价。

【私聊】懒猫：这还差不多，我也不是很懂价钱，等我老公上了跟你说，他公司在聚餐，估计短时间来不了，你可千万别卖了！

【私聊】风潇潇：好说好说，我不急的。

决定了买家，风潇潇立即又发了一个公告。

【公告】风潇潇：我的所有影龙装备已经卖给帮主青天一笑了，如果还有人想买那就找我另外几个朋友看他们卖不卖，他们分别是"村长""魍魉妖孽""胖大海""狐狸"，现在就在仙境城门口，大家有需要的尽管去找。

这条公告一出，风潇潇这边闪烁的消息顿时消减下来，风潇潇轻笑几声，将上面消息又复制粘贴重发一遍，然后在不要钱的世界频道开始玩游戏以来第一次刷屏！刷刷刷刷刷死你们几个无耻贱男！满腹怨气的风潇潇笑得畅快淋漓，报复后的快感比砍人还舒坦。

五分钟后风潇潇大摇大摆出了城，赶往蜀山所说的紫竹林。在城门口她上次被杀的地方，那几个杂碎正被一群人围着谈生意，完全没有心思去注意风潇潇。

蜀山正在紫竹林奋力砍杀紫竹怪，那些怪物攻低防高，砍不死人，人也很难砍死它们。风潇潇兴奋地加入进去，将方才的事情讲给蜀山听，说到那几个家伙被围住风潇潇尤为得意，狠狠诅咒道：要是他们被不法分子PK就好了，最好爆掉全身装备，气死了，我的装备一下少了四件。

蜀山依言附和，诅咒那几个家伙不得好死云云。

【队伍】蜀山：那你的影龙装备全卖了？

【队伍】风潇潇：还没有，等我们帮主上来就给他，对了，你的要不要卖？我们帮主估计很想凑齐全套，价钱应该不错，他有钱，你要是想卖就给他吧！

风潇潇个人认为只拿着套装的个别零配件完全是浪费，卖给别人凑齐一套多好，可惜还有些在那几个家伙手里。

【队伍】蜀山：哈哈，我的其实昨天就卖给一个朋友了。

【队伍】风潇潇：啊，好可惜，你的打造图还在吗？卖给我吧，我以后做了装备免费送你。

【队伍】蜀山：打造图昨天一起卖给那个朋友了，不要紧，我们以后还有机会去守影龙Boss。

【队伍】风潇潇：啊，太可惜了……

两人小队就这样在紫竹林里慢慢地砍慢慢地聊，半个小时眨眼过去。

【队伍】蜀山：我的好了，一起去交任务？

【队伍】风潇潇：我没接这个任务啊，红名接不了，你一个人去交吧，我在这儿等你。

【队伍】蜀山：那好。

蜀山一个人飞回去交任务，董潇操作风潇潇去没怪的地方打坐，自己则跑去厨房飞快地炒了碗花饭，昨天晚上的剩饭刚好一碗，加点小白菜，加两个鸡蛋和一点酸豆角，光是闻闻就让人口水横流，特别是肚饿的人。

董潇捧着碗重回客厅电脑前，才想确认蜀山回来没有，没想到看到的是自己挺尸在地，旁边围着的一伙人正是村长他们。

董潇一急，被饭狠狠呛到，咳得眼泪都出来了。

躺在地上的风潇潇已经连洛羽裳的身体都被爆掉了，因此可怜的风潇潇仅穿着肚兜和一件洛羽裳的裙子下摆，里面还有长裤，多么悲剧的画面啊，诗情画意的紫竹林里，一个性感MM躺在地上搔首弄姿……旁边几个猥琐男围观中……

屏幕上还有个小窗口。

每个人死后都有一个选择，去地府或者被人救活，24小时里死一次可以选择瞬间回去地府，死两次就得在地上挺尸30秒回地府，这30秒里足够被奶妈救活，然后被猥琐男群殴死翘翘。

这次的村长一行特意带着一个奶妈，风潇潇连回地府的选择都被强硬取消了。

愤怒的风潇潇可不想第二次被轮白！

【近聊】风潇潇：你们到底想干什么！我不是说了我的装备全部卖给青天一笑了吗？你们有本事去爆他啊！没胆子是不是！几个弱智菜鸟只知道欺负女人，诅咒你们年年过光棍节！

【近聊】村长：死女人别嘴硬，把影龙的打造图交出来，我知道你手里有四个。

【近聊】狐狸：你要是不交出来我们就一直爆你，说不定会把你轮白哦。

【近聊】风潇潇：你们爆吧！我什么都没带在身上，你们轮白我也爆不出来。

【近聊】狐狸：你以为我们不敢？

风潇潇冷哼，我管你们敢不敢！鼠标点上右上角的红××，强制关闭游戏，看你们还能怎么爆！

算是得救的董潇松了口气，但是心情完全被破坏，洛羽裳基本等于没了，当初卓云送她这个装备不知道费了多少时间去搜集。

董潇叹口气，闷闷地扒饭，味道没之前香美了，可惜可惜。

吃完饭看了半个小时电视剧，董潇满脑子都是游戏里的事，以及不时看向手机，卓云今天到底来不来，这是个问题。就算不来也应该给个电话才对。

　　想到卓云就想到青天云笑，想到青天云笑就想到不是后羿。很久没玩这个号了，想着想着便不由自主将不是后羿登陆了。

　　不是后羿上线的地方正是仙境城，跑去潇潇杂货铺围观一小会儿接了几个任务便出了城。出城右拐，一路向前有很多怪物区域，第一个任务点是刷紫薇花妖精。

　　不是后羿远远站着，对着花丛里的紫薇花妖精射击，弓箭手这个职业她一直玩不通畅，至今仍然如此。跌跌撞撞在花丛里东奔西跑，折腾了许久才干掉两个怪物，不是后羿坐下来静静吃药。不远处的小道上有几个再熟悉不过的玩家骑着坐骑匆匆路过。

　　村长、狐狸、魍魉妖孽、胖大海、蜀山……

　　明显是组队跟随的状态，这会儿是要进城吧，这是必经之路。

　　再也顾不上吃药，不是后羿跳上坐骑尾随而去。跟着他们进城，跟着他们来到潇潇杂货铺，很可惜看不到他们说话，之后又跟着离开仙境城，在门口，那队人各自离去。不是后羿选择继续跟踪蜀山，蜀山去了灵猴坡，不是后羿装作刷灵猴一并过去，然后很小白地邀请入队，并且附上：高手带我吧，我差一点就升级了。

　　蜀山同意和他组队，不是后羿演绎了一个活泼开朗废话特多的弓箭手。

　　【近聊】蜀山：你是女人吧？

　　【近聊】不是后羿：对呀，其实这是我哥哥的号，本来叫他带我，可是他嫌我烦，真讨厌。

　　董潇此时此刻觉得最大的遗憾莫过于不是后羿为什么不是女号，不然应付蜀山会更加容易。

　　【近聊】蜀山：新手不适合玩弓箭，你干脆去建一个女号奶妈，我从零开始带你。

　　【近聊】不是后羿：这样可以吗？会不会很麻烦？

　　【近聊】蜀山：不麻烦，一般女孩子都喜欢玩医师，而且医师的衣服又漂亮，组队很容易。

　　【近聊】不是后羿：可是要从零开始练……那得多久才能来仙境？我喜欢仙境这里，这里太漂亮了，到处都是鲜花。

　　【近聊】蜀山：这样啊，对了，我有个小号奶妈，一直没时间练，干脆

给你好了,你有QQ吗?我上QQ给你账号。

【近聊】不是后羿:好呀好呀,谢谢你,我玩游戏以来第一次遇到你这样的好人,之前遇到几个男玩家说话很粗鲁,总喜欢骂人,太讨厌了。

【近聊】蜀山:^_^,我不喜欢骂人。

董潇浑身抽搐地上了QQ,她的QQ号上什么信息都没有,压根不怕别人看出什么。

蜀山的QQ名叫:忧伤之眼。

董潇恨不得把晚饭全吐出来,等着吧,以后会让你真正忧伤的!忧伤之眼爽快地给了她奶妈账号,密码是123456ABC。

登陆进去,奶妈居然叫"云儿姑娘",选择的脸型发式等等全是温柔可人、可爱乖巧那一类型的。

云儿姑娘还差10级就满级,此时正在人间,云儿姑娘上线没一会儿,蜀山就屁颠屁颠跑来了,一副我是你靠山的气势说:走,带你升级去。

云儿姑娘千恩万谢跟着跑着,云儿姑娘很尽职地扮演小姑娘,打怪绝对不出手,只管站在旁边高声呐喊:蜀山哥哥好厉害!蜀山哥哥的衣服好威风,蜀山哥哥天下第一……

蜀山哥哥可不能白当,蜀山哥哥可温柔体贴了,一会儿送云儿妹妹衣服,一会儿送她发式,一会儿送她可爱兔宝宝,一会儿送她玫瑰花,一边打怪还不忘放浪漫烟花。

两个沉浸在爱河里的哥哥妹妹,就差一步踏进新婚殿堂。

编造这虚伪爱情故事的董潇完全没有注意时间的流逝,时钟已经指向九点,卓云是来还是不来没空去考虑了。

终于蜀山忍耐不住主动说:云儿要不要嫁给我,跟我做夫妻。以后我会一直保护你。

【队伍】云儿姑娘:可是哥哥说游戏里男人都是骗子,好多人结婚后还用小号去骗别的姑娘,一点真情都没有。

【队伍】蜀山:我不会,我的小号就是送你的这个,而且我现实里也没有女朋友,你也没有男朋友吧?

【队伍】云儿姑娘:要是我有呢?

【队伍】蜀山:……

【队伍】云儿姑娘:骗你的,其实人家没有了。

【队伍】蜀山：那我们就结婚吧。

【队伍】云儿姑娘：嗯……

【队伍】蜀山：好老婆，我先通知我的朋友过来参加婚礼，你先去月老那里。

好老婆……

董潇那个呕啊，呕得捶桌子，踢椅子，不过另一面又觉得特别搞笑，浑身都忍不住颤抖。

婚礼现场如她所料，蜀山那些所谓的朋友们之中包括杀她的一伙，一个不少。

这样她就明白为什么那些人守她不守蜀山，为什么那些人会找去紫竹林，而蜀山又凑巧去交任务了。

这些明白了，董潇还是有不明白的事情，蜀山这样跟风潇潇、青天云笑一起做朋友，另一面又指使人砍风潇潇，到底是为什么？仅仅是为了影龙装备？或许玩游戏的人为了装备可以疯狂，但是她不理解啊，似乎非要找个理由出来才肯说服自己。

云儿姑娘穿着凤冠霞帔，蜀山温柔在陪，大门传来钥匙咔咔的响动时，董潇整个愣住，然后才开始思考到如果被卓云看到会不会误会，会不会生气？

没有多余的时间考虑，手忙脚乱的董潇速速最小化屏幕上所有窗口，跌跌撞撞站起身僵硬地笑着招呼："你，你怎么过来了呢？"转头去看时间，天啊，都快九点半了。

卓云手里拎着一个塑料袋，明显是装的宵夜和水果，身上还有浓浓的酒味，脸蛋微微发红。

不过卓云没醉，和往常一样过来看看董潇而已，但是进门这一刹那董潇那慌乱的动作全部收入眼帘。卓云的双眸扫向电脑，盯了很久很久，终于微微地笑了，小声再小声凑近她耳边说："你难道在看不健康网站？"

带着酒味的热气喷在她耳边，不由自主地红了脸，恼羞成怒推开卓云："你才看那种东西！"

卓云顺势坐倒在沙发上，只当董潇是害羞了，所以很体贴地不为难她，将食物放上桌子，温声道："里面是米饭和烤鱼，你晚饭吃了吗？"

"我自己吃了炒饭，不过现在有点饿了。"董潇笑嘻嘻打开塑料袋，里

面香喷喷的鱼在勾引她。吃鱼需要吐刺,习惯性起身去厨房拿垃圾篓,待她回来时就看到卓云趴在电脑前,董潇尖叫一声扑过去,卓云吓一跳,不解地望着她:"怎么呢?"

"别碰我的电脑!"董潇死命拽卓云的手,这般举动完全勾起卓云的好奇心,就算真是不健康网站他也要看看是什么玩意。

然而桌面上只开着QQ和游戏,并没有不健康网站,难道QQ里有猫腻?

QQ窗口显示有消息过来,卓云点开:

忧伤之眼:老婆……

忧伤之眼:老婆你怎么不动呢?

忧伤之眼:老婆你还在不在?

忧伤之眼:老婆快回游戏,婚礼还没结束……

"老婆"于是点开游戏,闹哄哄的音乐轰然而起,他动动鼠标,最终确定了屏幕上穿着喜服的云儿姑娘就是"自己",云儿姑娘的老公是蜀山。

【私聊】蜀山:老婆你是不是卡死了?

【私聊】蜀山:老婆啊……

本尊"云儿姑娘"面色平静,掉头对着某人笑问:"他喊谁老婆?"

"他喊谁老婆?"

面对卓云的质问,"红杏出墙"的某人连连后退几步,光明正大扭曲事实,纤手一指,大声道:"喊你吧,这种事情问我也不知道啊,我刚才在看电影,我什么也不知道。"说罢无辜地摊摊手,脸不红心不跳。

"他喊谁老婆?"卓云咄咄逼人。

董潇连连后退:"我不知道!"

"不知道可以,你喊我一声老公,我就不追究了。"卓云话锋一转,笑嘻嘻地提出要求。

董潇脸色一寒,怒道:"你做梦!哼。"

"我做梦吗?你难道没有这种自觉?除了我你还能喊谁老公。"卓云欺身上前,禁锢得潇潇无处可逃,热热的酒气喷在她脸上,全身都慌乱起来。

卓云微微放松了力道,改为温柔地抱着她靠坐在沙发上,懒洋洋地依着脑袋缓缓道:"今天聚餐,有个部门经理说要给我介绍女友。"

怀里的董潇一颤,咬紧了嘴巴不吭声。心中默念叨那什么破经理也不好好打听一下别人有没有对象，胡乱介绍个什么劲！

"我说我有了。"

就是就是，有了就是有了，不能骗人的。

"然后他不在乎，说只要没结婚就可以，要我先跟那个女孩处处，也许比女朋友更合适。"

"你们那什么破经理脑壳有问题对不对！夺人所爱还说得那么光明正大，太不要脸了！"

卓云失笑，在她肩头蹭蹭，轻声说："就是，怎么能夺人所爱呢，不然你会伤心的对不对？"

"切，我无所谓的。"

"也许你真的无所谓，不过我很有所谓。我这样一点点地靠近你，要多久的时间你心里才会只想着我，像我一样想着你？"

这个问题她没法回答，想破脑袋也给不出答案，不过她认为他应该很清楚，她现在是喜欢他的。

卓云低头，在她脖间落下细密的吻，还是喝多了吧，所以今天才这么多话，董潇微微叹息，没有反抗，任由他的动作继续。卓云呼吸越发急促起来，勒紧她腰间的手探进了厚厚的衣服里，冰冷的手触碰到肌肤的瞬间刺激得她回神。成人有成人的生理需要，这点不管男女都很清楚，不过控制欲望的东西是理智，理智决定自己的行为，即便她此时渴望拥抱也无法交出自己，根深蒂固的思想不是一朝一夕可以改变，不然就没有她和他今天的相守。

推开卓云并不需要多大的力气，他同样理智地放手，什么也没多说，仍旧抱着她静坐。

"别发呆了，云儿姑娘的老公还等着我处理。"

卓云嘴角抽搐几下，哼哼推开董潇摸到电脑前，滑动鼠标在信息栏准备敲字。

做贼心虚的某人眼睛一眨不眨盯着卓云打字，不用想也知道他会回应什么，总之只要他一说话，这桩戏就演不下去了！

虽然卓云肯定会生气，但是她不想就此放弃报复，已经努力到这个地步再放弃更是不甘心。

就在卓云准备发送消息的那一刻，董潇飞扑上去撒娇似的抱住卓云的

235

腰，柔情似水地说："你喝了很多酒，快去洗澡休息吧，今天你别回去了，睡隔壁房间就可以了，哎呀，别盯着我看，快去洗澡，我给你煮点姜汤怎么样？我还得给你铺一床干净的被子，现在天气变冷了很多。"

卓云放在桌上的手在董潇一言一语里收了回来，缓缓抬起些微迷蒙的双眸注视董潇的脸。

"你坚持要跟这个'老公'结婚？"很可惜卓云并没有被迷惑，脑子很清醒地反问董潇，只有撒谎的人才会出现反常现象，破天荒地主动留他过夜虽然让人兴奋，不过比起这么隔壁左右的过夜，他宁愿换来某人喊他一声老公，就算是在游戏里喊也喜欢。

卓云的神色看起来很有点危险，董潇心里一突，可别真的生气了才好，无论如何她可不希望卓云误会她真的和游戏里的老公有一腿，那样太得不偿失了。

无计可施的董潇只好坦白从宽，将所有事情原委讲叙给卓云听，末了还要加上一句："你先别生气了，我完全是为了报复这个狗东西才这么假装，实际上没有半点心的出轨，你要相信我。"

卓云听完脸色时好时坏，的确她这么做情有可原，可是他认为有更好的解决办法。

"我直接去砍了他不就好了？干吗这么拐弯抹角浪费时间，还是你觉得这样很好玩？"卓云闷声追问，说来说去他最恼火的就是那一声老婆，反过来一想，就算董潇假装，势必也会喊蜀山一声老公，呕……不行，光是想一想就头疼欲裂，这种特权身为男朋友的自己都没有享用过，凭什么被一堆数据和一个小人抢先占有。

董潇郁闷，砍人是很简单，但是说实话真没这样更刺激人。而且，她老觉得事情不是这样简单，蜀山和他们做着朋友，却又背信弃义，就算是游戏，这样个玩法也太累了，一句话，这是何必呢？

"你给我几天时间好不好？等我问出来他那么做的理由我就立刻撤退，好不好？别生气别生气，小心上火喉咙疼。"董潇小心翼翼地顺毛，卓云果然平静少许，一个人瞪着眼沉寂小会儿，一锤定音道："号给我，我来解决，用你的方法解决，你继续玩自己的号去。"

"啊……？"董潇傻眼，也就是说卓云要扮演那个云儿姑娘？

卓云白她，淡淡道："做就做狠一点，就这么定了，你快点吃宵夜。"

卓云推开董潇，自己坐到电脑前变身云儿姑娘。

【私聊】云儿姑娘：来了来了，对不起嘛老公，刚才我这里卡死了，差点死机重启。

【私聊】蜀山：总算来了，没事没事，不过婚礼已经结束了！

【私聊】云儿姑娘：啊！讨厌，我没看到全场！我的烟花我的玫瑰我的糖糖什么都没看到，555……

【私聊】蜀山：老婆别担心，烟花和玫瑰我给你买，你喜欢的话可以天天看！

【私聊】云儿姑娘：可是亲爱的，对于女孩子来说婚礼是最重要的时刻，居然这样被我错过了，就算你用再多的玫瑰花来弥补也不一样了。

【私聊】蜀山：那也没有办法啊，婚礼已经结束了，老婆别哭。

【私聊】云儿姑娘：555，人家太伤心了，好讨厌自己，我真是笨死了！

【私聊】蜀山：老婆别伤心别自责，不是你的错，都怪我请太多人才害你卡了，你一点也不笨，你是我最可爱的老婆。

【私聊】云儿姑娘：真的吗?我哪里可爱？大家都说我笨蛋！

【私聊】蜀山：没有，你哪里都可爱，那些说你的人是嫉妒你！

【私聊】云儿姑娘：还是亲爱的蜀山哥哥对我体贴！

【私聊】蜀山：老婆我也爱你！

噗——

旁观的某人再也无法忍受，捂着嘴巴笑弯了腰，特别是一边看对话一边看面无表情敲字的卓云那才叫搞笑。

"说，你以前是不是用过这招？"董潇敲打卓云的脑瓜逼问。

卓云一边应付蜀山一边微笑回答："别人对我用过。"

"啊？谁啊？"

"一个人妖。游戏里人妖都这么说话的，不过男人就是要傻傻地上当，被骗光了后才知道反省。"

"那你上当没？"

"上当了。"

"……卓云，我对你期望太高了！"董潇恨恨得拉扯那张俊脸。

"那个人就是杀手一号的人妖女号。"

"……之后呢？"

"之后,他们带我升级,送我装备,成了朋友。"

"……"

董潇无法想象杀手们最后是如何被卓云奴役的,不过眼前,短短半个小时,亲爱的蜀山哥哥已经送了云儿姑娘最贵的时装两套,最贵的坐骑一个,金子送了一沓,烟花爆竹玫瑰数不胜数,最后在云儿姑娘娇声说着自己要去睡觉美容洗泡泡浴后,蜀山哥哥将自己的账号和密码也给奉上了,然后亲嘴晚安,约好第二天继续去某地看山看水。

"好了,我们也该晚安了。"卓云关掉电脑呼口气,一口喝干满杯茶水。现在快十点,酒劲随着困意上来了,脑袋特别沉。

拿着账号密码张口结舌的董潇如梦初醒,僵硬地跑向房间:"我、我去给你拿睡衣。"卓云虽然一直不在这里休息,但是这里有洗衣机,所以每天晚上过来都会带上脏衣服,洗干净后也一并放在这里,单独搁在一个柜子里,叠得整整齐齐,对于厨艺不在行的董潇在清洁方面倒是做得没话说。

犯困的卓云接过睡衣钻进浴室,并不是很困的董潇将厨房拖干净,客厅简略地收拾一遍后卓云洗好出来了。

"你去洗吧,我先睡了。"

如今正是十二月月初,天气变得寒冷很多,洗澡后只穿着单薄睡衣的卓云哆嗦了一下,反身钻进房间。董潇看着他关上房门才松口气,回房拿衣服洗澡,半个小时后回到自己房间,摸到床边按开台灯,刚准备上床的董潇惊叫一声:"你怎么躺在这里!"明明记得卓云刚刚去了隔壁房间!

被惊醒的某人懒洋洋回答:"那个房间太冷了,会冻坏我的。"

多么好的理由啊,董潇气结,一个枕头砸上去:"冻死你个坏蛋!快点给我滚过去!"

"不要。"

"好,你不过去我过去!"

卓云顿时跳起来拉住她,无可奈何地好言相劝:"那个房间真的很冷,你不要过去。别生气,我不会把你怎么样,就是想沾沾你的热气,不都说肉多的人火气大吗?"

"你才是肉多的胖子!"

"是是是,我是肥猪,你最苗条。好了,快躺下来,穿这么一点会着凉的。"

"你这么大一男人横在床上我躺不下去。"

"这样吧,你当我是肥猪,来,躺下来,肥猪不会把你怎么样。"

"噗,真不要脸。"

笑了,就有松懈的迹象,卓云趁热打铁,干脆将人拉进暖暖的被窝,搂住她的腰便乖乖闭上眼睛,一副我已经睡着的纯真样子。

董潇哭笑不得,装睡的卓云将她平静下来,悠悠地冒出一句:"老婆,晚安。"

……

"晚安……"

闭上眼睛的卓云心里微微叹息,老婆晚安的下联应该是老公晚安,这么简单的对子要什么时候才会说出口。

美丽的仙境城,潇潇杂货铺前。新婚燕尔的蜀山带着老婆云儿姑娘进城,凑巧遇上店主风潇潇在线。

风潇潇惊讶地说:蜀山你结婚了为什么不告诉我?我好给你送礼啊。

电脑前的董潇一个劲推耸卓云:"云儿姑娘套话套话!"

云儿姑娘横她几眼,没好气道:"再这么叫我不干了。"

"云大哥套话……"

"这还差不多。"

【近聊】蜀山:我是准备请你的,但是那天你不在线,老婆,这是我朋友风潇潇,是有钱的大老板哦。

【近聊】风潇潇:哈哈哈,云儿姑娘你好,以后买东西只管找我,我给你八折。

【近聊】云儿姑娘:谢谢!

眼前,私下操作云儿姑娘的卓云正和蜀山私聊中。

【私聊】云儿姑娘:亲爱的,这个风潇潇是女孩子吧?

【私聊】蜀山:嗯。

【私聊】云儿姑娘:真讨厌,是不是你以前喜欢的女孩子啊……

【私聊】蜀山:绝对不是!老婆千万别误会!

【私聊】云儿姑娘:可是……我感觉是啊……她看起来很漂亮,而且又有本事,你们认识的时间比我们长。

"原来我这么优秀。"伸长脖子的某人沾沾自喜道。

【私聊】蜀山:老婆你误会了,我和她完全没关系,我怎么可能去喜欢这种贱人,很多事情你不知道,她是我仇人!

贱人贱人贱人贱人……董潇语塞。

【私聊】云儿姑娘:骗人!她一个女孩子干吗跟你结仇,而且她对你很热情,我现在心里好乱好乱,只要想到你和别的女人相处我就好讨厌……心好痛好痛,可是我不会哭的!

几乎呕吐的董潇抚胸道:"你很痛,我很呕啊。"卓云赏她一个白眼:"别碍事。"

【私聊】蜀山:老婆我最爱你,根本不会出轨,这事说来话长,准确说我的仇人是她老公。

【私聊】云儿姑娘:她老公?你和她老公结仇!是不是为了她?你说你说,你要是不说清楚我就恨死你!

【私聊】蜀山:这个游戏我玩了很长时间,以前有个大号被她老公黑了,我从那以后就申请了小号想报仇,但是后来玩久了觉得那没什么意思就忘记了。

【私聊】蜀山:直到那次去不周山却凑巧又碰到他们两个贱人,我一下就火气上来了。但是我打不过他们,我没想好用什么方法去报复,就这样拖拖拉拉有了机会,虽然我最讨厌的那个家伙没事,但是爆掉他老婆的装备也很解气,而且他们俩还像个傻瓜一样当我是朋友,完全不知道怎么回事,那个女人蠢死了,完全不是我喜欢的类型啊。

你蠢你才蠢你全家都蠢!某人气得张牙舞爪。

【私聊】云儿姑娘:这是真的?

【私聊】蜀山:当然啊!不信你问村长和狐狸他们,他们都是我同学啊,帮我一起报仇杀风潇潇的就是他们,我如果喜欢她,怎么可能叫人杀她对不对?老婆你真笨。

"听到没,老婆你真笨,老婆大人告诉我,你怎么得罪人家呢?结果找上门报仇把我算进去了。"董潇笑嘻嘻地依着卓云追问,卓云难看的脸色叫她特别兴奋。

卓云苦思冥想良久才想起有这么一个符合说辞的人。

"记得青天微笑吗?"

董潇眨眼，青天微笑不就是那个帮助婊婊黑她电脑的电脑高手吗？而且已经辞职离开了卓云所在的公司。

"他帮我黑过一个人，侠客行。"

"侠客行！噢，我还记得这个家伙！原来就是他！对对对对，这么一说肯定就是他了！"

"没错，我只黑过他一个。现在真相明了，你要怎么收尾？"

董潇摊手愤愤道："甩掉他，看着心烦。"

卓云点头赞成，这么个玩法其实很不爽啊，太浪费时间和表情了。

但是要怎么甩才过瘾？

卓云想了良久，第一步，趁蜀山不在线的时候登陆他的账号卖光所有装备丢光所有东西让仓库变得空空如也。然后操着蜀山当屠夫，专找不好惹的家伙杀，杀不过也要杀，首要对象就是各大帮会的帮主们，把大佬们惹火，把自己杀红。

第二步，云儿姑娘强制离婚，然后特意在蜀山上线震惊迷茫的时候高调宣布结婚，老公是不是后羿！

第三步，蜀山找云儿姑娘讨说法，云儿姑娘娇滴滴地回应：其实我爱的人一直都是不是后羿，他其实是我现实里的男朋友，不好意思骗了你。

第四步，云儿姑娘下线。

这些事情都是在蜀山坦白后的一个星期做出来的，之前还是和往常一样装作和蜀山很好的样子，让蜀山看不出一点反常。

云儿姑娘退隐江湖，青天云笑重出水面，风潇潇很无辜很好心地关照好友蜀山：云儿姑娘怎么改嫁了？你们到底怎么了呢？

【私聊】风潇潇：别伤心，这种女人不要也罢，以后眼睛放亮点，放聪明点就不会被骗了。

"哈哈哈哈，太解气了！"兴奋过度的董潇扑在沙发上打滚，连抱枕被踢掉了也不在意，完全沉浸在报复后的快感中。

主角云儿姑娘倒是很淡定，只当帮董潇完成了一个幼稚的任务，任务结束他该煮饭的时候还是要煮饭，而且一定要煮好吃的鱼。

卓云今天准备的是鱼火锅，天气越来越冷的现在吃火锅很享受。将四条巴掌大的鲜活鲫鱼凌迟处死洗净，在油锅里炸熟后丢进沸腾的水中，切好的嫩豆腐、白萝卜也一并放进去，沸腾后一起倒进电火锅，这时候电饭煲里的

米饭熟了,再随便清炒一盘大白菜,简单美味的晚饭出炉。

白醇的鱼汤营养鲜美,董潇喝了一小碗后才吃米饭,不时看看对面努力给小鱼挑刺的卓云。

"有事?"

"没,你是不是胖了点?"脸蛋貌似比热天的时候圆了一点点。

"……不知道。"卓云完全不自知,但是最近一日三餐都很正常,而且天天吃荤,长胖一点不奇怪。以前一个人在公司想吃就吃,不想吃就算了。对食物没董潇这么执著。

董潇莞尔:"长壮一点也好啊。"

"嗯。"是胖是瘦卓云还真没心思去在意。

"不过你别长成大肚子那种……"

卓云挑眉,盯着头皮发麻的某人良久,轻轻一笑:"我倒是很希望你长成那种。"

"……女人嘛,都有那一天的。"董潇轻咳,又补充说,"不过我警告你哦,不准长成大肚子!那种男人不管怎么看怎么猥琐,就比如我们公司那个死老头副总,快五十岁的秃头油肚子丑男人成天拖一十八岁的小MM招摇过市,要多恶心就多恶心。我现在只要看到大肚子男人就想起那个猥琐老头,想吐!"这番话董潇说得咬牙切齿,恨不得千刀万剐的阴狠模样。

卓云困惑地看着她,慢吞吞指明真相:"是不是对你不礼貌?"

董潇那个怒啊,一瞬间喷发出来,噼里啪啦骂了出来:"那个恶心的老头子见到女人就摸,我们公司几个女同事全都遭了魔手,真想撕了他。本来我一新人和他没什么瓜葛,昨天凑巧碰到一次……居然摸我屁股,我没忍住推了他一下,撞到栏杆上……然后……他说要开除我……"说完这些董潇很窘迫地垂着脑袋,工作还没满一个月就被开除了,不管怎么解释都不好听,而且忍不住想自己是不是太没忍耐力,那些女同事都被揩过油却忍住了,为什么她就不能忍住。可是事情已经发生,无法挽回什么了。这事憋在心里整整一天,现在说出来反而大松一口气。

卓云皱眉,难怪觉得今晚董潇食欲不如以前好,还以为是火锅里没放辣椒的原因,原来是因为工作的事。

"就算他不辞你,以后在一个公司也有隔阂。你现在不过是实习而已,合同都没签,干脆暂时回来,过完年来我们公司上班好了。我们公司虽然没几个女人，不过绝对不会出现你说的那种事。而且就算是实习工资也高一点。之前跟你说你不肯去，现在只有等过完年了。"

董潇越听越纠结，如果和卓云一个公司工作是很近，但是她有点抵触这种近。

"我想自己去招聘会看看。"

如斯回答，将晚餐推向僵局。

没出几天，董潇果然被辞退了，还好做了多少天拿了多少工资，一分不多一分不少。预料中的结局并没有让她多么沮丧，反而斗志昂扬跑遍整个城市的招聘会，每天重新忙碌于寻找工作的热情里。

相比她的热情，卓云就显得没什么好看的脸色，强求董潇和自己在一家公司的确不对，但是他还是很不高兴，董潇是完全不考虑他所在的公司，尽管回来抱怨外面的公司多么多么不好，就是不肯理睬卓云的建议一下。

难道这个建议非常让她为难吗？卓云怎么都无法理解。

连续找工作的日子过得飞快，眨眼圣诞节就到了。平安夜当天董潇还有一场面试，答应卓云当天回家一起过。

卓云在中午就抽空买好了需要的食材，就等着下班后回家。

下午三点的时候公司里男男女女都坐不住了，个个都在期盼夜晚的到来。卓云飞快地敲着电脑，脸上一直挂着笑。

同事A悄悄走过来小声打断卓云："小子你艳福不浅，桃花不断啊。"

"没有的事。"卓云头也不抬地继续敲字。

同事A死瞪着卓云那张风轻云淡的脸，现在的女人不知道怎么了，都喜欢这种一点不阳刚的小白脸，喜欢就喜欢呗，还死要面子不肯自己出面来约人，害他成了跑腿的媒公，真是大大不爽。

"晚上一起出去玩吧，隔壁的孟大美人会来，大美人谁都不理睬，就看准你了，兄弟你可要把握机会。"

孟美人？卓云皱眉，一栋写字楼里的隔壁白领，修长修长的一女人，腿细得跟牙签似的踩着高跟鞋进进出出很引人注目，因为卓云每次都担心她会不会摔一跤就折断了身体。一点不美，完全不美。美人的标准最不济应该比他四十多岁的老妈美，不然就别说是美人。比如家里的那位吧，他从不说她美，因为真的不美。

推掉同事的邀请，卓云一心等着下班时间。四点的时候收到一条短信，

243

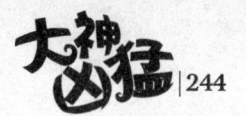

无比期待地溜进厕所偷看信息，竟然是个晴天霹雳。

一整天的期待就这样化为泡影。

卓云忍住怒气打电话过去，董潇那边很快就接了。

"你到底有什么事情这么急还说晚上不回来，你到底干什么？"卓云噼里啪啦地追问，此时此刻他认为天大的事情也不该比自己还重要，这是他们在一起的第一个圣诞节，说是第一个情人节也没错，他整个都是按照情人节的标准来期待的，而且最重要的是，她到底知不知道这是个特别的日子？

董潇捂着耳朵嗫嚅道："对不起，这是突发事件，我明天晚上回去陪你好不好？"

"不好！"

"别这么固执啊，不就一个洋人的破节嘛，过不过无所谓的，而且林蓝现在很需要人陪，你就体谅一下。"

林蓝？卓云还记得这个女孩正是董潇的室友。

"林蓝怎么了？你其他室友不能陪吗？她还有她男朋友可以陪！你别凑热闹没事快点回来。"卓云几乎是吼出来的，如果推迟到明天意义就不一样了。

"别提那贱男人了，人家就是看快毕业了就把林蓝飞了，你说那还是男人吗？毕业不过是分手的借口，实际是和有后台的女人跑了而已，跑就跑了呗还非要刺激林蓝，骂林蓝又蠢又笨又没上进心，什么难听话都出来了，要不是有人拦着，林蓝当时就找那贱人一起去跳楼了。你说我现在能离开吗？她情绪很不稳定啊，另两个室友今天都出去忙别的了，正在赶回来的路上。"董潇没说的是当初自己这般受刺激的时候正是有这些朋友陪着才快快走出了阴影，人都有不如意的那一天，有朋友陪着就是福气。

卓云听完实在不知道该怎么接话，女孩子跟男孩子不一样吧，脆弱的时候非要人陪，男人独自舔伤口就足够了，他更是什么都喜欢自己扛，朋友什么的完全没在意过。不理解董潇这种友谊，但是无法反驳。

"你真生气呢？哎，我明天晚上陪你过节好不好？"

"我把今天的菜都订好了。"

"……不能改成明天？"

"不能。"

"疏通一下好不？"董潇讨好央求。旁边的林蓝奉劝她回去，她放心地朝她一笑，表示没关系的。

"不好！你为什么一次都不肯顺着我的意思？将就我一次很难吗？工作的事情是这样，今天说好的事情还变卦，我不懂你和你朋友关系有多么好，但是好过我和你的关系就真是很让我痛恨。你要是不回来那我还回去干什么！你陪你的朋友，我陪我的朋友，各自逍遥！"

啪，电话被挂断。

愕然的董潇半天无法回神，相处这么久卓云第一次对她发脾气，她有点被吓到，而且前所未有地心慌意乱。

几乎没有多余的心思去思考什么，出于本能地再次回拨电话，那边是死也不肯接。再播几次，竟然关机了。

自己的确不对，但是为什么连道歉的机会都不给她？董潇握着手机微微颤抖，脸色很复杂，好像生气又好像很着急。

林蓝知道他们一定吵架了，自己被人甩了已成定局，不好再连累朋友的感情也出现问题。林蓝努力挤出笑容劝慰董潇："我已经冷静很多了，你快点回家吧。随时电话联系，别担心我。"

董潇犹豫不决，电话打给王弥得知她们马上就回来，董潇这才说声抱歉立刻搭车回家了。

从学校到住处有一个小时车程，但是中间半个小时的位置会经过卓云的公司。看看时间差不多五点了，卓云还没下班，董潇干脆下车跑去卓云的公司，在没有打扰的情况下静静等到五点半，五点四十，但是奇怪并没有看到卓云出来。董潇偷偷摸上楼，逮住一人追问才知道卓云所在的公司今天四点半就下班了。

董潇无语，看来还是需要回家一趟。匆匆跑进电梯下楼，电梯里还有几个没下班的女性。

其中一个个子矮小的笑嘻嘻地说："我们老板真是不解风情，今天这么重要的日子还死要我们守到现在才放人，真是讨厌，看隔壁的老板多体贴，四点半就让员工出去潇洒了。"

另一个附和："就是，我男朋友今天特意来看我，都快等一个下午了。"

"你多好啊，回家有人陪，像我们孤家寡人可怜死了。"

"哈哈，那就赶紧找一个。隔壁今天去了不少帅哥，我觉得那个姓王的工程师对你有点意思，你加把劲。"

"今天聚餐多找人家交流交流，还有孟MM你也别冷着脸吓坏男人了，姐姐跟你说句实在话，再漂亮的女人总是冷冷淡淡地不搭理人，那些喜欢你的男人迟早都会变成别人的老公，你要是真没意思就不去聚会，要是有看中的去了就别冷着脸。"

这话的确很实在，角落里的董潇忍不住看了眼那个人嘴里的冷脸孟MM，很漂亮是实话，就是一看孤高冷艳，女人最讨厌的类型。

董潇随随便便瞥了她一眼，正好一楼到了，众人一起走出电梯迈入大门口。

冷风吹来，董潇清清楚楚听到其中一人笑着说："别这么说小孟，她其实一点不冷了，就是有点害羞而已，隔壁的卓帅哥今天要去聚会，小孟激动了一下午，刚才还在洗手间里拼命地补妆，哈哈……"

"就是那个卓云吗？不会吧！我一直觉得那家伙和小孟一个德行，冷眼看人特不爽地说……"

"哈哈哈哈，那说明他们般配！上一次老苏结婚请酒，卓帅哥还帮小孟挡酒，多有情有义啊！"

董潇最后一次回头看向那些人，个子高挑的孟MM一脸腼腆的笑，特别刺眼。

独自站在冷风肆虐的街头，董潇一时无比迷茫，完全不知道接下来该何去何从。回家？家里没人。打电话骂人，电话不通。

慢慢溜达在拥挤的冬日街头，不知不觉夜幕降临，四处灯火辉煌，人群熙攘，一对对情侣携手从身旁嬉笑路过。不怕冷不怕拥挤，就为了在这么个夜晚一起出来走走逛逛，却可以笑得那么幸福开心。一个人的孤独和两个人的笑容形成强烈对比，忽然就明白卓云为什么那么生气了。

明明有情人却要和单身一样孤独地度过，家里没有人相伴，那个家一点不想回去。

"你怎么回来了？"室友林蓝吃惊地看着董潇，董潇闷闷地撇嘴，有气无力道："他不在家。"

"……电话还打不通？"

"嗯。"

"哎，别担心，明天跟他好好道歉就行，以后可别这样，我觉得他对你真好，你应该更体贴他一点。"

董潇闻言脸色稍微缓和，忍不住将刚才的事情跟林蓝说了，心里的忧虑如果不说出来她今天会失眠。

林蓝听罢叹气说："以前你那个钱龙吧，我们一直觉得他对你不好，看你围着他转就跟老妈子似的。现在我们虽然对你和卓云的情况了解不多，但是听你平时描述，再看他那个人，感觉就很舒服，就是那种……对你好是很自然的事，明白吗？"

董潇迷茫地抬头看林蓝。

林蓝抓头，懊恼自己不会表达，于是又道："我不太会说，就是我个人认为，当一个人对你好成了最自然的事，那他一定对你真心无二。"

董潇扭捏地垂着脑袋，好吧，听了这话她信心大增，就算卓云现在和那个什么小孟在一起她也不担心卓云变心！

"但是，他对你好成了自然的事，所以你也很自然地去接受，而且理所当然。当有一天他忽然对你有一点点不体贴不温柔了你就觉得他忽然变了忽然不好了然后怀疑这怀疑那。其实他没变，是你太习惯太受宠了。你忘记他也是个普通人，他有自己的喜怒哀乐，会有不高兴的时候，不可能时时刻刻把你捧在手心呵护。你不能抱着一种反正他最爱我，我就算天天对他发脾气他也不会离开我这种心态。"

"我根本没有这样想过好不好？"董潇无辜地反驳，她怎么可能这样想。

"是的，你没有这样想也没有做，但是很显然你目前只习惯被呵护，却没有自觉地去呵护他。我说直白点你别生气，现在的你就像以前的乾隆，现在的卓云就像以前的你，当然你肯定比钱龙要好一点，我这只是比喻你们的立场。"

这么直白的比喻，傻子也明白了。董潇有种被雷劈后的打击和快感。一瞬间豁然开朗，抱着林蓝大笑不已，久久无法消停。

林蓝不阻止，任由她畅快地大笑。可叹解决了姐妹的问题，自己的问题还在纠结，虽然被甩了，却见鬼地认为那个人仍旧只爱自己。

"我今天真是高兴，说实话我觉得幸好我今天惹他生气了，不然我可能一直不明白吧，哎，林蓝你真是我的救星，为了答谢你，走，姐姐请你吃饭

去!"

心情微微转好的林蓝见她如此不敢推脱,收拾一下就去了食堂。

食堂里很冷清,这会学生们都逍遥去了。

隔壁有对情侣说:"大礼堂有圣诞晚会,我们待会去看看行不?"

林蓝如梦惊醒,没错,今晚大礼堂有晚会,而且主持人就是他,和他的新女友。

林蓝二话不说,拉着忙于点菜的董潇速速跑去礼堂。大礼堂人山人海,根本没有空位了,董潇任由林蓝拉着一点点往前挤,最后站在礼堂右边靠墙的中央位置停下。

董潇这才知道主持人是叶文和那个小三才女,顿时脸色难看下来,轻哼一声默默地陪着林蓝。

旁边一排男生见俩美女站着很不好意思,友好地让出位置给他们,董潇一直用鄙视的眼神瞪着舞台上的那对狗男女,不得不说看外表的确般配,叶文是新闻系的才子,平时作风颇高调,万雨涵是教授之女,同时也是新闻系的才女。林蓝说叶文是为了在某个牛×电视台立足,才转而去追万MM。叶文当时说得很直白:"你能给我什么,人人都说我这好那好一表人才,可是人才没有后台人家电视台不跟我签合同!我辛辛苦苦实习大半年到头来还比不上一个英语三级都没过的文盲,我就是不甘心!"

舞台上的节目换了一出又一出,金童玉女在那演双簧,配合得天衣无缝让人赞不绝口,底下有不明真相的学弟学妹们嘻嘻笑着说:"他们两个好配,听说叶学长很浪漫,为了追万学姐昨天晚上十二点在宿舍楼下放烟花,我叫我男朋友给我也浪漫浪漫结果他说很丢人,真是死要面子。"

这番话让董潇二人哭笑不得,叶文的确很浪漫,想当年追林蓝的时候什么招数都使了,身为林蓝室友的董潇大饱眼福欣赏了整整一年,一年后林蓝把持不住投怀送抱了,从那以后叶学长就不浪漫了,改走实际路线专心喂老婆去了。

光阴荏苒,物是人非。

转眼要毕业,各飞东西。

底下二人兀自伤怀,台上的节目根本没看两眼,反正不是歌就是舞,看几年都看腻味了。

董潇闷闷把玩手机,不时拨通那个熟记在心的号码。

周围的嘈杂入不了耳,满脑子都是回去后要怎么跟卓云道歉。

当一声低沉、虔诚、熟悉无比的——

Dear god

灰扑扑的心境如被一滴清水净化,叮,董潇豁然抬头,怔怔看着灯光幽暗的舞台,蓝色的灯光洒在中央那个修长的身影上,得体的黑色燕尾服,假面遮住了他半边脸,可是那熟悉的薄唇,熟悉的轮廓,熟悉的嗓音……

I know that she's out there……

是他,就是他!忍不住全身都开始发抖,为什么会在这里,为什么会在这里……

The one I'm suppose to share my whole life with

and in time……

You'll show her to me

Will you take care of her

comfort her

until that day we meet

and let her know……

my heart……

is beating with hers

低沉缠绵的独白,一点点渗入她的心扉,激动的心情竟然平静下来,双眸怔怔地看着台上那人,身边的林蓝说了什么她没听见,身边的观众尖叫她没听见,她只是看着听着,然后在他再次张嘴的瞬间,不可遏止地笑了,笑得比谁都幸福,比谁都难过。

In a dream I hold you close

embracing you with my hands

You gazed at me with eyes full of love

and made me understand

That I was meant to share it with you

my heart my mind my soul

Then I open my eyes

and all I see reality shows I'm alone

But I know someday that you'll be by my side
cause I know god's just waiting till the time is right
……
Just close her eyes and let her know
my heart is beating with hers
……

为什么会有这样的声音，明明清晰无比，却又那么含糊缠绵，为什么会这么用力地演唱，明明轻柔舒缓，却听得她满头大汗，心脏紧绷。

不是这样的，不是这样的，他和她，明明不是歌里唱得这般悲伤这般无力。

……

I know someday that you'll be by my side
cause I know god's just waiting till the time is right
……

台上那人还在尽情演唱，或者说是尽情表达自己的爱。台下早就寂静无声，男男女女的观众无一不被带动，沉浸在悲伤感动的情绪里无法自拔。

身边的林蓝哭了，董潇没有看到。

林蓝哭着离开了礼堂，董潇没有看到。

她只知道在歌曲渐入尾声，在那人就要没入后台时，双腿自动地跑开了。

她要去的地方，一定可以找到他，然后，一定要一起回家。

等她冲进后台，那里忙碌的人群中并没有卓云，她激动地抓住叶文逼问，叶文魂不守舍地说卓云已经出去了。

董潇拔腿追出礼堂，一层层楼梯跑下来，没有她要找的卓云！

Chapter16 出其不意的求婚

气喘吁吁的董潇累瘫在人来人往的一楼门口,又气又急地破口大骂:"姓卓的你以为腿长了不起啊——"

骂声一出,周围众人均好奇地看向她,董潇有气无力靠着门框,心烦气躁掏出手机翻出那个熟悉的号码。

小气鬼,还给我关机!

"再不开机我就——"

"就怎样?"

"咬死你!"董潇双目猩红地冲他低吼。

卓云亮出手机,哼哼道:"我就是不开机,你咬我啊。"

"不慌,先容我踹断你的狗腿!"出脚——某人跳开,再出脚,某人跳开。某人出脚,躺下……

躺下的董潇捂着眼睛哭叫:"你踢我!"

"是你先出脚的。"

"你居然踢我!"

"是你惹我的。"

"你居然狠心踢我!"

某人无奈:"我不是接着你吗?再废话我就放手了。"

"你放啊你放啊,你放下我就躺在地上不回去了,我就在这里冻死等你来收尸!"

"女孩子不该这么厚脸皮耍赖。"

董潇轻哼不屑,继续躺在某人怀里,看着天上的雪花落下,于是更加用力抱紧卓云的脖子。

"这样吧,你再唱一次刚才那个歌,唱给我一个人听,我就听你摆布,

不然你就这样把我弄回去。"

卓云眉头都懒得动,直接拖着人往校门走。

"喂喂喂,你怎么这样……我要听歌!刚才我光顾着感动没听全,你再唱一次行不?"

"我哪有唱过什么歌?你做梦吧,我刚从酒吧找来这里就看到你在楼下骂我。"

小气鬼,你绝对在嫉恨!

一路被拖回住处,饭桌上摆着很美味的大餐,只可惜全都冷了,中间还有个10寸的可爱小蛋糕,还有红酒和蜡烛……

董潇的罪恶感再次蔓延,小心翼翼地偷看卓云,刚才回家在出租车上卓云一句废话都不肯说,现在到家了也没个好脸色……

董潇打开电视拼命想着怎么找话题,卓云很不给面子,起身跑去了厕所。

不知道怎么说好话去哄一个生气的男人,闷着又很不爽。董潇见卓云久久不从厕所出来,干脆将桌上的大餐端进厨房,说来她今天连晚饭都没吃上,现在很饿。将烤鸡丢进微波炉,火锅插上插头,烧鱼丢进锅里一热,青菜一热,米饭一热,最后不忘拿出酒杯摆好。

万事俱备只欠东风,东风乃卓云是也。

董潇猛敲洗手间的门:"卓云你在里面干什么?掉进马桶了?快点出来,我把饭菜都热好了。"

卓云脸色铁青地走出来,身上的衣服换了。董潇松口气,赶紧坐回桌前倒酒,卓云却摸进卧室拎着一袋衣服出来:"我回宿舍。"

"啊……"

卓云见她傻傻地看着自己微微蹙眉,懒得多解释,换好鞋子便扭开大门走了出去。

董潇再傻也明白刚才那不是幻听了,脑子一瞬间有点充血,哗啦一下爆破,拖鞋都来不及换,急急追进电梯狠狠拽住卓云的手腕。

"不准走!你咋这么小气,我已经知道错了,你要是还有哪里不高兴说出来啊,别闷着头一声不响地走。"

"我就是小气咋了!"

"……不咋,小气就小气……我忍着。快点上去,不然菜又冷了。"董潇声音细小地说,出来没穿外套,脚下一双拖鞋有点冷。

"我没要你忍着,你不高兴可以不忍。"

"……我忍不忍不必问你,好了,跟我上去。"董潇讨好地放软音调。

卓云倔强地甩开手:"我不上去。"

"那你要我怎么样?你是不是想着那个小孟美女?我今天去你公司找你没看到你可是看到了她,那些人说她喜欢你,说你给她挡酒!"

卓云吃惊地瞪着她说完,半晌接话:"我喜欢她,你要听这个?"

"我……"

"我什么我!我今天喝多了,你不要惹我生气,快点放手,我要赶回去。"

董潇闷着脑袋不说话,手拽着死紧就是不放。两人僵持在电梯不进也不出。

"你告诉我,怎么才肯消气。"

"我没生气。"卓云轻哼。

"骗人。"

卓云那个恼啊,咬咬牙齿浑身颤抖,一用力就将董潇反手制伏,逼视她的眼睛一字一句道:"你难道对我没有一点真心?从来没有认真地关心过我?或者你是聋子是瞎子是有健忘症?"

"啊?"这话太严重了,不过到底什么意思?

这么无辜这么迷茫的眼神望着自己,这就是回答,卓云顿时泄气,连发怒的劲儿都没了。为什么偏偏喜欢这样没心没肺的女人。难道努力这么久她只习惯自己的照顾却没有身为恋人的自觉?卓云死不愿意承认这样的自觉,可是事实又有偏差,不行,他一定要暂时离开让自己静静,不然一刺激难免做出冲动的事。

卓云轻松拉开董潇的手,转身走出电梯的瞬间,董潇似有似无听到他的叹息,那么无奈那么失望。

看着他几乎迫不及待地逃出公寓,董潇最终独自回到屋内,桌上的蜡烛都快烧完了,火锅已经煮开,正噗噗冒着热气。失魂落魄抽掉插头,忍不住一个劲地想难道就这样和卓云结束?这样太不对了,明明不久前他还为自己唱出那么感人的祈祷,她愿意相信那是他的心声,每一个颤音都唱进了她的心底。这一辈子恐怕都不会忘记,有这样一个人,为自己真心祈祷过,有这

样一首歌，证明自己被真正地爱过。如果因为自己的愚蠢错过这样一个人，让自己难过得流泪的人，她以后还有什么资格去追求真爱。

不知道什么时候睡着，不知道什么时候大梦初醒，窗外已经大亮，她动动僵硬的肩膀，暗嘲自己像个白痴，躺在沙发上睡一夜怎么没冻死。桌上的饭还是那样摆着，蜡烛只剩下凝固的蜡烛油，这顿饭，今天能和他一起吃吗？一夜醒来脑子里并没有太多的主意，但是一定要去卓云的公司看看。没精打采地收起红酒，倒掉冷饭，冷菜一样一样收进厨房，最后偌大的桌上只剩下一个小蛋糕。

她轻轻松松将蛋糕拿到自己面前，简单的黑色巧克力，有几片水果，中间还有个可爱的大笑脸，笑脸的上面插着一个白色巧克力的卡片，上面刺目的红色字迹写着：Happy Birthday！

Happy Birthday！此时此刻才看到这醒目的红色字迹多么讽刺啊，董潇恨不得一头撞死自己，这是给谁的Happy Birthday？自然不是她这个春天出生的大蠢人，这是那个生气的家伙自己送给自己的Happy Birthday，因为没人送，所以自己送给自己……

要是以往董潇一定会笑着说你这么老一人还过什么生日，可是现在，她无话可说，只想哭，哭自己的愚蠢，难怪会骂她耳朵聋子眼睛瞎了健忘症犯了……夏天的时候，卓云告诉过她这一个特别的日子，她当时还笑嘻嘻地说大冬天出生的人很折磨妈妈。如今仔细想来，卓云当时说的生日并不是这一天……

董潇立即去翻日历，圣诞是算阳历，今年的圣诞那天属于阴历十一月初八，没错，卓云当初说的是这个日子。可这不是借口，因为不管阴历还是阳历她都没记住。不然就算在十一月的时候送礼物给卓云，他一定也会很开心。

不知道他是怀着什么样的心情自己给自己筹办生日，等着她的一声生日快乐。她只记得某一年的春天她过生日，钱龙只是一个电话不冷不热地给她说声生日快乐，为此她足足气了一个月。

现在圣诞夜已经过去，生日快乐已经没有了意义。

总算知道了症结所在，虽然伤心卓云生气离开，不过不知道为什么，明白真相的董潇忍不住笑了，笑那个没等到礼物而大发脾气的大孩子。

董潇重新振作，拿着钱包背上包包出门。要去买身好看的衣服，简单打理一下长长的头发,然后挑选一样礼物,负荆请罪去。

做完这些已经是下午两点,焕然一新的董潇拎着所有积蓄购买的昂贵男装,昂头挺胸冲去卓云的公司。

卓云才从会议室出来就听说有位董小姐找自己,脑中第一反应就是居然来了,心情不知该说是高兴还是不屑,总之很复杂,刚准备冷眼说不认识此女,传话的大妈痛惜道:"那丫头在外面跪了一个钟头了,好可怜。"

什么!卓云咚咚踢开椅子飞跑出去,没有听到可怜的大妈小声喃喃:"对不起,那丫头要我这样骗你。"

卓云飞出办公室,所见的压根不是某某人下跪请罪的可怜样,那家伙反倒是容光焕发,一身新装趾高气扬的可恶模样慢慢朝自己走近:"你跑得这么急,难道真以为我下跪请罪?"

"怎么可能。"卓云反口否认。

董潇不揭穿,轻咳几声难为情道:"你觉得我今天怎么样?"

卓云看都懒得看,摆手道:"一身游泳圈还想怎么样?"

"你是不是嫌弃我肥……"董潇垂下脑袋,泫然欲泣地盯着闪亮的脚尖。

"……说话要讲道理!我什么时候嫌弃过你,明明是你完全不考虑我的感受,我说话你从来不听,连你一个朋友都比我重要,我哪天过生日你也不知道,是不是我哪天死在外面你也不晓得去悼念?"

"呸呸呸,别说这种不吉利的话。我知道你很委屈,对不起,我是猪,我是有健忘症的可恶老太太,我不温柔不体贴我不是好人,可是你要负责,谁叫你出现在我面前,以后你要负责。"

卓云气得胃疼,这死女人到底是跑来干什么的!

"负责跟我一辈子,你要是生气,以后每一年你过生日我都给你唱歌……只要你听得下去……"

卓云久久没有搭腔,定定看着眼前局促不安的董潇,身后有同事躲着偷窥,他想想不由笑了,镇静地反问:"你这是告白吗?"

董潇豁然抬头,正儿八经地递出礼物袋:"不。"

卓云眼色一凝。

"我是求婚,这是求婚的礼物,代替戒指,你别嫌弃……"买不起戒指的穷人偷偷抹泪……

卓云和身后一众同事们震惊地瞪大眼睛,全都不可置信地看着勇敢的红脸MM。

红脸MM纠结、踌躇、扭捏了老半天,偷偷从身后的塑料袋里掏出了一朵玫瑰花:"这是送给你的……"

哇,偷窥的众人低呼,热情急速高涨。

卓云呼吸提起,眼神灼热地瞪着花和几乎要燃烧的董潇,这女人的脑子到底什么构造,为什么能做出这种匪夷所思的事,害得他所有的思维全都乱套了,昨晚上还很冷静地想了一夜,以后要如何要如何,此时此刻从听到这个人的名字开始,什么冷静啊理智啊全TM的烟消云散了。

卓云几乎颤抖地接过那朵花,可怜的娇艳花朵一入他的手就被生生捏断,卓云发誓绝对不是故意的,实在是太激动太不会控制力道了。

"既然你诚心诚意地求婚了,那我就勉为其难地……答应你。"

晕啊——身后众男心中大骂,笑得吐血,有这么无耻的男人吗,被一个女人求婚还厚颜无耻云淡风轻说出这种不要脸的答复,明明激动地汗流了一地,嘴巴笑歪了你以为没人看见!要不是光天化日,你丫早就扑倒了吧!

董潇那个喜啊,兴奋得手舞足蹈,顿时拉着卓云的手喋喋不休道:"虽然我们说好了可是我还没毕业所以你别着急啊,等我毕业我们就去结婚可以吧?"

"可以。"

"嗯,那我没送你戒指你不介意吧?我实在买不起,以后给你补偿。"

"不介意。"

"这个玫瑰花也很贵,我买衣服回来连车费都快没了,所以只好买了一朵,其实本来想买99朵的,一朵花你不会嫌弃吧?"

"不嫌弃。"

"我总觉得好像还少了什么很重要的环节……"董潇摸头拼命地思考,忘记了什么?想啊想啊想啊……

卓云面无表情地提醒:"你忘记吻我了。"

"哦对!那……你闭上眼睛,头低下,再低一点……"

哇哇哇,众人再一次欢呼起哄,包括后面不知道何时出现的老板大人也笑嘻嘻地看着门外吻得热火朝天的年轻人。现在的年轻人啊……哎……不过公司的单身汉又少了一个,真好。

下班回到有她所在的家里，卓云的脑袋还晕晕乎乎的不真实。自己好像回到了少年时代，幻想不切实际的美梦在脑海一遍遍上演。没错，少年时，单纯的他发现自己单纯的喜欢，还一门心思想着等那个女孩先做了自己女朋友，然后等长大就跟她求婚……

咳咳，虽然迟了很多年，虽然对象反了……

可是，结果是一样的，那个梦，真的实现了。

"啊啊啊！我是猪啊——我怎么这么蠢——"董潇再一次抱着脑袋鬼哭狼嚎，那凄惨的劲头，卓云看着胆寒："你怎么了？又做了什么傻事？"

"我怎么这么蠢向你求婚，我太丢人！我简直是不要脸，唾弃自己鄙视自己我怎么不去撞死！"

"……你后悔了？"卓云冷着脸，一副你要是说后悔我就吃你的野兽样。

董潇胆怯地缩下脑袋，嗫嚅道："没……人家是……太不好意思了……像我这么蠢的女人，真的有吗？我干吗要去当第一个……"

"你有什么不好意思，追求真爱谁还要什么脸面是不是？"卓云厚颜无耻地开导。

"是是是，这样吧，卓云你再对我求婚一次，我就心理平衡了。"

"可以啊。"

"不不不不，不能在这里，必须等你买好戒指，买好99朵玫瑰花，还要穿上西装打领带然后带我到一个人最多的热闹地方，站在最显眼的位置向我虔诚下跪，向我表达最真的爱，最感人的承诺，然后我一定要被你感动到流泪，哭着答应你的求婚，这样你再给我戴上戒指，然后吻我的手，把我牵起来……啊——"

幻想浪漫求婚曲的某人，被一锅铲铲死了。

等她醒来，香喷喷的饭香弥漫，那个人和往常一样穿着稍小的围裙，像个好丈夫一样忙进忙出，对上她苏醒的眼眸，微微一笑："该吃饭了，有你最喜欢的清蒸鳜鱼。"

"卓云，我开年去你们公司面试，以后你要罩着我。"

"那是当然。"

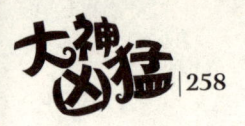

番外一

  和好如初不过一个星期,卓云被派去老远的地方出差了。没有卓云在的日子董潇很颓废,买了一堆零食贪吃贪睡,醒来后写写论文玩玩游戏,每天盼着卓云回来,然后吃他烧的鱼吃到呕吐为止。

  卓云把笔记本带去出差了,夜幕降临,她可以如愿在游戏里见到他。

  今天她突然冒出个想法,既然现实里都厚颜求婚了,没道理游戏里还是姑娘和公子。今天晚上一定要跟青天云笑结婚。

  风潇潇上线,直接发个消息给青天云笑:卓云,我们先在游戏里结婚可好?元旦期间结婚还有礼物送,划算。

  【私聊】青天云笑:好啊,那你稍等,我去仓库拿钱。

  风潇潇乖乖地站在原地等,等到一杯茶喝光,一包薯片吃完,青天云笑没等来,却等来了一对意外的情侣。

  大大公告条目上写着:恭喜青天云笑和妮姵喜结连理……

  董潇揉揉眼睛,歪歪脑袋凑近仔细地看,确定没看错,就是青天云笑和某某谁。如果是以前,她第一反应肯定是生气、震惊和迷茫,为什么自己的男朋友要跟别人结婚?然后才去追问理由调查真假。

  眼下,她第一反应随着文字一起送给了结婚的青天云笑:贱人,盗我老婆的号!还不给我还来,不然抽死你!

  【私聊】青天云笑:老婆?凭什么说我盗你老婆的号!

  这明明应该是她老公的号吧?某人在阴暗的某处摸不着头脑。

  【私聊】风潇潇:你以为这样能报复我们?呵呵,你是侠客行/蜀山吧?你还真是不死心啊,我老婆就坐在旁边,傻子才相信他背叛我。识相的快点把号还来。

【私聊】青天云笑：我就是不还你能怎么样！你们两个把我耍得团团转一次又一次，我恨不得杀了你们！你们以为装13我就不知道真相，从头到尾欺骗我的都是风潇潇那个贱女人，老子对她那么好却是一场骗局，凭什么让你们好过。

风潇潇很想说欺骗你的人还有某个男人啊。

【私聊】风潇潇：大哥，玩游戏别这么较真，第一次要不是你无耻地弃队得罪人，鬼才去追杀你！第二次你欺骗我们，还爆我的装备，别说这是你的报复，你根本没有资格报复别人，因为你就是一个渣。你报复别人的时候别人也在设计报复你，扯平好了，现在你做什么都没用，大不了你盗走我们所有的号，你觉得解气你就盗吧，我不奉陪了，88。

【私聊】青天云笑：没错我是渣！我再渣也不会像某些人一样欺骗别人感情！

【私聊】风潇潇：别说假装对你发几次嗲你就动真情了，你的感情还真不值钱，清醒点吧。

风潇潇下线，卓云打电话过来说自己被盗号了，无法登陆游戏。董潇便将游戏里的事情一说，卓云好似没听到关于蜀山的事，一门心思跟董潇讨论游戏里的婚礼，说要选一个良辰吉日举办婚礼，董潇笑他太当真。

出差回来后卓云真的选了一个良辰吉日，将不知道怎么弄回来的青天云笑和风潇潇结婚了，婚礼很盛大，很浪漫。青天云笑洒着9999朵玫瑰重复了五次，那一晚上她闭上眼睛就是玫瑰花从天而降，还有那个黑衣刺客安静的舞姿。

躺在床上，她扒着他的头发笑问："你明明比较擅长跳舞，为什么在圣诞夜那天不跳舞给我看，却唱了一首歌？"

卓云很诚实地回答："因为我深刻觉得我跳舞你根本不懂欣赏，大概又以为我一个大男人在学女人扭腰。唱歌直接又省事，而且当时时间来不及，我是临时插队上去演唱。"

"哦哦哦，那你怎么插队上去的？不可能让没排演的节目上去吧。"

"嗯，我就对那两个主持人说要是不让我上去演唱我老婆大概就跑了，说完他们就让我上去了，真是两个好人啊！"卓云感叹。

"……切，什么好人啊，那是一对狗男女……虽然叶文现在和林蓝又和好了，哎，说起来还多亏你的演唱，叶文当初追林蓝的时候也唱过一次，那

天你一表演大概打动了叶文,后来他就找林蓝复合了,虽然他为了前途伤害了林蓝一次,不过看得出来他对林蓝是真心,就是很生气林蓝一点没有犹豫就答应和好……应该给他吃点苦头才是!"董潇微微不平地抱怨,但是看到如今幸福开心的林蓝,便觉得不管那男人做过什么,只要她自己觉得值,身为朋友跟着祝福就是。

"那是别人的感情,你懂什么。"卓云一向最不乐意多管闲事。

"男人真的觉得前途比爱人重要吗?就因为想找个后台所以甩掉林蓝跟那个女人凑一对,这样没有爱情的凑合他能得到什么?天下又不是就那一份工作,不如意跳槽就是。"

"你不懂,他赌的不是工作不是后台,是尊严吧。辛辛苦苦努力大半年,谁都说他优秀说他能干就是不肯认同,最后还被一个完全不如自己的家伙代替,赌的就是那口气。一冲动就做出傻事,冷静下来才看到事情真相,自己解气了,最喜欢的人却被伤害了,不值得。幸好还能挽回。"

"如果就此错过,两个人估计都很遗憾。"

"那是一定。"

卓云淡然的语气不知怎么让董潇心神荡漾,一激动忍不住搂紧他的腰,嘻嘻笑道:"还是我们家卓云大哥最聪明,从不做傻事。"

卓云不大自在地抬高音量:"那是当然。"

年前不忙于找工作的董潇抽空解决完论文就无所事事,除了游戏以外偶尔出去走走,陪朋友逛街,每天要买菜买水果,天气越来越冷,保暖实用的衣服也各自买了些,还有过年回家送给爸妈的礼物。

春节越来越近,离她回家的时间越来越短,想到回家过年心里很温暖,可是要和卓云分开又很不舍。董潇那个纠结啊,头一次尝到这种苦楚。

一月初的时候钱龙再一次联系了她,却不再有任何暧昧的瓜葛,仅仅是邻居的他们如今各自有各自的幸福。董潇亲眼看到过那个没心没肺的钱龙小心翼翼给那个女孩暖手,牵她过马路,买她喜欢他却讨厌的水果,那些画面像一面镜子,清晰地反射出曾经的他和她,爱情从未存在过。还好真相明了的时候她已经不会伤心,身边亦有一个同样体贴的人对自己百倍温柔。

电话里钱龙请求她帮忙写一份毕业论文,她点头答应。对他来说很苦手的东西,对她来说无比简单,小小的一个忙,看在隔壁左右的份上也是要帮的。不过这件小小的插曲不能让卓云知道,那个小气鬼一定会很生气,搞不好又气得离家出走让她去请,哎。

上午睡到九点时卓云的定时电话打过来喊她起床,其实在她看来早上不吃饭也没关系的,这相当于最后的一个寒假不偷懒以后再也没有机会了。但是卓云不听,每天要求她在十点前必须吃一顿,哪怕只吃一个鸡蛋,不然电话烦死你。

实在有点饿的董潇乖乖起床,穿上厚厚的棉袄拿着钱包跑出小区简单吃了碗白米粥,然后和往常一样在最近的公园溜达几圈,蹦跶几下,外面天气虽冷,这么多多跳动倒是有点发热。周围很多老爷爷老奶奶们在散步,董潇掏出手机给卓云发条消息:我在公园里玩,有个小屁娃抓着我喊妈!

不多时,上班途中偷偷看短信的卓云扑哧一下喷了,回了一个:你这是暗示我吗?

董潇撇嘴轻笑,谁暗示你啊,刚才的确有个死小孩忽然拉着她的腿喊妈,她只有一个疑虑在盘旋:我很像已婚妈妈?不,我明明还是一个青春可人的女学生而已。

不过转眼就看到那小女孩见人就喊妈,连过路的老大爷都不放过,董潇立即释然了。

在公园待到中午,回家自己煮饭自己吃,简单的一道番茄炒鸡蛋配着米饭下肚,方便又管饱。刚准备打开电脑继续钱龙的论文,电话适时响起,来电显示是林蓝。

"喂,又找我逛街?"董潇好笑地直接开口,再这么逛下去她过年的车票都买不起了。

林蓝撇嘴轻哼,正儿八经地说:"我可没闲情,叶文今天去J市的LL电视台了,我也给J市的某家公司递了简历和作品,只要我过去就算是定下来了,下星期就走。"

"哦,恭喜,双宿双飞很不错。"

"嗯,虽然我父母不高兴我去外地,但是只要叶文在我就很安心。你什么时候回家过年?提前出来聚聚吧。"

"我大概小年过后回家,卓云放假晚。聚餐随时有时间。"

"好,对了,最近好像有个人在我们学校打听你的事,是不是你哪个老朋友同学啊?但是我们几个在学校很少,没碰到那人。"

"打听我?男的还是女的?叫什么名字?"董潇吃惊不少,完全没有头

261

绪。

"好像是个年轻男的,听说长得蛮帅的,不知道叫什么,不会是你以前的哪朵桃花吧?"

"怎么可能,切。"

满腹疑问地结束通话,董潇寻思很久换好衣服回了学校,到底是谁打听她,她一一在脑子里回忆过往熟悉的男男女女。

在校园溜达几圈没碰上打听自己的人,最后天色渐晚准备离去时,在校门口不巧遇到钱龙,两人不躲不闪,平静地打了声招呼。钱龙手里拎着一袋零食,透过塑料袋隐隐透出的熟悉包装和字迹,嗯……是女人月月必用品。董潇心中暗惊,钱龙已经这么"放得下"了,要是以前让他买这玩意保准不给你好脸色看。

钱龙并未察觉她看出什么,毕竟袋子里东西很多。于是很坦然地说了几句客套话,最后才正色说:"最近有人打听你知道吗?"

"嗯,我就是来看看是谁,实在想不起来会是谁。"

"那人我见过,看起来也是大学生的样子,但是我完全不认识,所以,大概你也不认识的。"钱龙实话实说,他们俩认识的人基本就是那些,如果他完全陌生那她估计也差不多。

"陌生人打听你,还是个男的,你就当不知道为好,现在乱七八糟的事很多,注意点儿。"钱龙补充。

董潇失笑,客气地道谢,正好卓云的电话过来,于是两人各自离去。

董潇在电话里说自己在学校,边说着就走出了校门,亦步亦趋张望车站的地方,学生们放假的放假,毕业的毕业,路上行人不多。一声饱含力气的呼喊"风潇潇!"成功引得董潇回眸张望,谁在喊她?还是喊的风潇潇!这声音很大,连电话那端的卓云都听到了。

"谁喊你?"卓云惊疑地问,没怎么思考,跳上了跟前的出租车,目的地是学校。

董潇愣愣看着那个男孩子朝自己小跑过来,努力回忆也想不起来这是谁,于是讪讪回复:"不认识。"

那男孩气喘吁吁追上她,脸色实在称不上好,董潇耐心地等他平静:"你是谁?怎么会认识我?"

男孩大概一米七五的身高,长得中等偏上,衣服穿得不错,挺贵的牌子。他似笑非笑地看了董潇很久，似乎在欣赏她、评估她。最后轻不可闻地哼了一声，很无所谓地回答："你跟我想的完全不同。"

"啊？"董潇大惑不解。

男孩气闷地瞪她，愤愤道："我是蜀山。"

"……"兄弟你是来复仇的吗？董潇在想要不要赶紧飞跑回家。但是现实里特意找来复仇，是不是太神奇了。

蜀山大概看出她的焦虑，鄙视道："我不会对你怎么样，我就是憋不住气，想来看看你是何方神圣，我来得真是太对了，你长得一点不符合我的胃口，还穿得像个冬瓜，比你漂亮的女人太多了。"他喜欢的云儿姑娘应该带着茸茸的粉红帽子和围巾，身上穿着洁白的衣裳和粉红的裙子，再加上洁白的绒毛靴子，一笑两个小酒窝，脸蛋圆圆可爱的那种，看到他应该羞涩地脸红，声音甜甜软软……要不个子高一点没关系，但绝对是白白净净毫无瑕疵的精致脸蛋，文静温柔……

董潇嘴角抽搐，你看不上我，我还看不上你个矮冬瓜，长得如此俗气太不符合她的审美了，最起码应该有点艺术气息，有点大男子的气势。不过，就算你长得比卓云还迷人，俺也看不上你。

"我没请你来看我，看完就走吧。"董潇淡淡轻哼，瞬间嫌恶地撇嘴，什么玩意啊！我还是早点回家喝汤吧，卓云等久了搞不好又生气。

蜀山上前拦住，脸色越发难看，董潇挑眉："还有事？"

"……我说话一向直接，并不是说你丑，你长得算美人了，就是穿太多有点胖，别生气……"蜀山垂着脑袋，说着这些让人哭笑不得的道歉。

董潇深呼吸，尽量平静地接话："我其实穿得不多，我就是这么胖。你还有事吗？我不生气，但是该回家了。"

"……我请你吃饭，我从G市过来很多天了，你陪我吃顿饭，以前的恩怨一笔勾销。"

董潇很想笑，彻底搞不清楚这人到底是为了什么。

"不好意思，我必须回家。游戏里那些事你真不用计较，打打杀杀就过去了。"

蜀山急了，依旧拦着不让走，气急败坏道："我请你吃饭你有什么不满意？吃顿饭又不会死，我找你这么久吃顿饭不行吗？"

"……"谁会跟第一次见面的网友去吃饭啊，反正董潇身为女人还有这

263

种警觉性。

"是不是担心你男朋友误会？"蜀山又问，声音却很紧张。

"是啊，他很敏感。"

"……他是干什么的？很有钱？很帅？"蜀山追问。

"那不关你的事吧，哎，我真要走了。"

"等等！"蜀山急急追上，看到风潇潇的第一眼，的确有点失望，和自己想象中的云儿姑娘差别很大。可是她这样潇洒淡定地离开又让他很在意，想到她还有男朋友就更是烦躁，自己大老远跑来这里到底是为什么！像个傻瓜白痴。在游戏里被一次次耍弄却还是每天想着云儿姑娘的真面目，迫不及待地想亲眼看到。

卓云一下车，就看到一个男人拦在董潇的面前，那脸色实在称不上友善，卓云二话不说就冲过去拉开董潇，怒瞪蜀山："你干什么？"

蜀山呆呆地看着突然出现的卓云，脑子嗡嗡作响，失去了动作。

"你怎么跑来这里？我还以为你已经回到家里做饭哦，哼哼。"董潇笑嘻嘻地挽住卓云的手，一瞬间抚平了卓云的怒气。

"不放心所以过来看看，你果然还在。他是谁？"

"他是蜀山，来找'云儿姑娘'。"云儿姑娘几字，她故意加重了力道。

卓云震惊不语，脸色复杂地打量蜀山，蜀山被他看得清醒过来，讷讷道："你是……谁？"

"他是卓云，我男朋友，青天云笑就是他，嗯……其实云儿姑娘也是他，哈哈。"董潇不怀好意地耻笑，卓云狠狠捏了她一把。

蜀山如遭雷击，身形摇摇欲坠。

待卓云二人离去很久，他都没有从混沌里回神。云儿姑娘……和自己中意得差不多，如果不是性别为男。他第一次心动的对象……真是个杯具。蜀山几乎逃难似的离开了这个城市，从此再也不敢踏入这里。

番外二

当董潇帮钱龙将论文也写好的时候,春节已经近在眼前了,各个学校基本都放了假,大街小巷被即将到来的新年渲染得很热闹,到处都是忙碌的身影。

可是基本上大部分公司都还在运作,卓云所在公司也是如此,听说要小年前一天才放假,董潇不急,耐心地等着他。

放假的日子越来越近,公司要吃年饭,便在某家酒店摆好宴席办了个温馨的年尾聚会,饭后还有一些节目。

卓云见某些同事拖家带口出来玩,立即一个电话把董潇从电脑前喊了出来。董潇想着年后要去这家公司面试,也许以后就是一家人了,立即认认真真换了身漂亮的衣服,整理好头发,把自己弄得香喷喷地出门了。

董潇赶去KTV时那里所剩的基本都是爱玩爱闹的年轻人了,其他人早吃饱喝足散了,年轻人一起玩得更自在。她一现身,包房里爆发出轰鸣鼓掌声,搞得人特别不好意思。因为那次求婚她早就成了卓云公司的大红人,谁不知道卓云有个女朋友爱他爱得下跪当众求婚!每次公司里众男拿出来说时,卓云脸上那个得意啊,啧啧……

"欢迎我们的超人MM到访,大家鼓掌!"某人起哄说。

超人MM……董潇那个汗啊,她只不过在那很短很短的时间里冲动了一把……如此而已。真的不是超人……天啊,好想回去钻地洞。

卓云笑眯眯拉着董潇在身边坐下,给她端茶倒水服务周到,直羡慕得一干女同胞摆头。原来平时冷冷淡淡的卓帅哥也有这么殷勤的时候!

"晚上吃了什么?"卓云揽着董潇的肩膀笑问。

"还不是那样,随便炒了盘腊肉花菜。"卓云不在的时候她都是自己煮自己吃,永远是简单的一盘青菜,因为实在不会弄大鱼大肉慰劳自己。

"吃饱没?"

"饱了。你们公司的男人还真多……"董潇扫视全场,几乎是清一色的雄性动物,女同胞少得可怜。

"呵呵,这是小部分,还有的在隔壁包房,另外一些不想玩的回去了。"

"隔壁还有?"

"嗯,你怎么穿这么一点?"卓云蹙眉,盯着董潇的衣着猛看,上面除却保暖内衣就是一件很薄的毛衣和一件短袄,下面是毛裤短裙和靴子,和平时比起来,这身很清凉,大多时候她都穿得像个冬瓜,包得严严实实还嚷着冷。

董潇挑眉,没好气道:"我还不是为了好看呗,而且包房里热死人,一点不冷。"

卓云失笑,摸她的手一点不凉,这才没说什么。

"你们两个别躲在那里卿卿我我了,来来来来,唱歌唱歌,谁也别想躲过。"某同事特大嗓门地吼道,拿着话筒就丢进卓云二人手里:"要唱情歌!对唱知道不,先给我们助兴。"

"唱唱唱,要不英勇的董潇小姐先独唱一首?"众人不稀罕卓云唱,平时一起玩听太多了,谁都知道卓云有副好嗓子还是麦霸,唱得再好一干男人也没兴趣。

董潇发囧,手足无措地看着卓云着急:"我不会唱歌啊!真的不会!饶了我吧!"

"哈哈哈,很多人都这么说啊,想当初卓云刚来咱们公司也这么说,结果丫的一开口就把别人比下去了,后来还厚颜无耻搞起个人演唱会,董小姐你就别推脱了,来来来,唱得不好大家又不会吃了你。"

卓云也鼓励她:"我陪你一起唱,你会唱什么情歌?"

董潇绞尽脑汁拼命地搜索,答曰:"那什么……《夫妻双双把家还》……"因为老爸老妈喜欢唱,听得多就会了这么一首,不是骗人,她平时对所谓音乐压根没有半丝兴趣。

"……"

卓云镇定地翻出这首老歌,熟悉的音乐响起……

卓云看着并不陌生的歌词,启动了嘴唇:

"树上的鸟儿成双对

绿水青山绽笑颜

从今再不受那奴役苦

夫妻双双把家还"

董潇心跳如鼓,倒不是自己紧张,而是心惊,这么俗气的老歌也能被卓云唱得这么这么迷人。

卓云朝他努嘴,意思是该你了。

董潇看着歌词,张嘴……

"你耕田来我织布

我挑水来你浇园

寒窑虽破能抵风雨

夫妻恩爱苦也甜

你我好比鸳鸯鸟

比翼双飞在人间

……"

卓云确保自己镇定自如,这种时候自己不立场坚定地支持她,还指望谁支持她把一首歌唱完!看那些全被吓出去的,哼哼,都是外人啊外人!那些外人不给面子听到底,咱不介意。

大概是因为卓云的陪伴,唱歌一向不自信的董潇铆足了劲跟上节奏,唱得浑然忘我,眼里只有歌词和身边一直笑意温柔的卓云,哪些人被吓出去了,她可不知道。

一曲渐渐终了,逃跑的家伙们讪讪回归,一脸大受惊吓的虚弱模样。然后众人清晰地听到卓云真诚地对自家女友说:"潇潇你唱得真好,以后咱们多多配合。"

"真的?那你要教我更多的歌。"董潇激动地抱住某人。

某人亦激动地回抱她,"你想学什么歌我都配合你。"

"看到没有,女朋友就是这样'欺骗'到手的,要睁着眼睛说瞎话还愁找不到女人?"某个单身汉发出如斯结论,其他单身汉点头附和。

啪——

门被推开,接着就是一个大嗓门传进来:"听说卓云的漂亮女朋友唱歌跟鬼哭似的,我来见识见识。"声到人未到,众人皆是一惊。

董潇抬头,看到一个珠光宝气的妇人出现在门前,那女人大约三十左右,不算胖,但是因为特别丰满而显得很圆润,不知道为什么想起了妈妈桑这个词……

"哟,猫姐你咋过来了?"有人讨好地上前迎接。"过来玩玩。"那女人笑嘻嘻地入座,翘起玉白的腿点燃一支烟,目光落在董潇脸上:"这个就是当众向卓云求婚的女朋友吧?哈哈哈,小姑娘你真有勇气,我很喜欢。"

"……多谢夸奖。"董潇汗颜。

"别这么拘谨,你喊我猫姐就可以,对了,你应该是风潇潇?"

"嗯!"

"哦,那更好,我们算是认识,我是懒猫。"女人笑着说。

董潇惊讶:"原来你就是帮主夫人!"

"是啊是啊,哈哈,咱们真有缘,多亏了卓云努力。"

没想到都是玩游戏的熟人,这下什么拘谨都没了,两人立刻聊成一团,卓云倒被丢到一边凉快,只好霸着位置猛献情歌,什么《宝贝对不起》,什么《知心爱人》都冒出来了,听得在座的兄弟们那叫一个哆嗦。

"你是我的情人

像玫瑰花一样的女人

用你那火火的嘴唇

让我在午夜里无尽的销魂……"

唱得浑然忘我的卓云那叫一个深情投入,也不管大家鸡皮疙瘩抖了一地,越唱越带劲!

某人实在受不了了,拉开猫姐和董潇讨饶:"赶紧把你家卓云拉开吧,我这耳朵都快起鸡皮了。"

被打断聊天董潇很不悦,现在听卓云入神地唱歌便道:"他这是在做梦,你们别信。"

"啊?"某人一脸的问号,"做什么梦了!"

董潇懒得多说,和懒猫继续聊天,直到又一人闯进包房,是个男人,而且是董潇最不喜欢的那类男人。矮小、大肚子、油光可鉴的脸、谢顶的脑袋、猥琐的笑……

"老公你可过来了,我给你介绍一下,这是卓云的女朋友,就是那个风潇潇哦,潇潇这是我老公,就是帮主青天一笑。"懒猫热情地向董潇介绍。

董潇卡壳，站起时晃了晃，"帮主……你好。"

"你好，卓云眼光不错。"男人很和气地说。

帮主帮主帮主帮主，就是那个传说中气质非凡风流倜傥一表人才绝世好攻的帮主大人……

于是总算明白，为什么帮主大人扮演小攻时，卓云会笑得那么猥琐了。

番外三

小年前夕，卓云终于放假了，当天晚上两人就拿着买好的车票坐上回家的火车。

第二天到达，董潇顺从老妈的催促，直接将卓云领进了家门。两人同居的事情董潇从没瞒着老妈，更多的细节她老人家都知道，好在眼看女儿算是毕业也没多说，只是万般叮嘱要注意"安全"，而且另外对卓云非常的满意，已经当成了准女婿。自家那个懒女儿虽然不会饿死自己，但是没有人照顾也定然不懂得"慰劳"自己。如今有个愿意细心照顾她的人，作为母亲她没有别的要求了。

同居这事可以告诉老妈，绝对不能告诉老爸。最起码在老爸认同卓云之前不能让他知道，不然他一定气急败坏地指着董潇骂：你还要不要脸面……诸如此类……

有点古板的老爸不反对女儿恋爱，但是坚决反对婚前的某些不和谐行为，某次参加一老同事女儿的婚礼，那女儿挺着七个月大的肚子，老爸一回来啥也不干，拉着董潇一顿严词教育。

总之无论董潇怎么描述，卓云对这位未来岳父的印象就是古板严肃，因此，第一次来见，很有些忐忑紧张，完全不敢说什么太逾越的话，比如我们住在一起，我每天煮饭给她吃。

潇爸爸不是无理的可恶老头子,毕竟是女儿的男朋友,客气是要客气的。然后就以他自己的方式去审视眼前这个青年,不得不说,到底是进了社会的人,和钱龙那小子就是不同,稳重多了,顺眼多了。

两人坐在客厅聊得不错,才回来的董潇早就撑不住,倒床休息去。今天正是小年,小区周围显得很热闹,不时有欢声笑语传来。潇妈妈在厨房忙着晚饭,忍不住出来说:"卓云你才下车,别陪你叔叔聊天,先去休息才是,晚饭好了我叫你。这间房我铺好了,都是新被子,你去睡会儿吧。"

潇爸爸也点头附和,催促卓云去休息,卓云很精神,并不困,走到厨房门口抡起袖子:"我不困,我帮阿姨做饭。"

潇妈妈那个乐啊:"这里哪要你插手,你快去休息,我一个人就可以,别累坏了。"

"没事,我一点不累,我帮阿姨做饭。"

卓云显得很固执,潇妈妈不再推脱,乐呵呵地和卓云在厨房忙活,一直大着嗓门聊天说笑。潇爸爸独自坐在客厅看电视,暗道潇妈妈努力一辈子想培养他成厨房帮手都没成功,没想到却摊上这么一个肯下厨房的未来女婿,心里肯定乐坏了,潇爸爸失笑。

今天是小年,加上女儿和未来女婿回来,晚餐特别的丰盛,两人在厨房忙了很久很久才端出美味晚餐,那时已是晚上七点,董潇回家都睡了快五个小时,疲惫已经散去。

其实说来也巧,钱龙比董潇早回来几天,而且也带回来了女朋友,可把钱妈妈乐坏了,先前一直耿耿于怀儿子和董潇的好事被吹,谁会想到一过年,都带着"新人"回家了。

为了钱龙那新女友,八卦的潇妈妈自然特意跑去观望过,心中还是忍不住说:哪比得上我家潇潇,哼。

毕竟当初自己家潇潇是被伤害的那一方,心里不可能不介意。

因此董潇和卓云还没到家的时候潇妈妈就在外面放话了,小区里熟识的邻居们谁不知道董潇今天会带着新男朋友回家上门!这会儿,卓云一一端出菜肴,家里却陆续冒出一堆看新鲜的大叔大婶老爷太太们!

跑来看热闹的人们也很尴尬,没想到这么晚董家还没吃饭,正巧跑来好像是来蹭饭的。

潇爸潇妈热情地招呼众人喝茶,晚饭不急着吃了。才起床的董潇别提多郁闷，她睡醒快饿晕了，现在却无法开饭。

卓云才叫无奈，感觉自己是猩猩，面对众多灼热的视线，非常消化不良。

看热闹的众人很自觉，没多耽搁速速离去，临走还要夸赞："小子长得俊啊！"

他们一走，董潇立即冲上饭桌开吃，龙虾、黄鳝、鳜鱼、甲鱼……真是太齐全了。

卓云也饿，却要礼礼貌貌恭恭敬敬地陪未来岳父大人喝酒，哄他老人家开心了饿一顿也没关系。潇妈妈体贴，不时催促卓云吃菜，呵斥老伴少喝。

潇爸爸很满意今天的晚餐，称赞道："今天的菜有长进，下酒真好。"

"哈哈，那都靠卓云，弄这些菜他比我熟练多了，结果是我给他当帮手，潇潇你可得跟他学习，你二十好几连鱼都不会剖只知道吃，丢人不？"潇妈妈轻斥埋头猛吃的女儿，恨铁不成钢。

"不要，我喜欢卓云煮的菜。"董潇回答得厚颜无耻，卓云那个无奈，笑容里却带着宠溺。

这顿饭吃得很尽兴，时间也长，潇妈妈和女儿都下桌老久了，卓云和潇爸爸还在那儿慢慢地吃菜品酒，潇妈妈拉着女儿问长问短，不时发出欢快的笑声。

正说着，又有人到访，正是钱龙的双亲，不用猜，铁定是来看卓云的。

还在喝酒的卓云并不认识他们，只当又是隔壁左右跑来看八卦的大叔大婶。

潇爸爸笑呵呵招呼邻居，和卓云一起下桌了，潇妈妈收拾碗筷去，董潇便乖乖坐在卓云身边，绝不随便插话。但是可以感觉到，叔叔阿姨的眼睛一直在卓云身上扫荡。

卓云客气地陪坐小会儿觉得没意思，拉着董潇去帮潇妈妈收拾厨房，钱妈妈脖子都勾长了，啧啧道："哟，还帮洗碗啊？这孩子真是孝顺。"

潇爸爸呵呵一笑："晚饭都是他做的，一桌子好菜做得比酒店的还好吃，这样我可放心了，我们家潇潇一直不会下厨，人又懒。"

"听说还是个工程师？"

"不知道父母是干什么的？"

"问了，都是做生意的。"潇爸爸老实回答。

271

钱爸爸却寻思道："我总觉得他很眼熟。"

"我也觉得面熟。"钱妈妈附和。

潇爸爸却不解，钱爸爸于是说："还记不记得以前住在老街，有姓秦的一家？女的长得很漂亮，是开美容院的，男的跟外面的女人跑了……"

钱爸爸住嘴，因为潇爸爸脸色很不好看。显然是想起来了这么一户人家，但是由女儿曾经以为会嫁的钱家说出来，怎么听都有种鄙视的味道。

钱爸爸钱妈妈倒不是特意来掀台子，结果没想到因为好奇心弄成这样，搞不好因此得罪了人。正准备告辞离开，不知道何时出现的卓云笑着坐下，淡淡道："叔叔阿姨们说得没错，我以前的确是住在老街，秦国富是我爸，开美容院的李小玉是我妈，我爸跟我妈离婚后去别地再婚了，现在我妈也再嫁了，我现在跟我继父姓卓。我妈还是开美容院，我继父也是生意人，已经好多年没回这边了，没想到叔叔阿姨们还记得我，呵呵。"

卓云看起来毫不在意，轻松的语气倒是让钱家两口不再尴尬，潇爸爸脸色也缓和不少，董潇反而比较吃惊，第一次听到卓云说这么多关于家人的事，不过她也从没问过。

钱家两口不多时走了，卓云更是将潇爸爸想了解的一切全盘托出，那些往事与他无关，没道理潇爸爸会去介意。

小时候卓云很不喜欢这个地方，原因就是他不和睦的家庭。有个漂亮得出奇的妈妈，而且开着美容院，尽管这样的妈妈从未做过已婚人士不该做的事，却总是被外人去猜测怀疑臆想。似乎美丽的女人一定是不守本分的，一定要和狐狸精拉上关系。学校里经常听到人背后议论卓云的妈妈怎么怎么……如果不巧妈妈和某个男人多说几句话，那就立即会传出这两人有染的谣言，更过分的还有说美容院是干某种违法勾当的地方。小时候卓云不懂，但是很讨厌被人议论，有点不满为什么自己的妈妈要开美容院这种东西。小小的卓云都受不了舆论，何况是身为丈夫的秦爸爸，老实本分的上班族娶了貌美天仙的老婆，人人羡慕过后就是永远不断的流言，回家就忍不住翻脸吵架，吵着吵着就理所当然地出轨外遇了，直到外面的女人挺着即将临盆的大肚子冲进家门，卓云才知道自己的家要散了。

父母离婚，父亲外面的女人怎么容忍他带个拖油瓶，于是卓云跟了妈妈。一开始父亲会时不时地跑来看他，给他买礼物带他出去玩，后来后妈也生了个儿子，父亲就来得少了，再后来直到他高考走出考场，在校门口看到熟悉又陌生的男人，心里真不知道是什么滋味，他本来以为自己被忘记了。

离婚的女人带着一个上小学的儿子有多么艰难他那时照样不懂，只是偶尔几次看望外婆，不小心听到姨们舅舅们苦口婆心地劝慰妈妈，要妈妈狠心把他丢给那个男人，不然带着这么大的儿子很难再嫁。那些年，妈妈一直没有丢开他，漂亮的她身边追求者不断，却一直没有再嫁。直到他上了大学，可以独当一面的时候妈妈才在某天笑着告诉他，自己要嫁人了。这时，即便是漂亮的妈妈，也已经有了皱纹。在继父很和蔼地找他说希望他改姓卓时，他几乎没有丝毫的犹豫，只要他对妈妈好，什么都好说。不过那时继父就一个出嫁国外的女儿，年纪大了发愁家业没人继承才说服他改姓，谁会想到他会老来得子。可要说真话，继父对他很不错，作为一个继父来说足够好了。而他，从不觉得接受继父的家业比自己自力更生好。现在还有个可爱的弟弟，一切都比以前美好。

卓云毕竟不是"已过门"的女婿，虽然董潇很想将他留在家里过年，但是除夕夜卓云还是回自己家了，就在后面一栋楼，如此的相近又万分的遥远。

那一夜除夕前所未有地漫长，翌日早晨迎接大年初一，董潇几乎是迫不及待地打开门，第一个来家里拜年的就是卓云，好吧，顺便过来蹭早饭。

饭后两人手牵着手出去蹦跶了一天，玩得背脊都出汗了。

卓云懂事以来第一次过这么愉快热闹的春节，脸上的笑容一刻都没有淡去过。在烟火燃放的广场，他一直紧紧拉着她温暖的手，笑嘻嘻地立誓："以后等我们有了孩子，每年带孩子出来看烟火，要不然开车去郊区放烟火。"

她亦是笑嘻嘻地靠着他，不忘打击他的热情："等你老买了车再说，呵呵。"

"错，是生了孩子再说。"卓云纠正。

她反对道："近两年我可不想当大肚婆。"

"好，那等三年，我们就生孩子。"

"喂喂喂，你想孩子想疯了吧！"

"哪里，我是想你想疯了。"

"不害臊！"

番外四

那是在董潇成功走进卓云所在的建筑公司伊始,为了欢迎她的到来,一干同事摆了酒席包了KTV要潇洒一番,最为兴奋的莫过于卓云,从此以后就可以和董潇一起上下班,共进退,一激动,就喝多了,喝醉了。

那时已是初春三月,但是夜风寒冷,卓云一发疯,死不肯上出租车,硬拖着疲惫的董潇走路回家。一路上惊险无数,喝醉的某人一时冲进马路,一时抱着她狂笑,董潇觉得很丢人,但是必须忍着。这时候不依着他搞不好他就往马路上一躺,看你哭不哭。

一路有惊无险,眼看就要到公寓了。哼哼唱唱的某人忽然一声大呼:"潇潇我跳舞给你看!"说着就跑到某电线杆下,一边呼呼哈哈一边跳起了热舞,围着电线杆铆足了劲,跳到高潮更加激动,手一甩,脱了外套,再一甩,脱了衬衣,就在他的手甩向腿上长裤时,董潇一脚飞踢,将某人踹翻在地:"老娘的脸被你丢光了——"

翌日早晨酒醉的某人清醒过来,耷拉着肩膀没精打采地哼哼唧唧:"为什么我左边屁股那么疼?"

仍旧觉得脸被丢光的董潇不屑道:"你昨天光着屁股出去跑步,结果不小心摔在人家的水果摊上,正好对上一个榴莲。"

听罢某人完全不信,觉得这种丢脸的事情打死都不可能发生,因此至今都认为屁股会那么疼的原因来自枕边人的夜间偷袭。就算她不说,他也可以看出来,她看中他的屁股很久了,至于为什么只有半边屁股疼,那就不知道了。

时间飞逝,眨眼董潇答辩完毕,就等着毕业证到手了,那时已经到了穿短袖短裙的五月,自从上班后生活规律,身材不怕走样,作为公司为数不多的女性代表人物董潇很注重形象,按照她自己的话说就是咱们公司一溜的男人，剩下几个女人里，唉唉唉唉，不是我自恋，说实话就我最漂亮（老板的漂亮秘书自动排除在外）。某人当然是力挺女友，再一次睁着眼睛说瞎话哄红颜一笑。

于是自信心膨胀的董潇越发自恋，奇迹般地不再懒惰不再堕落，开始流连于漂亮的衣服和眼花缭乱的护肤品里，某人对她这一变化有喜有忧，喜的是女友越来越养眼，忧的是人民币永远不够。

某日董潇从超市打酱油回来，厨房里忙碌的某人立刻抱着一箱子出来，喜滋滋地拆开拿出几个包装很有格调的瓶子，一一献宝介绍："这是我妈寄来的护肤品，这个瓶子里是洗澡后擦，这个是睡前面膜，这个是熏香……"

满满一箱子由卓云介绍完毕，董潇果然兴致勃勃地研究起来。饭后董潇去洗澡，就快要洗完的时候某人突然闯进来，手里晃着某个瓶子殷勤道："我没别的意思，我是来帮你擦这个嫩肤霜的……"

不怀好意的某人，被毫不客气地踢了出去。从一开始就是打的这个主意吧，拿什么嫩肤霜当幌子！

捂着眼睛的某人哀怨道："你明明说毕业了咱就……"

"我还没毕业！毕业证一天不拿我就没毕业！"

某人握拳，神气什么，一个月后看你拿什么当理由。

一个月后，炎热的六月，在某人千辛万苦的等待下，毕业证终于到手了。

某人于是积极地鞍前马后给出诸多暗示，可是那个明明已经毕业的人全当没看见、没看懂，装傻充愣不理睬。某人很忧郁，很惆怅。

某人纠结地找兄弟喝酒去了。

半夜，正在家里打游戏的董潇接起电话，电话那边某人的兄弟说："弟妹啊，你平时怎么安抚他的，你快来看看吧，他抱着电线杆不肯走啊。"

董潇咬牙切齿地出去接人了，深深觉得这个男人喝醉酒尽干丢人现眼的事，瞧瞧，她再来晚一步，某人就和电线杆做夫妻了。

翌日早晨某人还在云里雾里，身边的人一张协议书丢给他，不签我就去睡马路！

签什么呢？不管是什么都得签，怎么舍得你去睡马路！于是心甘情愿地签了，从此某人再也不敢喝醉酒丢人了。

所谓有失必有得，虽然以后不敢乱喝酒发疯，但是某人意念已久的心愿

总算在这个夏天达成了。如打了鸡血一样抱着心爱的人喊了一夜的老婆,可惜老婆嘴硬,死不肯松口喊老公,没关系,多多耕耘总有一天要你喊老公讨饶。

某人成了牛皮糖,厨房里切菜的时候还要拖着老婆,手把手教她切菜,美其名曰:我们要一起做出爱的结晶。

老婆玩游戏,某人一定蹭过来,继续手把手地教她PK:我们一起战胜敌人。

老婆洗澡,某人一定能想法子摸进去:我们一起洗澡,我给你捶背给你擦嫩肤乳。

某日老婆进洗手间,某人继续跟去,看到老婆拿着卫生巾:你也要一起用?

某人噎住,关门,离去。闷在沙发里萎靡了几天,和大姨妈到访的老婆倒是没啥两样。

老婆经常心烦气躁地说:烦死了,每个月总有那么几天特别烦。

某人立即跟进附和:是啊,我也这么觉得。

又是一年冬天到,某人要过生日了,早前一个月就在暗示老婆准备自己的礼物。期待的那一天终于到来,某人难得不黏人不话唠,安安静静羞羞涩涩地等着老婆献礼。九点的时候老婆在玩游戏,十点的时候老婆去洗澡了,十一点的时候老婆睡觉了。

某人惊醒,腾地一下冲进房间拖起老婆拼命地摇晃:"老婆我的礼物呢?你还没给我礼物!老婆别睡了老婆醒醒我要礼物,今天是我生日你怎么又忘记了?"

老婆睡眼惺忪醒来,凉凉地说:"忘记了……"

某人的心,啤一下碎了,瞪着老婆狠狠道:"你狠!我要离家出走!"

"离家出走前先去洗澡吧,你身上有点臭。"

某人脸色铁青,嗅着自己的衣服进了浴室,一路嘀咕:"我怎么会臭?"

浴室里某人脱衣贼快,刚准备放水便看到浴缸里躺着一个包装精美的盒子,上面还有字条:生日快乐!

某人从地狱到天堂,捧着礼物盒手忙脚乱地拆了,盒子里面是条他看中已久但是非常奢侈的内裤,某人那个心花怒放,立即洗得香喷喷穿上新内裤跳进老婆的房间扑上去。

情到浓时某人喘气央求："老婆，喊我一声好不好？"

被折腾得完全没有睡意的老婆稍稍犹豫，不吭声。

某人焦急，继续苦苦央求。

老婆脸一红，轻轻地喊了声："老公……"

某人不防，正在耕耘中没想到心愿达成了，兵败如山倒，一泻千里。

老婆鄙夷地看着脸色铁青的老公："你这么年轻就早×……"

某人辛辛苦苦大半年早就想证实自己不是草包男，没想到一世英名毁在今夜！心中百感交集，怒火燃烧，抱着老婆嘿咻嘿咻拼了命也要挽回荣耀。

某几日天气干燥，卓云浑身不爽，起了很多皮屑。就算乖乖去洗澡也没用，老婆嫌他脏，说那是头皮屑。

卓云很受伤，打电话向老妈讨教男人护肤的方法。老妈果然厉害，没几天就给他寄来男人的护肤品。

卓云十分期待地涂抹在身上，那护肤品还有股好闻的味道，让人心旷神怡，精神抖擞。

夜色已深，老婆躺在床上多么诱人。

卓云立即蹭进被子，凑过脸嘻嘻地问："你闻闻看，我什么味？"

老婆仔细地嗅嗅，答曰："骚味。"

某人噎住，大呼："我就骚给你看！"

番外五

那是在董潇毕业工作一年后，迫于生活太无聊某人太急切，两人早早将结婚证领了，挨到春节时才准备办一场婚礼。

游戏是平时两人兴趣爱好中很重要的一部分，工作闲暇之余一直没有离

开过游戏。风潇潇和青天云笑仍旧是游戏里的老玩家,而且仍旧有那样一帮网络上的朋友。

春节放假和婚假一起提前批准下来,两人早早就回到家乡准备婚宴的事,用两天时间拍了婚纱照,好在其他事宜都有长辈们提前解决好了,他们回来反倒是闲得很。

虽然结婚证很早就领了,不过婚礼才是女孩子更加注重的事,董潇红光满面心情大好,待在游戏里见谁就说我马上要结婚了,是人都会立即恭喜几声,董潇听了上千遍却从不腻,反而乐在其中。

几个关系特别好的说什么都要请假来参加婚礼,尽管现实里不认识,但是在网络上认识有两三年的朋友们两人丝毫不介意,给了地址,多备了两桌酒席,至于会不会真的来只有当天才知道。

【近聊】小七:潇姐真幸福,这么快就嫁人了,我还在读书。

【近聊】深蓝:都这么早嫁人,让我这剩女咋办?

【近聊】青莲公子:我那天请假也要赶去,潇姐一定要招待我。

【近聊】风潇潇:一定一定,欢迎大家来玩!

明镜不知道从哪儿得到消息,上线就M了风潇潇。

【私聊】明镜:你要结婚了?

【私聊】风潇潇:是啊,呵呵,你好久没上线了。

【私聊】明镜:嗯,有点忙。恭喜你们。

【私聊】风潇潇:谢谢!明镜那天有空吗?没事过来玩玩吧。

【私聊】明镜:具体哪一天?

【私聊】风潇潇:这个月22号。

【私聊】明镜:哦,真不巧,那天我有亲戚要结婚,估计去不了。

【私聊】风潇潇:啊?真有和我一天结婚的?我也说声恭喜,你来不了没关系!

这些都是外面认识的朋友,帮会里还有一些和青天云笑熟识的兄弟们,比如杀手军团们,至于帮主那些现实里的老相识,自然会来。

两个人的婚礼,成了一场小小的网聚。风潇潇和青天云笑的朋友们基本都来了,还有些人让两人意外,竟然是平时不大熟,但是在游戏里听说两人结婚的事,一定要热情地跑来看热闹兼送上祝福,比如潇潇杂货铺的常客们,无论怎么说,风潇潇在游戏里也算个名人。

两人的结合让很多人有个误会，以为他们是在游戏里认识然后发展到现实，大伙都觉得神奇且羡慕。知情人士解释后才明白不是那样，这个知情人士的身份有点特殊，竟是钱龙。

"你就是乾隆？"小七瞪大眼睛看着同桌的钱龙，没想到那个贱男看起来也不是特别讨厌，而且现在一副社会人士的样子，讲起前女友的恋爱史一点不介意，笑得傻里傻气的。

"没错，我就是乾隆。"

"啊，你旁边的美女不会是紫陌红尘吧？"

"咳，当然不是，这是我女朋友，不是紫陌红尘。"回忆起那段狗血的往事，钱龙颇尴尬，且怕女友误会。

大家不再为难钱龙，小七显得很兴奋，嚷嚷着要大家自我介绍，反正婚庆还没开始，闲着也是无聊。

"首先我自己来，我是小七，本名是叶七七，现在大三。"小七长得娇小玲珑可爱活泼的样子，很讨喜，桌上几个男生一直瞅着她。

"我是深蓝，本名万小兰，大四。"

"我是青莲公子，本名王致远，大三。"

一桌的人很快介绍完毕，接着就是隔壁桌，其中最小的才高中而已，大多都是大学生和工作人士。

客人慢慢聚齐，最后掐着时间过来的是两新人的公司同事，由经理带队，从另一个城市赶来一桌人，帮主和帮主夫人自然在列。懒猫是个喜欢凑热闹的人，婚礼是小事，来看看那些网友更有意思，一来就热情似火地冲到网友区，张着血盆红唇笑哈哈地自我介绍："我是懒猫，青天帮会的副帮主，小弟弟妹妹们好。"

桌上一片咳嗽声，小七等人震惊地站起来握手，"懒、懒猫姐姐你好……"

"哈哈哈，大家也好，小七长得真嫩啊！"懒猫摸着小七的脸蛋说。

小七脸红，深蓝缓和过来指着懒猫旁边笑得安静的男人问："这位是？"

"这是我老公，也就是你们的帮主大人啊。"

帮主大人挥挥手，笑得很无奈，和这帮小鬼站一起显然自己年纪大了。

酒席再一次陷入沉思，青莲公子忙道："帮主要坐这里吗？这里还有空

位。"

"不了,我过去坐。"他是公司代表,可不能坐这里。懒猫却不理睬那些,大摇大摆和小鬼们坐一起闹。

本以为卓云的同事是最后赶来的客人,没想到还有人比他们更晚。那就是大老远赶来的秦国富和他的儿子。也就是卓云的生父和同父异母的兄弟。

自从高考以后卓云就再也没见过父亲,更别说那个从未谋面的兄弟。他根本没有主动邀请他们来,不知道怎么会赶来。

不过来了也无妨,卓云笑得客客气气地迎接,和兄弟秦风简单地握手便散去。

按年龄秦风比卓云小八岁,现在还是个学生,但是一身西装的秦风倒是一点不像学生。他长得更像秦国富,高大结实,皮肤黑黑的很健康。卓云像自己漂亮的妈妈,表面上白皙纤弱,其实去了衣服他也不赖。

卓妈妈也快五十了,保养得实在好,看起来三十多岁也不夸张。手里牵着一个才学步的男孩,身边跟着老很多的丈夫,友好礼貌地招待秦国富父子,并不见尴尬。

本来很担心的董潇见状大松一口气。

秦风踏入酒店时在门口确认了新娘的名字,自己那个哥哥改姓他也是才知道。不过那两名字让他好奇,想起了某两人。

秦风是和父亲一桌的,扫视全场淡淡道:"两家客人可真多。"

的确是多,快六十桌了。其中很大一部分是卓云继父的社交关系,请那些人来,无非是给卓云结交更多人的机会,谁叫平时卓云不肯接受他的示好。对于这么个继子,他真挺喜欢的。而且和自己的小儿子长得太像,想讨厌都讨厌不起来。

婚庆是酒宴上年轻人最期待的环节,第一次将头发往后梳、身穿黑色礼服的卓云实在帅呆了,牵着新娘一出场,底下爆发出热烈的掌声,声音最大的莫过于那些年轻网友们,谁还坐桌子啊,早就下位凑近瞧热闹,司仪每每问出:"大家说好不好?大家说是不是?"回答得最响亮的同样是那些网友了。

新娘子一直在咧嘴傻笑,全然看不出紧张,这些年来有卓云母亲的建议和督促,新娘子如今已是名副其实的美人,皮肤越来越嫩,身材保持完美,每次想偷懒放弃的时候就拿婆婆当镜子,她可不想哪天和婆婆一起出门,别人却指着她对婆婆说:"这是你妹?"

而且也不想听到诸如"你配不上卓云"这类话……

舞台上的新人当真是郎才女貌,天作之合。

"现在,请我们的新郎为新娘献上最热烈的吻!"司仪嘶吼。

"哦哦哦哦——"下面又一阵助威起哄,那些静坐不动的大人们看着好笑,纷纷道:"年轻人真有精神。"

这些年轻人不包括秦风,秦风一直稳坐着不动,表情淡淡地吃饭前糖果,不时看向那些追着新娘新郎不放的热情学生们。

新郎新娘交换戒指的环节后向两家长辈敬酒,秦风发现身边的父亲似乎抿紧了嘴唇。

敬完卓云的双亲和董潇的双亲,司仪本准备继续下个环节时,卓云却挽着新娘走向酒席末端的一桌,秦国富的面前。

卓云举酒,微笑:"谢谢你来参加我的婚礼,爸。"仰头,一干而尽。

秦风觉得自己父亲的眼眶都湿了,暗道你老可别丢脸地哭出来。

新娘子见状立刻也跟着敬酒,喊了声爸。

秦国富勉强挤出笑容,说出祝福,将早才准备好的大红包递到新娘子手上,董潇看卓云的眼色,说声谢谢便收了。

直到新郎新娘走开,秦国富还没从方才激动的情绪里缓过劲,秦风却知道老头子松口气,如果那红包不收,老头子回去肯定会纠结很久。

董潇觉得那红包贼沉,在婚庆结束后大家开席时逮住空隙打开一瞧,一眼就可以估量有十万现金,而且里面还有张卡和一封信……

这红包董潇可不敢拿,全数塞给卓云处理。

可能很多新娘子结婚当天都觉得特别累,董潇还好,大部分麻烦事都有卓云处理,连逐桌敬酒他也处处护着她,除了脚上的高跟鞋有点扎,董潇整个人精神奕奕。敬完所有酒席,大部分客人一口饭菜不吃就走了,这是婚宴上最常见的事。最后剩下慢慢吃东西的客人不多。董潇本就饿了,一点不在乎其他,口红一抹就端着大碗米饭上桌抢鱼吃,可把一桌的朋友们笑死了。

卓云被大学同学们拉去灌酒,同学们灌完了又给网友们拉去了。埋头吃饭的董潇没躲过,一并扯了过去。

"潇姐你今天好漂亮,嗷嗷嗷嗷嗷我好喜欢你的婚纱!"小七激动地呐喊,董潇莞尔,没好气地挺胸道:"我这身旗袍不好看吗?"婚纱早就换下了,这身旗袍她更喜欢,因为凸显她的身材多么曼妙玲珑,得意!

"好看好看!没想到潇姐你每天玩游戏还保持这么好的身材,我好嫉妒啊!"

"嘻嘻,这是我的努力,哼。"

"潇姐你是D罩杯吗?"深蓝瞅着董潇的胸双眼冒火地问。

这话一出所有雄性动物都放光地盯过来,卓云没好气地咳嗽几声,董潇大咧咧地笑:"是啊,羡慕吧?嘎嘎嘎。"

卓云偷偷掐她的手,董潇笑得得意,很贴心地夹起一块没刺的鱼塞进卓云嘴里,今天最累的肯定是他,而且一直没吃东西光喝酒,走路都在飘。

卓云简直是狼吞虎咽,抓紧时间扫了桌上的好菜,刚准备下桌去别处,秦风端着酒杯过来了。

秦风举杯:"恭喜大哥和嫂子,早生贵子。"

卓云一笑,一口干了。董潇手忙脚乱拿过小七的饮料一口干了,没法,她面前没杯子。

"呵呵,大嫂很漂亮。"秦风笑赞。

这话多受用啊,董潇笑得眼睛都弯了。

秦风敬完酒没打算走,干脆在旁边坐下,随口便说道:"我有一个朋友也是今天的婚礼,和大哥一天。"

"哎呀,那好巧啊。"董潇接话。

"嗯,大哥大嫂平时有什么兴趣爱好?"

"看书、听歌、跳舞、看电影、玩游戏。"卓云懒懒回答,一个劲地吃菜。

"哇哇哇,高手你还跳舞?"小七立即追问。

卓云失笑:"虽然年纪大了,但是偶尔也在家跳跳,不过你们潇姐太笨骨头太硬,只能配合我跳最简单的交际舞。"

"胡说!我现在瑜伽练得多好,身体柔韧骨头酥软哪是你这老男人能比的!"董潇不满地反驳。

"哈哈哈,好羡慕你们俩哦,在一起兴趣爱好都差不多,肯定特别幸福!"小七羡慕状。

卓云摇头,鄙夷道:"我和她兴趣不同,但是时间久了,就被同化了。你们潇姐是女霸王,她喜欢的事情我一定要喜欢,她不喜欢的事情一定不准我干。比如我讨厌看书,她偶尔神经抽了非要装文人看书,而且一定要拉着我陪看,遇到结局好的书就对我特别温柔,遇上悲剧的就抓着我打,把我当成作者欺负,你们说可恶不可恶?"

"可恶,真可恶!"众人附和。

董潇怒,一巴掌拍上桌子:"说话要凭良心,不知道是谁丢人现眼抱着电线杆跳舞,还要拉着我一起丢人现眼,要不是我跑得快一世英名就被你给毁了,哼。什么跳舞啊,那就是抽风。"

卓云语塞,咬牙切齿拧她的手臂。众人看在眼里,很不客气地起哄嘲笑。

"潇姐潇姐,高手平时浪漫吗?每年情人节送你花吗?"小七继续八卦。

董潇啧啧摇头,愤愤不满道:"小七我告诉你,男人只有追你的时候才浪漫,追到手就忘记情人节了。什么玫瑰花啊,那是游戏里才有的事。"

"咳咳,潇老板别一竿子打翻一船人,我们可不是那样的。"众单身汉立马辩驳。

"狡辩也没用。就说上次情人节吧,卖花的小姑娘抱着他死也不肯放逼他买一朵,他裤子被拉破了也要逃跑,死不肯买一朵送我,抠门吧!"

卓云呵呵地解释:"我最讨厌别人强迫我了,而且那些花一点不新鲜,一朵50块,可以吃两条大鱼了。"

"哼哼,你就是抠门。"

"哪有,我是为了给你买鱼吃。"

久久没有说话的秦风些许震惊,过后便垂着脑袋低笑,没想到世界真的这么小。本以为从不认识的大哥,竟是游戏里的熟人,连大嫂也熟悉已久。

后来两人的孩子出生时,卓云一直奇怪没人通知的父亲为什么会知道消息而前来祝贺,直到很久很久以后,他们都不再玩游戏时,仍不知道和同父异母的弟弟,在游戏里曾经好过。